熟悉的旋律，熟悉的歌詞，熟悉的歌聲。
那是她最喜歡的一首歌，也是最常唱的一首歌。
她總是坐在我身旁，要我陪著她唱，一遍又一遍。
她的歌聲，在記憶裡也永遠帶著海浪聲。
只是曾幾何時，我開始排斥，甚至痛恨起這首歌。
無止盡的海浪一次又一次席捲，讓那段回憶將我打濕。
我再次嚐到如海水般鹹澀的淚水，嗆得我喘不過氣。
無法呼吸。

第一章

「岑岑！」

我正要進教室時聽見末良的聲音，她從身後勾住我的手笑嘻嘻地說：「喔嗨唷！妳猜，今天我幫妳買什麼早餐？」

「我怎麼會知道？妳每天買的都不一樣。」我聳聳肩。

她得意一笑，舉起手上的袋子，「是超級大漢堡喔！我家附近新開了一間早餐店，生意很好，為了買這個我差點趕不上公車。」

我摘掉耳機，掂了掂那袋頗具分量的早餐，不禁失笑，「以後妳不用替我買早餐了，要是害妳遲到，我可是會很不好意思的。」

「妳還敢說，誰叫妳不愛吃早餐！不吃早餐妳怎麼有精神上課？對身體也很不好耶！」她在我前面的座位坐下，一邊從紙袋取出漢堡和奶茶，一邊教訓我，無法反駁的我只能苦笑。

那一天的空氣很潮濕，整間教室瀰漫著海水的味道，讓我提不起胃口，但是末良不像我這麼敏感，她滿足地吃著漢堡，跟我討論起昨晚的偶像劇。還有幾分睡意的我有些心不在焉，靜靜地將目光停留在她臉上，拜她滔滔不絕的說話功力所賜，我連回話的力氣都可以省了。

我和末良在今年夏天進入同一所高中就讀，這所偏僻的學校離海邊很近，安靜的時候甚至依稀聽得見海潮聲傳來，大海的氣息每一日伴隨左右。

國中那時，我們不同班，也沒說過話，只是曾經多次在校園擦肩而過，所以知道對方的存在。

上了高中，我們分到同一班，我覺得意外，但也沒有主動去認識她，反而是她先來找我。

我們很快就熟稔起來，明明才剛認識，相處起來卻像是多年不見的好友，從此形影不離，無論到哪裡都在一起。

我的個性不算外向，也不習慣跟別人太過親密，只有對末良是個例外。看似文靜柔弱的她，是個容易害羞又乖巧的女孩子，只敢在熟人面前展露她開朗的一面。

我喜歡這樣可愛的她，讓人打從心底想好好地珍視守護。

「阿姨，我來嘍！」末良對正在麵攤忙碌的媽打招呼。

媽抬起頭露出笑容，「歡迎妳來，要不要吃點什麼？阿姨煮給妳吃！」

「不用了，我今天是來幫忙阿姨的。」末良放下書包，一個箭步衝進廚房，「這些盤子都要洗嗎？」

「哎呀，末良，那些阿姨洗就好了。」媽慌張地扭頭對我說：「凱岑，妳快進去，今天很冷，別讓末良碰水。」

我跟著快步走進廚房，見末良已經挽起衣袖，開始清洗那一疊油膩膩的碗盤，我馬上抓住她的手阻止她，「我洗就好，妳去外面坐著。」

「沒關係啦，我來洗嘛。」

「不行，妳感冒才剛好，要是不小心又病了該怎麼辦？」我扯下掛在一旁的乾毛巾，迅速將她的手擦乾，「妳去幫我媽招呼客人吧。」

末良輕輕應了一聲，聽話地走出廚房。

一個星期裡，她大概有四天會來我家玩。

由於我家經營小吃店，所以放學後我不僅要幫忙洗碗，還要協助媽應付客人。這個城鎮不大，因此來光顧的大多都是熟客。

我的每一天都是在烹煮食物的蒸騰熱氣與客人的點單招呼聲中度過。

「末良，辛苦了，這碗麵請妳吃，小心別燙到。」忙得差不多後，媽端了一碗熱騰騰的湯麵給她。

末良微慌，「阿姨，妳別這樣啦，每次都請我吃東西。」

「不用客氣，妳那麼常來幫忙，請妳吃碗麵也是應該的。」媽又笑著端來另一碗麵，朝剛洗完盤子的我說：「凱岑，妳也來吃吧。」

我一在末良身邊坐下，她就湊近我小聲說：「岑岑，要不要叫阿姨休息一下？她忙到現在都還沒吃飯呢。」

「她一向是忙完才吃，勸破嘴也沒用，算了吧。」我扳開竹筷。

「這樣從早忙到晚，眞的好辛苦喔。」她看了看媽，接著又看向我的手，「妳也是，這麼冷的天還要一直洗碗，手都被凍紅了。」

「沒什麼啦，我習慣了。」我勾勾唇，將麵送進嘴裡，這時一名身材矮小，其貌不揚的男人，叼著菸懶洋洋地走過來，我不自覺蹙眉。

他看到末良時眼睛一亮，「這不是末良嗎？」

末良微微縮起肩膀，不敢對上他的視線，他逕自坐在我們對面的座位，露出猥瑣的笑容，並伸手朝末良紅潤的臉頰探去，「妳眞的愈來愈可愛了，有沒有男朋友？有空多來找叔叔玩啊！」

我不客氣地拍開他的手怒瞪他，他一愣，隨即失笑：「幹麼？開個玩笑而已嘛。」

「很難笑。」我的口氣冷若冰霜。

「喂喂喂，妳這是什麼態度？跟長輩是這樣說話的嗎？」察覺到衝突一觸即發，媽趕緊過來拉開那個男人，「她們在吃飯，你不要管她們啦，你也去吃飯吧。」

「吃飽了啦，我要去睡了！」他甩開媽的手，臭著臉往樓梯口走去。

末良怔怔地看著男人的身影消失在樓梯間，一臉緊張地問我：「岑岑，怎麼回事？爲什麼那個人會上去妳家樓上？」

我悶悶地嚥下變得索然無味的湯麵，一時不曉得該怎麼回答。

該不該告訴末良那個男人現在就住在我家，甚至跟我媽睡在一起。他這兩天帶著行李大搖大擺地搬進來，不但成天遊手好閒無所事事，還會偷拿家裡的錢。他搬進來那天，我和媽大吵一架，差點就要離家出走。

他不是媽的丈夫，更不是我的父親，只是一個令人作嘔的男人。

我和末良吃完麵後，也上到二樓。去到我的房間裡，她坐在床鋪上，歪頭打量四周，「是我的錯覺嗎？妳房間的擺設好像跟之前不太一樣。」

「我把書架和床換了個位置，不然放不下新買的置物櫃。」

「呵呵，難怪。」她瞄了眼置物櫃裡的CD，「又有新貨啦？」

「嗯，昨天學長賣了兩張給我，不過實在沒地方放了，只好再買個小櫃子。」

「我以爲他會直接送妳。」

「他是想這麼做，但我拒絕了，我不喜歡平白無故收下別人的東西。」

「可是學長不是很喜歡妳嗎？」

聞言，我朝她瞥去，她曖昧地笑了笑。

我拿起放在床側的吉他，嘆了口氣坐到她身旁，「誰說他喜歡我了？」

「大家都知道呀，他眞的對妳很好，班上同學都以爲你們在交往呢。」

「社長照顧社員有什麼好大驚小怪的？他又不是只對我一個人好，妳想太多了。」我彈了幾個音。

末良沒再說話，帶著淺淺的笑意看我彈奏，直到吉他聲突然中斷，她才開口：「怎麼了？」

「手指頭有點僵硬，不太好彈。」我甩甩手。

她握住我的手，蹙眉道：「誰叫妳剛剛洗了那麼多碗，妳看，手指凍成這樣，當然不好彈。」

她邊說邊搓揉我的手，還捧起我的手輕輕呼了幾口熱氣，急著想讓我的手溫暖起來。

我呆呆地凝視她，好半晌才抽回手，「沒事啦，再多彈一下，手指就靈活了。」

「嗯。」她露出燦笑，將頭靠在我肩上，開始哼唱我剛剛彈的歌曲。

聽著她的歌聲，我的手指再次探向吉他，爲她伴奏，同時在眼角餘光中發現她嘴角的笑意又更深了些。

她淡淡的髮香和溫熱的體溫，讓我方才強自壓抑的情緒又起了波瀾，輕輕搔著胸口⋯⋯

我明白，那是愛戀。

我比任何人都要珍惜、呵護末良。

是的，我愛她。

在偏僻的鄉村中長大，日子既單調又乏味，吉他成了我唯一的慰藉，直到末良出現，才爲我平凡無奇的生活帶來改變，她是我生命中最大的不平凡。

我究竟是什麼時候喜歡上她的？是國中第一次見到她的時候嗎？

高一再次與末良相遇，我才察覺自己對她懷有一份特殊的情愫，原來早在第一次見面時，我就已經將她深深記在心裡了。

只是當我發現自己對她懷抱的感情不只是友情，還有愛情時，我就決定把這個祕密藏在心底。

她永遠都不會知道這個祕密。

「凱岑，上次給妳的CD聽了嗎？妳覺得怎樣？」午休時間，吉他社社長賴正恆走進社團教室。

「聽了，我選了第三首來練習，這個星期應該就可以練熟。」我沒有抬頭，專心看著昨晚熬夜寫好的譜。

我和學長就讀同一所國中，國一時因加入吉他社而與他相識，多年配合下來，我們在吉他的演奏上默契十足。

「那成果發表會就用這首吧。」他說。

我抬頭望向他，「爲什麼？你不是已經跟學姊她們決定好曲目了嗎？」

「看妳這麼喜歡，所以想和妳一起彈這首曲子。」他眼神中飽含笑意與溫柔。

我微微一凜，下意識別過視線，佯裝沒注意到。

從前我並沒有意識到學長對我另眼相待，儘管不少人都曾提醒過我，我卻寧願相信彼此只是喜愛音樂的同好。可自從末良也說出同樣的話之後，我開始會因學長對我的態度而感到不自在。

我承認這一切都是因爲末良。

我不想把事情搞砸，不想失去原有的一切，所以希望學長什麼話都別說，什麼都別告訴我。遇見末良後，我就沒想過再讓任何人走進我心裡了。

「咦？又是你們兩個在練習？」二年級的英文老師林毅，同時也是學長的班導，發現我們在教室，走進來笑道：「看來我這個顧問可以光榮退休，把社團交給你們了！」

「還早咧。老師眞退休的話，我們就完蛋了啦。」學長莞爾，朝我瞥來一眼，我回以微笑。

「我是說眞的，有你和丁凱岑在，我就放心了。你們不但有實力，也很相配喔！」林毅的話顯然意有所指。

學長急忙出言反駁，臉卻紅成一片。

我不想繼續這個話題，於是起身將吉他遞到林毅面前，「很久沒聽老師彈了，來一首吧。」

「好啊。」他高興地接過，「妳想聽什麼歌？」

我不假思索道：「〈Ocean Deep〉。」

他眼神微微發亮，有著發現知音的喜悅，「妳也喜歡這首歌嗎？最近好像常聽妳彈這首。」

「託老師的福，所以我想再聽你唱一次。」

「那我就獻醜啦。」他清清喉嚨，開始自彈自唱。

一曲唱畢，林毅說自己有事要先走，學長則又練了一陣才離開，我正想繼續練習，卻聽見末良在門口叫我。

她笑嘻嘻地坐到我身旁，「我在外面好久了，等學長走了才敢進來。」

「妳直接進來又沒關係。」這樣我也不必那麼尷尬。

「妳眞的不喜歡學長嗎？」她歪著頭問。

「不喜歡。」我不想拐彎抹角地說什麼對他只是尊敬。

「可是不少女生都挺喜歡他的耶。」

「那妳也去喜歡他吧。」

「齁，我是很認眞在跟妳說欸！」她嘟嘴。

我輕笑，敲敲吉他，「要唱歌嗎？」

她開心點頭，我彈唱起孫燕姿的〈天黑黑〉，她跟著我一起哼唱。

我們幾乎每天中午都會一起唱歌，然後在最後一個音符結束時，相視一笑。

「剛才聽到妳說不喜歡學長，我其實鬆了一口氣。」末良說。

「爲什麼？」我不由得一愣。

「要是你們交往的話，我們就沒辦法天天膩在一起了吧？」

我忍俊不住，「我才擔心妳如果交男朋友，會馬上把我忘了。」

「才不會呢！」她親密地攬住我，依偎在我懷裡甜甜一笑，「我啊，只要有岑岑就夠了。」

我情不自禁握住她擁著我的手，喉嚨驀地一哽。

不知道是因爲知道這不可能實現，還是因爲這句話實在太動聽了。

「……我也是。」我的聲音微弱而飄忽，像是在說給自己聽，「我只要有妳就夠了。」

末良的存在是習慣，也是幸福。

我從未奢望有朝一日她能明白我的感情，只希望她能一直在我身邊露出開心的笑容，讓我暫時忘記現實的殘酷，沉浸在與她共度的美好時光裡。

我很高興自己在末良心中也具有同等的重要性，我們早已不只一次約好，以後要一起考上台北的大學，一起生活，永遠都在一起。不管我們的未來如何，一定都要有對方相伴。

如美夢般的約定，讓我徹底迷失其中。

我不敢去想這個約定能否成眞，只求能維持現狀，不要有任何改變……雖然我知道遲早有一天必須放開末良的手，卻萬萬沒想到那天會來得這麼快，這麼措手不及。

「各位同學，從今天起，班上多了位轉學生。」某天，高二的導師突然在班會上宣布，「新同學叫唐宇生，是從台北轉學過來的。」

唐宇生站在講台上，面對眾人好奇的目光沒有任何反應，只面無表情地凝視窗外，似乎在眺望外面的那片大海。

當時的我並不知道，就是眼前這個陌生人，將我所有的美夢毫不留情地狠狠打碎。

自有記憶以來，我就不喜歡夏天，海水帶來的悶熱濕氣總令我暈眩疲憊。

轉學生來到我們班沒幾天，關於他的謠言就已經傳得滿天飛。

據說他家境富裕，父親是一家大公司的董事長，有不少同學親眼目睹他搭賓士車上下學，因此大家都很好奇，這樣一位大少爺爲何會到這種鄉下地方念書。

唐宇生始終獨來獨往，不和任何人打交道，下課不是趴在桌上睡覺，就是離開教室，直到上課鐘響才回來。家世背景顯赫，加上一張冷漠卻好看的臉，讓許多女孩子都對他深感興趣，非常想認識他，他儼然成為學校裡的話題人物。

末良也跟我提起過他，幸好她只是單純對這個人感到好奇。我倒是頗看不慣唐宇生目中無人的態度，認為那不過是有錢人的傲慢罷了。

「凱岑，聽說你們班來了個很有錢的轉學生？」社團練習時，學長問我。

「對啊。」

「我們班的女生都在討論他，他在你們班應該也很受歡迎吧？」他仔細觀察我的神色，「妳怎麼好像一副興致缺缺的樣子？」

我聳聳肩，沒有回答。

「妳對他沒興趣？」學長又問。

我失笑，彈奏吉他的手未曾停下，「我應該感興趣嗎？」

「哈哈，沒有啦，我只是在想他條件那麼好，會不會連妳也心動了？」

「我才沒那麼膚淺。」

他笑意淡了些，凝視我片刻，「凱岑。」

「幹麼？」

「我有事……想跟妳說。」

「成果發表會的事嗎？我已經在加緊練習了，沒看我連午飯都沒吃了嗎？」我翻了一頁譜。

他微微一怔，收起曖昧的態度，「嗯，妳好好加油，飯還是要吃，別把身體搞壞。」

「嗯。」我揚起嘴角，沒再說話。

直到聽見學長離去的腳步聲，我才停下彈奏，抱緊吉他深嘆了一口氣，恨不得將積累在胸口的沉重一併呼出。

晚上洗完澡，我穿著背心和短褲從浴室走出來，那男人正好也從房間步出，目光毫不遮掩地將我全身上下細細打量過一遍。

我瞪了他一眼，冷著聲音說：「你在看什麼？」

「呵呵，我們家凱岑不錯喔，愈來愈有女人味了呢。」他詭譎地笑了笑，又盯著我看了好一會兒才走開。

他的眼神讓我頭皮發麻，直打冷顫，我裹緊披在肩上的浴巾，快步返回自己房間。

正在收作業的末良忽然嘆了口氣，引起我的注意。

「怎麼了？」

她抬頭往唐宇生的座位瞥去，無奈道：「唐宇生又不交作業就跑出去了。他每次都遲交，跟他講過好幾遍都沒用，好煩喔。」

「直接罵過去啊，讓他知道妳這個學藝股長不是這麼好欺負的！」

「我哪裡罵得出來啊？」她失笑，「要是我有岑岑的一點魄力就好了。」

「那我替妳當學藝，妳替我當班長吧。」

「才不要！」末良吐吐舌頭，抱起作業轉身離開。她走後不久，唐宇生回到教室。

幾個星期過去，纏著他的女生明顯變少，關於這點其實我並不意外，誰叫他對她們的搭話置若罔聞，自然會引來不少負面評論。有幾次午休結束，我從社團回去教室時，偶然與他擦肩而過，目光僅對上一秒便各自轉開，不曾打過招呼。

他像是活在自己的世界，那雙淡漠的褐色眼眸完全看不進任何人。

「哇，下雨了，怎麼辦？我沒有帶傘！」放學時，末良站在教室門口懊惱道。

「我也是。」我暗嘆倒楣。

「岑岑，妳今天不要載我了，我搭公車回家就好，妳趕快回去吧。」

「可是妳沒傘怎麼去公車站？」

「跑一小段路就到了，妳也快點走吧，雨愈下愈大了。」

和末良道別後，我跑到後校舍牽腳踏車，走沒幾步卻覺得好像有哪裡不對勁，低頭一看，原來是腳踏車的後輪輪胎被鐵釘刺破了。

眼見雨勢愈來愈大，我難掩煩躁地嘖了一聲，決定今天先搭公車回去。

我把書包頂在頭上遮雨，飛快跑出校門口，見要搭的公車正要駛離，我拔腿欲追，卻被一輛突然停靠在路邊的黑色豪華轎車止住腳步。

一道低沉的嗓音從背後傳來，「丁凱岑。」

我回頭，發現來人是唐宇生，他手上沒有雨傘，身上被雨淋得半濕。

他背著書包，站姿筆挺，「我送妳吧。」

「什麼？」

我還未反應過來，一位穿著西裝的老先生迅速開門下車，上前替唐宇生撐傘，他似乎是聽見唐宇生的話，送唐宇生進入車內後，十分親切地對我說：「同學，請上車，我送妳回去。」

「不用了，沒關係。」我立刻婉拒。

「請上車吧，要是感冒就糟了。」老先生不由分說接過我的書包和吉他，並打開後車門，對我和藹一笑，「請上車吧。」

我只好硬著頭皮上車，坐到唐宇生旁邊，老先生問過我家地址後便沒再出聲。

唐宇生無視自己還淌著雨水的瀏海，默默將一盒面紙遞給我，我訝異得連道謝都忘了，傻愣愣地接過。

這輛車的後座十分寬敞，即便吉他橫擺在我身前，仍不顯侷促。

車內一片靜默，我注意到唐宇生的視線緩緩落在吉他上，久久未曾移開，彷彿陷入沉思。

當車子開到我家附近，雨勢轉小，我連忙請老先生將車子停在路邊。

「可是雨還沒停。」老先生有些猶豫。

「沒關係，我家就在前面巷子，不必特地開進去了，非常謝謝您。」恭敬言謝之後，我抿抿唇，望向坐在身畔的那人，「唐宇生，謝了。」

「不客氣。」他迎向我的目光，話裡聽不出情緒。

我背著書包和吉他下車，再回頭時，車子已經駛遠。

唐宇生方才遞給我的面紙還握在我手中，也許他並不是我以爲的那麼傲慢。

「凱岑，妳坐誰的車回來？」在家門口做生意的媽目睹這一幕，等我一進門就馬上問起。

「同學家的車，我腳踏車壞了，他送我回來。」我簡略回答。

「原來是這樣，嚇了我一跳，那輛車眞氣派，是哪個同學家裡的車啊？」

「轉學生啦，聽說他爸是總裁還是董事長什麼的，他看我要冒雨回家，才好心送我一程。」那個吃軟飯的男人也在店裡，他不懷好意地笑了笑，「哈哈哈，我們凱岑眞厲害，釣到一個有錢的同學。好好加油啊，說不定將來就不愁吃穿了？」

我瞪他一眼，咬牙道：「這種骯髒事只有你想得出來吧。」

「凱岑！」媽趕緊制止。

我強忍怒火，拎著書包和吉他快步上樓。

幸好除了媽以外，似乎沒人看到唐宇生送我回家，不然要是鬧出什麼無聊的謠言就麻煩了。隔天在學校碰到唐宇生，他依然沒跟我打招呼，我也沒放在心上，只想著今後我們應該不會再有任何交集。

過了幾天，上體育課時，我因爲生理痛，去保健室要了幾顆止痛藥，便緩步走回教室，卻見唐宇生戴著耳機坐在座位上。

下腹的悶痛讓我沒心思去想他爲什麼沒去上體育課，逕自趴在桌上休息。

遠方綿綿不絕的海浪聲在教室裡迴盪，等下腹的疼痛舒緩許多，我慢慢抬起頭。

唐宇生仍坐在位子上，低著頭不知道在寫些什麼，我這才注意到他是個左撇子。

他桌上有一本歷史習作簿，是今天應該繳交的作業。

「唐宇生。」我出聲提醒他：「歷史老師在隔壁班上課，你要不要趁現在把作業放到她辦公桌上？」

他看了我一眼，又低頭繼續做自己的事。見他無動於衷，我起身朝他走去，他飛快將一張紙塞進抽屜，眼神銳利地瞥過來。

「抱歉。」他如此警戒的反應令我意外，「我只是想跟你說，我可以幫你把作業送過去。」

他目光冰冷，依舊不發一語，看來是我太雞婆了。

「當我沒說。」我正要走開，他卻迅速把作業本遞來，我沒馬上接過，「你忘了寫嗎？」

他搖頭。

「那爲什麼早上不交？學藝股長跟你收過作業吧？」

「嗯。」他終於出聲。

腦中浮現末良今早向我抱怨他又不交作業的懊惱神情，我輕輕嘆了口氣：「雖然不曉得你爲什麼不按時繳交作業，但請你稍微替學藝著想一下，她夾在你和老師中間眞的很辛苦。」

他的視線停在我臉上，沒有接話。

「幹麼？」我的態度並沒有太差吧？

「知道了。」他淡淡應了句，起身離開教室。

這樣應該不至於惹到他吧？要不是之前他好心送我回家，我才懶得跟他說這些，更遑論替他交作業，但更重要的是，我不想再看到末良因爲他而陷入煩惱。

「岑岑，妳今天要一個人留在學校練吉他嗎？」放學時，末良問我。

「應該吧，其他人好像都有事。」我收拾好書包，「怎麼了嗎？」

「我陪妳練習好嗎？然後我們再一起回家。」

「當然好。」我二話不說便應允，末良開心地跟著我一起到社團教室。

社團教室裡果然空無一人，我練習了一陣，末良忽然開口：「岑岑，今天我可以在妳家過夜嗎？」

「發生什麼事了嗎？」注意到她神色有異，我放下吉他，定定望著她，「又跟妳媽吵架啦？」

她微微抿唇，將頭輕輕靠在我肩上。

末良的父親去年因病過世，剩下她和母親相依為命。最近她媽媽新交了一個男友，甚至還有再婚的打算，這讓末良無法接受。她不能理解母親怎麼能這麼快就決定再婚，更不能理解她怎麼能和父親以外的人在一起，她說光是想像就覺得噁心。

儘管她們母女常為這件事起爭執，但我知道她媽媽非常愛她，為了她多次延後再婚的日期，一心想取得她的諒解，只是她始終抱持著抗拒的態度，拒絕與母親溝通。

我相信末良自己也很清楚，就算她再抗拒，她母親總有一天還是會再踏入婚姻。

「我好想快點離開這裡。」她的淚水浸濕我肩上的衣服，「想快點去台北，再也不要回來了！」

我握住末良的手，暗嘆一口氣。我何嘗不這麼希望呢？然而我們沒有能力立即遠走，只能焦慮地等待那一天的到來。

日子雖然難熬，幸好我和末良還有彼此相伴，我們互相鼓勵，互相述說那些難以對外人道的苦悶，然而我什麼都可以向末良坦白，只除了那最深最陰暗的痛苦，我選擇將它鎖在不見天日的內心深處。

那天晚上，末良和我睡在同張床上，我小心翼翼輕撫她熟睡的臉，嗅聞她身上的甜香，我想要細細親吻她，卻沒有勇氣行動，只能長久凝視著她，將她此刻只屬於我的甜美銘記在心。

愈是渴望帶末良離開，這份感情就愈是強烈。我愛的人可以一直在我身邊，一起睡在同一個屋簷下，一起走入同一個夢，這樣的日子我已經反覆想像過千百萬遍。

末良一定不知道，我比她還期待那一天的到來。

「唐宇生又不交作業了！」登記完繳交作業的名單，末良忍無可忍地低吼。

奇怪，昨天跟唐宇生提過這件事後，我還以爲他不會再犯，難道他當時只是在敷衍我？

「我再也受不了了，我要去罵他！」她快步走向唐宇生，氣鼓鼓的可愛模樣讓我暗暗失笑。

「唐宇生，你爲什麼每次都不按時交作業？」

向來溫和的末良難得發脾氣，引來班上同學的好奇旁觀。

唐宇生卻只慢條斯理地翻了一頁手中的雜誌，連頭都不抬。

末良氣得在他前面的空位坐下，音量明顯提高：「別人在問你話，禮貌上應該回應一下吧？如果你作業不會寫，我可以教你，拜託你不要每次都拖到最後才交，你有閒情逸致去聽老師訓話，我可沒心情一直催你。請你合群一點，不要老是唱反調好嗎？」

唐宇生依然默不作聲。

「唐宇生，你到底有沒有在聽？」

唐宇生忽然闔上雜誌，雙手撐在桌上，身體微微前傾朝末良貼近，嘴角泛起從未見過的微笑。

「我會按時交的。」他望著末良的眼睛低聲說，「既然妳說妳可以教我。」

末良睜大雙眼，似是一時沒有反應過來，過了好一會兒，她才緊抿雙唇，不甚自在地別開視線。

她臉頰緩緩浮上的緋紅，隱隱刺痛我的眼。

「怎麼了？心情不好？」學長的問話讓我回過神來。

「我看起來像心情不好？」我低頭撥弄吉他。

「沒有啦，只是覺得妳今天有點安靜。」

「我專心練習的時候本來就不愛說話，你認識我這麼久，連這都不知道。」

「我當然知道，只是這次不一樣，妳好像有點焦躁。」他莞爾。

我沒有作聲。

「有什麼煩惱說來聽聽啊。」

「我沒有什麼煩惱，只是在想成果發表的事。」

「妳該不會是緊張吧？」他語帶意外，「哇，向來沉穩冷靜的丁凱岑居然也會緊張！」

「吵死了，快去練習啦！」

「好啦，放輕鬆，妳的表演經驗已經夠豐富了，沒問題的。」他拍拍我的肩，隨後便與其他團員一塊練習去了。

我放下吉他，低低嘆了口氣，上午末良與唐宇生四目交接的那一幕，始終在我腦中揮之不去。平時看末良和其他男生相處，我都沒什麼感覺，這次不知怎地卻覺得有點不安，不過末良之後的表現一如往常，應該只是我多慮了。我這麼寬慰自己。

幾天後，正值打掃時間，我拿著抹布隨意擦拭窗戶，兩位女同學忽然跑來找我。

「凱岑，妳快過來！」

「幹麼？」

「別問了，妳快跟我們來！」她們拉著我跑到樓梯口，叫我看向一樓的花圃。

當我目睹末良和唐宇生站在一起的身影時，呼吸瞬間一滯。

向來不苟言笑的唐宇生竟態度丕變，與末良有說有笑，狀似親密。

帶我過來的兩位女同學竊竊私語起來：「末良居然跟那個唐宇生這麼聊得來。」

「自從上次末良對他發過脾氣後，那兩人之間的相處好像就變得不太一樣了。」

「凱岑，妳知道是怎麼回事嗎？」

「不知道。」我沉默了一會兒才接話，隨即掉頭就走。

她們鍥而不捨地追上來，「凱岑，妳覺得他們最後會不會在一起呀？」

聞言，我的腦中倏地一片空白，勉強答道：「別八卦了，快點回去打掃啦！」

「凱岑妳真奇怪，竟然都不會好奇。」

「是妳們想太多了！」

是啊，想太多了。

「岑岑！」末良一看到我，立刻揚起大大的笑容。

當我發現偌大的教室裡只有她和唐宇生兩個人時，我不曉得自己臉上是什麼表情。

「妳今天練得好快，怎麼不打手機跟我說一聲，我過去找妳就好啦。」她跑到我面前，笑得很是甜美。

「我不想讓妳等太久。」我微微扯動嘴角，瞥了唐宇生一眼，「……而且我不知道他也在。」

「你們社團教室太多人了，所以我回教室等妳，剛好唐宇生說他也要等車，我們就一起聊天打發時間。」

「是喔。」我不曉得自己的笑容是否自然，唐宇生朝我看來，眼神一如之前那般漠然。

我無法再發出任何聲音。

「那我們走吧。」末良牽起我的手，回頭問唐宇生：「你要不要跟我們一起？」

「不了，我等會兒再下去。」他目光不變。

我沒辦法再承受唐宇生的視線，感覺像是整個人被他看透了，令我難以呼吸。

「那明天見嘍，拜拜！」末良揮手。

我不知道唐宇生有沒有回應她，只是握緊末良的手，無論末良對我說了什麼，問了什麼，我都答不出來。

「How do I live without you, I want to know. How do I breathe without you, If you ever go……」

隔天中午在社團教室時，末良哼起這首歌，我不禁抬頭看她。

「妳最近好像很常唱這首歌。」

「前陣子看了《空中監獄》，覺得這首歌超好聽的，妳不覺得嗎？」她俏皮地問。

「好聽是好聽，不過我不太喜歡歌詞。」

「爲什麼？」她睜大眼。

「心愛的人不在了，就無法活下去，這點我不太能認同。」我抱起吉他，「無論心愛的人是死了，或是離開了，被留下的那個人都應該要好好活著。」

「可是，心愛的人不在了一定很痛苦吧？若那個人曾經是妳的一切，忽然就這樣離開了，妳一定會覺得生活不再有意義，只想跟隨對方離去吧？」

「那樣的想法只是一時衝動，等時間一久，就一定能再次堅強起來。」

「這不是那麼容易做到的事吧？」她嘟起嘴，「那要是岑岑最重要最心愛的人突然死了，妳還有自信這麼說嗎？」

我停下隨意撥動吉他的手，看著不服氣的末良。

「妳不會崩潰嗎？」

我怔怔注視她，一時之間什麼話都說不出，許久後才回：「當然會。」

「對吧對吧？」她眸裡含笑。

「可是我可以撐過去。」我接著又說：「因爲人是很堅強的。」

「但人也是很脆弱的呀。」聽完我的話，末良垂下頭，「我沒辦法像岑岑那樣堅強，若我最愛的人離開我，我一定撐不下去，絕對會瘋掉。」

我用食指輕推了下她的額頭，「沒事想這些有的沒的幹麼？不管發生什麼事，我都會陪著妳，妳就別再一個人胡思亂想了。」

「眞的？」末良抬起頭看我，模樣像極了一頭純眞的小鹿。

「我什麼時候騙過妳了？」

末良笑了，方才的陰霾一掃而空。

「岑岑，妳彈一次〈How Do I Live〉好不好？」我用吉他聲回應她，她笑意更深，過了片刻又開口：「唐宇生說他以前也常聽這首歌。」

我的手指一頓，曲調落了一拍才繼續。

「昨天我們有聊到這首歌，妳猜他怎麼說？」

「我哪知道？」我盡力讓自己的聲音不洩漏半點情緒。

「他覺得曲子不錯，只是對歌詞不太滿意。」她眼裡閃耀著光采，嘴角噙著笑，「你們兩個的意見相同呢。」

我勾了勾唇，安靜地彈完這首歌。

不安再次自心底湧上，我不敢去想末良此刻的甜美笑容，是爲了誰而綻放。

成果發表會當日，正是學校的校慶。操場中央搭了座舞台，許多社團都將上台表演。隨著演出時間逐漸逼近，幾個新進社員開始焦躁不安，由於我從國中就常上台演出，倒是沒那麼緊張，還有餘裕和學長姊在後台閒聊。

「岑岑！」末良忽然出現在後台。

「妳怎麼會來？」我驚喜地看向她。

「來幫妳打氣呀，再兩個節目就輪到你們了吧？好想快點看到妳上台唷！」

「有什麼好期待的？妳又不是沒看過。」她話裡的雀躍感染了我，我不禁微笑。

「我就是喜歡看呀，岑岑妳那麼有舞台魅力。對不對，賴學長？」她問我身後的學長。

「對啊，她每次都把我的風采搶走。」他還愼重其事地點頭，我忍不住白了他一眼。

「你們這次有要合唱嗎？」末良問。

「本來有，可是後來有了些變動，等等就可以聽到凱岑的Solo嘍。」學長說。

「喂，你怎麼講出來了？」我本來打算給末良一個驚喜。

「哇，好開心喔！那我一定要準備好衛生紙！」末良尖叫。

「準備衛生紙幹麼？」我和學長異口同聲。

「擦眼淚呀，每次聽岑岑獨唱，我都會哭。」

「難聽到這種地步喔？」學長誇張地睜大眼，我不客氣地踢了他一腳。

「是因爲太好聽了，每次聽都讓我非常感動。」末良大笑，拉起我的手晃了幾下，「岑岑，那我去台下等妳，妳要加油唷！」

末良一離開，學長便打趣：「妳這個粉絲眞的很熱情。」

輪到吉他社表演時，學長領著幾個社員先上台，隨著台下觀眾愈發熱烈的回應，他們的表演也愈加賣力。坐在我旁邊的一位學姊語帶佩服：「不愧是賴正恆，眞會帶動氣氛。等等就看凱岑妳嘍，妳可是壓軸呢。」

「拜託別再給我壓力了啦。」我有些無奈，「幹麼搞得像電音社一樣？」

「應該是爲了妳吧。」她冷不防丟出這句話，「他都表現得那麼明顯了，難道妳還看不出來？」

我沉默不語。

「凱岑呀，妳眞的——」熱烈的掌聲再度響起，打斷學姊的話。

我隱隱鬆了口氣，起身背起吉他，「我上台了。」

「加油。」學姊也站了起來，拍拍我的背。

明明不是初次登台，然而台下的人潮多得超乎想像，讓我不免生出些許緊張。我迅速從人群中找到末良，她朝我用力揮手，雙頰因激動而脹紅。

同時我也看見她身旁的另一個人，唐宇生。

這次我要演唱兩首歌，第一首是陳綺貞的〈旅行的意義〉，台下有不少人都跟著我一起唱，現場一下子變得像在上唱遊課，和樂的氣氛令坐在前排的師長都難掩笑意。

而我的目光總會不時落在末良身上。

我喜歡她專心聆聽我唱歌的模樣，在這一刻，我也只想爲她一個人而唱。

我喜歡這樣看似簡單微小，卻又巨大無比的幸福。

「凱岑，再一首！」掌聲震耳欲聾，前排有人大聲喊著安可。

我正準備唱第二首歌，卻注意到末良朝唐宇生貼近，在他耳邊不知道說了些什麼，而唐宇生始終專心傾聽，嘴角還掛著淺淡的笑意。

這個畫面令我的胸口如被重捶。

我別開眼，覺得手中的吉他頓時變得好沉重，直到再次聽見掌聲才回過神來。

調整好情緒，我深吸口氣，讓吉他聲從指間流洩而出，我開口唱歌，末良的視線也重新移向我。

我這裡天快要黑了　那裡呢
我這裡天氣涼涼的　那裡呢
我這裡一切都變了　我變得懂事了
我又開始寫日記了　而那你呢
我這裡天快要亮了　那裡呢
我這裡天氣很炎熱　那裡呢

我這裡一切都變了　我變得不哭了
我把照片也收起了　而那你呢……

〈怎樣〉詞、曲：戴佩妮

末良和一群班上同學高舉雙手，隨著音樂左右搖擺，最後所有人都加入了搖擺的行列。

這一幕畫面令我相當感動，我不禁微笑，卻不經意察覺到唐宇生的視線。

他沒有和大家一起擺動雙手，只是靜靜凝視台上的我。他的眼神沒有波動，但又異常專注，不曾從我身上離去。

那樣的注視使我愕然，我故作若無其事地別開眼。

一曲唱畢，掌聲響了好一段時間都未歇，我向台下點頭致意，直到看見學長姊從後台投來的肯定眼神後，才有了表演順利結束的真實感。

等我回到教室，末良和一群女同學簇擁著我尖叫。

「凱岑，妳太棒了，我都被妳迷住了！」

「妳彈吉他的樣子眞的超酷，所有人裡面就妳彈得最好！」

「那還用說，岑岑本來就是最厲害的！」末良一臉驕傲，開心地牽起我的手，「我們回家吧。」

「好。」

每當末良對我露出那只會在我面前綻放的甜美笑容時，即便我心中有再多不安，也會在那一刻瞬間消散，包括方才因她和唐宇生親暱互動而湧現的失落與焦躁。

為何會陷得這麼深？

「沒想到妳會唱戴佩妮的那首歌，我好感動喔。」末良說。

「可是妳沒哭啊，那首不是妳以前最愛的歌嗎？」我笑道。

「現在還是很愛啊，妳一下台，我的眼淚就掉出來了。」

「眞有這麼感動？」

「因為岑岑唱歌很有感情嘛。」

「是妳的感情太豐富了。」我不以為意地回。

她歪著頭看了我好一會兒，「岑岑眞的是個很溫柔的人呢。」

我嚇一跳，「幹麼忽然講這種話？我都起雞皮疙瘩了！」

「我說眞的，妳眞的對我很好，而且很酷，又帥氣。」她低頭望向我們腳下的影子，「如果岑岑是男生，我一定會喜歡上妳。」

我一愣，鬆開她的手，她眨眨眼，噗嗤一笑，「妳嚇到啦？」

「……妳在開玩笑嗎？」我清楚聽見自己聲音裡的顫抖。

「就算不是玩笑，也不可能會實現呀。」她沒有察覺到我的異樣，笑容依舊甜美，「不過，能和妳當最好的朋友，一直在一起，我就覺得很幸福了。」

瞬間，那些卡在喉嚨的話被我狠狠嚥回去，再也無法說出口。

「那唐宇生呢？」我強笑，「妳喜歡他嗎？」

明明下定決心不去追問，卻還是問了。我一定是失去理智，不然就是瘋了。

「什麼呀？岑岑妳想太多了啦！」她脹紅臉，帶著幾分難以掩飾的失措。

「回去吧。」我再度牽起她的手。

「能和妳當最好的朋友，一直在一起，我就覺得很幸福了。」

可以了，這樣就可以了。對我來說這樣就夠了，早就不能再奢求了。

走進巷子，遠遠看見家裡的鐵門拉下，我有些驚訝媽居然沒有開店。

我快步走到門口，正要拿鑰匙開門，卻聽到隔壁叔叔緊張兮兮地喊我。

「妳快去醫院，妳媽媽出事了！」他神色慌張，「她今天煮東西的時候，不小心打翻鍋子，整隻手都……總之，傷得很嚴重。妳快去醫院，已經有幾個阿姨陪著一起去了。」

聽到這裡，我連吉他都還來不及放下，就跑到馬路邊招了輛計程車坐上去。

到了醫院，我正想向護理人員詢問媽人在哪裡，一位鄰居阿姨就注意到我，把我叫了過去。

我心急如焚，「阿姨，我媽她現在怎樣？聽說她燙傷了！」

「是電燒傷，之後又撞到正在煮東西的鍋子……」

「那她現在怎麼樣？」

「情況已經穩定下來了，可是……」她面有難色，陪著我到病房門口。

家裡那個男人就坐在椅子上，一改平時的痞氣，表情異常嚴肅。

媽躺在病床上沉睡著，見她神情安穩，我鬆了口氣，伸手想替她整理有點凌亂的被子，卻被制止。

「那個，凱岑……」鄰居阿姨面色緊繃，「妳別太難過，實在是不得已才會這麼做的。」

我聽不懂阿姨在說什麼，心中湧起一股不祥的預感，顫抖著手將被子掀開。

媽的右手不見了。

我腦中一片空白，過了好幾秒才擠出聲音：「這是怎麼回事？我媽的手呢？」

「傷勢太過嚴重，醫生說必須截肢，才能保住一命。」阿姨眼眶泛紅，「勸了好幾次，妳媽才願意在同意書上簽字。」

我傻愣愣地看著媽包裹厚厚紗布的傷處，不敢相信這一切是真的。

「凱岑，別擔心。雖然往後生活可能會有困難，但我們都會幫忙的，不要太難過，好嗎？」

阿姨的聲音似乎是從很遙遠的地方傳來，我聽不太清楚，但我仍緩緩點頭。

之後，留在病房的我想不出任何辦法，也做不出任何決定，我恨透了自己的無能爲力。

媽的左手也被紗布包住，但仍看得見指尖上交錯的新舊傷疤。我盯著那些傷痕，思緒再度往最深最黑暗的盡頭墜去。

「凱岑，媽媽有妳就夠了，只要有妳就夠了。」

「別像妳爸爸一樣，千萬不能像妳爸爸一樣……」

「妳不可以像他一樣，這麼傷媽媽的心……」

我握住媽的手。無形的沉重，壓得我無法抬頭。

翌日在學校，末良走到唐宇生座位旁收作業，他很快就拿出作業給她，兩人還小聊了一下。

「妳看，唐宇生居然準時交作業了耶。」
「對啊，妳有沒有發現自從上次末良對他發飆後，他們的感情就愈來愈好了。」
「唐宇生是不是對末良有意思？」
幾位女同學的議論傳入我耳裡，我的目光也跟著落到末良和唐宇生那處。
這樣的寂寞，居然這麼令人難受。無法表現出來的寂寞，居然這麼令人痛苦。
我移開視線，窗外的天空不知何時下起了毛毛雨。

「我喜歡妳。」
放學後，在只有兩個人的社團教室裡，學長對我說。
我沒有看他，也沒有說話，只是抱著吉他一動也不動。
「妳願意當我的女朋友嗎？」
我依然不發一語。
「沒關係，妳不必馬上回答我。」他的語氣聽起來有些害羞，但又十分認眞，「凱岑，我從國中就很喜歡妳了，我眞的想跟妳在一起。希望能盡快得到妳的答覆。」
我倉皇地奪門而出，回到教室，卻看見末良背著書包站在門口。
「妳怎麼還沒回去？都下雨了。」我問她。
「那個……」她頓了頓，靦腆道：「剛才唐宇生說，他可以送我回家。」
我怔住。
「岑岑，妳也沒帶傘吧？要不要拜託唐宇生送妳一程？」
我拒絕了末良的提議，獨自前往醫院。站在病房門外，我聽見來探望媽的鄰居們正悄聲討論著什麼。

「今後凱岑要怎麼辦？她媽媽的手變成那樣，要怎麼做生意？」

「那個男人沒去找工作嗎？」

「唉，能指望他嗎？成天喝酒好吃懶做，完全沒半點用處。」

「總之，能幫就盡量幫吧，畢竟都做這麼久的鄰居了。」

「是啊，可是最後還是得靠自己的力量站起來，總不能一直這樣幫下去。」

雨停了。

和煦的陽光緩緩照亮校園，掃去大雨帶來的陰霾。

我背著吉他踏進社團教室，在這個應該不會有人的時間，卻出現一道令人意外的身影。

唐宇生專心凝視掛在牆上的一把吉他，大概是聽到我的腳步聲，他迅速回過頭。

「你在這幹麼？」我納悶地問。

「進來看看而已。」他又朝吉他望去，「這個爲什麼掛在牆上？」

「那把吉他是畢業的學長留給社團做紀念的。」我在一張椅子上坐下，取出自己的吉他，

「不過已經很舊了，弦都斷了。」

「嗯。」他低應了聲，伸手撫摸那把吉他。

我想起上次他送我回去時，在車上也是這樣盯著我的吉他看，便問他：「你會彈吉他嗎？」

「不會。」他飛快答道。

他收回手，正要離開，我又叫住他：「可以讓我看一下你的手嗎？」

他停下腳步，眼神忽然變得嚴肅。

「不行的話就算了。」我拿起吉他準備練習，卻見他朝我走來，在我旁邊的空位坐下，對我伸出左手。

「我還想看另一隻手。」我微笑著望進他的眼。

一聲輕嘆後，他伸出右手。

「謝謝，可以了。」我撥弄琴弦，「如果你不想讓別人知道，我就不說，連末良也不會提。」

「妳指什麼？」

「你說呢？」愛裝傻的傢伙。

「聽不懂。」

我迅速抓起他的右手，讓他掌心向上，「真當我是笨蛋看不出來嗎？你這雙手一看就知道是——」

「凱岑？」學長滿臉訝異地站在門口。

我立刻放開唐宇生的手，但學長應該已經看見了。

「學弟，不好意思，現在是我們社團的練習時間。」學長對唐宇生一笑。

唐宇生什麼話也沒說，安靜步出教室。

待唐宇生一離開，學長冷不防抓住我的手，「凱岑，我有話問妳！」

「什麼？」我皺眉掙扎。

「抱歉。」他似乎意識到自己的失態，將手鬆開，「聽老師說妳媽媽發生意外住院，是真的嗎？」

我愣了愣，有些冷漠地回答：「對啊。」

「沒事了吧？」

「嗯，不必擔心。」

「那就好，我不知道妳家發生這種事，還跟妳說了那些話，一定讓妳覺得很混亂吧？對不起。」他語氣愼重，「我想去探望她，可以嗎？」

「啊？」

「每次去妳家吃東西，妳媽總是熱情地招待我，所以我想去看看她。」

沒能找到拒絕的理由，令我備感焦躁。

媽出事的消息也很快傳入末良耳中。

「岑岑，阿姨發生這麼嚴重的事，妳爲什麼不告訴我？」

「學長今天也要去醫院？那……我還是之後再去好了。」

「班上都在傳呀，妳怎麼可以最後才讓我知道呢？」

末良一連串的追問，讓我幾乎無力招架，我的心情沒有人可以說，也沒有人能懂。

「阿姨，我買了一些水果給您，希望您早日出院。」學長態度恭謹地對媽說。

「謝謝你。」媽望著學長的眼神充滿欣慰和滿意。

我不想面對媽那樣的笑臉，於是拿起保溫壺去茶水間裝水，回來時卻在病房門口聽見媽對學長說：「像你這樣的人，如果能陪在我們凱岑身邊該有多好。」

我停下腳步。

「凱岑從小就跟著我吃了很多苦，個性又倔，什麼事都藏在心裡，我很心疼她。」媽說著說著就哽咽起來，「這次我右手沒了，以後的日子會更辛苦，雖然凱岑什麼都沒說，但我眞的很擔心她無法承受。年紀還那麼小，卻必須跟著我這樣辛苦……」

「阿姨，凱岑她很堅強，不會這麼輕易被擊倒，所以妳一定要振作，這樣凱岑才可以放心，不是嗎？」

「我知道，我只是不希望那孩子繼續為我的事傷心。」媽哭了起來，「我希望能有個人在她身邊支持她、陪伴她，不要讓她因為怕別人擔心而總是獨自承受。那孩子已經因為她爸爸的事受過很大的打擊，我不希望她再……」

「阿姨，妳放心。」學長的聲音很是誠懇，「認識凱岑這麼久，她的個性我很清楚。我喜歡這樣的她，也會陪在她身邊替她分憂解勞，不會讓她一個人的，妳不用擔心。」

我拿著保溫壺，遲遲沒有踏進病房，只是靜靜坐在走廊的椅子上，望著牆壁發呆。

隔天和末良一起吃早餐時，從班上同學口中聽到一件奇怪的傳聞。

一直以來只和末良走得比較近的唐宇生，居然被人撞見和一位漂亮女生走在街頭，而且舉止親密，感情似乎相當好。

我有些訝異，末良卻只是笑笑，沒什麼反應。直到午休，她才神情黯然地到社團教室找我。

「怎麼愁眉苦臉的？」我立刻放下吉他。

她低垂著頭，握住我的手，「岑岑，妳覺得……唐宇生到底是怎麼看待我的？」

我愣住，沒想到她會問這個問題。

「他向來只跟我說話，從沒理會過其他女生，久而久之我也習慣了，甚至覺得理所當然。」

她抬頭看我，眼神充滿哀傷，「今早聽到那個傳言後，我覺得好難過、好想哭。我不想去相信，更不想看到他和別的女生那麼好……」

末良緊緊抱住我，將臉埋在我的脖頸間，不到一分鐘，我肩上的衣服就被她的淚水打濕。

「岑岑，怎麼辦？我好像喜歡上唐宇生了，該怎麼辦？」她低聲啜泣。

我喉嚨乾澀，一句話都說不出來。

一開始我就知道，末良有一天會遇到喜歡的人，她總有一天會離我而去。

因此我告訴自己，在那個人出現之前，我要好好守護她，而等到那個人出現，並可以給末良幸福，我就該放開她了。

我不了解唐宇生到底是怎樣的一個人，也不了解他到底喜不喜歡末良，然而此刻的我卻連一點點想向他確認的心情都沒有。

心沉甸甸的，好重，重得連伸手爲末良擦去眼淚的力氣都沒有。

「凱岑，妳那個學長眞的人很好，每天都來看我。妳到底喜不喜歡人家呀？」媽好奇地問。

我將切好的蘋果放在盤子上，「我現在不想談這個。」

「人家對妳那麼好，又那麼關心妳，哪裡不好了？」

「他對我好，我就應該跟他交往嗎？」我反問。

她頓了頓，「媽又不是這個意思……」

「早點休息吧，我先回去了。明天再來看妳。」我背起書包走出病房，心裡愈發紊亂煩躁。

我氣自己什麼話都不能說。

「凱岑，原來妳在這裡，末良一直在找妳耶。」班上一位女同學不知道爲了什麼跑來保健室，看見我躺在保健室的床上，驚訝地說。

我撐起沉重的眼皮，「末良找我做什麼？」

「不清楚，她臉色有點難看，好像發生什麼事了。」

聞言，我坐起身詢問：「她在哪裡？」

「她沒找到妳，後來就跟唐宇生一起離開教室了。」

我猶豫半晌，最後還是不顧下腹的陣陣悶痛，離開保健室去找末良，然而我走遍幾個她可能會去的地方，卻始終沒找到人。她會不會先回教室了？正當我這麼想時，附近的體育器材室裡突然傳出啜泣聲。

我悄悄繞到器材室窗邊，看到一對男女相擁的身影，是末良在哭泣，而唐宇生抱住她顫抖的肩膀，像是在溫柔安撫她。

這一幕如一道驚雷當頭劈下，我僵立在原地，胸口空空的，腦中也一片空蕩。

唐宇生不經意望向窗外，瞧見站在走廊上的我似乎也不覺得驚訝，他沒有出聲，只是安靜地與我四目相接。

費了好大的力氣，我才有辦法移動雙腳離開，但來自腹部的劇烈疼痛，讓我走沒幾步就開始冒冷汗。我想盡快遠離這裡，雙腳卻愈來愈疲軟，最後只能靠著牆壁蹲下，微微喘息。

「妳怎麼了？」

一回頭就見到唐宇生，我愣了一下，馬上問：「末良呢？」

「已經回教室了。」他似乎在觀察我的臉色，伸手想要拉我，「妳沒事吧？」

「不必了，你不用管我。」我清楚聽見自己聲音裡的冰冷。

我害怕再與他對視一秒，內心的狂怒會將僅存的一絲理智吞噬殆盡。

「岑岑，妳醒了？」

末良的臉一映入眼簾，我的目光就再也離不開了。

「好點了沒？肚子還會痛嗎？」她的手貼在我額上，好溫暖。

「好多了。」我眨也不眨地看著她，「聽說妳上節課一直在找我。」

「因爲有些話想跟岑岑說。」末良點頭，紅紅的眼睛讓我感到無比心疼。

「爲什麼哭了？」

「我媽決定再婚了。」淚水湧入她的眼眶，「無論我怎麼鬧，她都不肯理會。她不但罵我，還打了我一巴掌，明知我很難過，可她還是堅持己意。我以爲只要我堅定反對，她就不會再婚，我好天眞。」

「妳不希望妳媽幸福嗎？」我問。

她怔了怔，淚如雨下，「我希望能讓她幸福的人只有我和爸。」

我還想再說些什麼，她卻深吸口氣，下定決心似地說：「沒關係，我不想管了，既然她那麼想結婚就去結吧。我不會原諒她，也不會再承認她是我媽媽。」

望著末良臉上傷心欲絕但又堅毅的神情，我沉默地給她一個擁抱。

「岑岑，有件重要的事，我想第一個告訴妳。」過了一會兒，末良忽然說。

「什麼事？」

她離開我的懷抱，羞澀地宣布：「我和唐宇生交往了。」

我的眼前頓時一片黑暗。

「他跟我說，那個女生是他以前學校的學姊，也是他的乾姊。」她聲音微顫，話裡的情緒已經與方才截然不同，「我覺得自己像在作夢，眞的好像在作夢。」

末良甜美的嗓音，一下子在我心上留下數不盡的傷痕。

「岑岑，妳知道嗎？自從我爸離開後，我一直認爲自己不可能再擁有幸福，可是現在，我覺得自己可以遠比以前更加幸福！」

「是嗎？太好了。」我用盡全身力氣，不讓她察覺我在強顏歡笑，「眞的太好了。」

我明白了一件事，我心中那個因爲唐宇生而出現的缺口，永遠無法塡補了。

「妳媽媽是今天出院吧？我可以去幫忙嗎？」練習結束後，學長主動問我。

「可以啊。」見他一臉意外，我忍不住問：「幹麼？」

「喔……因爲我以爲妳又會拒絕。」他臉上滿是藏不住的喜悅，「那我到外面等妳。」

我把吉他收入袋中，耳邊聽見從遠方傳來的海潮聲，既平穩又規律，一如我的心，再也激不起更澎湃的浪花。

步出社團教室，學長就站在不遠處。

我所在乎的那個人，以及無數次幻想過的與她之間的未來，都已經幻化成泡沫，就算我再怎麼爲她執著，爲她堅守停留，她心中最重要的位置，也不再是留給我了。

我再也不是她的唯一了。

當我走近學長，並牽起他的手，他全身一震，難以置信地望著我。

「你喜歡我吧？」我語氣極淡。

他過了好半晌才回過神，用力點頭。

「如果我說我心裡有別人，你還會想跟我在一起嗎？」

他一愣，沒有馬上點頭。

「若沒辦法，就把我的手甩開吧。」

學長陷入沉默，最後牢牢回握我的手。

我低頭看向彼此交握的手，「你眞的願意？」

「嗯。」這次他毫無猶豫。

「就算我只會讓你覺得寂寞，也無所謂嗎？」

「嗯。」

「你會後悔的。」

「我不會。」他把我拉進懷裡，「我有信心，有一天讓妳只看得見我。」

聞言，我不禁失笑，笑我們兩個。

爲何人總愛選擇走在會讓自己更痛苦的道路上？

末良和唐宇生交往的事，很快就傳得沸沸揚揚。但由於大家早就懷疑他倆有曖昧，所以引起的反應並沒有太大，反而是我和學長交往的消息跌破不少人的眼鏡。

末良聽到傳聞，立刻跑來社團教室找我，「妳先前不是說不喜歡學長嗎？」

「就突然喜歡上了。」我敷衍地回應。

「那妳怎麼沒先告訴我？」

「我覺得沒什麼好說的，也不想聽別人拿這件事當話題閒聊。」

「連我都不能說嗎？我是別人嗎？上次阿姨出事，妳也是最後才讓我知道。」她神情有些受傷，「岑岑妳好過分！」

「抱歉，我不是這個意思啦，我只是想低調一點。」我連忙解釋。

「好吧，我也知道岑岑妳的個性就是這樣，不過這件事不可能低調了，連導師都聽說了。」末良這才稍微釋懷了些，隨即語帶喜悅地說：「雖然之前我不希望學長把妳搶走，但現在我眞的打從心底替學長開心，他喜歡妳好久了，沒想到眞有打動妳的一天，我本來以爲妳不會接受任何人的心意呢，眞是太好了！」

她是那樣爲我高興，我卻擠不出半絲笑意，連裝都裝不來。

「唐宇生對妳好嗎？」我問。

「很好呀，他眞的對我很好。」她甜甜地笑了。

「嗯，那就好。」我的聲音小得像是在說給自己聽。

這樣就好了。

出院當天，媽一進家門就打趣我：「家裡好像積了不少灰塵。」

「亂講，我明明每天都有打掃。」我沒好氣地說。

「正恆今天沒有送妳回來？」

「他要補習，而且也沒那個必要。」

「妳這孩子，都跟人家在一起了還說這種話，妳要好好對待正恆喔。」

我嘖了一聲，把媽的換洗衣物丟進洗衣機。

意外發生後，媽無法再經營小吃店，醫藥費也花了不少錢，儘管有鄰居們的大力幫忙，家裡的經濟還是無可避免地陷入困境。

家裡那個男人大概是良心發現，終於出去工作了，而我也在放學後到唱片行打工，可是我沒有告訴媽，只跟她說我在學校練吉他。

不只是媽，我也逐漸不再把每件事都告訴末良。除了不想令她擔心，我也想斷絕對她的依賴。遺忘與釋懷太難，但至少我可以讓自己不繼續深陷。

「凱岑，今天要不要一起去逛夜市？」學長在電話那頭充滿期待地問。

「不行，我要打工。」我走到停車場，「你不是要補習嗎？」

「今天沒有，妳忘了嗎？妳每天都忙著打工，我們根本沒時間相處。」他語氣明顯帶著失望。

「抱歉，不過你也知道我家現在狀況很不好，我得想辦法賺錢，實在沒心情出去玩樂。」

「嗯，那好吧。妳下班打電話給我，我送妳回家。」

結束通話後，我望向腳踏車的後座，那是過去專屬於末良的位子。

那些每天載她回家的時光，已經不會再有了。

我將剛送到的CD放上陳列架，嘴裡輕哼店內正在播放的歌曲。

另一名店員高聲喊：「凱岑，幫我結一下帳，我現在走不開。」

「知道了！」我馬上跑到櫃檯，頭也不抬地刷完條碼，「請問需要袋子嗎？」

「不用，我直接帶走。」

那聲音異常耳熟，我倏地抬起頭，只見唐宇生將三張CD收進書包，不疾不徐地問：「妳什麼時候開始在這裡打工的？」

「不久前，謝謝光臨。」我答得含糊，轉身走回陳列架，繼續之前未完的工作。

他走到我身旁，「妳沒有告訴末良？」

我不懂他為何突然提起她。

「她說妳最近晚上不知道在忙什麼，經常聯絡不到妳。」

我把陳列架上的CD一一橋好角度，假裝專心工作。

「聽說妳母親出意外，前陣子才出院。」

「你為什麼會知道？」我語調冷淡，看也不看他。

「末良告訴我的。」

的確，他們正在交往，末良會告訴他這些並不奇怪。只是聽到唐宇生用如此自然親暱的口吻叫她的名字，我還是難以接受，卻也只能用沉默來壓抑因嫉妒而湧上的濃濃怒意。

「為什麼不告訴她？」他又問。

「我不想讓她擔心。別告訴她我在這裡打工，可以嗎？」見他不答，我盯著他又問了一遍：「可以吧，唐宇生？」

他終於點頭。

「謝了。」我向店長打過招呼後，步出店外，恰巧瞥見學長騎機車過來。

他沒有熄火，摘下安全帽對我說：「凱岑，下班了嗎？」

「差不多了。」我說，身後的自動門再度開啓，唐宇生也走了出來。

學長明顯一怔，接著露出微笑，「學弟，你來買CD啊？」

唐宇生起先沒什麼反應，像是沒料到學長會跟他打招呼，直到學長停好車，上前問他買了什麼CD，兩人才逐漸聊開，話題全繞著音樂打轉。目睹這畫面，我覺得有些不可思議，但因為不想加入談話，我默默退回店裡幫忙打理雜務。

等我再次從店裡出來，已經不見唐宇生的身影。

「辛苦了，妳同學剛走。」學長對我說。

「嗯。」

「他對音樂涉獵挺深的，連很冷門的歌手都知道。」他拿出另一頂安全帽給我，「說也奇怪，他對音樂這麼感興趣，照理來說，應該會學過一兩樣樂器吧，況且他家又有錢，根本不需要考量費用問題。」

「他說他沒學過樂器？」

「嗯。」他好奇追問：「怎麼了嗎？」

「沒什麼。」我搖頭。

「不過……他怎麼會出現在這裡？」

學長的疑問讓我覺得很莫名其妙，「當然是因為他要買CD啊，不然呢？」

他尷尬地笑了笑，抓抓頭，「抱歉，我問了奇怪的問題，大概是最近太累了。」

「既然累就不用特地過來接我，在家休息不是很好嗎？」

「可是我想見妳，我們明明在交往，見面的次數卻少之又少……我不喜歡這樣。」他的口氣透著無奈。

我不知道該說什麼，撇過頭將安全帽戴好，「我們回去吧。」

「不去逛逛嗎？」

「你不是說最近很累嗎？就早點回去休息吧，況且我媽還在家——」

「喔，我打過電話給阿姨了，她以爲妳還在學校，所以我跟她說，等妳練完吉他會帶妳去夜市逛逛，她聽了很高興，妳不用擔心。」

聞言，我非但不覺得感動，反而湧上一股怒氣，「你打電話給我後，又立刻打給我媽？」

「是啊，我想妳是因爲顧慮阿姨才不跟我出去，所以就直接打電話徵求她的同意。」他完全不覺得他的做法有任何不妥。

「我媽行動不便，連洗澡吃飯都有問題，你還執意要我放她一個人在家，自己出去吃喝玩樂？」

他終於察覺到我的不悅，慌張地解釋：「凱岑，我不是這個意思，我只是想讓妳放鬆一下心情，也希望能有多一點時間和妳相處，絕不是要妳棄阿姨於不顧！」

「你明知道對我而言，現在最重要的是什麼。」我把安全帽還給他，「你自己去逛，我要回家了。」

說完，我逕自騎腳踏車離去，留下錯愕的學長。

翌日，我趁著下課時間在座位上看樂譜，唐宇生忽然走來，將一張CD放到我桌上。

「幹麼？」我不明所以。

「昨天妳男友跟我借的，幫我拿給他吧。」他說完就走。

「等等，唐宇生！」見他停下腳步回頭，我問他：「你爲什麼要隱瞞自己學過吉他？你明明會彈吉他吧？如果不是經常練習，你的手指是不可能有那些繭的。」

「有什麼差別嗎？」他平靜地回答，「我都已經不彈吉他了。」

「爲什麼？」

「我厭倦了。」

對此，我抱持著強烈的懷疑，「你說眞的？」

「嗯，我現在比較喜歡聽別人彈，像是妳。」

我微微一愣，「算了吧，我的技術還差得遠呢。」

「沒這回事。」他意味深長地瞄了眼我桌上的樂譜，「我喜歡妳彈的吉他。」

不等我回話，唐宇生便轉身走開，我詫異地望著他離去的背影。

這是他第一次直接了當對我表達肯定。

「岑岑。」末良搖醒趴在桌上補眠的我，眼裡有著清楚的擔憂，「妳最近怎麼每節下課都在睡覺？是不是照顧阿姨太累了？」

「沒有啦。」我用力揉揉沉重的眼皮，強打起精神。

「阿姨還好嗎？我今天想去看她。」

「不跟唐宇生一起回去？」

「我很久沒見到阿姨了，怎麼可以因爲他，就不去關心阿姨啊……」她的臉有點紅，甜甜一笑。

於是，我也跟著笑了。

放學騎腳踏車載末良回家，感覺已經是很久以前的事了。

當唐宇生出現在我和末良的世界後，她談起的話題幾乎全是他，這讓我時常萌生想要逃避末良的念頭，可偏偏我連逃避都做不到，因爲末良還會像現在這樣對我微笑。

「阿姨，好久不見！」末良一見到媽，就給了她一個大大的擁抱，逗得媽眉開眼笑。

我到房間換好便服走下樓時，末良仍握著媽的手坐在旁邊陪她聊天。

媽愛憐地摸摸末良的頭，「要是凱岑有妳半分溫柔就好了，她對我呀，連撒嬌都不會，講話也凶巴巴的，完全不像個女孩子。」

「才不是這樣！岑岑很有魅力，她一邊彈吉他一邊唱歌的時候，不曉得迷倒了多少人。而且她的個性堅強又獨立，我還想像她一樣呢！」末良說。

「就是因爲她太堅強獨立，我才擔心，幸好有正恆這麼好的男生願意和她交往，不然我還眞擔心沒人要她。」

「阿姨，妳太誇張了！」末良大笑。

我頂著一張臭臉走過去，「妳女兒哪那麼沒行情？」

「妳講話跟男生一樣粗魯，也不愛穿裙子，我當然會擔心啊。」媽打趣。

「無聊。」我拿起掃把到門前清掃落葉，不時還可以聽見媽和末良的談笑聲。

過沒多久，我注意到學長站在馬路那頭，他緩步走到我面前，一臉歉意地說：「凱岑，上次那件事，我不是故意要惹妳生氣的。對不起。」

我一時不知道該做何反應。

「好不容易能和妳在一起，我開心過了頭，才會沒考慮到妳的狀況，擅自亂做決定。」他深吸一口氣，「妳能原諒我嗎？」

我抿抿唇，輕輕點頭。

他露出放心的笑容，「謝謝妳。」

我稍稍別過眼，「進去坐一下吧。」

「不了，我得去補習了，我只是趁妳今天沒打工過來道歉，不然不曉得又得等到什麼時候才有機會再見……」他微微苦笑，「那我走了。」

「好，拜拜。」

但學長沒有馬上離開，他沉默片刻後又開口：「凱岑，我可不可以吻妳？」

我有些閃神，在反應過來之前，他的臉已經貼得很近。

學長的唇覆上我的，我不自覺握緊掃把，隱忍來自胸口的那股強烈窒息感，閉上眼睛。

在黑暗中，末良如鈴鐺般的清脆笑聲，依舊清晰地迴盪在我耳邊。

也許是因爲我們都交了男朋友，末良比從前更常找我聊唐宇生的事，也頻頻關心我和學長交往的情況，只是我通常不會多談。

轉眼間，她和唐宇生已經交往三個月了，兩人似乎從未有過爭執，一直是甜甜蜜蜜的，這點讓我覺得很不可思議。

「其實我偶爾會跟他鬧脾氣。」末良吐吐舌頭，「不過就只是抱怨一些芝麻小事啦，但他都靜靜地聽我說，倒是他，我好像從來沒見過他生氣。」

「好詭異。」那傢伙的脾氣眞有這麼好？

「可能他的個性本就如此吧，我沒聽過他對誰大小聲，對我也很溫柔。」

「那是一定要的吧？」

她害羞地笑了。

「不過妳不會好奇他到底在想什麼嗎？」我又問。

末良眨眨眼，似乎並沒有這樣的想法，「想什麼？」

「沒什麼，我隨便問問，妳別當回事。」我草草結束這個話題，不想帶給她沒必要的煩惱。對唐宇生這個人的疑問，還不至於讓我擔心他和末良的交往，只是這傢伙實在我行我素到無以復加的程度。

他時常在上課時間不見蹤影，偶爾還會冷不防出現在我打工的唱片行，一個人安靜坐在角落試聽音樂，有時一坐就是好幾個小時，但因爲他每次過來都會購買CD，被店長視爲VIP客戶，所以我也不能多說什麼。

他完全不顧他人眼光，盡情沉浸在音樂裡，只有當我要打掃或搬貨經過他面前時，他才會稍微抬眸看我。學長幾次來找我，都在店裡碰到唐宇生，學長眼中的疑惑似乎也愈來愈深，然而他從沒問過我，也還是會主動找唐宇生攀談。

每次瞥見唐宇生獨坐在一隅的身影，我總會忍不住想：如果他不是末良的男朋友，也許我就可以更自在地面對他，甚至像學長一樣，和他輕鬆暢聊音樂。

某天下午，我正要去倉庫補貨，唐宇生又踏進店裡。

以往他見到我，起碼都會點個頭，這次他卻面無表情地直接走到老位子坐定。一開始我不以爲意，直到我從倉庫出來經過他面前，發現他沒有像往常一樣戴著耳機聽音樂，而是雙眼無神地呆坐著。

「丁凱岑。」

這是他第一次在我工作時主動叫住我，我有點意外地停下腳步。

他用毫無波動的眼睛看著我，「可不可以拜託妳一件事？」

唐宇生的聲音全無起伏，表情也一如既往的平靜，但我仍隱隱有種感覺，今天的他似乎不太對勁。

他站起身，從口袋掏出一張便條紙遞給我，「妳知道這個地方嗎？」
我瞥了眼紙條上的地址，「知道，這個地方離這裡有點遠。」
「是嗎？」他話聲一頓，接著說：「妳能帶我去嗎？」
「啊？我在打工耶。」我傻住，「你可以自己坐計程車去啊。」
「妳還要多久下班？」
「……再兩個小時。」
「我去找店長。」
「啊？」我瞠目結舌地看著他眞的跑去找店長，很快地，店長就笑著對我比出同意的手勢。
我還一頭霧水，唐宇生就回頭對我說：「可以了，我在門口等妳。」
「什麼？什麼可以了？」我非常錯愕，趕緊跑去問店長，才得知唐宇生這傢伙竟然自作主張幫我請假，而店長似乎因爲他是老主顧，二話不說就答應了，還催我離開，別讓唐宇生等太久。
我氣沖沖奔出店外，「唐宇生，你在搞什麼鬼？誰准你擅自幫我請假？」
「我常去你們店裡捧場，妳幫我一次，應該沒關係吧？」他走向馬路，準備叫車。
他理所當然的態度惹惱了我，「那你幹麼不找末良一起去？她不是你的女朋友嗎？」
唐宇生這時已經攔下一輛計程車，不發一語地替我打開車門。
見我不肯挪動腳步，他淡淡地說：「如果妳不介意讓末良知道妳在打工，不上車也沒關係。」
我完全沒想到他居然會威脅我。
「你眞的很差勁！」我強忍揍他一拳的衝動，憤憤地坐進車內。
他跟著坐到我旁邊，把地址告訴司機，我面向車窗，決定不再和他說話。

「對不起。」唐宇生主動開口。

我忍不住看向他，他臉上依舊沒什麼表情，眼中卻多了絲黯淡。

「只要今天就可以了。」他的聲音沙啞低沉，「請妳陪我。」

那是我第一次見到這樣的唐宇生。

前往目的地的途中，我們沒有任何交談。

車子在距離目的地還有一段路程的地方停下，司機說前面是單行道，車子無法駛入，要請我們自己走過去，於是唐宇生付過錢後，我們便下車步行。

放眼望去四周都是田地，只有前方有幾棟房子坐落其中，路上幾乎沒有行人，十分靜謐。

「就是那裡嗎？」唐宇生望著那幾棟房子。

「嗯。」

他朝那幾棟房子走去，走著走著他卻忽然放慢腳步，而後停住。我順著他的目光一看，有兩個人正逐漸走近，那是一個婦人和一個約莫五、六歲的小男孩，婦人牽著車籃放滿蔬果的腳踏車，男孩則跟在一旁玩氣球。

男孩又叫又跳，手上似是不小心一鬆，氣球被風吹到唐宇生的腳邊。

「氣球掉到那個哥哥那裡了，快點去撿回來。」婦人對男孩說。

男孩立刻跑向唐宇生，睜大眼看向他手中的氣球，欲言又止。唐宇生沒有馬上歸還，而是凝視了男孩半晌，才把氣球遞過去。

「要跟哥哥說什麼？」婦人的聲音很和藹。

「謝謝哥哥。」男孩靦腆地說，興高采烈地跑回母親身邊，「媽媽，我可不可以再吹一顆氣球？」

「可以呀，不過現在要先叫阿公回家吃飯，晚上再叫爸爸吹好不好？」說完，婦人側過頭對唐宇生點頭微笑，像是在答謝。

「好，我要叫爸爸吹好多顆給我！」

母子倆漸行漸遠，那個婦人對孩子流露出的慈愛與溫暖，令我有些動容。而唐宇生的視線也始終落在他們身上，卻神情恍惚，眼神空洞。

「唐宇生，你怎麼了？」我有點擔心他。

他收起那樣的眼神，搖搖頭，「可以回去了。」

「回去？」見他果眞掉頭往回走，我十分錯愕，「你到底是來這裡做什麼的？」

他充耳不聞，自顧自地邁開步伐，我只得加緊腳步跟上。

此刻夕陽未落，餘暉將我們的影子拉得長長的，悅耳的鳥鳴聲傳來，空氣中飄浮著泥土混合青草的清新味道，這樣的景色奇異地令我的心平靜下來。這陣子要同時兼顧課業與打工，忙得我天昏地暗，可雖然很累，我卻並不討厭，因爲這讓我沒有時間胡思亂想，尤其是在獨處的時候。

我望向前方的唐宇生，他明明說要回去，但又不叫車，只一直往前走。我感覺得出他似乎需要一個人靜一靜，因此我選擇不與他並肩同行，落後他約三步的距離。

我不知道他爲何要大老遠跑來這裡，只知道他碰上方才那對母子後，變得更奇怪了。

「丁凱岑。」他頭也不回地問：「如果有一天……如果有一天，妳被迫放棄妳最重要的東西，若不放棄，就會傷害到其他人，妳會選擇放棄，還是繼續爭取？」

我想了一下，坦言：「不知道，我從沒想過這個問題。」

「是喔。」

「那你會怎麼做？」我反問。

他沒有回答我。

我內心的疑惑不減反增，覺得自己好像碰觸到他不為人知的一面。

他曾經這麼問過末良嗎？末良有見過這樣的他嗎？還是在她面前，他都只表現出溫柔體貼的樣子？

「唐宇生，我有事想問你。」

「什麼？」

「你真的喜歡末良嗎？」

「不然呢？」他的語氣一下子變得很冷淡。

「沒事，我無聊問問，沒什麼特別的意思。」我立刻打住話題。

「妳討厭我吧？」他停下腳步，扭過頭看我，眼神像是早已洞悉一切，「我和末良交往，讓妳很不高興。」

被他直接戳中痛處，我驚慌失措之餘，也有些憤怒，「我又沒這麼說，我只是不希望有人傷害她！」

「妳認為我會傷害她？」他微微挑眉。

「我不是那個意思！」我別過視線，「她……對我來說很重要，她是我最好的朋友，她的心思比一般人還要敏感脆弱，沒辦法接受一點點的辜負和背叛。你最初明明誰也不理，卻突然開始親近末良，實在很難不讓人生疑。再加上你還瞞著末良，逼我單獨跟你過來這裡，我當然會懷疑你是不是真心喜歡她。」

唐宇生聽完，許久未發一語，視線落向遠方。

「問妳一個問題。」他的聲音聽不出任何情緒，「跟一個不喜歡的人交往，妳覺得理由會是什麼？」

我頓時語塞。

「想不到嗎？」

我緊抿唇，喉嚨乾澀，「想不到。」

「我認爲理由有兩個。」他嗓音低沉，「一，是因爲寂寞。二，是爲了忘掉心裡眞正喜歡的那個人。」

我動彈不得，像被無形的箭一箭穿心。

「但這兩個都不是我和末良交往的理由。」他轉頭看我，「所以妳不必擔心。」

我腦中一片紊亂，只能呆呆地瞠視他。

「末良的身邊有妳，很幸運。」

這是唐宇生坐上計程車前所說的最後一句話。

當車子停在唱片行門口，唐宇生問：「妳眞的不回去？」

「還有一個小時才下班，我想把事情做完。」

「今天很抱歉。」他從書包拿出兩張對摺的紙給我，「也謝謝妳。」

目送唐宇生乘車離開後，我打開那兩張紙，發現竟是一份手寫的吉他譜，似乎是他自己編寫的曲子。

說什麼厭倦吉他了，明明還是那樣深愛著。

雖然不知道唐宇生送我這份樂譜的原因，也不明白他爲何放棄吉他，但從這一刻起，我更確定自己不想再接近這個傢伙了。

當天晚上，學長打電話來，說有事情想問我，口氣比以往來得沉重。

正在保養吉他的我，用脖子夾著電話說：「你要問我什麼？」

「交往前妳曾告訴我，妳心裡還有別人，對吧？」

我心中一凜，「怎麼突然問這個？」

「我想知道妳現在是不是還喜歡那個人。」

我答不出話。

「凱岑，妳喜歡我嗎？」

「喂，你怎麼突然——」聽到手機那頭傳來其他人的聲音，我不由得一愣。

似乎是有幾個男生在與學長拉拉扯扯，除此之外，我還聽到空罐子碰撞的清脆聲，以及人群的笑鬧聲。

「賴正恆，你在幹麼？」我正色問：「你喝酒了？」

「那個人是誰？妳忘記他了沒？」他固執地追問。

「你現在不清醒，我不想和你說話，快點回家休息。」

「丁凱岑，妳把我當什麼了？」他大吼。

「你莫名其妙發什麼神經？幹麼大呼小叫？」我也動怒了。

「交往這麼久，妳卻連碰都不讓我碰。每次想抱妳，妳總是躲得遠遠的，用各種理由敷衍我。我到底哪裡不好？我那麼喜歡妳，爲什麼妳就是不能眞心接受我？」他話音急促，「雖然已經跟妳在一起，可是我反而比以前更不了解妳。妳能不能告訴我，妳到底在想什麼？」

我張了張嘴，卻什麼話都說不出來。

「凱岑，妳知道嗎？跟妳在一起，我很寂寞。」他深吸一口氣，「眞的很寂寞。」

「我一開始就告訴過你了吧？」胸口的沉重，讓我連呼吸都變得困難，「如果你後悔了，那就甩了我吧。」

「不是！我沒有那個意思。我只是希望妳能對我坦白，我知道妳有一段怎樣也不想提起的過去，但我希望妳能相信我，不要對我有所隱瞞……」

「你到底在說什麼？」我眉頭深鎖。

「阿姨向我提起過妳爸，我猜也許這就是妳不願對我打開心房的主因，可是我是妳的男朋友啊，妳爲什麼這麼不願意相信我？是不是妳爸爸把妳害成這樣的——」

「賴正恆！」我吼道，「夠了，我們現在就結束，你不必再因爲我而感到痛苦，我放你自由，你解脫了！」

我掛掉電話後立刻衝下樓，對在客廳的媽冷聲說：「妳是不是多嘴，跟賴正恆說了關於爸的事？」

媽有點被我嚇到，用力搖頭，「媽怎麼可能會告訴他這種事呢？」

「不准再告訴他爸的任何事，這和他完全沒有關係。既然妳不希望別人知道這些，爲什麼還要隨隨便便說出去？」

「凱岑，媽媽眞的什麼都沒說。而且正恆哪裡是別人？他是妳的男友啊。」她急切地問：「發生什麼事？你們吵架了？」

我咬牙切齒道：「我們分手了，今後他與我無關，妳也不要再讓他來家裡！」

說完，我氣沖沖地回房，將學長送我的所有東西，包含CD，一樣不落地全丟進垃圾桶，再跳上床將臉深深埋入枕頭。

「是不是妳爸爸把妳害成這樣的？」

「不是、不是、不是！」我聲嘶力竭地瘋狂怒吼。

「爸爸對不起妳，還有妳媽媽。」

「我對不起妳。」

當我再也喊不出聲音時，強烈的酸楚瞬間猶如浪潮般將我的世界淹沒。

隔天一早，我在座位上看到一份早餐和一封信，知道是學長送過來的，我二話不說便將早餐和信件扔進垃圾桶。

撞見這一幕，末良滿臉錯愕，小心翼翼地問我：「岑岑，妳和學長怎麼了嗎？」

「分手了。」我簡短地回。

「什麼？」她驚呼，「怎、怎麼會這麼突然？發生什麼事了？」

我什麼都沒有告訴末良。

午休時間，我到社團教室，心血來潮拿出昨天唐宇生送的，那份角落處有他簽名的樂譜。我正打算試彈，卻見學長出現在門口，於是我馬上收拾東西準備離開。

他慌張地跑過來，「凱岑，昨晚我不是故意的，我喝醉了。」

「不管你是不是故意的，也不管你是不是眞的喝醉，我都已經沒辦法跟你在一起了，我們好聚好散，讓彼此輕鬆一點吧。」

「妳別這樣，我眞的不是有意說那些話的，妳原諒我好不好？」

我不理他，拎起吉他逕自往門外走。

「妳根本沒有喜歡過我對不對？」他放聲大喊，「妳也沒想過要試著在乎我對不對？要不然妳不會這麼輕易說結束。妳從來就沒打算認眞經營這段關係，妳根本就不願意爲我努力！」

我腳步一停，無法反駁。

「是不是唐宇生？」

「什麼？」

「一直在妳心裡的那個人，是唐宇生對吧？」

我頓覺好氣又好笑，「你在胡說八道什麼？他是末良的男朋友！」

「那他爲什麼常出現在妳打工的地方？妳昨天蹺班和他去了哪裡？」他表情痛苦而扭曲，「昨天我去找妳，店長說妳臨時請假，跟唐宇生一起走了。」

我沒辦法給出任何解釋，畢竟這個部分確實是事實。

「妳喜歡的人果然是他吧？所以他之前才會在社團教室現身，又天天去唱片行找妳，你們偷偷在一起了，對吧？」

「你從一開始就懷疑他？」我有些不敢置信。

「難道不是這樣嗎？」

簡直荒謬至極。

「隨便你怎麼想，我不想再多談了。」我攥緊拳頭，深吸一口氣，「我早就警告過你，是你執意要跟我交往的，現在你也看清楚了，我就是無法爲任何人做出改變。」

「妳打算離開我，然後和唐宇生交往，是嗎？」他咬牙切齒，「妳想要背叛末良？」

「賴正恆！」我大吼，卻突感天旋地轉，眼前驟然一片漆黑。

我就這麼突然昏厥過去。

是末良的聲音慢慢將我拉回現實世界，睜開雙眼，我看見她憂心忡忡的臉。

「岑岑，妳醒了？」

環顧四周，我發現自己躺在保健室的病床上。

「妳昏倒了，是學長送妳過來的。老師說妳可能是因爲過度疲勞，飲食不正常，才會忽然暈倒。」末良伸手擁住我，又氣又急地輕斥：「妳把我嚇壞了……幸好沒事，拜託妳好好照顧身體，不要再嚇我了啦！」

我輕輕撫摸她的頭。

「跟一個不喜歡的人交往，妳覺得理由會是什麼？」

「一，是因爲寂寞。二，是爲了忘掉心裡眞正喜歡的那個人。」

「怎麼了？」察覺到我在發呆，末良問。

「妳想要背叛末良？」

「我不會。」我低喃。

「岑岑，妳說什麼？」她面露困惑。

我搖頭，情不自禁地回應她的擁抱，同時濕了眼眶。

這輩子，我都不會背叛妳的。

當我回到社團教室，卻發現放在譜架上的樂譜不見了，最後才在垃圾桶裡找到被人撕成碎片的樂譜。

我打電話給學長，他一接起就向我道歉，並關心我身體好點沒。

「爲什麼要撕掉我的樂譜？」我冷冷地問：「你爲什麼要這樣糟蹋別人的心血？」

他沒回答。

「你眞的喜歡我嗎？」

「當然，不然我怎麼會做出……」

「或許在你的觀念裡，情人之間就是要互相坦白，不能有半點祕密，但我並不這麼認爲。對有些人來說，有些事是這輩子死都不想讓別人知道的。如果你認爲所謂的交往，就該彼此坦誠相對，那我可以明白告訴你，我做不到。」

「凱岑，爲什麼妳就是不肯相信我？」他的聲音裡滿是絕望。

「不相信我的人是你，你只是一心想改變我，卻沒打算尊重我。如果這就是你所謂的喜歡，那只會讓我更想逃開。」

「所以妳覺得這一切都是我的錯？」

我沒有回答他的質問。

「凱岑，身為一個女人，妳很不正常，妳知道嗎？」他的聲音像是因為憤怒而顫抖著，「從以前妳就不給異性接近妳的機會。就算答應和我交往，妳也從沒讓我覺得自己是妳的男朋友。妳好像打從心底懼怕男人，然後因為太過懼怕，所以總是無視別人的心情，只要妳自己不會受傷，別人怎麼痛苦難過，妳都無所謂。」

我呆若木雞，握著手機的手指變得僵硬。學長發出苦澀的笑聲：「妳問我為什麼要糟蹋別人的心血？但妳現在不也對我做出同樣的事？妳一直無視我的付出，從沒在乎過我的心情，不是嗎？」

我腦中一片空白。

「凱岑，妳再這樣下去，會沒有人敢愛妳的，因為最終只會得到絕望。」他深吸一口氣，「希望我是最後一個被妳傷害的人。」

通話結束，我呆立在空蕩蕩的教室，耳邊只剩下永無止息的海浪聲。

當天晚上，我躺在床上望著天花板發呆，直到手機響起。

昏暗中，我瞥見末良的名字在手機螢幕上閃動，於是馬上接起，「喂？」

「岑岑，妳還沒睡吧？」

「還沒，怎麼這麼晚打過來？」我不禁微笑。

「我有事想拜託妳。」她吞吞吐吐地說：「可不可以讓我假裝今晚睡在妳家？」

「爲什麼？」

「因爲……」她語氣羞澀，「今晚我要住在宇生家。」

我一愣，「妳……現在人在他家？」

「嗯，我剛剛跟我媽吵架，就賭氣跑出來了，幸好之前陪宇生來的管家爺爺已經先回台北，他現在一個人住。如果我媽打給妳，幫我跟她說我在妳家睡一晚。拜託妳了，岑岑。」

我不記得自己最後是怎麼回答她的，不過應該是答應了吧？

末良的要求，我從來沒有辦法拒絕。

但唯有這一次，我是眞的很想拒絕，甚至想衝去唐宇生家，將末良帶回來。

可是我有什麼資格這麼做？唐宇生是她的男朋友，而我只是她的朋友，我憑什麼？

隨著夜色加深，我的內心愈來愈焦躁，在床上翻來覆去，輾轉難眠。

我想起過去和我一起躺在這張床上的末良。

美麗的睡顏、貼近的鼻息、平穩起伏的胸膛、長長的睫毛、透紅飽滿的嘴唇、飄散在枕頭上的淡淡髮香、倚在我身邊的體溫……如今全給了唐宇生，只爲他所有。

那些曾經只屬於我的一切，此刻全屬於唐宇生。

「身爲一個女人，妳很不正常，妳知道嗎？」

我忍不住在被窩裡放聲大叫，再也壓抑不住的妒恨令我幾乎徹底失去理智。除了像瘋子一樣歇斯底里尖叫，我不知道還有什麼方法能宣洩這份痛楚。直到筋疲力竭，我才疲憊地停下，我望向窗外，月光卻刺眼得讓我無法直視。

我想躲到月光照不到的地方，不讓人看見這樣的我，也不會被誰找到。

睡夢中，我感覺到床鋪微微下陷，一股重量壓了下來。

棉被被緩緩掀開，似乎有什麼東西在觸碰我的身體，並緩緩探進我大腿的內側，我猛地睜開眼睛，一見我醒來，對方馬上緊摀住我的嘴。

「噓，安靜，不准出聲！」他低聲喝令。

是家裡那個男人。

我拚命掙扎，他整個人跨坐在我身上，壓制住我的雙手，見我頑強地不肯就範，他當場甩了我一巴掌。

「他媽的，老子爲了妳，還有那個什麼都不能做的女人，每天工作到半死不活，妳就讓我上一下，慰勞慰勞我又怎樣？」他粗暴地扯開我的睡衣，繼續對我上下其手。

聽了他那番話，我心中的憤怒瞬間蓋過恐懼，我使盡全力朝他的下體踢去，他頓時痛得飆出一連串髒話，我用力推開他，跌跌撞撞地往房外衝。

媽被我房裡傳出的聲響驚動，也跑了出來，看到我衣不蔽體，她驚呼：「凱岑，發生什麼事了？」

我抓著衣服，指向那個從我房裡緩步走出的男人，「妳自己問，問他剛才對我做了什麼！」

他僅穿著一條內褲，神態看不出有半點愧疚或慌張，只滿不在乎地回去自己的房間。

媽像是呆住了，一句話都說不出來，直到瞥見我拿起電話才回過神，「妳要做什麼？」

「當然是報警，我要讓那個變態被抓起來！」

媽卻抓住我的手，「等等，凱岑，不要！」

我不敢置信地瞠視眼眶泛紅的她，「妳說什麼？」

「凱岑，妳聽我說……」

「妳都親眼看見了，他想強暴妳的女兒，妳卻叫我不要報警？」我失聲尖叫。

「凱岑，對不起，對不起……」媽不斷啜泣，縮著身體蹲在地上，像是再也無力支撐自己。

「妳幹麼一直道歉？爲什麼要放過那個王八蛋？」我依然憤恨難平。

「凱岑，媽媽……」媽搖著頭，泣不成聲，「媽媽對不起妳，可是，我們家現在靠他在撐，如果沒有他，我們……」

我瞪大眼睛，「所以就算我被他侵犯也無所謂？」

「媽媽不是這個意思，我……」

我奮力甩開被她抓住的手，幾近崩潰地吼：「我沒有妳這種媽媽，爲了錢，居然寧可犧牲自己的女兒。我再也不想看到妳了！」

我衝進浴室，打開蓮蓬頭，將全身上下徹底清洗了一遍又一遍，尤其是那個禽獸碰過的地方，但我洗到皮膚都泛紅破皮了，那股噁心的觸感仍無法消除。

我止不住身體的顫抖，也止不住狂亂的心跳，幾度想要作嘔。

我無力地蹲在地上，眼眶因爲淚水而灼熱刺痛，眼淚卻怎樣都流不出來，只能一次次地怒吼，直至終於失去力氣，僅剩下一具沒有靈魂的空殼。

隔天早上的班會輪到身爲班長的我上台，儘管頭痛欲裂，我還是勉強打起精神報告，然而台下同學的竊竊私語，與不時迸出的嬉笑聲，令我焦躁得忍不住闔上眼睛，又想起昨晚那噁心的一幕。

我刻意提高報告的音量，並要求同學安靜，可是那些嬉笑聲依舊在我耳邊忽遠忽近，如鬼魅般糾纏不休。

當一道刺耳的笑聲再度傳入耳中，我再也按捺不住情緒，兩手朝講桌重重拍下，失控大吼：「叫你們閉上嘴巴，是聽不懂嗎？」

全班瞬間安靜了下來，包括老師，所有人都朝我投來驚訝的目光，連末良也傻住了。我很快就回過神，在倉皇說了句對不起後，轉身跑出教室。

我衝至廁所的洗手台前，用冰冷的水洗臉，卻遲遲無法降下雙頰的熱度，索性彎下身，把頭湊到水龍頭底下。

末良跑出教室找我，聲音充滿慌張，「岑岑，妳怎麼了？」

我直起身，任由水珠從髮梢滴落，浸濕身上的制服。

「妳這樣會感冒的。」她拿出衛生紙想替我擦拭。

「不用了，我沒事。」我始終沒看末良一眼，「妳先回教室吧，我去保健室休息一下。」

我扔下不知所措的末良，走到保健室，保健室的老師不知從哪裡找出吹風機，讓我能把制服和頭髮吹乾，我在床上靜坐了一會兒，便又前往社團教室。

「凱岑？」林毅老師踏進社團教室，一臉疑惑，「現在不是上課時間嗎？妳蹺課？」

我默不作聲，他坐到我面前，「心情不好？還是出了什麼事？」

我依然沒有反應。

「妳和正恆吵架了吧？」他莞爾，「最近他老是失魂落魄的，後來才聽說是因爲你們之間起了爭執。你們有什麼事都可以好好溝通，他這個樣子，身爲班導的我看了很難過啊。」

語畢，他從櫃子裡取出一把吉他，「老師彈首妳喜歡的曲子替妳打氣，好不好？」

溫柔優美的旋律迴盪在社團教室，我的目光落在老師身上，動也不動。

一曲結束，老師見我仍漠然地看著他，無奈自嘲：「看來我的功力退步了，沒辦法讓妳心情好轉。」

「老師。」我淡淡地問：「你有沒有喜歡的人？」

他眨眨眼，唇角微勾，「怎麼忽然問起這個？」

「只是想知道而已。」

「目前還沒碰到心儀的對象，不過我媽已經急著要我找老婆了。哈哈！」

我沉吟片刻，「那你的理想對象是什麼樣的人？」

「什麼樣的人啊……其實我要求不多，只要處得來，也喜歡音樂就好。」他笑意更深，「如果也會彈吉他就更好了。」

望著他低頭撫弄琴弦的樣子，我低聲問：「那我可以嗎？」

「什麼？」他抬眸的那一刻，我將他眼中的詫異看得一清二楚。

「我做老師的女朋友好不好？」不等他回答，我上前捧住他的臉，俯身吻他。

他因為過於震驚，一時沒有反應過來，過了好一會兒才用力推開我，「凱岑，妳在做什麼？」

他那一推的力道很大，我們兩個都跌坐在地上，狼狽不堪。

我笑了笑，緩緩站起，「老師，你很誇張欸，我只是跟你開個小玩笑，反應幹麼這麼大？」

但他似乎不這麼認為，臉上依舊布滿錯愕，「凱岑，妳到底怎麼了？」

「我沒怎樣啊，就說了只是在鬧著玩，老師你這樣子很好笑欸。」說完，我也真的笑了出來，笑得一發不可收拾，笑得將臉埋進手心。

「沒有人敢愛妳。」

眼淚瞬間沾濕我的手心，我一聽見自己破碎的嗚咽聲，立刻轉身衝出教室。淚水沖毀了最後一道防線。

傍晚，唐宇生走進唱片行，拿起一本音樂雜誌，坐在角落戴著耳機聽歌。

我猶豫片刻，走到他面前，他一見是我，便摘下耳機。

「你送給我的樂譜……」我頓了頓，「被撕壞了，抱歉。」

他沒有生氣，也沒問我樂譜為何會被撕壞，又是被誰撕壞的，只是不動聲色地看著我。

「我送你一張CD，當作是賠罪，你喜歡哪張都隨你挑。」

「眞的？」

「嗯。」

他站起來走到古典音樂區，我默默跟在他身後。

「妳和學長吵架了？」他忽然問。

我沒回答。

「是我害的嗎？」

他果然還是隱約察覺到了什麼，我平靜地否認：「跟你沒關係。」

「妳還好吧？」

對上他的目光，我這才發現他一直在看著我，我想他指的應該是我今天在班會上的失控。

「嗯。」不想再討論這個話題，我問他：「選好要哪一張了嗎？」

他遞給我一張CD，我察看了下內容簡介，發現竟是舒眠音樂。

我有點意外，「你晚上睡不好？」

「沒有，但如果哪天睡不著，可以聽一下。」

今天唐宇生難得只在店裡待了一個小時就回去，我則是刻意比平常更晚回家。我不想面對媽，更不想面對那個禽獸，然而我沒有別的地方可去。

我從來沒像此刻一樣，感到如此無助。

放學後，末良不斷打電話給我，但我一通都沒接，也不回她的訊息。我突然害怕看到末良的臉，連她的關心都無法承受。

可是我更害怕的是無法控制這樣的自己，再這樣下去，也許有一天我真的會做出傷害她的事，所以我只能選擇逃避。

一切逐漸走向失控，讓我連僅有的幸福都想要拋棄，拋棄那一直以來支持我前行的力量。

我對末良的愛。

這天中午，在社團教室練習時，我的手機響了，又是末良打來的。

原本我不打算理會，鈴聲卻鍥而不捨地響個不停，像是打定主意要跟我對抗到底。

最後還是我先投降了，我咬緊下唇，按下接聽鍵，「喂？」

「妳在哪裡？」

那是個男孩的聲音，我愣了半晌才意會過來，「你是唐宇生？」

「對，是我。」他簡短地說：「末良現在躺在保健室。」

我腦中瞬間一片空白，「爲什麼？她怎麼了？」

「有點發燒，已經吃過藥了，現在在睡覺。」

「是嗎？」我抿抿唇，「那你就讓她好好休息，我……」

「末良哭了。不只今天，她最近幾乎天天都在哭，她一直在想爲什麼妳這陣子都不理她。」他語調平平，聽不出半點責備之意，「她很想妳，妳知道嗎？」

我不自覺握緊手機。

「爲什麼妳突然變成這個樣子？」他問。

爲什麼？

忍著隱隱作痛的胸口，我勉強答道：「沒有爲什麼，我最近很忙，也有不少煩心事，所以暫時想一個人靜靜。你是她男朋友，現在換你代替我好好陪在她身邊，應該沒問題吧？」

「妳眞的打算離開她？」

我一愣，「我哪有這麼說？我又不是這個意思。」

「那妳眞正的意思究竟是什麼？」

我愣住了，不發一語，唐宇生也默不作聲，似乎在等待我的回答。

「我沒必要跟你解釋這麼多。」我無法再保持冷靜，「總之，末良就交給你了，不要再用她的手機打電話給我，再見。」

我切斷通話並關機，然後離開社團教室。

我穿過學校後門，來到海邊。

冰冷的海風吹亂我的頭髮，我拚命大叫，直到聲嘶力竭，從我眼裡看出去的大海也愈來愈模糊。

海浪帶不走我的痛苦，不管推開幾次，它還是會再回來。

因爲太過深愛一個人，所以也比誰都害怕失去，更害怕這份感情有一天會讓自己一無所有，甚至毀掉自己。

我害怕自己永遠逃不出這座以愛情爲名的牢籠。

下午的自習課，我抱著一疊講義去導師辦公室，不巧裡頭只有林毅老師一個人在。他一見到我就神色微僵，沒有出聲。

我默默將講義放在後面的櫃子上，無意間注意到窗外天空烏雲密布，隱約還有雷聲傳來，似乎隨時可能降下大雨。我從玻璃反射的倒影中，瞥見林毅老師逐漸朝我貼近。

「凱岑……」他緩緩走到我身後，輕輕牽起我的手，並企圖擁抱我，此時導師辦公室的大門突然被人推開，他倉皇地鬆開我的手，往後退開。

「報告。」

回頭望去，唐宇生站在門口，定定地看著我和老師好一會兒，才踏進辦公室將作業簿放到歷史老師桌上，一言不發地離去。

老師雖然故作鎮定，卻神情呆滯，明顯不知所措。

「老師，我回教室了。」說完，我也快步走出辦公室。

走沒幾步，就見到唐宇生的身影出現在前方，他倚著牆眺望天空。

我走到他面前，語氣平常，「又開始遲交作業了？」

「這就是妳最近在忙的事？」唐宇生蹙眉，「妳和老師在談戀愛？」

「你在亂說什麼？」

他站直身體，直勾勾地望著我，「妳和學長分手了？」

「關你什麼事？」我冷漠地說：「你在譴責我？然後準備去向學長告狀？」

「我沒這麼說。」

「少來了，你覺得學長很可憐吧？但你以爲他跟你混熟，眞的是出自好意？他一直認爲我和你偷偷交往，動不動就試探我，還撕爛你送我的樂譜。」

他似乎有些意外，「上次在唱片行妳怎麼不說？」

「現在說不也一樣？隨便你愛怎麼想，我不在乎你怎麼看我！」

「妳是故意接近老師嗎？」

「你剛才也看到了吧，是他主動接近我的。之前我親了他一下，他還一副想教訓我的樣子，結果現在呢？」我冷笑，「男人就是這樣，自私噁心又自以爲是，稍微給點甜頭就得寸進尺，把持不住欲望就怪罪女人不檢點，把所有過錯都推給女人，自己輕輕鬆鬆全身而退，眞是狡猾啊！」

唐宇生沉默。

「我從來就不相信學長，也不相信老師，更不相信這世上任何一個男人！」我緊握拳頭，咬牙道：「包括你在內。」

說完我想離開，他卻猛地抓住我的手，將我拖進一旁的女生廁所。

他把我壓在牆上，一手扣住我的後腦，重重地吻住我。我呆住了，還沒來得及阻止他，他便用另一隻手環住我的腰，將我拉進他懷裡。

我開始抵抗，但他絲毫不放手，使這個吻既拙劣又粗魯，不時還能聽見我們牙齒碰撞的聲音。直到我狠咬唐宇生的唇，他才終於放開我，我用力甩了他一巴掌。

唐宇生的呼吸和我一樣紊亂，他用手背抹掉唇上的血，眼裡燃燒著怒火。

這是我第一次見到他生氣的樣子。

「那天晚上我什麼也沒做。」他聲音暗啞，「末良來我家住的那晚，我什麼也沒做。我知道妳很在意。」

我瞪大眼睛看他。

「妳為什麼不直說？因為我把末良從妳身邊奪走，所以妳恨我，所以妳和別人交往，妳這麼做有什麼好處？妳就只能用這種方式虐待自己？」

我看著他唇上殘留的血跡，低聲問：「如果我要你和末良分手，你肯嗎？」

他沒應聲。

「不肯吧？既然這樣，就不要說那些廢話。你不是我，不可能會了解我的心情。」

「為什麼不告訴末良？」

「你要我說什麼？」我再次冷笑，「說我喜歡她，我愛她嗎？」

這句話就像打開了潘朵拉的蓋子，我再也無法壓抑漲滿胸口的情緒。

我對唐宇生咆哮：「你以為我不想說出來嗎？要不是怕失去她，我早就講了，但我就是個膽小鬼。我不希望末良離開我，更不希望她愛上任何人。我希望她永遠屬於我一個人，我從來就不想把她讓給你，更希望你從來沒有出現過！」

我聲嘶力竭地把藏在內心深處的話一股腦說完，耳邊傳來淅瀝瀝的雨聲。

唐宇生眼裡的慍色消失了。

他用我無法解讀的眼神凝視我，像是早就看穿了我，所以安靜地接受我所有的崩潰和憤怒。

我有種感覺，他打從一開始就想逼我將那些話說出口。

我沒辦法再跟他待在同一處，匆忙轉身離開。

我騎著腳踏車回家，未曾停歇的大雨毫不留情地打在身上，模糊了我眼前的路。

我全身冰冷，只有眼眶裡的淚是灼熱的，我再也無法繼續欺騙自己。

傍晚，我將房門新裝的三道鎖鎖上，換下衣服，準備去洗澡。

喉嚨的乾澀讓我下意識抿了抿唇，卻感到下唇傳來一股刺痛，我往唇上摸去，指尖染上鮮明的血漬，腦中又閃過唐宇生強吻我的那一幕。

「妳就只能用這種方式虐待自己？」

唐宇生果然早就發現我對未良的感情了。

他究竟是什麼時候發現的？又是怎麼看出來的？他到底在想些什麼？

「凱岑，妳回來了嗎？」媽敲門問我。

自從發生了那件事，我已經好幾天沒跟媽說話了，我不曉得該如何面對她。

「媽媽燉了妳最喜歡的蘿蔔排骨湯，出來喝一點，好不好？」媽語帶懇求，「凱岑，出來跟媽說說話，好不好？」

我始終不肯應答，眼睛盯著地板。

過了大約一分鐘，媽說：「那媽媽把湯放在樓下，妳等等記得下來喝。」

確認她的腳步聲遠去後，我悄悄打開門，站在樓梯口往樓下窺探。

媽單手端著那碗湯，步履蹣跚地把碗放在餐桌上，用鍋蓋蓋起，就回房了。

我躡手躡腳走到餐桌前，掀開鍋蓋，拿起湯匙喝了一口湯，卻嚐到一股濃濃的酸楚。只剩一隻手的媽，煮這碗湯不知道花了多久時間。

她怎麼切菜？又要怎麼拿這麼燙的鍋子？她左手上的刀口似乎比從前更多了……

我不禁咬住下唇，不顧唇上傳來的疼痛。

隔天早自習，末良的座位始終空蕩蕩的。

昨天聽唐宇生說她發燒了，不曉得現在情況怎樣。正當我掛心末良時，教室外頭有人叫我，是吉他社的學姊，她與賴正恆同班。

她面色難看地將我帶到一處角落，劈頭就打了我一記耳光。

我目瞪口呆地望著學姊，她顯然也有點慌，卻仍怒氣沖沖地對我說：「丁凱岑，妳怎麼可以做出這種事？賴正恆哪裡對不起妳了？妳怎麼可以這樣背叛他？你知不知道他現在有多痛苦？」

她到底在說什麼？我怎麼一個字也聽不懂？

「妳居然和林毅……和我們老師做出那種事。我起初還不敢相信，可是妳……」

學姊話還未說完，學校廣播響起，訓導主任要我立刻去訓導處。

我心裡有了底，也不想再跟學姊多說，逕自前往訓導處，路上卻意外碰見唐宇生。

「是你說出去的？」我面無表情地問。

聞言，他眼神似乎流露出困惑，我不等他回答，抬腳就走。

一踏進訓導處，主任、教官和班導都在場，主任示意我坐下。

「丁凱岑，妳知不知道我們叫妳來的原因？」主任口氣嚴厲。

我點頭，「大概知道。」

「那妳可以說明一下，妳和林毅老師之間發生了什麼事嗎？」他目光如炬。

我什麼也沒有說，也不知道有什麼好說的。

幾位師長見我默不作聲，便要我今天先不用上課了，直接回家，我才警覺事情的嚴重性。

頂著班上同學猜疑的目光，我收拾好書包步出教室，到停車場牽腳踏車，唐宇生卻忽然出現。

「丁凱岑。」他跑到我面前，微微喘息著，像是從哪裡飛奔過來，「我沒有說。」

我靜靜地看了他好一會兒，轉身跨上腳踏車，踩著踏板離開。

家裡的大門是敞開的，還沒進屋就看見媽的身影。

她正在清掃客廳，一會兒掃地，一會兒拿抹布擦拭餐桌，瘦弱的身軀忙個不停，最後她背對我在客廳坐下，開始串珠子，不時停下來揉揉肩膀。

我放輕步伐走進屋內，把手放到她肩上，「這裡很痠嗎？」

媽嚇了一大跳，扭頭發現是我，吃驚地問：「凱岑，妳怎麼在這裡？妳不是去上課嗎？」

「妳肩膀是不是很痠？」我沒理會媽的追問，逕自替她按摩，「家裡一個星期掃一遍就夠了，妳這樣下去，不怕左手也不能用了嗎？」

媽呆了呆，幾度欲言又止。

意外發生後，媽的白頭髮多了好多，人也迅速消瘦，一想到媽的種種變化，我忍不住俯身擁住她。

媽立刻擔心地問：「凱岑，怎麼啦？」

「媽，我一定會讓我們脫離這種日子。」我低聲說，「等我高中畢業，我一定會努力工作，讓我們不必靠男人也能過好日子。在那之前，妳一定要照顧好身體，絕對不能什麼福都沒享到就倒下，知道嗎？」

媽先是一怔，隨即握住我的手，哽咽道：「好，媽媽知道。是我不好，明知道妳受委屈，卻不能保護妳，妳恨我也是應該的，是我沒辦法讓妳過好日子。凱岑，對不起。」

我強忍鼻酸。我知道其實是我辜負媽，我永遠也無法成為媽心裡所想要的女兒。演戲演太久，並不會入戲太深，只會想反抗。

繼爸爸之後，我成了第二個深深傷害媽的人。

我和林毅老師的醜聞很快就傳開了，隔天去學校，班上同學都用異樣的目光看我。末良蒼白著臉，時不時朝我看來，我知道她想來找我，但這幾天我對她態度冷淡，讓她不敢行動。

後來我才知道，這件事是因爲導師辦公室的監視器畫面而導致曝光，林毅老師將責任全攬在身上，主動請辭，事情才沒繼續鬧大。

我想向校方說出眞相，他卻堅持不肯，反而要我配合他的說詞，以免我被記過，或遭退學處分。

林毅老師離開學校的那一天，臉上沒有半點憂愁，反而神采飛揚。

「這樣也好，我早就想換工作了。」

我萬分愧疚，「老師，我……」

「凱岑，妳還是個孩子，就算犯錯也不要緊，因爲妳還有改過的權利。但我不一樣，我是大人，而且還是個老師，卻做出違背師道的行爲。仔細想想，也許我眞的不適合當老師，也不希望你們身邊有我這樣的老師。」

我喉嚨乾澀，什麼話都說不出來。

「妳一直是個懂事的好孩子，只是太固執了點。有時候這不是堅強，而是逞強。不要做出傷害自己的事，更不要用自己的傷去傷害別人，這樣非但無濟於事，反而會讓妳自己更加痛苦。」他摸摸我的頭，莞爾一笑，「我已經不是老師了，以我現在的立場其實也沒資格對妳說教，但還是希望妳能聽進我的話。」

老師離開後，謠言依舊在學校傳得沸沸揚揚，只是矛頭全部集中在老師身上，在大家眼中，我只是個無辜的受害者。

眞正知道眞相的人，就只有唐宇生。

某天，我在學校上完廁所要洗手，碰見幾個學姊。

她們是林毅老師班上的學生，一見到我立刻神色一變，其中一位學姊冷冷地說：「丁凱岑，妳知道林毅老師離開學校了吧？」

我點頭。

「坦白說，我們都不相信這麼好的老師會做出這種事，是妳誘惑了他對吧？」

我始終不吭聲，另一名學姊見狀氣得推了我一把，「妳是啞巴嗎？還不快點老實招供，一定是妳陷害林毅，讓他替妳背黑鍋吧？」

我任由學姊斥責打罵，忽然有一個人衝出來護在我身前。

「妳們不要怪她！岑岑不可能做出這種事，我可以保證！」說完，她腳步踉蹌了一下，我馬上伸臂扶住她，這才發現她渾身滾燙，但這樣的她依然不忘爲我求情，「妳們別打她，不要生岑岑的氣，拜託妳們……」

見她這樣，學姊們也不好再發難，狠瞪我一眼後，便倖倖然離去。

我趕緊將末良帶到保健室，讓她坐在床上休息，然後忍不住斥責：「妳這個笨蛋，燒都還沒退，怎麼還來學校上課？」

她紅著眼眶凝視我。

「我叫唐宇生過來。」我咬著下唇，轉身就要離開。

「岑岑，妳別走。」末良拉住我的手，眼淚撲簌簌落下，「妳是不是討厭我，不想跟我在一起了？」

我一陣心慌，「我沒有……」

「那妳爲什麼不肯理我？」她抱著我痛哭失聲，「岑岑，妳不要不理我。如果我做錯什麼事，妳可以告訴我，我一定會改。求求妳別疏遠我，我不要失去妳。」

末良的哭聲讓我心如刀割，眼前也蒙上一層淚霧。意識到自己對末良做了多麼殘忍的事，我情不自禁地緊緊回抱她。她根本沒做錯任何事，卻因爲我而那麼傷心。

「對不起。」我在她的哭聲裡哽咽，「末良，對不起。」

末良大概是哭累了，很快就睡著了，然而她的一隻手依然牢牢牽著我，像是深怕一放手，我又會再次離開她。我靜靜凝視末良的睡顏，直到唐宇生出現，並遞了幾張面紙過來，才發現自己的雙頰爬滿淚水。

「妳還好嗎？」他問。

「眞是瘋了。」我輕笑，顫抖著低下頭，發出不曉得究竟是笑還是哭的聲音，「我眞的是瘋了……」

唐宇生沒有說話，就這樣一直站在我身邊。

我不輕易掉淚，連末良都不曾看過我哭，這一切卻被唐宇生看進眼底。

和學長分手後，學長沒再去過社團，我也沒再與他見過面。

但在林毅老師離開學校那天，他傳了一封簡訊給我，裡面只有短短六個字，可是當時的我看了很久，那封簡訊現在還留存在我的手機裡，沒有刪掉。

等到我再次見到學長，已經是好幾個月之後了，在學校的畢業典禮上，學長捧著一束花從人群中主動向我走來。

「好久不見。」他笑容可掬

我有些恍惚，沒想到他還願意跟我打招呼。

「抱歉，凱岑。」

「……爲什麼道歉？」

「當初我不該一味強迫妳接受我，讓兩個人都痛苦。如果我們只做普通朋友，或許會比較快樂。」他拍拍我的肩，「以後妳一定要跟自己眞心喜歡的人在一起，知道嗎？」

我的喉嚨湧上一陣苦澀，輕輕點頭。

注意到我身後背著的吉他，他眼睛一亮，「凱岑，既然妳帶著吉他，那我們一起上台表演如何？就當作是妳送我的畢業禮物。」

學長拉著我登上學校爲畢業典禮特別搭建的舞台，拿起麥克風朝台下大喊：「所有畢業生統統靠過來，我們要表演了！」

舞台前很快就聚集了滿滿的人潮，在一片鼓噪聲中，我愣愣地問學長：「要……彈什麼？」

「搭檔這麼久，居然還問我要彈什麼？當然是我的招牌曲啦！」學長笑著對我眨眼。

我立刻領悟，指尖彈奏出一段流暢的旋律，過去與學長一同表演的快樂時光彷彿又回來了。

台下人群隨著學長的歌聲擺動雙手，氣氛明明是那樣熱鬧，我心中的悲傷卻始終無法退去……

「以後妳一定要跟自己眞心喜歡的人在一起，知道嗎？」

走過諸多荒唐與混亂之後，我的生活慢慢重拾平靜。

「這麼多考卷，到底要怎樣才寫得完啊！」看著那一小疊測驗卷，末良滿臉無奈。

「這就是高三生的宿命，認命吧。」我提筆開始寫第一張考卷，一旁的唐宇生卻直接無視考卷，趴在桌上睡覺。

高三考生的生活很無聊，除了考試，還是考試，這種日子實在讓人無法開心得起來。只是儘管末良嘴上抱怨，她還是很認眞念書，也會督促我和唐宇生。尤其她每次和母親起爭執後，就會更努力。

自從媽失去右手，我便想過不念大學，一畢業就去找工作，但是媽堅決不同意，說什麼也要我繼續升學。我沒有把這個念頭告訴末良，我知道她同樣會反對，畢竟我們約好要一起離開這裡。

週六的輔導課程結束，班上同學都離開了，末良還想留下來念書，於是硬把我和唐宇生也一塊留了下來。她自告奮勇去外面買午餐，說是要答謝我們留下來陪她。

海浪聲迴盪在靜謐的教室裡，唐宇生趴在座位上睡覺，我也漸漸萌生出睡意，爲了提神，我索性彈起吉他。

彈著彈著，我的目光落向末良課桌上的課本與參考書，上頭滿滿都是筆記，以及用螢光筆劃出的重點。

我知道末良之所以那麼認眞念書，是爲了能順利離開這個地方。見她如此，更激起我心中的落寞與悲傷，忍不住輕嘆一聲。

「怎麼了？」唐宇生不知何時醒了過來。

我指尖一頓，「吵到你了？抱歉。」

「沒關係。」他看著我，「可以繼續彈剛才那首曲子嗎？」

「你是說〈新不了情〉？」

「嗯。」

我沒問他是不是喜歡這首歌，默默地繼續手上的彈奏。也不知道過了多久，我猛地察覺到他的視線始終落在我身上，這令我有些不自在，「幹麼一直看我？」

「我知道末良爲什麼會在聽妳彈吉他的時候哭出來了。」

他的話勾起我的好奇心，「爲什麼？」

「因爲妳的吉他讓人害怕，要有勇氣才能聽完。」

我聽得一頭霧水，「你這是褒是貶？」

「是讚美。」

「我怎麼聽不出來是讚美？如果你不敢聽，那幹麼還叫我繼續彈？」

「……所以才可怕。」他緩緩站起身，「我去廁所。」

這傢伙還眞是奇怪。

「岑岑，我回來了。」不久，末良拎著一袋食物回來。

「妳男友出去了。」我改彈〈How Do I Live〉。

「我知道，我剛在走廊碰到他了。」她迅速從袋裡取出三盒菜色豐富的便當，還有能量飲料。

我大吃一驚，「妳怎麼買便當？我不是說我吃泡麵就好了嗎？」

「不行！妳現在是考生，怎麼可以只吃泡麵？不多補充點營養，怎麼有力氣念書呢？」

「唉唷，可是我眞的吃不下……」

「不行，一定要吃！」她打開便當，挾起幾片青菜，「嘴巴張開，我餵妳。」

「妳說什麼？」我嚇得往後退，「張末良，妳神經啊？我自己會吃啦！」

「來嘛，我餵妳吃一口！」她嘟嘴，「妳不吃，我就繼續挾著喔！」

見末良態度強硬，我不得已只好張嘴，吃下那筷青菜。

「岑岑好乖。」她露出滿意的笑，「也要吃雞肉，多補充一點蛋白質，對頭腦很好。」

「好了，接下來我自己會吃，妳不用餵我。」我雙頰發熱，無法直視她的目光。

「妳眞的會吃？」

「眞的啦，所以妳快點……」

「妳們在幹麼？」唐宇生回到教室。

「岑岑說她吃不下，我正在逼她吃。」她得意地笑，「每次我生病，她也是這樣逼我吃藥。」

「所以妳現在是想報仇啊？」我作出一副恍然大悟的樣子。

「才不是，我是在爲妳的健康著想。來，把這口吃掉。」她又挖了一勺豆腐送到我嘴邊。

「我不是說我自己會吃嗎？」我很難爲情。

「不管，就這一口，吃完我就放過妳，我保證。」

我進退維谷，原因在於唐宇生正看著這一幕。

但我也知道末良不會輕易罷休，掙扎了一陣，我只得再次吃下。

「好了，接下來妳自己吃。」末良笑嘻嘻地把餐具遞給我，「一定要吃完喔！」

「知道啦，囉唆。」我不敢想像自己現在的表情。

「宇生，你也快吃吧，我還買了飲料。」末良打趣他：「我餵岑岑吃飯，你會不會吃醋？」

我頓時傻住。

唐宇生不動聲色看了我一眼，嘴角微揚，「不會啊，我知道妳們感情很好。」

「就是呀！」末良抿唇一笑，「好，吃飽飯就繼續念書吧，加油加油！」

唐宇生默默坐回我隔壁的位子，我們的視線沒有再交會過。

雖然末良只是在說笑，但對我和唐宇生而言，這並非玩笑，也絕對不能拿來開玩笑。

就在這一刻，我有了不能再這樣下去的念頭。

某個週末，末良打電話過來說想去買東西，希望我可以陪她一起去。我們已經很久沒有一起單獨出去了。

我問她爲何沒約唐宇生，她沒有直接回答，只是用可愛的聲音說這天只想跟我約會。

在市區的購物中心裡，末良親暱地勾著我的手，「好久沒和岑岑兩個人出來了。」

「對啊，妳都不知道我有多寂寞。」我故作委屈，唇角卻是上揚的。

「幹麼這麼說？我們明明每天都在一起。」她將我摟得更緊。

「開玩笑的啦。」我失笑，「妳今天出來到底是想買什麼？」

末良笑笑地領著我到一個飾品專櫃，仔細打量起玻璃櫥櫃裡陳列的美麗銀飾，不久，她目光一停，興奮地指向一條項鍊，「岑岑，妳覺得這條項鍊怎麼樣？」

看到她相中的是一條像要給男生戴的項鍊時，我當下心裡就有了底。

「這不是妳要戴的吧？」我問。

「嗯。」她靦腆地坦承，「下星期我就和宇生交往滿一年了，所以想送一樣禮物給他，不能總是只有他送我東西。可是我實在不知道要送他什麼，只好拜託妳陪我過來，給我一點意見。」

我就知道是這樣。

「好啊。」我淺淺地笑了下，察看那條項鍊，「這條不錯，感覺挺適合他的。」

「對吧？」她雙眸發亮，卻在看清價格時，一下子變得黯然，「沒想到這條項鍊這麼貴，我根本買不起。好可惜，這條項鍊很適合宇生啊。」

我沒有接話。

「走吧，我們再去逛逛有沒有其他選擇。」她牽著我往下一個專櫃走，卻又依依不捨地頻頻回頭。

我問：「妳的預算是多少？跟那條項鍊的價格差很多嗎？」

「嗯，幾乎差了一倍。」末良很沮喪。

我思忖片刻，果斷走回剛才的專櫃，指著玻璃櫥窗對女店員說：「小姐，我要這條銀色項鍊，請幫我包裝得漂亮點，謝謝。」

末良抓住我從錢包掏出鈔票的手，驚呼：「岑岑，妳在做什麼呀？」

「我出一半的費用吧，既然眞的那麼喜歡，就買這條吧。」

「那怎麼行？妳快點把錢收回去！」

「就當作是我送你們交往一週年的賀禮吧。」我很堅持。

「不可以，岑岑妳家的經濟情況……不是很吃緊嗎？拜託妳別這樣，快把錢收回去！」

「沒必要這麼緊張啦，老實告訴妳，我一直都有打工，這點錢我還出得起，而且我也想感謝唐宇生替我照顧妳這個愛哭鬼呀！」我輕捏她的鼻子笑道。

「可是……」她眼眶微紅。

「沒什麼可是不可是的，我只是出一半，又不是全付，還當我是朋友的話，就別再囉嗦了。」見她泫然欲泣，我又笑了，「快把錢拿出來啦，愛哭鬼。」

從購物中心離開後，末良一路上都十分寶貝地捧著那條包裝精美的項鍊。

「謝謝妳，岑岑，那些錢我之後會……」

「會怎樣？」我嚴厲地朝她瞥去一眼。

讀懂我眼中的警告，她搖搖頭，又是感動又是乖巧地說：「沒事。」

「妳可別告訴唐宇生我出一半錢。」

「爲什麼？」

「這沒什麼好講的，免得他跟妳一樣想太多，搞不好還會嫌我多管閒事。」

「怎麼可能？他不會的。」

「反正別跟他說就對了。」

末良突然緊緊抱住我，並在我臉上飛快親了一口，用甜美的聲音對我撒嬌：「眞的非常非常謝謝妳。岑岑，我最愛妳了！」

她的舉動讓我瞬間失神，只能愣愣地看著她。

「有妳和宇生陪在我身邊，是我這一生最幸福的事。」她眼神眞摯，「我可以什麼都不要，只要有你們兩個就夠了。」

「不過是合買一條項鍊，沒必要爲了感謝我就講這些肉麻話吧？」我打趣她。

末良依舊認眞地說：「我是說眞的。只要有宇生和岑岑陪著我，我就什麼都不需要了！」

我陷入沉默，過了半晌才說：「好啦，我已經知道妳有多愛我了。去吃飯吧，肚子好餓。」

「嗯！」她牢牢牽住我的手。

末良手心的柔軟和溫度，這一刻不知怎地令我有些暈眩，並且感覺到比過去更強烈的心痛。

「下列有關《詩經》之敘述，何者錯誤？A，是中國最早的一部詩歌總集。B，《詩經》之六義爲風、雅、頌、賦、比、興。C，共三百零五篇。D，『頌』是民間歌謠，『風』爲士大夫之作，『雅』爲祭神樂章。」

「請解不等式$4\sin^3\theta-4\sin^2\theta-\sin\theta+1<0$，$0\leqq\theta<2\pi$。」

「喂，現在是怎樣？我在讀歷史，你們故意考我國文和數學幹麼？」我從課本裡抬頭，瞪了唐宇生一眼，「而且還是我最恨的三角函數！」

「我們在訓練妳的反應能力呀。」末良笑個不停，「好啦，快點回答。」

「把答案寫在題目下面，算式也要寫清楚。」唐宇生把考題推到我面前。

「你們煩死了，走開啦！」

這陣子每天與書本為伍，不僅老師發下來的考卷怎麼也寫不完，末良居然還額外找來許多考古題給我和唐宇生寫，讓我覺得自己簡直每天都在受刑。然而說也奇怪，本來不怎麼用功的唐宇生最近突然認眞了起來，他不再蹺課或打瞌睡，念書的勁頭一點也不輸末良。

看到他們認眞為了考試而一起努力的模樣，我心中不禁生出一個連我自己都感到訝異的念頭：希望他們可以一直繼續這樣下去。

我不知道自己是怎麼回事，只是覺得迷惘。

我眞的很迷惘。

午休時間，我溜到社團教室練習吉他，唐宇生忽然出現在門口。

「你不睡覺，跑來這裡幹麼？」我問。

「只是想出來走走。」他聳聳肩，走進來坐到我身邊，遞給我一罐咖啡。

我們一邊喝甜膩的罐裝咖啡，一邊聆聽海浪聲。

「妳有去過學校下面的海灘嗎？」他的視線落向窗外。

「有啊。」

「怎麼下去的？」

「有一條小路可以走，我也是聽學長姊說才知道的。」我吐吐舌頭，「別告訴教官，不然我鐵定會被記過，學校禁止學生去那片海灘。」

「那裡很危險？」

「還好啦，但如果你想跳海，那就另當別論了。」

「那條小路在哪？」

「你想下去？」

「嗯。」

不知道爲什麼，我不但告訴他那條小路怎麼走，還跟他一塊同行。

我們並肩站在海灘上吹著海風，我問：「你最近變得很用功喔。」

「有嗎？」

「有啊，你不像之前那麼散漫，是不是開始有危機意識了？」

他微微偏著頭，「也不是，大概是看末良那麼認眞，不知不覺就被她影響了。」

「我也是，這是她第一次爲了一個目標如此堅持。」我低聲說：「可見她有多想離開這裡。」

「妳不想嗎？」

我沒有回答，把話題轉回他身上，「繼續努力吧，一旦考上台北的大學，你就可以回家了，你家不是在台北嗎？」

他忽然陷入沉默。

我嗅出幾分不尋常，「你不想回去嗎？」

「不知道。」他的聲音低啞。

又過了好一會兒，我再次開口：「你當初爲什麼大老遠從台北轉學到這裡？方便透露原因嗎？」

對於我的問題，他似是不感意外，很乾脆地答：「打架。我揍了老師一拳，所以被退學了。」

「眞的假的？」我難以置信地瞪大眼。

他聳聳肩。

「末良知道嗎？」

「我跟她說，我在以前的學校常被恐嚇勒索，於是決定轉學。」

「到底哪個才是眞的？」我蹙眉。

他給了我一個似笑非笑的表情，沒有正面回應，只是說：「不管哪個是眞的，來這裡是我自己的決定。」

「爲什麼？和大都市相比，這裡既不熱鬧，交通也不方便，更沒有那麼多有趣好玩的地方。」我更困惑了，他跟我想像中的富家子弟似乎完全不一樣。

「是沒錯，可是我並不後悔。」海風吹起他的頭髮，「而且我也在這裡遇到了末良。」

他拉拉領口，我立刻認出他脖子上的項鍊。

末良的眼光很好，那條項鍊果然很適合他。

「加油吧。」他對我說，「考上大學以後，就能一起離開了。」

一起……

我對上他的目光，看見他眼裡的淺淺笑意。

在未曾停息的海浪聲中，我們感受到了另一種寧靜。

日子一天天過去，很快地，距離畢業典禮只剩幾天了。

我們三個都把心力放在七月的指考，因此就算畢業了，終日念書的生活也還要繼續。

我站在走廊，遙望工人在操場搭建畢業典禮的舞台，過了一會兒，末良也湊了過來。

「時間過得眞快，轉眼間就輪到我們畢業了。」她的頭靠在我肩上，輕嘆了聲。

「怎麼了？」我問

「要是考不上台北的大學怎麼辦？」

「不會啦，這一年妳很努力，我和唐宇生都不擔心了，妳擔心什麼。」

她沉默半晌，抬頭正色道：「岑岑，我是不是個很沒用的女生？」

「爲什麼這麼說？」

「我什麼都不會，又沒什麼可取之處，老是依賴妳和宇生。說眞的，妳都不會覺得我很麻煩、很討厭嗎？」

「妳是怎麼了？幹麼突然講這些有的沒的？」我失笑。

「會不會嘛？」她催促我回答。

「大小姐，如果我覺得妳很討厭，早就不理妳了，還會讓妳像現在這樣黏著我嗎？」我敲了她的頭一記。

她害羞地笑了，眼角隱約泛著淚光，似乎是喜極而泣。看著她掛在睫毛上的晶瑩淚珠，我突然好想親吻她，但我不能。

「岑岑。」

「嗯？」

「我最喜歡妳了。」

末良含笑的聲音，讓我的眼睛也跟著濕潤起來。

某天，才走近家門，就聽到屋內傳來男人的怒吼，以及像是摔碎杯盤的聲響。我衝進客廳，發現那個變態正對跌坐在地的媽惡言相向，還舉起棍棒作勢毆打她，我連忙上前用力推開他，並出其不意奪下他手上的棍棒，擋在媽的身前。

見媽的手臂和臉上都帶著傷口，我頓時怒火中燒，高舉棍棒朝他胸口打去，他痛呼一聲，轉身想要奪門而出。

「你是什麼東西，居然敢打我媽！」我不放過他，繼續凶狠地揮舞棍棒，逼得他不斷閃躲。

「凱岑，妳不要打了！」媽吃力地從地上爬起抓住我的手，被媽一阻，那個男人趁機落荒而逃，嘴裡還不乾不淨地罵了一串髒話。

「他從什麼時候開始對妳動粗的？他都趁我在學校的時候打妳？」我冷冷地問媽。

「沒有，他沒有打我啦，妳別這樣！」媽急忙否認。

「我都親眼看見了，妳還說他沒打妳！爲什麼還不把那個畜生趕出我們家？要不是我剛好回來，誰知道他會把妳打得多慘！」我又氣又急，忍不住大吼。

「凱岑，我眞的沒關係，妳叔叔他只是最近工作不順心，一時情緒失控……」

「我管他有什麼理由，要是下次他又這樣對妳呢？如果以後我上大學，不住家裡了，妳要怎麼辦？」

「凱岑，妳別擔心，媽媽不會有事的，眞的不會有事的。」媽看向我的目光帶著乞求。

見狀，我再也說不下去了，連繼續說服媽放棄那個男人的力氣都沒有，只覺滿腔怒火始終無法平息，幾乎要將我的理智燃燒殆盡。

「妳怎麼了？」

「什麼怎麼了？我在看書啊。」聽到唐宇生的聲音，我抬眸看了他一眼，目光又回到課桌上的參考書。

「可是妳從十分鐘前，就一直在看同一頁。」

我一愣，索性將參考書闔上，趴在桌上。

「發生什麼事了嗎？」

「沒事。」我悶聲答。

今天是假日，我們三人約好一起在學校讀書。末良有事會晚點到，所以此刻教室裡只有我和唐宇生。

過了半晌，唐宇生突然伸手探向我的額頭，但我還沒來得及反應，他就把手移開了。

「你幹麼？」我嚇了一跳，猛地坐直。

「只是想看看妳是不是生病了。」他語氣平淡，「妳體溫正常，應該沒有發燒。」

我無力地橫了他一眼，再次打開參考書。

「妳還在打工嗎？」

「嗯，不過時間縮短了一點。」

「不會太累嗎？」

「還好，我習慣了。」

「可是妳的臉色很不好。」

這傢伙今天似乎特別關心我，我懶懶地問：「那我看起來有變瘦嗎？」

他點頭。

「那就好，我剛好在減肥。」

「妳又不胖。」

我不自覺勾起唇角，注意到他從剛才開始就落在我身上的視線，「我臉上有東西嗎？」

他搖頭，「我只是有點驚訝。」

「幹麼驚訝？」

「妳第一次對我這樣笑。」

我微愣。

「我一直以爲妳很討厭我。」他口氣依舊平平淡淡的，「但妳方才的表情，我可以解讀成妳已經沒那麼討厭我了嗎？」

我沒有立刻回話，經過一小段短暫的靜默，才略帶冷漠地說：「不可以。」

他面色絲毫未變。

「你搞錯了，這跟我討不討厭誰沒有任何關係。我喜歡末良，和你是末良的男朋友，完全是兩回事，我不會混爲一談，更不會去遷怒。」我抿了抿唇，「所以就算我們無法像普通朋友那樣相處，我也不是眞的討厭你，我是這麼想的。」

他沒有出聲，只是定定地看著我。

我避開唐宇生的注視，想要緩和氣氛，便說：「我告解完了，請問可以繼續念書了嗎，神父？」

唐宇生的唇畔漾起一抹笑意，然後毫無預警地把一疊考卷放到我桌上。

我傻眼，「這是幹麼？」

「末良託我交給妳的，寫完再跟我對答案，重點講義也要讀過。」

「這個瘋女人！」我忍不住抱頭尖叫。

唐宇生臉上的笑意漸深，久久未退。

終於到了畢業典禮那天，看著眼睛和鼻子都哭紅的末良，我和唐宇生都笑了。

「妳會不會太誇張啦？」我打趣她。

「可是我就是忍不住想哭嘛！」她擦掉頰邊的淚水，「為什麼岑岑都沒哭？」

「因為有人把我的分都哭光了，我就沒必要哭嘍。」

我的玩笑話逗得末良破涕為笑，她伸手抱住我，「恭喜妳畢業了，丁凱岑。」

「恭喜畢業，張末良。」我拍拍她的背，「還不快去給唐宇生一個擁抱加熱吻。」

「妳在說什麼啦？」她害臊地說。

「妳男友也是畢業生，不去抱他一下怎麼行？都已經要畢業了，教官不會罵的啦。」

「哎唷，岑岑妳別鬧了！」

一如往年的傳統，學校幾個社團輪番在操場架好的舞台上表演，藉此歡送畢業生。而一群吉他社的學弟妹找到我後，不由分說將我拉到後台。

「喂，你們現在是要怎樣？」我啼笑皆非。

「要請學姊登台表演呀！」一個學妹把吉他塞進我懷裡。

「不對啊，應該是你們表演給我看吧，今天我是畢業生耶！」

「學姊是吉他社的王牌，大家都很期待妳的演出！」

我就這樣莫名其妙被推上舞台，台下眾人則報以熱烈的掌聲，並齊聲催促我快點表演，末良也驚喜得又叫又跳，我不禁失笑，選了首歌邊彈邊唱起來。

唱著唱著，觀眾們逐漸隨著音樂擺動起雙手與身體，而末良和唐宇生在人群中偷偷親吻，對此我只是淡淡一笑。

畢業典禮在歌聲和歡呼聲中劃下完美的句點，高中三年，終於走到了結尾。

一個月後，我們懷著忐忑不安的心情步入考場。

當成績公布後，我們特地到市區的補習班做落點分析，確認三個人的成績都足以進入台北的大學。

「我應該可以上這所學校的日文系，可是我又想選英文系。」速食店裡，末良邊吃著薯條邊猶豫地說，「岑岑，怎麼辦呢？」

「妳不是想學日文？就選日文系吧。」我瞪著桌上的志願卡，已經失去了耐心，乾脆亂填。

「可是我現在好不容易也對英文有了點興趣……」她深陷掙扎。

「沒關係，如果上了日文系，也可以去選修英文系的課。」唐宇生插話。

「說的也是。」末良笑了。

我們花了不少時間才將志願卡填好，儘管選填的學校與科系完全不一樣，但都在台北市區。

「放榜那天剛好是岑岑的生日！」末良笑得很開心，「我準備了一份超級大禮要送妳，好好期待吧！」

「謝了。」我笑著摸摸她的頭。

步出速食店後，末良和唐宇生手牽著手，有說有笑。兩人感情穩定，未來就算去台北念大學應該也不會有什麼問題。我看得出來，唐宇生是真的很珍惜末良。

把末良交給他是對的。

想著想著，一滴冷意落到我臉上，我不禁仰頭望向天空。

下雨了。

「什麼時候要提交志願卡？」吃飯的時候，媽問我。

「明天。」我挾起一筷燙青菜。

「時間過得好快，一轉眼妳就要念大學了。」她滿臉欣慰，「媽媽很開心。」

我看著她的笑容，「媽，我到台北，妳一個人眞的沒問題嗎？」

「跟妳說過好幾次了，不會有事的，妳只要記得有空多回來看看媽就好。」她語氣篤定地拍拍我的手。

望著媽拿起碗盤走到洗碗槽的背影，我的喉嚨湧上一絲苦澀。

回房後，我坐在書桌前，將放在桌墊下的照片拿出來細看。

那是我和末良在高一那年拍下的合照，照片裡的兩個女孩笑得無憂無慮，彷彿無論世界如何變化，我們都還有彼此，也只有彼此。

那晚，我凝望著那張照片，直至天明。

放榜當日，我一早就到了學校的電腦教室。

我在網頁上先輸入末良的准考證號碼，末良如願考上台北一所私立大學的日文系，而唐宇生也考上台北的另一所大學。

太好了，眞的太好了。

正當我由衷爲他們感到喜悅時，手機響了，是末良打來的。

「岑岑，妳看榜單了嗎？」

「看了。」

「妳現在在哪裡？」

「學校的電腦教室。」

「我過去找妳，妳回我們班教室等我，知道嗎？」

「嗯。」

結束通話後，我離開電腦教室，天空飄起了細雨。

我搬了一把椅子坐在講台上，環顧整間教室，戴著耳機聽了一遍又一遍的〈How Do I Live〉。

「岑岑！」沒過多久，末良氣喘吁吁地出現在門口，唐宇生也站在她身畔。

我先是靜靜地看著她，隨即一笑，「末良，恭喜妳考上大學了。」

末良緊盯著我，臉上絲毫沒有喜悅，「岑岑，這是怎麼回事？爲什麼妳會在高雄的學校？」

唐宇生看向我的眼神也充滿疑惑。

「是不是哪裡搞錯了？這太誇張了，怎麼會……」末良慌了。

「沒有錯。」我摘下耳機，「我第一志願塡的就是那間學校。」

「這怎麼可能？我親眼看著妳塡卡的！」

「繳卡的前一天晚上，我把志願改了。」

末良不敢置信，聲音發顫：「岑岑……爲什麼？這是爲什麼？」

「我不放心我媽，不想留她一個人在這裡，所以才選擇去高雄念書，這樣回家比較方便。」

「那妳之前爲什麼不說？爲什麼到現在才告訴我？」她幾乎快哭出來了。

「要是之前就告訴妳，妳一定不會接受，況且我也是在繳卡的前一晚才改變主意。」

「妳怎麼可以這樣？」末良掉下眼淚，「爲什麼要騙我？我們不是說好要一起去台北嗎？妳說過會一直陪著我的！」

「可是妳不應該再依賴我了。」我斂起笑容，「我們不可能眞的一輩子在一起，我也有自己的路想走。更何況就算沒有我，妳也還有唐宇生，有沒有我都無所謂吧？」

她一愣，「所以…妳的意思是嫌我煩，覺得我是妳的累贅嗎？」

「不是這樣，我只是希望我們可以各自過得很好，擁有各自的人生。」我蹙眉，別過頭，「我需要一點自己的空間。往後的路，我想試著靠自己走下去。」

聞言，末良呆立原地，久久不發一語。

「騙子。」她的眼神滿是悲憤，將拿在手中的東西朝我用力一扔，哭著大吼：「丁凱岑，妳這個大騙子！妳怎麼可以這樣對我？我恨妳！我恨妳！」

末良傷心地跑開，我緩緩蹲下，想撿起她扔過來的東西，卻聽見唐宇生問：「爲什麼這麼做？」

「唐宇生。」我咬住下唇，做了次深呼吸，沒有抬頭，「末良就拜託你了。」

唐宇生靜默片刻，也轉身步出教室。

末良扔給我的是一本小冊子，翻開第一頁，上頭寫著：Happy Birthday to 岑岑。

我翻過一頁又一頁，整本小冊子裡滿滿都是她親筆寫下的文字，有精緻的裝飾和插圖，也貼有我們高中三年的照片，看得出她爲此付出了非常多的心力。

一滴淚水從我眼角滑落，我將小冊子緊擁在懷裡，直到再也無法忍受心中的痛楚，才放聲大哭。

末良，對不起，眞的對不起。

我很想永遠守護妳，永遠都不離開妳。可是我已經沒有自信能繼續留在妳身邊，更無法繼續對這份感情視而不見。

這份愛已經快把我的心漲破了，再多一點點都不行，所以我只能選擇放棄這份感情，縱使這會成爲我一輩子的傷，也無所謂。

只要妳過得好好的，可以開開心心的，那就好了。

妳是我這一生最初的愛，也是最深的愛，請妳一定要幸福。

末良，再見，再見。

再見……

第二章

我耳邊傳來海浪聲。

沒有人的海灘，一望無際的大海，一切都是那麼熟悉。頭上的烈日照得我睜不開眼，腳下卻異常冰冷。我覺得好難受，突然地面一陣劇烈震動，令我站立不穩，最後重摔在地……

睜開眼睛，看著面前的男生，我有些恍惚。

「大姊頭，妳醒了嗎？」他眨眨眼。

我望著他好一會兒，伸手巴他的頭，「沒事靠這麼近想嚇誰？你幹麼叫醒我啊？」

大豬學弟一臉委屈，「還不是因爲妳剛在睡夢中眉頭緊皺，額頭也一直冒冷汗，好像在作噩夢，所以我才想叫妳起來，不然我哪敢啊！」

聞言，我往額上摸去，果然抹下一手的薄汗，瞥了眼手錶，我決定換個話題，「云云，時間差不多了，走吧。」

「好，學姊等我一下。」坐在角落的大一學妹匆忙收起吉他。

大豬學弟好奇地問：「大姊頭，妳和云云要去哪裡？妳們有上同一堂課嗎？」

「我們系上有演講，系主任規定大家都要到場。」我懶洋洋地背起包包，「聽完演講後，我會再過來。大豬你別再偷懶了，快點去練習。」

大豬學弟神色驚恐，像是聽聞什麼噩耗。

接著，我扭頭對其他吉他社的社員說：「你們也是，今天一定要把曲子練好，等一下我回來要驗收。」

教室裡頓時響起一片哀號。

「學姊，眞的這麼快就要驗收了嗎？」步出教室後，云云問我。

「對啊，不然大家會趁我不在時偷懶。」

「那、那怎麼辦？我還沒練好耶！」她慌張地說。

「妳才剛開始學吉他，我不會那麼不人道，馬上就要妳彈出一首歌。」我笑了笑，「我只會在該嚴格的時候嚴格，畢竟社團裡有很多人都是初學吉他，要是基礎沒打好，以後也不可能彈得好。」

「學姊，那妳學吉他多久了？」

「從國中到現在，快九年了。」

「好厲害，怪不得彈得這麼好！」她滿臉敬佩。

「只是勉強還能聽啦。」我失笑。

外頭陽光炙熱，和剛才的夢一樣。

離開那片海那麼久了，我一直沒有再回去過，也許是因爲今天的陽光太過刺眼，才會突然又夢到那個地方吧？

時光飛逝，我已經大三了，每天的生活很簡單，都是在吉他、課業和打工中度過。

高中畢業後，我換掉手機號碼，因此沒有哪個同學能聯絡到我，我也不曾主動聯絡過誰，我主動斬斷所有與過去的聯繫。

除了吉他。

我只讓吉他陪伴我，在我快樂的時候，悲傷的時候，甚至是什麼都不想去想的時候。我變得比從前更依賴吉他，因為很多時候，我需要藉由它暫時忘掉一些事。

某天中午，我帶著午餐準備到下午上課的教室享用，卻接到社長雷公的電話，他用轟天雷般的音量大吼：「丁凱岑，妳現在在哪？」

「幹麼？」幸好我及時將手機拿遠，才沒傷到耳朵，他音量大成這樣，也難怪綽號會是雷公。

「妳趕快來社團一趟，這是命令，不得違抗。」說完他就切斷通話。

我以為是哪個社員出了什麼大事，急忙趕到社團，只見一群學弟妹擠在社辦門口議論紛紛。大豬學弟一看到我，立刻衝過來，興奮地大叫：「大姊頭，妳出運啦！看不出來妳這麼有行情，居然有超級大帥哥來找妳！」

「你在說什麼瘋話？」我蹙眉，伸指推了下他的頭。

「學姊，是真的。有個男生從台北過來，聽說是特地來見妳的，他和社長正在裡頭講話。」云云解釋。

「台北？」我一頭霧水。

「丁凱岑，妳烏龜啊？拖到現在才過來，快進來！」社辦的門忽然被打開，雷公把我拉進社辦後，又迅速把門關上，「這個人說要找妳。」

我瞪了他一眼，目光隨即落到那個坐在前方的男人身上。

「嗨。」他揚起好看的笑，主動向我打招呼。

他一臉白淨，戴著一副斯文的眼鏡，看起來跟我年紀差不多，卻有一種異於一般大學生的特殊氣質。在此之前，我應該沒見過這個人，這點我很確定。

「妳認識他嗎？」雷公問我。

「完全不認識。」

「他專程從台北過來找妳，說有重要的事想跟妳談，那我先出去了。」

雷公離開後，我走到那人面前坐下，猜測不出他的來意。

「妳好，丁凱岑。我叫白修棋，我念政大，和妳一樣是三年級，叫我小白就可以了。」他的眼睛因微笑而瞇成一直線，「很高興終於見到妳了。」

我擰眉，單刀直入地問：「聽說你特地來找我，請問有什麼事嗎？」

他沒有立刻回答，看了眼我手上提著的午餐，莞爾道：「抱歉，打擾妳用餐了。妳可以邊吃邊聽我說，我已經跟貴社社長說好，讓我占用社辦一點時間了。」

我挑眉，「聽起來事情好像有點複雜。」

「嗯，因爲我必須盡力說服妳。」他又笑了，笑得很好看。

他愈是笑容可掬，愈是親切隨和，就愈讓我起疑，這人應該不是個簡單人物。

「你是怎麼找到我的？」我有些警戒。

「在回答這個問題前，我有件事想先確認一下。今年的墾丁海洋音樂祭，妳有出場表演對嗎？」

「你怎麼知道？」我心中一驚，我明明沒有告訴過任何人。

「我的一個朋友也有參與演出，他是樂團的鼓手。他告訴我，他在彩排時注意到一位女電吉他手的技巧與配唱水準都相當高，打聽之後才得知那女生不是樂團成員，只是暫代臨時有事的吉他手上台。我覺得很好奇，於是上網調出妳表演的影片，最後就找到妳了。」

我一聲未吭。

「妳電吉他學多久了？」

「上大學才開始學，之前只彈吉他。」

「有沒有想過未來走音樂這條路？」

「沒有。」我秒答。

他斂起笑容，而我也懶得再拐彎抹角，索性直問：「你找我到底有什麼事？總不會只是來看看丁凱岑本人長怎樣吧？」

白修棋從包包取出一張廣告傳單放到我面前，上頭有張建築物的照片，看起來像是一間裝潢典雅的酒吧。

「這是我的店，前年開的。」他說。

「你的店？」我很驚訝。

「對，在台北，有聘請歌手和樂團在店裡駐唱。」

聞言，我忍不住看向他。

他淡淡一笑，「我想邀請妳成爲我店裡的駐唱歌手。」

社辦大門忽然被打開，雷公似乎一直在門口偷聽我們談話，他衝進來指著白修棋的鼻子罵：「你這傢伙竟然眞的想把丁凱岑挖走！」

「你幹麼突然闖進來？沒禮貌。」我埋怨起雷公的魯莽。

「可、可是，這傢伙……」雷公臉色鐵青，支支吾吾了好一陣。

白修棋起身，笑嘻嘻地對他說：「吉他公，好歹同學一場，不要對我這麼冷酷嘛。」

「同學？」我一愣。

「嗯，我和他是國中同班同學。」白修棋點頭。

「那你剛才幹麼一副不認識他的樣子啊？」我問雷公。

「因為他一直對我有些誤會，我想我們不妨找個時間坐下來心平氣和地聊一下，你覺得怎麼樣？」白修棋笑吟吟地搭上雷公的肩。

雷公神情僵硬，一副皮笑肉不笑的樣子，「言歸正傳，你真的想找丁凱岑去台北？」

「是啊。」

「可是，你不是只看到她表演電吉他，怎麼會要她去你店裡當歌手？」

「吉他公，你是第一天認識我嗎？我的個性難道你還不了解？」他的口氣聽起來像是對方問了個愚蠢至極的問題，他扭頭對我說：「我打聽過不少關於妳的事，知道妳的歌唱實力並不亞於吉他，我真心認為憑妳的實力，在我店裡絕對有比現在更好的發展。」

「你的意思是我們埋沒了她的才華？」雷公很不滿。

「當然，讓她待在這種小社團本來就是浪費人才，尤其是由你帶領的社團。」他用燦爛的笑容說出殺傷力十足的話。

「你這傢伙……」雷公似乎快氣到吐血了。

「謝謝你的賞識，但我覺得我現在這樣並沒有什麼不好。」我淡漠地回：「我沒什麼野心，也不追求名利，只想做我喜歡的音樂，唱自己喜歡的歌。」

白修棋覷了眼正得意笑著的雷公，又問我：「妳想做妳自己的音樂？」

「嗯。」

「如果一樣滿足妳的需求，卻可以讓妳得到更多，妳也不考慮？」

「什麼意思？」

他再次將那張宣傳單遞給我，「這間店是我開的，也由我一手主導，我請來店裡駐唱的雖然不是什麼演藝界的明星歌手，但演唱水準絕對不會低於任何人。也就是說，我願意提出邀請的對象，肯定具備職業歌手的水準，倘若對方只有一般程度，就算求我，我也不可能讓他加入。」

「可是如果眞有這種水準，怎麼可能不被挖角到演藝圈呢？」雷公門沒關，幾個學弟妹悄悄溜了進來，提出問題的大豬學弟就是其中之一。

「沒錯，即便這些人最初沒有答應，難保將來不會心生動搖。因此我店裡的歌手都必須遵守一項規定，三年內不得與任何唱片公司簽約，更不能在其他公開場合表演。」

「好嚴格，如果毀約會怎麼樣？」大豬學弟再度提問。

「很簡單，八百五十萬違約金，而且永不得再回店內駐唱。」

「你這條款太誇張了吧？」雷公不以爲然地撇嘴。

「這叫自我保障，我當然得顧及我店裡的利益。」

「也對，要是好不容易培養出一位紅牌，卻被其他人搶走，損失就大了。」云云表示認同。

「眞聰明，一點就通，跟你們的笨蛋社長就是不一樣。」白修棋語帶讚許，目光落回我身上，「妳說妳將來不打算走這條路，我相信那是因爲妳很清楚走上這條路並不容易，有很多現實因素需要考量。但是我店裡的歌手每個月都能領固定薪水，也會有人氣獎金，如果運氣好，妳的收入會比一般上班族高三到四萬，甚至更多。」

我聽到身後一堆人倒抽了一口氣。

「除此之外，我在音樂界也認識不少人，如果妳想讓實力更上層樓，我完全可以幫助妳，妳也會在我的店裡遇到很多同好。從各方面來說，這些都對妳大有好處。」他臉上笑意不減，「妳不必特別有野心，或是有什麼大作爲，只需要盡情唱歌，做妳喜歡的音樂就好了。」

我頓時啞口無言。

「大姊頭，妳要去嗎？」大豬學弟難掩興奮的語氣，「比上班族的收入高三到四萬耶，而且還有可能更多，憑學姊的實力一定沒問題的！」

「可是如果去台北，不就等於要放棄學業了嗎？」云云有些猶疑。

「拜託，既然可以賺那麼多，有沒有大學學歷有差嗎？現在經濟那麼不景氣。」

無視學弟妹熱烈的討論，我靜靜看著那張宣傳單，陷入茫然。

「妳在顧慮學業嗎？」白修棋又拿出一份資料遞到我面前，「這是今年的轉學考資料，參加寒假轉學考的人數通常比暑假來得少。而妳現在只能轉大三下學期，沒辦法降轉大二，難度確實是比較高一點。」

眾人被他周到的準備驚得目瞪口呆，大豬學弟稍微翻過資料後，忍不住驚呼：「幾乎都是國立的學校，這要怎麼考啊？」

「難道沒有其他辦法嗎？」云云問。

「沒有，這就只能靠丁凱岑自己努力了。」白修棋的笑容依然燦爛。

他的直接倒是深得我欣賞，我終於出聲：「謝謝你，雖然可能性不大，但我會考慮的。」

「妳什麼時候可以給我答覆？」

我沉默半晌，「一個星期後可以嗎？」

「沒問題，好好想一下妳想要的到底是什麼，我等妳的好消息，我眞心希望妳可以成爲我們的一份子。」

我沒有回話。

白修棋走出社辦，大豬學弟問他：「你現在就要回台北了嗎？」

「沒有，我還要去找個朋友，明天才回去。」語落，他回頭朝我一笑，「拜拜，凱岑。」

等他走遠，大豬學弟滿臉驚恐地對我說：「大姊頭，這個人真的是大學生嗎？感覺根本是另一個世界的人。」

「對啊，他說的那些聽起來好不切實際，會不會是詐騙集團啊？」

「學姊妳真的要去嗎？」

我沒有回答，只是看了眼手錶，「一點二十分了，你們都沒課嗎？」

學弟妹們瞬間慘叫一聲，飛快拿起包包衝出社辦。

我望著桌上的午餐，卻已經沒有半點食欲。

媽一看到我，立刻驚訝地停止掃地，「妳這星期不是不回來嗎？」

「突然想看看妳就回來了。」我笑了笑，從包包抽出一個信封袋，「這個給妳。」

看著那袋錢，媽消瘦的臉湧上憂愁，「妳這孩子，就叫妳別再拿錢給我了，這樣妳的生活費和學費要怎麼辦？」

「就跟妳說不用擔心我了，難道妳還指望那男人養妳？」我淡淡地說，「這星期還有人來討債嗎？」

見媽沉默不語，我心中有了答案，上前接過她手中的掃把，「妳去休息吧，我來清理。」

「那……媽去準備晚餐，我剛好買了白蘿蔔，等等煮湯給妳喝。」媽略顯踉蹌地走進廚房。

半年前，那男人不但沒了工作，還迷上簽賭，甚至因此積欠地下錢莊近千萬的債務，但直到債主找上門，鬧得家裡人仰馬翻，我和媽才終於知情。爲了躲債，那男人現在很少回來，就算回來也只是爲了跟媽要錢，然後繼續在外頭簽賭。

我好幾次把他鎖在門外，不讓他進來，對此，他總會在門口又叫又鬧又砸東西，最後跪在地上又是磕頭又是大哭，口口聲聲乞求媽的原諒，之後媽就會因爲不忍心而讓他進門。

這種絕望的日子過久了，我有時會覺得自己大概再也站不起來了，沒有振作的機會，也沒有這樣的好運。因此白修棋對我勾勒出的那個未來，只讓我覺得半信半疑，我不得不懷疑他說的每一個字，誠如學弟妹所言，那美好得太不切實際了。

「妳不必特別有野心，或是有什麼大作爲，只需要盡情唱歌，做妳喜歡的音樂就好了。」

白修棋說得沒錯，這確實是我眞正想要的。

但在我所認知的現實生活裡，要能這麼做實在太難了，幾乎不可能實現。

「好好想一下妳想要的到底是什麼。」

我沒辦法忽略來自心底的渴望。

我已經很久沒有失眠了，這晚卻怎樣也無法入睡。我一遍又一遍地翻看白修棋給我的宣傳單和轉學考資料，一股小小的火苗在這一夜重新於我心中燃起。

過了幾天，我在社辦彈吉他，雷公不斷在我身旁打轉，要我千萬別答應白修棋的邀約。我無法專心練習，忍不住罵：「假日奪命連環call還不夠？不要這麼煩好不好？」

「那傢伙很奸詐，一定還有其他目的，怎麼可能會有這麼好康的事？妳要想清楚，不要被騙了！」

「你到底和他有什麼深仇大恨？幹麼老是處處針對人家？」

「就跟妳說我認識他很久了，他這個人很恐怖，心機超級重，仗著自己聰明，總是把別人耍得團團轉。國中那時，他就使計逼我讓出吉他社社長的位子……」

「直接把你拉下來嗎？」

「不是，我們比賽彈吉他，社員投票選出彈得比較好的人當社長，而這傢伙居然串通全體社員害我輸掉！」

「會不會是你確實彈得沒他好？」我挑眉。

「怎麼可能？就算我功課沒他好，吉他也不可能輸給他！」他激動得面色脹紅，見我抿嘴忍笑，他慌得口不擇言：「我是說眞的，不要輕易相信那傢伙，這是陰謀，他一定是想刁難我才會這麼做！」

「你會不會太誇張了？人家沒必要爲了你做這些吧？」這人的被害妄想症還挺嚴重的。

「丁凱岑，我沒騙妳，我很了解那傢伙，他行事講求完美，不能容許任何差錯。來找妳之前，他必然事先調查過妳家的經濟狀況，才會開出高薪誘惑妳，這其中必定有詐。我很擔心妳會被騙。」

我沉吟了一陣，拍拍他的肩，「知道了，謝謝你的關心，這件事我會看著辦的。」

倘若眞如雷公所言，白修棋事先調查過我家裡的情況，那他應該對我最後會做出什麼樣的決定很有把握。

雷公口口聲聲說這是個陰謀，然而從白修棋這個人的言行舉止中，我感覺不出半分虛假，他坦率直接的態度也令我印象深刻。大豬學弟上網查過白修棋開的那間名叫CARMEN（卡門）的Pub，評價確實很不錯。

可如果我眞的決定去台北，我至少得花上將近半年的時間做準備。

考慮了幾天，我遲遲拿不定主意，卻意外接到白修棋的電話。

「回覆你的時間還沒到吧？」我很肯定自己沒記錯。

「是啊，但我想妳應該有滿腹疑問想問我吧。」

我愣了愣，坦然道：「確實有。」

「OK，妳有什麼問題？儘管問吧。」

「爲什麼是我？」我吶吶地說：「你應該可以找到比我更優秀的人，我不懂你爲什麼要選擇我。」

「因爲吸引力。」

「吸引力？」

「一個歌手如果不具特色，沒有吸引人注意或是凝聚群眾的能力，通常演唱生涯不會長久，很快就會被淘汰甚至被遺忘。妳有沒有發現，有些歌手不紅，唱得歌卻可以一直被傳唱下去？」

「嗯。」

「現在的歌手不光歌要唱得好，就連外型也要符合大眾的期望，才有可能大紅大紫，雖然也有少數例外，然而現實就是如此殘酷。能被我看中的人必然都具有特殊的吸引力，就拿妳來說好了，妳的自彈自唱乍聽之下沒什麼，卻讓人印象深刻，回味無窮。我一直認爲，如果一首歌可以讓人時時記著，不經意間會哼起，這首歌和歌手就算成功了。」

白修棋說的話我從來沒有想過。

「第一次聽妳唱歌是在一段婚禮影片中，妳唱的是哈林的〈只有為妳〉。那段影片我不知道重複看了幾次，不僅聽妳的歌，也觀察了當時台下眾人的反應，然後我就決定一定要來找妳。」

我不解，「怎麼說？」

「妳的演唱可以讓原本正在吃東西、聊天的賓客，紛紛轉而專注聆聽，我要的就是這種吸引力。妳的歌聲很有磁性，也很有感情，這很難得。有些人歌唱得好，卻不見得擁有這樣的吸引力。我這麼說，妳有稍微了解我想找妳的原因了吧？」

「嗯。」他的話令我有些感動。

「還有其他想問的嗎？」

「你上次說，你事先打聽過我才過來找我，這其中也包括我家的經濟情況嗎？」

「是啊。」他不閃不避。

「你知道多少？」

「似乎積欠不少債務，加上妳母親行動不便，學費也是靠就學貸款，生活算是比較困頓。」

「真的調查得很清楚呢。」我輕輕笑了。

「我很抱歉，不過人本來就不是想過什麼生活，就能過上什麼生活，多半都得靠努力爭取才能得到，所以我希望妳可以好好考慮我的邀約。」

「如果我不答應呢？」

「那也不勉強，就像妳說的，比妳厲害的人一定多得是，我不可能繼續把時間浪費在妳身上。」聽到我的笑聲，他好奇地問：「怎麼了？」

「沒有，只是覺得你這個人眞的很直接。」

「妳沒生氣，就表示妳不會自傲。」他似乎也笑了，「不過我是眞心希望妳能加入我們，妳是塊璞玉，經過琢磨後一定會更加亮眼。」

「謝謝你。」

期限還有兩天。

這個決定將讓我得到一些東西，並失去一些東西。

換作是以前，我肯定二話不說就拒絕，因爲我不想改變現狀，更無力去思考更多的可能。只是隨著日子愈來愈艱辛，媽的身體也一天比一天差，加上擔心那男人不知何時又會惹出什麼麻煩，我不得不面對現實。

我明明承諾過媽會讓我們早日脫離這種日子，然而光靠現在的自己什麼都無法改變，既然如此，那我也只能放手一搏。

「妳說什麼？」雷公的大嗓門幾乎要把社辦的屋頂掀翻。

我揉揉差點耳鳴的耳朵，「我說我要退社。」

「爲什麼要退社？妳該不會答應那傢伙了吧？」雷公氣急敗壞地問。

大豬學弟面露驚訝，「大姊頭，妳決定去台北嗎？」

「嗯。」我輕輕點頭。

學弟妹們頓時一片譁然，「我就說嘛，學姊一定會去的！」

「那以後就看不到學姊凶人了。」

「我不會馬上離開，還得先考上台北的學校才行。我決定退社只是爲了專心準備轉學考，偶爾還是會過來看看你們有沒有偷懶，大家最好祈禱我考上，不然我一定會比以前更嚴格。」我似笑非笑地說完後，拍拍雷公的肩，「社長，不好意思，社團就交給你了。你好好加油，千萬不要搞垮嘍。」

他癱坐在椅上，面色難看，似乎很不甘心讓白修棋得逞。

答應白修棋後，考驗才算眞正開始。

雖然我平時念書還算認眞，不過這還不夠，我必須再去補習才行。

備考的日子裡，我再次見識到白修棋的周到，雖然他先前說得靠我自己努力，但他還是蒐集了不少補習班和考古題的資料給我，還會寄送營養食品給我補充體力，並不時打電話關心我的近況，是個相當體貼的老闆。

因爲要補習，我不得不推掉一些打工，回家的時間也變少了。

我沒打算讓媽早早知道我準備去台北發展，想等到確定能成行的那一天再告訴她，除了不想令她擔心外，也是不想再讓她感到自責。

我已經很久沒有爲了一件事如此全力以赴了。

此刻的我將這個機會視爲我最後的賭注，我沒時間猶豫或卻步，只能將所有情緒與壓力轉化成前進的動力，有時甚至連疲倦都感受不到。

這是我唯一一次，不去考慮任何人，只單純爲了自己想要的人生而拚盡全力。

充實忙碌的日子總是過得飛快，幾個月過去，炎熱的高雄也稍微轉涼了些。

放榜那天，我坐在電腦前輸完准考證號碼後，忐忑不安地閉上眼睛，深吸一口氣，才按下確認鍵。

「學姊，恭喜妳考上了！」

一踏進社辦，一堆拉炮瞬間在眼前繽紛炸開。

云云和大豬學弟把我拉過去高喊：「請大家為我們的吉他社之光掌聲鼓勵！」

我扯下掛在頭上的彩帶，失笑：「什麼吉他社之光？你們會不會太誇張了？」

「本來就是，沒想到大姊頭居然真的順利通過轉學考。那家Pub那麼有名，要是以後妳出名了，進了演藝圈，那我們也等於是跟著沾光啊！」

「別老想一些有的沒的。」我輕敲了大豬學弟的頭一記，走到悶坐在一旁的雷公面前，「幹麼一個人縮在這裡？」

他滿懷怨氣地瞪我，「哼，妳這叛徒！」

「喂，看在這半年我這麼努力的分上，好歹也祝福我一下吧。」

「哼！」他撇過頭，忿忿地抓起零食吃了起來。

云云插話：「學姊，妳什麼時候出發去台北？」

「這個星期天，所以等一下就要回去整理行李了，謝謝你們幫我辦送別會。」

「凱岑學姊加油，如果有機會去台北，我們一定會去卡門找妳的！」

「大姊頭加油！」

我深深一笑。

回家後，我將事情的來龍去脈告訴媽。

她相當驚訝，不敢相信我居然瞞了她這麼久，然而當她得知我考上的是國立大學，加上又能發展我的音樂興趣，也為我感到欣喜。

只是當我提議要她和我一起去台北時，她卻陷入漫長的沉默。

「這樣我也可以照顧妳，等我的駐唱工作穩定下來，妳就不需要再打零工了。」我握住她的手，「媽，跟我一起走吧。」

媽不發一語，許久才擠出一絲苦笑，「凱岑，媽……還是不去了。」

「爲什麼？」我詫異道，見她面色爲難，語氣瞬間冷下，「妳該不會是想等那個男人回來吧？」

「我……」

「妳還等那個畜生幹麼？我就是爲了讓我們可以永遠擺脫他，才這麼拚命，妳爲什麼還想留在這裡等他回來糟蹋妳？」我情緒開始變得激動。

「凱岑，我知道妳是爲我好，但媽媽現在眞的還不想離開這裡。而且，我身體這樣……去了台北，也只會給妳添麻煩……」

「什麼麻煩？妳不要胡說八道好不好？」我更加憤怒，「拜託妳不要再這樣貶低自己，我是妳女兒，照顧妳本來就是天經地義的事。我想靠自己的能力讓我們過上更好的生活，而不是天天活在恐懼之下！」

媽紅著眼眶，無奈地看我。

「總之，我這星期天就要去台北了，也請朋友幫我租好了房子，妳趕快把東西收一收，到時候跟我一起走！」我態度強硬。

「凱岑，我……」

我不理會媽的叫喚，快步奔回房間，重重關上門，環顧這住了將近二十一年的房間，這裡有太多傷心的回憶，有好幾次我都想過要永遠離開。如今行李已經整理得差不多了，房間變得空蕩蕩的，我這才終於有了要離開的眞實感。

呆立了許久，門後忽然傳來一個女人的聲音，「凱岑，我是住在對面的阿姨，開一下門好嗎？」

我疑惑地打開門，阿姨笑吟吟地走進來，「和妳媽吵架了？」

我不說話，任由她拉著我坐到床邊，「妳媽剛剛跟我說了，她不肯和妳一起去台北對不對？凱岑，妳媽就是這麼傻，妳也很清楚她不想離開的原因吧？有時候妳也要體諒她，無論再怎麼堅強、能幹，妳媽終究還是個女人，妳應該明白……」

「我不明白！」我冷冷地打斷，「也不想明白。」

阿姨看了我好一會兒，輕嘆：「凱岑，我懂妳的心情。妳媽的意思是，她虧欠妳太多了，不能再讓妳為她如此勞心勞力。她希望妳可以專心追求自己的理想，而不會再被其他事綁住。」

我想要大聲反駁她，強烈的無力感卻讓我出不了聲。阿姨再三向我保證，絕不會讓那個男人再傷害媽，然而我始終默不作聲，她最後也只能無奈步出房間。

「妳也很清楚她不想離開的原因吧？」

雖然阿姨並沒有說動我，但這一刻我已經清楚知道，媽不會和我一起去台北了。

除了憤怒與不甘心，我心裡更多的是挫敗，什麼也沒能改變的挫敗。

離家那天，我和媽還在冷戰。

她親自送我去搭高鐵，我們一路上都沉默不語，儘管我知道她有很多話想跟我說。

等到時間差不多了，我才回頭望向她泛紅的眼睛，「媽。」

她匆匆抹掉眼淚，「什麼事？」

「如果我不是女兒，而是兒子，妳就願意跟我走了嗎？」

媽愣住，不解地反問：「什麼意思？凱岑，妳在說什麼？」

「沒什麼。」我沒再多說。

媽立刻上前擁住我，「傻孩子，不管妳是什麼樣子，永遠都是媽的心肝寶貝，媽怎麼可能會在乎妳是女兒，還是兒子呢？」

我們擁抱了一會兒，最後我先放開她，「我還是那句老話，要是讓我知道那男人又對妳動粗，我會馬上回來把妳帶走。」

媽緊抿嘴唇，含淚不語。

「我走了，妳好好保重，到台北我會打電話給妳。」我提著行李離開，一直到確定媽大概已經看不見我，才敢回頭。

倔強的我，終究還是不肯讓眼淚掉下來。

兩個小時的車程，就將我帶到一個全新的環境。

乍看之下，台北和高雄並沒有太大不同，只不過是街道上的房子更擁擠了些，人也更多了些。

我先到學校附近的租屋處放行李，順便整理環境。傍晚我接到一通電話，結束通話後，我依言下樓，一出樓梯口就看見白修棋向我揮手。

「怎麼不打電話給我？我可以去車站接妳。」

「我自己就能搞定，不用麻煩。」我笑了，「謝謝你幫我找房子。」

「真的不用幫妳找其他房子嗎？這裡雖然租金便宜，但是男女混住，鄰近大馬路，隔音又差，應該挺吵的。」

「這裡就行了。」我朝他伸出手，「以後請多指教，白修棋同學。」

「都這麼熟了，叫我小白就行啦，沒想到妳會考上我們學校，眞有妳的。」他笑著握住我的手，「吃過飯了嗎？」

「還沒有，不過我不餓。」

「那我們先去卡門看看吧，我帶妳熟悉一下環境，正好今天店裡公休。」他走到一輛氣派的黑色轎車旁，從口袋掏出一把鑰匙。

「這是你的車？」我很意外。

「對啊，怎麼了？」

「沒事。」我苦笑。

我們在車上聊了很多，包括卡門的經營狀況。

包含我和小白在內，卡門目前有七位駐唱歌手。平日營業時間從晚上七點半至凌晨兩點半，星期天公休。歌手駐唱採輪班制，只到十二點，與一般的Pub時間不太一樣。顧客主要多爲成年人，但偶爾也會有一些國高中生光顧，不過這方面小白管得很嚴，只在星期一和星期四開放讓未成年的客人進場，有人數限制不說，並且九點半一到就會請他們回家，也絕對禁止賣酒給他們。小白不希望他的店變成家長嘴裡的不良場所。

「很少有Pub肯讓未成年人進場。」

「所以卡門很特別吧，我自認我店裡不會有什麼教壞小孩子的東西，大家來這裡也只是爲了聽聽歌、喝喝飲料，放鬆心情。更別提我叔叔還是這一區警局的副局長，有他隨時幫我爸盯著我，我哪有膽子敢亂來？」小白的嘴角噙著笑意，把車子停在一家店的門口，「我們到了。」

我走下車，招牌上大大的鮮紅色「CARMEN」字樣，一時間讓我看得有些出神。

小白推開大門，店內採歐式風格裝潢，牆壁全以黑色花崗岩砌成，見前方立了一座寬敞的舞台，我好奇地穿過桌椅走近舞台察看。

舞台上有著架起的麥克風、爵士鼓和一架黑色的鋼琴，舞台後的牆壁是一面砂鏡，座位圍繞著舞台呈扇形設置，讓聽眾可以清楚看見台上的表演。而吧臺在舞台的右斜方，架上各式各樣的酒瓶是那裡最美麗的裝飾品。

「妳覺得怎樣？」小白走到舞台上。

「很棒。」我打從心底讚歎，「眞的很漂亮。」

「妳要不要上來親身感受一下？」

我跟著他登上舞台中央，舉目望去，整間店一覽無遺。

小白在鋼琴前坐下，彈了幾個音，清脆優美的琴聲猶如清風，吹拂到我耳中。

「唱唱看吧？」小白對我笑。

他彈起一段熟悉的旋律，是哈林的〈只有爲妳〉。

我們相視而笑，最後我握住麥克風，隨著他的伴奏唱了起來。

我的駐唱生活就此展開。

台北眞的好冷。

這幾天寒流來襲，迫使我從行李挖出最厚的衣服穿上。我捧著保溫水壺準備到外頭的飲水機裝熱水，對面房間卻忽然傳出一陣巨響，接著是女孩子的哀號聲和咒罵聲，幾顆橘子從沒有完全闔上的門縫中滾了出來。

我輕輕推開門往裡探去，一個短髮女孩坐在紙箱旁邊，四周全是從箱子裡掉出來的橘子，我忍不住問：「妳沒事吧？」

女孩一臉哀怨地看著我，見她似乎不反感我的出現，我便脫鞋進去幫忙，很快就把所有的橘子都放回紙箱。

「謝謝。」她像是鬆了口氣，「妳是新搬來的嗎？之前沒看過妳。」

「嗯，我就住妳對面，我叫丁凱岑。」

「我叫孫以雯，叫我雯雯就可以了。」她露出笑容。

我們聊了一會兒，得知她和我一樣是大學三年級，已經住在這裡一年了。

離開她的房間之前，她特意裝了滿滿一袋的橘子給我，「剛才謝謝妳，這些都是我爸自己種的，很好吃喔。」

「謝謝妳。」看著袋子中又大又圓的橘子，我微笑接過。

開學當日，晚上卡門也將營業，但我要到隔天才首次登台。

於是小白先帶我過來觀摩今晚的表演，我們繞進舞台後方的一間休息室，裡面有一男一女。年輕男孩一身龐克裝扮，一看到小白就皺起眉，「白兄，幹麼這麼早就叫我們過來？」

「不是跟你說過要介紹新同事給你們認識嗎？這麼年輕就得老人痴呆啊。」小白把我推到他們面前，「就是她，丁凱岑，明天開始上工。」

兩人默默打量著我，身穿水藍色洋裝的女孩朝我靦腆一笑，男孩則再度擰眉，「白兄，你口味好像變差嘍。」

「欠揍！」小白敲了他的頭一記，回頭對我說：「今晚就我們三個人駐唱，這小鬼叫釘子，十七歲，在這裡一年半了。然後這位是靈靈，大一，已經來五個月了。」

「妳大一？」我吃驚地望著身材嬌小的靈靈，說她是國中生我都可能會信。

「看不出來吧？是不是很可愛？」小白摸摸她的頭，讓她頓時有些不好意思，「這位就是我等了快半年的丁小姐，釘子，你可別故意找人家碴喔。」

「她眞的會唱歌嗎？」叫釘子的男孩面上仍顯狐疑。

「廢話，不然我找她來幹麼？」

「誰知道是不是走後門攀關係來的花瓶？不過看她這樣……應該是我多慮了。」

靈靈帶著譴責意味地推了釘子一下，小白也不客氣地再次往他頭上敲去，「這傢伙就是嘴賤，別理他。」

我沒有生氣，只是伸手指向釘子的頭髮，「你爲什麼要染這種顏色？」

男孩得意洋洋地撥弄頭髮，「好看吧？我前幾天剛染的，雜誌上寫——」

「太花俏了，很像小丑，和你穿衣的風格完全不搭，還是換個顏色吧。」我淡淡地說。

「妳說什麼？」他暴跳如雷，靈靈則噗嗤一笑。小白把我帶離後台時，遠遠都還能聽見男孩破口大罵的聲音。

「居然說他像小丑，好狠的回敬，他可能有好一陣子會氣到不跟妳說話。」小白笑個不停。

「我沒無聊到和小孩子計較，我是眞心覺得那髮色和他不搭。」我望向吧臺後的玻璃櫥櫃，

「你怎麼讓這麼小的人來這裡駐唱？」

「他很早就輟學了，表演經驗相當豐富，他在店裡的資歷可是比其他四個人都還要深喔。」

「四個？你不是說有七個人？」

「其中一個是我弟，放長假時才會回來湊一腳，他現在在洛杉磯念書。」

「原來如此。」

七點半一到，一群又一群的客人接連進到店裡。

小白是今晚第一個上場的歌手，所以早早就去後台準備了，我則坐在吧臺前，看著店裡的桌位漸漸被坐滿，客層似乎是大學生比上班族多，而且大部分都是女孩子。

我小口啜飲調酒師爲我準備的雞尾酒，忽然聽到觀眾區傳來一陣騷動，我抬眼往台上望去，見小白已經盛裝坐在鋼琴前，他的出現讓現場氣氛一下子變得活絡，看得出他很受女性顧客的歡迎。

等到觀眾逐漸安靜下來，小白斂起笑意緩緩開口，聲音低沉得好似呢喃。

「男人說，他眞的很愛她。」他停頓了一下，「女人說，可是我並不覺得你愛我。」

我不知道他在說什麼，卻注意到台下的人都在全神貫注地傾聽小白的話。

他好像正在說一個故事。

男人說：我愛妳，可是妳說我愛妳的方式，不是妳想要的。

女人說：我覺得你一點都不了解我。

男人說：爲什麼妳會覺得我不夠愛妳？

女人說：因爲我沒有被視爲唯一的感覺。

男人說：我知道，我沒有別人那樣的浪漫，沒有別人那樣的甜言蜜語，也不懂怎麼說別人那樣的溫柔情話。可是用擁抱和親吻告訴妳，難道還不夠？爲什麼要用這種方式來斷定我不愛妳？

我不敢生氣，不敢吃醋，怕妳覺得我幼稚不成熟，所以就連妳說謊，我都不敢拆穿。可是最後妳還是離開我，到另一個能逗妳開心的人身邊。

因爲妳覺得我不夠愛妳。

明明已經被傷得徹底，我卻還想等妳，還在回憶與妳的過往。

我還在期待。

我想知道，妳眞的有愛過我嗎？

小白說話的同時，手始終輕聲彈奏著鋼琴。

當所有人沉浸在這段告白裡，他開口唱了起來：

愛你變習慣　不再稀罕　我們該冷靜談一談

你說你喜歡　一點點浪漫　卻把跟隨我的腳步　放慢

沒有你分享分擔　我的快樂悲傷　心情天天天天紛亂

我一再試探　你一再隱瞞　是誰改變愛情原來的模樣

有一種預感　愛就要離岸　所有回憶卻慢慢碎成片段

不能盡歡　愛總是苦短　我只想要你最後的答案

有一種預感　想挽回太難　對你還有無可救藥的期盼

我坐立難安　望眼欲穿　我會永遠守在燈火闌珊的地方

〈預感〉詞：李瑞　曲：吳旭文

那是我第一次聽到小白的歌聲。他的歌聲有種魔力，牢牢抓住了現場每個人的心，他充滿磁性的嗓音，更深刻唱出那段告白裡的痛。

等到音樂終了，小白站起身與現場觀眾打招呼，才幾句話就逗得台下笑聲不斷，方才的感傷氣氛轉眼間就消失無蹤，我還看見幾個女孩破涕爲笑。

我的手臂不知何時爬滿了雞皮疙瘩。

兩個小時過去，小白退場，換釘子上台演唱。

小白換上平時的服裝回到吧臺，「怎麼樣？」

我對他豎起兩隻大姆指，「你一開始說的那段獨白是怎麼回事？」

「那是店裡某位聽眾的故事。」他從調酒師手中接過一杯水，大概是累了，聲音有些低啞，「對了，妳要叫什麼名字？」

「名字？」

「這裡的歌手都有自己的藝名，像我就叫小白，釘子和靈靈則是他們的藝名，這樣比較容易讓大家記住。妳有什麼想法嗎？」

我思考了一陣，腦中忽然浮現一抹深邃的藍。我回憶起鹹鹹的海風吹拂在身上的感觸，耳邊也跟著響起片片浪花溫柔打上岸邊的聲音……

良久過後，我終於出聲：「我想叫小海。」

翌日，因爲學校的課程只到下午三點，小白就要求我五點到卡門。見時間還早，我便想先去別處買個東西，但才剛搭上公車坐下，前座卻不斷傳來女子的飆罵聲，側耳聽了一會兒，原來那女子正在講手機，話聲裡滿滿都是激動與憤怒。

「反正晚上我會在卡門等你，這是最後一次機會，要是你沒來，我們就玩完了！要我還是要她，你今天就做出個決定！」

車上乘客紛紛扭頭看她，有人眼中隱含不屑與不悅，也有人暗自竊笑。女子似乎並不在乎旁人的側目，繼續對著手機破口大罵：「你現在的女朋友是我，幹麼還管她的死活？都已經幾次了？她說要去死，難道你也要跟著去死嗎？她是你的初戀，所以你捨不得，那當初幹麼跟我交往？你到底把我當什麼了？」

聽到這裡，眾人眼中大都多了幾分同情。

「你狗屁，你這樣叫愛我？你只是想當好人而已吧？是男人的話就有擔當一點，不要前女友沒處理好，就去招惹別的女人。我不管她現在怎樣，要是你今晚沒準時出現，那今後你就別想再來找我！」

女子氣沖沖地掛掉電話，隨即痛哭失聲。

這時我剛好到站，下車之前忍不住朝她瞥去一眼。她年紀很輕，頂著一頭咖啡色的長捲髮，外型亮眼，眼妝卻因爲淚水而糊成一片。

五點到了，我進到卡門的休息室，原以爲小白在裡面，卻見到一名陌生女子。

「哈囉，妳就是小海嗎？」

她染成粉紅色的頭髮紮成了蓬鬆的雙馬尾，裝扮花俏，宛如一道會行走的彩虹，乍看令我驚愕得說不出話。

「我叫Pinky，今晚也會上台。」她眨了眨靈動的大眼睛，我詫異地發現她連隱形眼鏡都是粉紅色的，「好，那我們開始吧！」

「開始？開始什麼？」我滿頭問號。

「今天是妳首次登台，當然要好好打扮一下，所以小白就請我來幫忙啦！」她仔細打量我全身，「妳的衣服呢？小白有叫妳帶衣服過來吧？」

「呃……我沒有他說的那種漂亮衣服，只有身上穿的這種T恤和牛仔褲。」我有些尷尬。

「連條裙子都沒有？」見我搖頭，她略顯吃驚，卻又無所謂地說：「沒關係，幸好小白事先料到這一點，所以我多帶了幾套衣服過來。」她迅速從行李袋中抽出一條褲子和一件上衣給我。

等我換好衣服站在她面前，她滿意地點點頭，把我拉到鏡子前，「太好了，果然很適合妳，等換上這雙靴子後，我再幫妳上點妝就大功告成嘍！」

「一定要化妝嗎？」我不知所措地輕咬下唇。

「當然。卡門的歌手不僅要會唱歌，也要會打扮，這樣才可以吸引更多觀眾，也是對這份工作的尊重呀。」她好奇地偏頭，「難道妳過去表演時從來沒化過妝？」

「不只表演，我平常也不化的。」我回。

「妳一個女大學生怎麼不化妝？不好好打扮那怎麼行？眞是浪費呀！」她尖聲道。

看著擺在桌上的一堆化妝品，我當下就是一陣暈眩。Pinky俐落地把我的頭髮紮成馬尾，接著又幫我修眉毛、畫眼影，她語帶笑意：「妳長得很清秀，適合淡妝，太濃的妝感反而會讓妳失去魅力。」

我不禁鬆了口氣，因爲我完全不想看到自己濃妝豔抹的樣子。

經過Pinky姊的打理，我端詳鏡中的自己，不知怎地竟感到陌生。

我臉上是簡單不浮誇的淡妝，身著貼身的黑色七分袖絲質襯衫，搭配刻意弄破幾個洞的淺色牛仔褲，腳上則是一雙皮製的咖啡色馬靴，看起來低調卻又不失個性。

「不錯吧？」她一臉喜孜孜的模樣，然後忽然朝門口喊：「小白你來啦？快來看看，小海這個樣子不錯吧？」

我回過頭，與小白四目相接，他先是一愣，隨即笑著說：「不愧是Pinky姊，我就知道交給妳沒問題。」

門外接著出現釘子和靈靈的身影，我頗感意外，「你們怎麼也來了？」

「我們想看小海姊表演啊。」靈靈甜甜一笑，「小海姊好漂亮，這樣穿很適合妳。」

「果然佛要金裝，女人要靠化妝。」

釘子話才說完，就被小白敲了一下頭，「你眞的是狗嘴吐不出象牙！」

我啞然失笑。

走出休息室，我坐到吧臺朝窗外望去，店外已經出現一列等候進場的排隊隊伍，我意外瞥見一個眼熟的身影，是今天在公車上哭泣的那個女生。

她一個人靜靜站在隊伍裡，不時左顧右盼，偶爾低頭查看手機，應該是在等她的男友吧。

「看什麼那麼專心？」小白朝我走來。

我收回視線，「沒有，只是覺得外頭人很多。」

「緊張嗎？」

「還好。」

「等開店那時才可怕，位子愈是靠近舞台就愈搶手，就算提早訂位也不見得能有。那些站在外面的，大部分都是沒訂到位的客人，趕著來搶現場的座位。」

「你眞的很厲害。」我由衷說。

「過獎了，應該要說我很幸運，可以找到你們這些優秀的伙伴。」他淺淺一笑，拍了拍我的肩，「期待妳今晚的演出。」

今晚第一個上台的是Pinky姊，再來是我，最後是小白。

Pinky姊登台的時候，小白和釘子坐在吧臺喝飲料，我和靈靈則在休息室聊天。我正想著不知道Pinky姊何時才要開始表演，外頭就傳來轟地一聲巨響，接著休息室的牆壁似乎也跟著音樂震動起來。

聽見Pinky姊用她獨特的娃娃音唱西洋搖滾歌曲時，我被強烈震懾到了，居然有人可以用這種嗓音唱重金屬音樂，而且還唱得相當好聽。

「很厲害吧？我第一次聽Pinky姊的現場演唱時，幾乎興奮得發抖。」靈靈莞爾。

我的手臂又冒起了雞皮疙瘩，自從來到卡門，這種感受不曉得經歷過幾次了，這裡眞的是高手雲集。

「妳知道Pinky姊幾歲了嗎？」

「應該也是二十幾吧？她看起來很年輕。」我猜測。

「她已經三十二歲了。」

我再度受到驚嚇，想起她那小女孩般的笑臉與裝扮，「怎麼可能？」

「看不出來對吧？這是只有我們店裡的人才知道的祕密。不過Pinky姊真的很可愛，人氣也很高，之前曾有唱片公司想找她簽約，雖然她沒答應就是了。」

聽到熱烈的掌聲和歡呼聲響起，我不禁沉思了起來，靈靈見狀以為我在為了上台緊張，連忙鼓勵我：「小海姊，別擔心，放輕鬆唱就好，妳一定可以的！」

我笑了笑，沒有多說什麼，跟著靈靈溜到外頭欣賞演出。

Pinky姊在台上載歌載舞，甚至還拉著一名客人上台同樂，炒熱了現場氣氛，高亢的尖叫聲不斷，彷彿置身演唱會現場。

人群之中，我注意到一抹纖瘦的身影安靜地坐著，甚至連頭都沒抬。我從那頭長捲髮認出她就是公車上的那個女生。

她身邊沒有其他人，就只有她一個。

結果……那男生還是沒有來嗎？

熱烈的掌聲再次響起，Pinky姊朝台下拋出一個飛吻，返回後台。

一看到我，她立刻給我一個大大的擁抱，還親了下我的臉頰，「小海寶貝，加油！」

輪到我上台了。

做了個深呼吸，我拎起吉他準備步出休息室，卻被小白喚住：「小海。」

他將一條皮製手環套到我的左手腕上，上面印有「Sea」的字樣。

「給妳的禮物。」他溫柔一笑，「加油。」

我望著手環好一會兒，回以微笑，「謝謝。」

大概因為是陌生面孔，我一走上舞台，台下觀眾全好奇地打量著我，全場頓時陷入一片安靜。我掃視台下，目光落到那女孩身上。

她就坐在舞台正前方，算是相當好的位子，然而她一直垂著頭，彷彿對周遭所有的事都無動於衷。之前她費盡心思訂到這個位子，就是爲了和她男友一起聽歌吧？

店裡幾乎每桌都滿坐，惟獨她形單影隻，令人看了格外心疼。

我凝視她許久，轉身和樂隊交談幾句，觀眾因我的舉動而竊竊私語起來。

我站到麥克風前，沒有自我介紹，而是在一片嘈雜聲中緩緩吸了口氣，開口清唱：

靜靜拆著你的信　留指紋的封印
太工整的字跡　不像你的筆跡
最怕去拆你的信　可有我的憂慮
住在很近的你　為何用信傳遞

當台下安靜下來，我身後響起伴奏。

台下的目光集中在我身上，而我始終看向某處。

你說你回頭去愛初戀女子
仔仔細細你描述你慌亂情緒
你完了你　我哭泣
你寫你還是愛著我　錯的是你

我緩步走下舞台，眾人的視線也跟著我移動。我來到那女孩面前，她桌上只有一杯完全沒動過的飲料，臉上淚水未乾。

眼淚　讓我讀得模模糊糊
始終看不出　你的悔悟
事實清清楚楚　反反覆覆
在我背後在你心中　你的迷失由我背負

我握住她的手，她微微一顫，終於把頭抬起，錯愕地看著我在她身旁坐下。

眼淚　讓我讀得恍恍惚惚
滴在你信上　當作回覆
既然結束　何必說出
你的幸福　還要我受苦

我握緊她的手，對她微笑。

就讓愛情此刻落幕

〈拆信〉詞：許常德　曲：張洪量

她呆呆地看著我，似乎是被嚇到了，一時竟忘記哭泣。

我對著她唱完這首歌，從頭到尾都握著她的手。等到一曲唱畢，我伸手將她頰邊的淚輕輕拭去，起身對所有人說：「今晚在這裡的朋友，這個女孩剛剛結束一段感情。可以請大家給她祝福的掌聲，祝她早日找到下一段戀情嗎？」

大家先是一愣，而後紛紛露出笑容，現場爆發如雷的掌聲。

「加油，下一個男人會更好！」

「把那個臭男人甩了，跟我在一起吧！」

「可以給我妳的手機號碼嗎？」

女孩驚訝地捂住嘴，聽到大家的熱情祝福後，眼淚很快又撲簌簌落下。

我跑回舞台，正式向觀眾打招呼：「我叫小海，從今天開始成爲卡門的一員，祝各位都有個美好的夜晚！」

台下又是一陣熱烈掌聲。那女孩仍流著淚，但唇邊已帶上笑意，隨著眾人一起鼓掌。

那是一個很美麗的夜晚。

聽著掌聲與安可聲，我知道自己已經找到屬於我的地方。

一個有夢的地方。

第一次登台演出結束後，我的聲音也啞了，大概是因爲太久沒有連續唱這麼久的歌。

卡門的官網湧進不少給我的訊息，其中一則是那個哭泣的女孩寫下的，她說她原本是來聽小白唱歌，今晚過後也成了我的歌迷，並且向我道謝，說她會甩掉那個辜負她的男人，重新振作。

一股難以言喻的感動，自我心底湧生。

自己的歌可以帶給別人力量，意識到這一點，我彷彿也從中得到了力量。

日子一天天過去，我在卡門的知名度漸漸變高，歌迷也愈來愈多。

雖然這是件好事，卻也因此偶爾會在學校被人認出，對於習慣低調的我來說，這還需要點時間適應。不過同校的小白就完全沒有這種困擾，他身邊總是圍繞著一群漂亮的女生。

某天在校園巧遇，他遠遠看到我，迅速朝我跑來。

「幹麼？不是和那群女生聊得正開心？」我調侃他。

「看到妳，我更開心啊。」他笑著說：「妳今天也沒課了吧？現在要去哪？」

「沒特別要去哪裡，大概是回家吧。」

「既然這樣，那我們去吃點東西，我突然好想吃芋圓，我請妳。」

和小白相識後，我除了見識到他的精明能幹，也開始對他變化多端的性格感到好奇。他在工作上宛如商場老手，在舞台上又像個風度翩翩的情歌王子，私底下卻和一般大男孩沒兩樣，令人難以窺探他的內心世界。

看著一邊吃芋圓，一邊有說有笑的他，不知怎地讓我想起了某個人。

那人有著看似牢不可破的堅強外表，心中還暗藏了不少祕密……

「吃完了。」小白放下湯匙，「我要去卡門一趟，妳要來嗎？」

「好啊。」反正也沒什麼事。

「那我先去隔壁超商買個東西，妳吃完再到門口等我。」

今天的風有些刺骨，我完全感受不到太陽照在身上的暖意。我站在人行道望著馬路上的車潮，不自覺發起呆來。

一轉眼，我已經來台北一個多月了，也不曉得媽的身體怎麼樣？那個男人是否有回去找媽的麻煩？社團的大家過得好不好？

我輕嘆口氣，轉身想去超商找小白，卻不小心將路人的提袋撞掉在地。

「對不起！」我連忙蹲下，撿起幾樣從提袋掉出來的東西。

「……岑岑？」

頭頂上傳來一道輕柔的嗓音，我的手頓時停住，腦中一片空白，心跳在這一刻停止，卻又在下一秒愈跳愈快。

當我終於抬起頭，看清那雙熟悉的美麗眼睛，時間彷彿突然被誰按下了靜止鍵，令我幾乎不能呼吸，平靜已久的心再次掀起巨浪……

「岑岑。」她聲音發顫，「妳是岑岑，對不對？」

我像是即將滅頂，只能愣愣地看著她，完全無法反應。

她把我拉起來，仔細打量了我好一會兒，露出欣喜若狂的笑容。

「真的是岑岑！」她不顧旁人的目光，用力抱住我，「天啊，我不敢相信，居然真的是妳！岑岑，我好想妳！」

末良鬆開我，雙頰因爲興奮而泛紅，她緊握我的手，連珠炮般問個不停：「妳怎麼會在台北？是來玩的嗎？還是妳住在這兒？」

她妝容亮眼，戴著一副大大的耳環，穿著時髦美麗，留著一頭亞麻色的波浪長捲髮，看起來既嫵媚又成熟。

「我打過好多次電話給妳，可是妳換號碼了，我怎樣都聯絡不上妳。」得知我在台北念書，末良臉上的笑容更燦爛了，嗓音無比甜美，「快告訴我妳的新手機號碼，這次我絕不會再讓妳跑掉了，嘻嘻。」

我無法思考，更無法抗拒末良的要求，只能老實報出手機號碼。末良立刻撥了通電話給我，不知道是不是爲了驗證我沒有撒謊騙她。

「可惜我等一下還有事，不然才不會這麼簡單就放過妳。」她用撒嬌的口吻說，伸手輕撫我的頭髮，眼神朦朧又溫柔，「岑岑……妳變好多喔，大概是因爲妳留長了頭髮，害我剛才沒辦法馬上確定是不是妳。妳現在這樣更漂亮，也更有女人味了，以前短髮的妳就像個男孩子一樣。」

她的觸摸讓我頭後瞬間冒起一片雞皮疙瘩，我不禁輕顫。

末良拉著我問東問西了好一會兒，直到一輛黑色轎車突然停靠在鄰近我們的路邊，末良才鬆開牽著我的手，朝那輛車飛奔而去。

「宇生！」她眉飛色舞地對駕駛座上的人說：「宇生，你猜我遇見誰了？是岑岑，岑岑耶！」

坐在車上的唐宇生扭頭朝我望來，神情明顯一愣，卻沒有下車，也沒有開口向我打招呼。

「岑岑，那我先走嘍，我之後再打電話給妳。」末良用力握住我的手，力道之大，幾乎讓我感覺到疼痛，「妳要接我的電話喔！」

末良一上車，唐宇生便收回落在我身上的目光，迅速把車開走。

我有些恍惚，不敢相信竟能與末良再次相見。

有一瞬間我以爲這只是場夢境，可是末良的擁抱如此眞實，她的一顰一笑也是那樣鮮明。

如果這眞的是夢，那實在太殘酷了。

「小海，久等了。」小白從超商走出來，察覺我神色有異，「怎麼了？」

「沒事。」我微微撇過頭，不想讓小白看清我臉上的表情，「不是要去卡門嗎？走吧。」

三年了，即便來到台北，我也從未想過會這麼快就再見到末良。

決定離開她的那年，我曾告訴自己，如果我們在未來的某一天再次相遇，一切應該已經雲淡風輕了。我可以從容笑著對末良說聲好久不見，她也會用同樣的態度對待我，我們都變成了成熟的大人，都過得很好，從前的不愉快早已淡忘在歲月裡。

然而她卻在我還未能完全忘卻那份心痛時，再次出現於我的生命。

她的臉在我每晚的夢裡出現過上千回。

而這次，眞的不是夢了。

「小海，妳怎麼了？」小白的聲音將我從思緒裡拉回，他和卡門的其他歌手正看著我。

「抱歉，我沒事。」我搖頭，「你剛才說什麼？」

「我說這週六是卡門開幕屆滿三週年，那天妳沒駐唱，但我希望所有歌手都能到場，妳能配合嗎？」

「當然可以，那天有什麼特別活動嗎？」

「我打算讓所有歌手合組樂團負責伴奏，邀請客人上台唱歌。妳會彈吉他和電吉他，這部分就由妳負責，沒問題吧？」

「沒問題。」

「好，那之後的流程再依照……」小白繼續和其他人討論活動事宜。

見沒有我的事了，我悄悄離席，走到舞台上的鋼琴前坐下。

我輕輕撫過琴鍵，按下其中一個琴鍵時，聽見的卻不是琴音，而是末良的聲音。

「妳是岑岑，對不對？」

「這次我絕不會再讓妳跑掉了，嘻嘻。」

我的舌尖嚐到一股苦澀。

她簡單的幾句話，就輕易占據我所有心神。

接到末良打來的電話時，已經是兩天後了。

她說遇到我的那天，她剛出國回來，又要忙搬家，有很多事需要處理，所以才沒馬上聯絡我。

「岑岑，妳週六晚上有事嗎？」她接著問。

我想到卡門的三週年慶活動，「抱歉，那天我有工作。」

「是喔，我原本想帶妳去一間朋友開的店裡坐坐，沒關係，那等妳有空我們再約，好嗎？」

好，我說。

週六上午，所有卡門的歌手齊聚在店裡，我也終於見到我唯一沒見過面的那位歌手——寶叔。

「寶叔你好，我是小海。」我和他握手，從外貌推測，他應該超過三十五歲了。

「呵呵，我還以為妳會不敢跟我握手哩，很多人的第一眼都會被我的長相嚇到。」他頭戴黑色貝雷帽，和他粗獷的外表其實並不搭，卻有股莫名的喜感。

「就叫你把鬍子刮一刮嘛。」Pinky姊說。

「可是我覺得留鬍子看起來比較有親切感啊！」

兩人的對話逗得我失笑，這時舞台上的釘子插話：「Pinky姊，妳要不要上來試唱一下？」

Pinky姊爽快答應，也跟著站上舞台。

「可惜我幫不上什麼忙，我什麼樂器都不會。」寶叔摘下帽子，神情有些無奈。

「你不是幫大家買飲料了嗎？這樣就很好了。」我安慰他。

「話說回來，我還沒聽妳唱過歌呢。Pinky對妳讚譽有加，讓我也非常期待，希望有機會可以和妳一起表演。」

「我的榮幸。」我莞爾一笑。

今晚釘子負責爵士鼓，靈靈負責薩克斯風，小白負責鋼琴，我則負責吉他與電吉他。然而小白今天卻整天不見蹤影，打了幾次手機也沒人接，向來準時的他還是第一次這樣，有點不尋常。

「白兄怎麼搞的？」釘子終於忍不住發話。

「不會出了什麼事吧？」靈靈面露擔憂。

就在這時候，大門打開了，小白背著吉他略顯匆忙地走進來。

「小白，你怎麼搞的？一直不接手機，大家都很擔心你。」我蹙眉。

「對不起、對不起。我去接一個朋友，結果碰上一點小意外。」他向大家賠不是，扭頭對門外吩咐：「嘿，你小心點，別把樂器摔壞啦！」

當我瞥見跟在小白身後走進來的那人時，呼吸登時一窒。

唐宇生的懷裡抱著樂器，也很快發現站在舞台上的我。

「宇哥！」釘子大喊。

「宇生哥回來了！」靈靈開心地尖叫。

唐宇生淺淺一笑，視線在我身上逗留了幾秒。

小白拿起吉他朝釘子扔去，「那麼久都沒去拿，害我被老師傅罵，你要賠償我這二十分鐘受到的精神傷害。」

「啊，死了，我還眞的忘了！」釘子一驚，連忙檢查起送修的吉他。

小白接過唐宇生手上的另一把吉他，嘴裡抱怨：「平常都沒事，怎麼一載你車子就拋錨，然後還因爲趕著去接你，手機也沒來得及充電。」

「是你的車子爛，干我屁事？」唐宇生不以爲然。

「小老弟，香港好玩嗎？」寶叔搭上他的肩。

「還不錯。」他舉起一個大袋子對台上說：「Pinky姊，妳要的東西我買回來了。」

「耶！宇生我愛你！」Pinky姊雀躍地跳下舞台。

不一會兒所有人都圍在唐宇生身邊，開心地一一從他手中接過禮物。

「哪有人出國玩那麼久啦？是不用上課了喔？」釘子說。

「可是之前不是聽你說要去一個多月嗎？這樣應該算提前回來吧？」寶叔也說。

「一定是宇生太想念我們了！」Pinky姊開玩笑道。

唐宇生沒有正面回覆，只是聳了聳肩，拿出一個印有Hello Kitty圖案的精緻禮盒，「靈靈，這給妳。」

靈靈又驚又喜地接過，「謝謝宇生哥，我會好好珍惜的。」

唐宇生臉上浮現溫柔的笑意。

「喂，禮物分完了沒？要彩排了啦！」小白從休息室走出來，「我的禮物呢？」

「沒有你的。」唐宇生答得飛快。

「靠，機車耶，每個人的禮物都買了，居然沒買我的！」小白哭喪著臉，「小海，妳看他好過分喔，嗚嗚嗚！」

唐宇生又看了我一眼，而我沉默不語。

這時小白把我拉下舞台，對唐宇生說：「好啦，不廢話了。跟你介紹一下，這是我們新來的歌手，小海。你不在的這段期間，小海已經成爲卡門的紅牌了！」

「你有告訴宇生卡門來了位新歌手嗎？」Pinky姊問。

「沒有，我故意瞞著他，想讓他出其不意見識到小海的厲害。」小白拍拍唐宇生的肩，「小海，這傢伙叫唐宇生，是我從國中到現在的死黨，平時會過來卡門幫忙監督，比如釘子唱太爛的時候，就會被他修理。」

「屁啦，我哪有唱很爛？」釘子抗議。

「宇生的耳朵可是很挑剔的，眞要批評起來，連對我和寶叔都不會客氣。」Pinky姊笑臉盈盈，「妳要有心理準備，小海。」

我和唐宇生望著對方，默不作聲。

見狀，小白打趣唐宇生：「你怎麼不說話？這麼快就被小海迷住了？」

「我們認識。」他說。

在場的人頓時大吃一驚，小白更是忍不住驚呼：「什麼？你認識小海？」

「嗯。」

「眞的嗎？小海，妳認識宇生？」Pinky姊也問我。

我頓了頓，點點頭，「我們是高中同學。」

「高中同學？」小白一怔，沒多久露出恍然大悟的表情，「等等……我想起來了。難怪當初我調查小海的背景，看到她高中校名的時候還一度覺得眼熟，原來那就是宇生你高二轉去的學校！」

「這也太巧了！」Pinky姊一臉驚喜，「小海和宇生眞有緣呢！」

靈靈也好奇地加入話題，「宇生哥爲什麼會轉學呀？」

「一定是因爲受夠白兄這怪胎了。」釘子說完，便與唐宇生擊掌。

「最好是這樣，是這傢伙當時不曉得發什麼瘋，突然惹出一堆麻煩，結果不僅被學校退學，還堅持轉學到那麼遠的地方。當時我眞的氣到超想殺了他。」

「退學？宇哥你究竟是幹了什麼好事？」這下釘子也驚訝了。

「我只能說這傢伙有雙重性格，我完全沒料到他會轉學，還在那裡交了個女朋友回來。過去他一直對異性興致缺缺，我還擔心過他將來可能會孤老一生呢。」小白嘖了聲。

「這就表示末良學姊眞的很有魅力呀。」靈靈莞爾。

我看了靈靈一眼，唐宇生則在這時淡淡往小白瞥去，開口問：「爆料爆完了沒？不是要彩排？」

「差點忘了。」小白高喊：「好了，親愛的伙伴們，開始彩排嘍！」

除了坐在台下的唐宇生，所有人都走上舞台。

我試著不去注意他，讓自己專注在音樂中，但仍不時能感覺到他落在我身上的目光……

我怎樣都料想不到唐宇生和小白是朋友。適才聽靈靈叫末良「學姊」，難道她們就讀同一所大學？這一連串荒謬的巧合砸得我措手不及。

我還無法泰然面對這一切，只能下意識閃避唐宇生的視線。

「白兄不准偷喝，那杯珍奶是我的！」

「喝一口是會死啊？」

「我才不要跟你間接接吻，噁心死了！」

「沒禮貌，那我喝靈靈的好了。」

休息時間，大家一邊喝寶叔買來的飲料，一邊聊天。

唐宇生正在台上為釘子檢查吉他，兩人順便討論起關於吉他保養的話題。

琴聲忽然響起，小白坐到鋼琴前，靈靈則站在一旁，兩人就這麼一彈一唱了起來。

沒多久，唐宇生走下舞台，坐到我身邊，我們誰也沒開口，只是專心看著台上那兩人。

靈靈如天使般的清脆嗓音，搭配小白優美的琴聲，讓我的情緒漸漸放鬆下來。

正當我沉醉在靈靈的歌聲裡時，身旁那人忽道：「好久不見。」

我轉頭看向唐宇生，迎上他的眼睛。

「妳過得好嗎？」他問。

直到此刻，我才注意到他這三年的轉變。

高中時的他，瀏海長得幾乎要蓋住眼睛，現在則改為一頭俐落的短髮。他全身散發著成熟的氣息，感覺比以前穩重內斂多了，唯一不變的是那雙彷彿可以看透人心的眼睛。

「很好。」我喉嚨發癢，「你呢？」

「我也很好。」

然後我們就沒再說話了。

或許是重逢來得太突如其來，令我們因尷尬而陷入沉默，也或許是我們本來就不是會暢聊心事的朋友，所以儘管有很多問題想問對方，卻誰也無法輕易開口。

與其說是生疏了，不如說是突然忘記該如何面對彼此。

「奇怪，你們不是高中同學嗎？怎麼都不說話？莫非你們感情不好？」釘子問我們。

「一定是因爲唐宇生太愛裝酷，所以小海也懶得理他。」小白坐在我的另一側，嘿嘿笑著，「對吧，小海？」

唐宇生白了他一眼，而我只是淺笑不語。

「宇生哥，小海姊唱歌很好聽，每逢小海姊的時段，店裡的客人就特別多呢。」靈靈說。

「什麼？我的時段比較多吧？」小白睜大眼。

「你過氣了啦。」釘子涼涼地說了一句，立刻被小白抓過去修理。

「小海姊唱歌眞的很好聽，宇生哥你今晚看過她的演出一定會喜歡！」

「嗯。」唐宇生低聲說：「我知道。」

他的回答使我抬眼朝他望去，他忽然揚起一抹若有似無的微笑，笑意淺淡得好似下一秒就會消失。

當他也看向我的那瞬間，我竟彷彿在他眼中看到從前，看到那片海。

看到當年的我們。

今晚的卡門特別熱鬧，座無虛席。

我和小白、靈靈，還有釘子在休息室聊天，突然有個人闖進來大叫：「岑岑！」

我回過頭，還沒來得及反應，末良已經上前抱住我，興奮地說：「妳怎麼沒跟我說妳在這裡唱歌？妳好厲害，要成爲卡門的駐唱歌手很不容易耶！」

我任由末良抱著我又叫又跳，眼角餘光瞥見唐宇生也走進休息室。

「好久沒聽妳唱歌了，我好開心喔。」末良笑容燦爛，「我原本還打算帶妳來這裡玩，沒想到宇生就跟我說妳在這裡唱歌，嚇了我一大跳！」

「末良，妳也聽過小海唱歌啊？」小白問。

「小海？」她眨眨眼。

「那是我在這裡的名字。」我的目光始終無法從末良臉上移開。

「很適合妳呀，很有岑岑的味道！」她親暱地勾著我的手，對小白說：「岑岑高中時就很厲害嘍，不但吉他彈得好，歌也唱得很棒，簡直風靡全校，我可是她的頭號粉絲呢！」

「眞好，我也希望當時就能認識小海。」小白微笑。

「對吧對吧？」末良笑得更燦爛了。

我有些尷尬，斜覷了小白一眼，「場面話就少說點吧。」

「早就知道你想泡小海姊了。」釘子也送他一個白眼，「宇哥，白兄以前也是這樣追女生的嗎？」

「對啊。」唐宇生說。

「那一定有很多女生都慘遭他的毒手，眞可憐。」

「嗯，當時有他在的地方都不得安寧，每天都有女生爲他爭風吃醋，甚至大打出手，我們把那段時期稱爲『白色恐怖』。」

「嘖嘖嘖。」釘子一臉嫌棄地看向小白。

「喂，現在是怎樣?你們兩個就這麼討厭我啊?」小白委屈地說。

「對啊。」唐宇生和釘子異口同聲地答，再次擊掌。

「算了，我知道你們是在嫉妒我，不跟你們計較。」小白滿不在乎地笑了下，隨即指著唐宇生說：「你也好不到哪去，當時不也一堆女生纏著你!」

「別拿我和你相提並論。」唐宇生冷冷地撇清。

「對啊，宇哥和末良姊都在一起快五年了，而你呢?還在繼續殘害純眞少女。」

三個男生吵個不停，末良把我拉出休息室，牽著我的手始終沒有鬆開。

「岑岑，我會專心看妳表演的，妳要加油喔。」

「嗯。」我點頭。

她深深地看了我好一會兒，然後再次抱住我，這一次的擁抱比之前更長。

「怎麼了?」我有些僵硬。

「沒有，只是覺得好像在作夢，岑岑竟然眞的回到我身邊了。」她的聲音洋溢著幸福，「想到可以像以前那樣和妳在一起，我就覺得好開心，這次妳絕對不能再丟下我了喔。」

我無法控制此刻胸中那紊亂的心跳，忍不住伸手回應她的擁抱，深吸一口氣，貪婪地感受她身上的香氣與體溫。

如果時間能停在這一刻就好了。

「小海姊，妳們的感情眞的好好喔。」

靈靈的聲音從背後傳來，我連忙將手鬆開。

「那當然，她可是我最好的朋友。除了宇生，她是我在這世上最愛的人！」末良仍抱著我的腰，並用炫耀似的口吻說：「全世界沒人能破壞我們的感情。對不對，岑岑？」

聽到末良毫不害臊地說出這種話，我有些難爲情。

靈靈笑了笑，「小海姊，時間差不多了，我先去準備嘍。」

「好。」

直到靈靈走上舞台，末良的目光還一直跟隨著她，擁抱我的力道似乎也愈來愈大。

「末良，怎麼了？」我不解地問她。

「嗯？沒有呀。好了，妳也快去準備吧。妳不是也要伴奏嗎？加油！」她再次爲我打氣。

今晚由寶叔開場演唱Alejandro Sanz的歌帶動氣氛，他隨著音樂扭腰擺臀，性感的舞姿逗得台下女性顧客尖叫聲不斷，氣氛一下子就炒熱至最高點。

坐在吧臺區的末良和唐宇生始終面帶微笑欣賞演出，末良不斷跟著音樂擺動身軀，幾次與我對上視線，她都會對我揮揮手。

寶叔唱完後，開始邀請客人上台唱歌，有位年輕女孩在他耳邊說了幾句話，他迅速朝我看來，「這位小姐說想和小海合唱。小海，過來吧！」

我一走過去，女孩立刻滿臉通紅，像是見到心儀已久的對象，跟我合唱時還害羞到不敢看我。接著愈來愈多顧客爭相要求上台與我們合唱，小白還被幾位作風大膽的女生摸了好幾把。

由於顧客反應熱烈，今晚的表演時段延長了一個多小時，等所有歌手都回到後台之後，大家全累得癱坐在椅子上。

「可惡，我要加班費，加班費！」釘子仰頭大喊。

「各位辛苦了，早點回家休息喔，拜拜。」寶叔和Pinky姊向我們道別。

「靈靈、釘子，我開車送你們回去。」小白站起身，「小海，妳也一起吧。」

「我送她回去。」唐宇生忽然出聲。

我和小白驚訝地看向他。

「末良說要送她回去。」唐宇生淡淡地解釋，然後對我說：「走吧。」

我愣了半晌，最後還是拎起吉他，跟著他走出店外。

在門外等候的末良看到我立刻歡快地跑來，不過她好像也累了，說起話來明顯有氣無力。

唐宇生沉默地開著車，末良和我則坐在後座，有一搭沒一搭地閒聊，因爲唱了一整晚的歌，我的嗓子幾乎啞掉，所以多半是末良在說話，沒過多久她安靜了下來，靠在我肩上睡著了。

我一次又一次用目光描摹著她的睡顏，明明很睏，卻連眨眼都捨不得。

我情不自禁想觸摸她的臉，但猛地意識到唐宇生也在車上，就及時收回手，抬眸朝他看去。

唐宇生仍在專心開車，似乎沒怎麼留意坐在後座的我和末良，直到他不經意地往後照鏡一瞥，注意到我在看他，他才突然打開置物箱，取出一樣東西遞給我。

「拿去吃吧。」

我接過一看，是喉糖。他不再看我，視線定定地落向前方。

就在那一刻，不知爲何我有種感覺，他看見了方才我對末良做出的舉動。

他一定看見了。

抵達租屋處附近時，我請唐宇生停車。

他停好車，看了眼我住的那棟大樓。末良還倚在我身上沉睡著，我小心地讓她靠在椅背上，不想驚擾她。

下車後，我對唐宇生說：「謝謝你送我回來，開車小心。」

「嗯。」

「晚安。」我正要轉身，他卻叫住我，我回過頭，「怎麼了？」

唐宇生凝視了我好一會兒，輕聲說：「妳是不是……」

我的心劇烈一跳。

但他沒有把話說完，只是搖了搖頭，「沒什麼，早點休息吧，晚安。」

我呆立在原地，目送車子離去，思緒再次混亂了起來。

「妳是不是還愛著末良？」

我幾乎能肯定唐宇生想問什麼，他果然看見我剛才在車上的舉動了。

唐宇生會怎麼想？知道我對末良未曾忘情，他有什麼感覺？

從前的我們什麼都不懂，卻懂得包容。然而三年過去，我們都長大了，想法也一定與當時不同。

我們都不再是十七歲的我們了。

只是現在的我沒有力氣去思考以後，只想忘記唐宇生剛才的眼神，將一身的疲倦卸下。

這天過後，末良偶爾會來卡門找我，但漸漸地也不是那麼常來，她似乎大部分時間都是和大學同學在一塊。雖然有些失落，但我明白這也是沒辦法的事，本來我們就不可能再像從前一樣形影不離。

反觀唐宇生，卡門一週營業六天，他幾乎有四天晚上都是在店裡度過。可即便和他時常在卡面碰面，我們交談的次數卻寥寥無幾。我沒有想刻意避著他，但就是不知道該怎麼和他相處。

然而儘管我和唐宇生之間有疙瘩，我每次表演時，他還是會很專心地聽我唱歌。只要站上舞台，在眾多的目光之中，我一定找得到他，他也總是坐在同一個位子看著我。

他來卡門的次數如此頻繁，有時我不免納悶，他和末良相處的時間究竟還剩多少？之前他們偶爾會聯袂出現，但日子一久，就幾乎都是他獨自前來了。

唐宇生從不談這件事，小白他們也不會談，而我則是沒有權利過問。

只要知道他們交往順利，那就好了。

某天傍晚，我到卡門準備晚上的駐唱，走進休息室，意外發現小白在裡頭彈吉他。

「你怎麼會來？今天不是輪到你吧？」我訝異道。

「我晚點要去學校一趟，所以就趁空檔來彈彈吉他。」他自嘲一笑，「這陣子太忙，沒有時間練習。」

我坐到他身邊，「你吉他也學很久了吧？」

「對啊，國中開始學的，跟妳差不多。音樂陪伴我走過至今一半的人生，我從小就被家裡逼著學鋼琴和小提琴，只有吉他是我自己願意學的，而我最喜歡的也是吉他。」

我低頭淺笑，突然注意到小白的手指很漂亮，指節細長，而且很乾淨。

「我很懷念剛開始學吉他的那段時光。」他瞇起眼睛，「當時學校並沒有吉他社，是我們和幾個學長跑去懇求老師才好不容易創社的。沒有資金，也沒有老師指導，一切只能靠一群熱愛吉他的學生自行努力。」

「嗯。」我聽得很專注。

「我們每天一有時間就苦練吉他，手指痛得要死，卻樂此不疲，只要有表演機會，就全力爭取。那段時光很快樂，也很充實，沒有顧忌，更沒有包袱。」他笑了笑，「宇生也是，那時他也很快樂。」

我看向小白，「你的意思是……唐宇生也是吉他社的一員？」

「是啊。」

「可是我剛認識他時，他還說他沒有學過吉他。」

「那傢伙說謊從來不打草稿。」他輕笑，隨即卻斂起笑容，「當時的他對吉他比我還要狂熱，不管去到哪裡都要隨身背著。」

「後來他有向我坦承說他學過，但已經不彈了，因為厭倦了。」

小白的手指停下，垂首沉默了好一會兒，將吉他放到一旁，「沒錯，他是已經不彈了。」

「真的是因為厭倦吉他了嗎？」我好奇。

「妳和他相處過，妳覺得呢？」他反問我。

我腦中慢慢浮現幾幕畫面，包括唐宇生手上的繭，他看我彈吉他時的專注眼神，他送我的手寫吉他樂譜，以及他在社團教室裡靜靜撫摸著牆上的吉他……

「我也覺得他在說謊。」我搖搖頭。

「也不知道發生了什麼事，原本溫和的他忽然性情大變，不但砸毀珍愛的吉他，還堅持退社，之後又闖出一連串大禍，被逼得只能轉學。當他告訴我，他再也不會碰吉他，不想再幹這種無聊事的時候，我和他打了一架，幾乎就要絕交。」小白嘆了口氣，眼中透出深切的無奈，「那個時候，我是真的很難過，畢竟從拿起吉他的那一天起，我和那傢伙都是一起走過來的。他那張只要談到音樂和吉他，就會瞬間發亮的幼稚笑臉，我到現在都還記得。」

我很意外唐宇生竟然有這段過往。

小白瞥了眼手錶，「時間差不多了，我要走了，妳也快去準備吧。」

「嗯。」我看著他背上吉他離開。

這天是由我、釘子還有寶叔表演。當我站到台上，在一片掌聲中，我不自覺朝吧臺看去，唐宇生果然又出現了。

一如往常，他獨自且安靜地聽我唱歌，直到結束。

我回到休息室時，釘子已經準備好登台，我拍拍他的肩，「加油！」

「喔，對了，小海姊，」他對著鏡子撥弄頭髮，像是忽然想到什麼似地回頭，「妳等一下去花圃那裡一下。」

「爲什麼？」

「宇哥找妳，他說他在那裡等妳，叫妳表演結束後過去找他。」

我有點意外，「他有說是什麼事嗎？」

「沒耶。」

收拾好吉他，我步出休息室，一打開後門，就見唐宇生一個人坐在花圃前望著前方，像是在凝視著什麼，然而前方除了建築物，什麼也沒有。他手指夾著菸，湊近吸了一口，接著一縷白煙緩緩從他嘴角吐出，沒多久就消散在空氣裡。

「他那張只要談到音樂和吉他，就會瞬間發亮的幼稚笑臉，我到現在都還記得。」

此刻的唐宇生臉上不帶一絲表情，不知爲何這樣的他竟讓我感到有些悲傷，他心裡究竟藏了多少祕密？

注意到我朝他走去，唐宇生隨手捻熄了菸，站起身。

「什麼時候開始抽菸的？」問出這句話時，我不曉得自己是不是在關心他。

他露出一抹不像笑容的笑，也不知是否是我多心了，總覺得他神情頗爲疲憊。

「你找我嗎？」

他點頭，「妳明天有事嗎？」

「明天？我有課啊。」

「那妳幾點下課？明晚妳沒有駐唱吧？」

「是沒有……大概下午三點後我才有時間，怎麼了嗎？」

「明天下午四點，我想跟妳約在捷運石牌站碰面，有事想請妳幫忙。」

「什麼事？」

「我想等到那時候再告訴妳，可以嗎？」

我有點猶豫，一時卻又想不出理由拒絕，而且從他的語氣聽來，似乎是相當重要的事。

「知道了。」

「謝謝。」他彷彿鬆了口氣，眼裡的倦意卻更加清晰了，「今天辛苦了，再見。」

「嗯。」

「對了。」他突然回頭，「明天記得帶吉他。」

我目送他的背影遠去，心中充滿困惑。

隔天下午上完課，我動身前往約定的地點。

坐在捷運車廂中，我又想起昨晚的唐宇生，總覺得他好像疲倦到連半點笑容都擠不出來了，不知道是不是發生了什麼事？

到了石牌站，再五分鐘就四點了。我環顧四周，猜測唐宇生要我帶吉他來這裡的理由。但直到四點二十分，才見一個身影快速朝我跑來。

「抱歉，我遲到了！」唐宇生大口喘著氣。

看見他的氣色和昨晚一樣不是很好，我默默打消質問他爲何遲到的念頭，「沒關係，你要帶我去哪裡？」

「跟我來。」

離開捷運站後，唐宇生領著我走上一條路，他走在我前面，一路上都不發一語。然而在過馬路時，他會放慢腳步左右張望，手伸到我的背後，卻沒有碰到我，像是在替我留意來車。

這似乎是他不經意的舉動，沒想到這傢伙還挺體貼的。

唐宇生把我帶進醫院裡的一間加護病房，病床上躺著一名中年男子，他身上插著許多導管，頭髮有一半都白了，憔悴的面孔毫無血色。

「唐宇生，這位是……」

「我爸。」

我睜大眼，「他怎麼了？」

「肝硬化，上個月動完手術就陷入昏迷，到現在都還沒醒過來。」

我怔了半晌，「那你找我來是……」

「我想拜託妳，從今天開始，每天來這裡彈一個小時的吉他給我爸聽。」

這個請求完全出乎我的意料，「等等，你說每天？」

「當然是妳有空的時候，但如果可以，我希望妳每天都來。妳可以把這當作是打工，我會付妳薪水。」他認眞道。

「你是說眞的？」我半信半疑。

「嗯。」

「薪水怎麼算？」

「由妳決定，妳想要多少就多少。」

「如果我說一天一萬呢？」

「好。」他不假思索便應下。

我很傻眼，這傢伙究竟是認眞的，還是在開玩笑？

「可以嗎？」他面色凝重，似乎並不是在開玩笑。

我只好有些爲難地表示：「我有合約在身，不能在公共場所表演。」

「這間病房比較隱密，非醫療人員和家屬不能進來，應該不算公共場所吧？而且只要我們兩個不說，不會有人知道的。」

我陷入猶豫，忍不住問：「你爲什麼要找我？會彈吉他的人那麼多，而且你自己也會彈吉他不是嗎？」

「我已經不彈吉他了。」

「爲什麼？又是因爲厭倦嗎？你眞以爲我會相信這種理由？」

唐宇生默不作聲。

「如果你不想說，我不逼你，但我不喜歡這種不清不楚的感覺，也沒辦法在這種情況下答應你，再見。」我轉身想要離開病房，唐宇生卻一把抓住我。

「他不喜歡。」

「什麼？」

「我爸不喜歡音樂，更排斥所有樂器，特別是吉他，幾乎是到了痛恨的程度。」他像是用盡全身力氣才能說出這句話，「所以我不能在他面前這麼做。」

這個答案令我意外，卻又心生更多不解，「你說你爸痛恨吉他，但又要我彈吉他給他聽，這不是很矛盾？」

「我知道。」他眸光黯淡，「我爸雖然厭惡吉他，可是他現在最需要的也是吉他。」

最痛恨，卻也是現在最需要的？

我聽得一頭霧水，然而唐宇生糟糕的臉色讓我無法再追問下去。

我思索片刻，問他：「那你希望我彈到什麼時候？」

「到他情況好轉……最好是到他醒來那天。」

「那要是你爸發現身邊有人正在彈他最討厭的吉他，會怎麼樣？」

「我不知道，不過以前我在他面前彈吉他，就被他拿花瓶砸了。」

「所以你才要我當你的替死鬼？」我白了他一眼，「我幹麼要冒生命危險進行這筆交易？」

「我相信我爸不至於會對一個不認識的人動手。」他臉上難得露出一抹笑意。

「一點保障也沒有。」我小聲嘀咕。

「所以妳是答應了？」

我看著唐宇生父親雙目緊閉的樣子，嘆了口氣，「但我不一定能每天過來，光是課業和駐唱，就已經讓我蠟燭兩頭燒了。」

「謝謝妳。」唐宇生安心地笑了。

我心中再次升起疑惑，「小白和釘子也會彈吉他，你為什麼偏要找我？」

「我不想讓他們知道這件事，尤其是小白。」他緩緩收起笑容，「而且我也不信任外面的人。看了妳好一陣子的表演，我才決定找妳。」

「你的意思是你信任我？」

「嗯。」

「難道你不怕我趁機多撈你幾筆？不怕我騙你說我來過，其實根本沒來？你會不會太天眞啦？」

「妳不是這種人。」他看著我，眼神溫和，「妳不會拿了錢不做事，更不是偷雞摸狗的人，我很確定。」

我登時語塞，不自覺將視線移開。

「這件事，我希望只有我和妳知道，別告訴小白和末良。」

「末良也不行？為什麼？」我很錯愕。

「沒必要讓末良跟著擔心。」他言簡意賅，像是沒打算多做解釋，「所以我們說定了？一天一萬？」

「神經啊，一般價錢就夠啦，有錢也不是這樣花的！」我忍不住罵。

唐宇生又笑了，「所以我才說妳不是這種人。」

那一刻，他眼裡的陰霾不見了。

從此以後，每當我想起這個人，就會先想起他當時的笑顏。

深夜時分，我在房裡打報告，忽然聽見敲門聲。

「凱岑，妳睡了嗎？」住在對面的雯雯在門外問。

我起身開門，「還沒，怎麼了？」

「我剛去超商買咖啡，碰上買一送一的活動，想把另一杯給妳喝。」

「謝謝。」我從她手中接過熱咖啡，「妳要進來坐坐嗎？」

「好呀！」她注意到我擱在單人床旁邊的吉他，「凱岑，妳會彈吉他呀？」

「對啊。」

「我男朋友也會彈，他還和朋友組了一個樂團。」雯雯眼睛發亮，「我可以聽妳彈嗎？」

「可是現在很晚了，我怕會吵到人。」我婉拒。

「好吧，那就下次再說嘍，哪天我男朋友過來，你們或許可以交流一下。」

我微微一笑，沒有接話。

隔天下午三點，我背著吉他到那間位在捷運石牌站附近的醫院。

唐宇生的父親依舊雙目緊閉地躺在病床上，窗外陽光十分溫暖，病房內的空氣卻異常冰冷。看著那些複雜的醫療儀器，實在讓人難以想像，必須倚靠這些儀器才能活下去究竟是什麼感覺。

唐宇生之所以不願告訴末良和小白，真的只是怕他們擔心？

他選擇不告訴最親密的兩個人，也許從旁人眼中看來會覺得匪夷所思，我卻能理解他的想法。在最深愛的人面前，有些事其實是很難說出口的，反倒很容易向陌生人訴說。

對唐宇生而言，也許我就是那個陌生人。我們之間的關係不算好，甚至有段距離，我和他都很清楚我們無法成爲單純的朋友。

而箇中原因，從以前到現在都不曾改變。

「我爸不喜歡音樂，更排斥所有樂器，特別是吉他，幾乎是到了痛恨的程度。」

我望著病床上的那個男人，陷入了沉思。

某天晚上，寶叔忽然在登台前出現，並端了一杯雞尾酒給我，「小海，這給妳。」

「你今天怎麼會來？」我驚喜地問。

「有時間就過來啦，好久沒聽妳和小白唱歌了。」他笑著坐下，「別練了，妳吉他彈得夠好了，休息一下吧，不然等等上台就沒力氣嘍。」

「我習慣了，不練習不安心嘛。」

「我跟Pinky都覺得像妳和靈靈這樣的年輕人很難得，既認眞又努力，在卡門駐唱並不輕鬆，可是妳們很少喊累。」

「寶叔你也很年輕啊。」

「都四十幾歲的人了哪裡年輕？不過我的確是比同年紀的人看起來年輕一點。」他摸了摸下巴，神態得意。

我忍俊不住，「對了，寶叔你結婚了嗎？」

「我曾經有過一段婚姻，不過兩年前離婚了，孩子跟著我前妻定居在國外。」

「抱歉，我不知道。」

「沒關係，這也不是什麼大不了的事。」他一臉平靜。

「不會覺得寂寞嗎？」

「其實還好，對我來說，能有個地方可以盡情唱歌就很滿足了，和你們在一起，總讓我覺得自己彷彿也回到年輕的時候。」

寶叔的話令我莫名感動，我眨也不眨地看著他。

「怎麼了？」

「沒什麼，只是覺得寶叔給人的感覺很溫暖，我第一次聽你唱歌時，就有這種感覺。每次跟你說話，都會讓我有種安心感。」我抿抿唇，「像是爸爸一樣。」

「是這樣嗎？這麼說我和小海的父親很像嘍？」他莞爾一笑。

我認真點頭，「嗯。」

「聽到妳這麼說，我很高興。能夠擁有一個如妳這般乖巧又有才華的女兒，妳父親一定非常自豪。如果是我，絕對會四處炫耀，恨不得讓全世界的人都知道，我有一個這麼優秀的女兒。」

聞言，一股酸楚忽地從喉嚨湧上，我的眼眶一熱，「謝謝寶叔。」

「謝什麼？我說的都是實話。」他溫柔地摸摸我的頭，「好好加油，我要準備去看我們家小海的表演了，不然好位子都要被搶光了。」

寶叔離開沒多久，小白便結束了表演，走進休息室。

大概是注意到我眼眶微紅，他愣了一下，「小海，怎麼了？」

「沒事，我去一趟洗手間。」我匆忙起身想要離開，卻被小白拉住。

他捧著我的雙頰，在我額上輕輕落下一吻，並用異常認真的神情凝視我，「小海，妳很棒，眞的。」

我徹徹底底呆住了。

「不管發生什麼事，妳都可以躲到這裡來，卡門就是妳的家。」他的手指輕柔地撫過我的臉，「加油，丁凱岑。」

小白的那番話宛如落入湖面的石子，在我心中激起一圈圈漣漪。

那段埋藏於心中最底層的記憶，也在這一刻浮上水面。

我站立在黑暗中，雙眼被摀住，什麼也看不見。

「你們現在到底在做什麼？」

「不要靠近她！別用你那噁心的手碰她！別碰她！」

媽歇斯底里的吼叫聲劃破了四周的死寂，在那個小小的樂園裡。

屬於我和那個人的，迴盪著歌聲和歡笑聲的樂園……

手機的鬧鈴聲將我從夢境抽離，我呆呆地躺在床上，一滴冷汗沿著額際滑落。

那個幾乎被我遺忘的夢又回來了，我一時無所適從，愣了片刻才從床上爬起，去浴室沖掉一身的黏膩。從浴室出來後，儘管我仍感覺身體很沉重，卻不敢再睡了。

這天中午，我一離開教室就接到末良的電話，她問我今天的課幾點結束。

「我今天已經沒課了。」

「真的？我現在在妳學校門口，我們一起吃飯吧！」

我怔了一下，隨即大步跑出學校。末良沐浴在陽光下對我燦笑的身影，讓我忽然覺得眼睛酸酸的，那場夢境籠罩在我心上的無力感，頓時煙消雲散。

末良迅速朝我跑來，接著張開雙臂擁抱我，我真的好希望時間能永遠停在這一刻。

「我今天沒課，突然想見妳，所以就直接過來了。」她伸手摸了摸我的臉頰，「岑岑，妳的臉色怎麼這麼蒼白？身體不舒服嗎？」

我握住她停在我臉上的手，搖搖頭，「我沒事。」

「一定是駐唱太累了對不對？妳的聲音也有點沙啞。」

「不要緊，妳別擔心。」我溫柔地問：「妳等很久了嗎？」

「沒有，我才剛到。」她親暱地勾住我的手，「妳學校附近有什麼好吃的嗎？我早餐沒吃，現在餓得可以吃掉一頭牛了！」

「妳很誇張耶。」我止不住嘴角的微笑。

我與末良一起吃過午飯後，手牽手在街上閒逛，彷彿重新回到過去的舊時光。

時隔三年，我終於再次牽起她的手，這樣的美好卻令我害怕，深恐這只是一場隨時可能中斷的夢境。

「岑岑，我記得妳這裡離宇生的學校很近，我們去找他好不好？」

「可是他不是要上課嗎？」

「他今天的課只到下午三點，我們現在搭公車過去，時間應該就差不多了，我打電話叫他到校門口等我們，會合後再一起去其他地方逛逛。」

「妳就這麼肯定他會答應？搞不好他只想回家睡覺。」我想起他先前一臉疲憊的樣子。

「他一定會答應的，他很疼我！」她俏皮地眨眨眼，「只要我提出要求，就算要蹺課，他也絕對會陪我！」

「所以如果他哪一科被當，就一定是妳害的。」

末良大笑，直說那也沒什麼關係。

於是我們搭乘公車前往唐宇生的學校，抵達時正逢下課時間，不少學生從校門口走出來。末良打電話給唐宇生，他要我們等他一下，他馬上就過來。

大概是爲了打發無聊的等待時間吧，末良又牽起我的手，突然問：「岑岑，我問妳，妳在高雄有沒有交男朋友？」

「啊？」我一愣。

她噗嗤一笑，「幹麼這麼吃驚？我只是很好奇，過去三年妳有沒有交往的對象，岑岑這麼有氣質，一定有很多人追吧？」

「妳好無聊，沒事問這個幹麼？」我別開眼。

「沒有嗎？那總有喜歡的人吧？」見我不肯正面回應，她撒嬌道：「告訴我又沒關係，岑岑妳好奇怪。」

「妳太八卦了。」

「哪有？因爲是岑岑，我才特別關心啊！」她嘟起嘴，「妳一點都沒變，只要問起感情的事，妳總是顧左右而言他。」

我不知道該怎麼反駁。

就在這時，唐宇生出現了，末良立刻放開我的手，奔去牽起他的手。

我一陣恍惚，手心空落落的，頓覺風吹在身上竟多了幾分涼意。

「宇生，我們一起去吃下午茶，晚上再送岑岑去卡門吧。」末良提議。

「好啊。」唐宇生點頭。

於是我們再次成了三人行，然而這樣熟悉的相處模式，我竟有些難以適應了。

末良依偎在唐宇生身側，話題卻始終圍繞著我，甚至她把剛剛問我的問題，也拿去問唐宇生。

「岑岑就是這樣，一直不肯老實告訴我。宇生你覺得呢？岑岑在高雄一定有男友，對吧？」

我走在他們身後，暗自猜想唐宇生聞言臉上會是什麼表情，卻遲遲沒聽到他的回應。

末良選了一間連鎖蛋糕店走進去，站到櫃臺前，她指著菜單說：「我要烏龍奶綠和巧克力拿破崙蛋糕。岑岑妳要吃什麼？」

「跟妳一樣。」

「好，那一樣的兩份。宇生，那我和岑岑先上樓占位子，你幫我們端上來吧。」

「我自己拿就行了。」我趕緊說。

「沒關係，妳們先上去吧。」唐宇生低頭拿出皮夾。

「走吧！」末良把我拉走。

見樓上只剩一組靠窗的四人座，末良馬上衝過去，並開心地喊：「岑岑，這裡有位子！」

末良說話的聲音引來部分客人的側目，其中有幾個年輕男生的視線始終追著末良。三年過去，末良在外表上有了不少轉變，從前的她不會特別注重打扮，然而她現在總是妝容精緻得宜，衣著也搭配得相當出色，很容易吸引眾人的目光。

坐定之後，唐宇生也很快端著飲料和蛋糕在末良旁邊坐下。

「岑岑，我想再問妳一件事。」末良吃下一口蛋糕，一雙大眼眨個不停，好似天上的星星。望著她嘴角的奶油，我不禁失笑，「妳今天的問題還眞多，又想問什麼了？」

「妳覺得小白怎麼樣？」

末良此話一出，唐宇生看了她一眼。

「什麼怎麼樣……沒怎樣啊。」雖然我這麼回，腦中卻驀地憶起他上次突如其來落在我額上的吻。

「我覺得小白很不錯，他現在也沒有女朋友，而且你們都喜歡唱歌和彈吉他，不是嗎？」末良滔滔不絕地說著，愈說就愈是興高采烈，我卻覺得手中的叉子愈來愈沉重，連唇角都快要無法再勉強勾起。

「岑岑，到底怎麼樣嘛？妳和小白——」

「末良。」唐宇生忽然出聲打斷她，「別問了。」

我很是錯愕，末良也有些吃驚，「爲什麼？我是眞的覺得她和小白很相配呀！」

「凱岑有她的想法，妳就讓她自己決定吧。」

「人家只是擔心她嘛，誰叫她一直對戀愛不感興趣，也只交過一個男朋友。」末良振振有詞，完全沒察覺到有哪裡不對勁。

這是唐宇生第一次叫我「凱岑」。

「好嘛，那我不問了。可是岑岑，如果妳有了喜歡的人，絕對要告訴我，不可以瞞著我喔。妳是我非常非常重要的人，我不希望妳有任何祕密瞞著我，不然我會很傷心的。」

我一句話都說不出來，面對末良灼亮的目光，只能點頭。

末良露出微笑，旋即站起身，「你們先聊，我去一下廁所。」

她一走，我和唐宇生不約而同陷入沉默。

「妳是我非常非常重要的人，我不希望妳有任何祕密瞞著我。」

聽到末良說的那些話，唐宇生會怎麼想？

我沒有勇氣探問，只好低下頭，拿起叉子有一下沒一下地戳著蛋糕。

「妳也是嗎？」

「什麼？」我猛地抬頭。

「末良對妳來說，也是比誰都重要的人吧？」他口氣淡然，「過去是這樣，現在也依然如此。」他定定地注視我，平靜無波的眼神讓人分辨不出他真正的情緒。

我還沒來得及回應，就聽見唐宇生用低沉，甚至是有些冷漠的聲音說：「我希望妳別再接近末良了。」

「岑岑，那我們就送妳到這兒嘍，晚上的駐唱加油！」

到卡門的店門口時，末良笑嘻嘻地說，手仍親暱地勾著唐宇生。

「知道了，你們不是還要去看電影嗎？快去吧，免得趕不上。」

「那下次我們三個人再找時間一起出去玩！」末良放在包包裡的手機忽然響起，她走到一旁接聽。

我趁機從口袋掏出鈔票遞給唐宇生，「這是下午茶的費用。」

「不用了，我請妳。」

「我沒有讓你請的理由。」我硬是把錢塞入他手中，「我先進去了，幫我跟末良說一聲。」說完，我飛快走進卡門，不想再看他一眼。

見靈靈已經出現在休息室，我忍不住問：「妳怎麼來得這麼早？」

「下課沒事，想說可以提前過來，順便陪小海姊聊聊天。」她對我微笑，「我剛剛好像看到宇生哥和末良學姊站在門口，他們也來了嗎？」

「嗯，他們剛剛送我過來，現在兩個人出發去約會了。」我輕描淡寫地回答，從袋子裡取出吉他，卻察覺到靈靈一直在盯著我，「怎麼了？」

「小海姊，妳和宇生哥還有末良學姊，從以前就那麼要好嗎？」

我頓了頓，「與其說是要好，不如說是因爲唐宇生和末良交往，而我是末良最好的朋友，所以才會時常處在一起罷了。」

「妳很喜歡末良學姊吧？」

我的心猛地一跳，不敢去細想她話裡眞正的意思是什麼。

「我感覺得出妳很珍惜學姊，對待她的方式很不一樣，看向她的眼神也特別溫柔。」靈靈小心翼翼地補上一句，「如果是我誤會了，希望妳別生氣。」

我無言以對。

「我希望妳別再接近末良了。」

這份感情果然還是遮掩不住，不止唐宇生意識到了，連靈靈這個局外人也看出來了。

而唐宇生認爲，這份感情可能會威脅到我們三人之間的平衡，他不相信我會願意安於現狀。

我領悟到這一點，所以沒辦法因他今天說的那句話而生氣，「小海姊和宇生哥眞的很像呢。」

聽到靈靈這句讓人摸不著頭緒的話，我不解地望向她。

「你們都是很擅長隱藏情緒的人，碰到再痛苦的事，也絕不會輕易對別人說，因爲你們太會替別人著想了。」靈靈忽然握住我的手，力道很重，「小海姊，對我們來說，妳跟宇生哥都是家人，是在卡門一起奮鬥的家人。我喜歡這裡，更喜歡你們每一個人，因爲有你們，我才想在這裡一直唱下去，我不想因爲任何原因失去你們，更不想看到你們傷心難過。」

「靈靈，妳……」我很意外她會這麼對我說，也察覺到她話音裡的微顫。

「我只是希望不管發生什麼事，妳都不要獨自承受，不要一個人傷心。」

「靈靈，可以嘍。」小白的聲音在休息室門口響起。

靈靈冷不防輕顫了一下，垂下頭，「抱歉，小海姊，我太激動了。」

「沒關係，不過妳是怎麼了？發生什麼事了嗎？」我有點擔心她。

「我沒什麼事啦，不好意思，我先到外面坐坐。」靈靈匆匆離開。

「到底怎麼回事？靈靈還好嗎？」我問小白。

「沒事，她只是怕妳不開心。靈靈喜歡妳，把妳當作自己的姊姊，所以當妳遇到痛苦或委屈，她會心疼，妳只要這麼想就可以了。」小白笑得很溫柔，「我的想法和靈靈一樣，我們都把妳當家人，因此如果妳碰上什麼痛苦的事，不要客氣，儘管逃到這裡。就算天塌下來，妳也不會無處可去。」

我看著小白，感覺到心中某一塊堅硬的地方似乎正逐漸瓦解。

難以言喻的複雜情緒使我喉嚨一哽，淡淡的酸楚也跟著湧上鼻腔。我有點緊張，深怕自己下一秒就會掉下眼淚。

我知道有些傷痛不會消失，有些回憶也不可能說忘就能忘，可即使我還沒有勇氣去觸碰，至少我不會再假裝那些痛苦不存在。

也許有一天，我眞的會選擇對誰敞開心扉，在我不再爲此所傷的時候。

只是不會是現在。

翌日下午，我又去唐宇生父親的病房裡彈奏吉他。

幾首曲子彈完，我停下來休息片刻，沒一會兒，一陣敲門聲傳來，唐宇生拿著兩杯咖啡出現在門邊。

我們並肩坐在病房外的椅子上，安靜地各自啜飲咖啡。

「昨天很抱歉。」他忽然開口，「突然對妳說那些話，對不起，但我沒有惡意。」

「我知道。」我放下杯子，「你應該早就想對我說那句話了吧？」

他扭頭看我。

「高中的時候，」我迎向他的目光，「你其實就想那樣對我說了吧？」

他搖頭，「以前我從沒這麼想過，一次也沒有。」

「可是你現在這麼想了，不是嗎？」

他眼裡浮上似曾相似的黯淡，輕聲道：「因爲現在已經不一樣了。」

「你怕我會從你身邊把末良搶走？」我不動聲色地問：「我有說我還喜歡著她嗎？」

唐宇生沒有說話。

「當年我和末良不歡而散，能與她重逢，我當然會有些激動，可是這並不表示我現在對末良還抱有那種感情吧？」我努力維持平常的口吻，「但我可以理解你的心情，不管你以前是否眞的毫不介懷，你終究是她的男朋友，會有這種顧慮也很正常，只是現在要我和末良完全撇清關係不太可能，就算我願意，末良也不會允許。不過我可以答應你，除非必要，我絕不會主動找她，反正我現在白天上課、晚上駐唱，本來就沒有太多時間能和她見面。」

「對不起。」他聲音低啞。

唐宇生的這聲道歉刺痛了我，也讓我突然想對他發脾氣。

我不想聽到他向我道歉，反而想質問他，他有這麼要求我的權利，爲什麼現在他卻像是做了什麼對不起我的事似的？

「你們都是很擅長隱藏情緒的人，碰到再痛苦的事，也絕不會輕易對別人說，因爲你們太會替別人著想了。」

靈靈的話猛地迴盪在我心中。

「末良說這星期五想去九份。」唐宇生站起身。

「咦？」

「她查過妳的駐唱時段，知道妳那天沒有駐唱，就說一定要找妳去。」他看了我一眼，「一起去吧。」

我忽然覺得很荒謬。

「老實說我也很迷惘，不曉得該怎麼做。」唐宇生低聲說：「自從三年前妳離開她後，我就不想再看到她難過的樣子。」

我跟著站了起來，唐宇生摘下他頭上的黑色鴨舌帽，改戴在我頭上。

「外面在下雨，回去時別淋濕了頭髮。」他的手指掠過我的髮絲，「謝謝妳。」

唐宇生過於貼近的氣息使我胸口微微一顫。

星期五下午，我一出校門，就看見唐宇生的車。

我和他的學校很近，所以他先來載我，再去接宋良。我坐在後座，不知道該和他聊些什麼，索性什麼話都不說。在一片靜默中，我注意到他車上放的音樂大多都是我喜歡的歌曲。

直到某一段耳熟的旋律響起，我終於忍不住打破沉默，「這是小比利的歌嗎？」

「對啊，〈Everything and More〉。」他稍微回過頭，「妳知道這首歌？」

「嗯，其實我比較常聽他以前的歌。」

「〈One Voice〉那段時期？」

「對，我很喜歡他那段時期的音樂，不過他變聲後，我就很少再關注了。」

「我也是。」

「你最喜歡他哪一首歌？」

「我最喜歡的反倒不是他專輯裡的歌，而是他唱的〈Ben〉。」

「〈Ben〉？」我蹙眉想了好一會兒，「你是指麥可傑克森，在他單飛三十週年慶祝會上唱的那首？」

「妳知道？」他猛地踩下煞車，回過頭看我，整張臉瞬間亮了起來，幸好這條路上車子不多。

我從未見過他這種表情，頗感意外，「我看過那段影片。」

「是喔？」他勾起唇角，似乎很高興。

「你該不會還像以前那樣，三不五時就跑去買CD吧？」

「偶爾，妳呢？」

「我久久才敢買一次。要不是因爲價錢太貴，不然我眞想買木匠兄妹的精選……」

唐宇生忽然打開置物箱，從裡頭翻出一張CD給我，「拿去。」

我定睛一看，竟然就是那張我想買的精選輯。

「我這裡還有一些，如果有喜歡的就拿回去聽，要是還有其他感興趣的專輯，也可以跟我說，我家裡搞不好有。」他一邊說，一邊從置物箱裡翻找出二十幾張CD，其中有幾張還是市面上已經絕版的版本。

「你家在哪裡？」

「幹麼？」

「我要找時間帶箱子過去搬CD。」我認眞地說。

唐宇生放聲大笑。

此刻的他，和我過去所認知的他，完全判若兩人。

再次相遇後，我一直覺得除了吉他，應該還有別的原因，才導致唐宇生變得比以前更加封閉。他有時像是死抓著什麼不肯放，有時卻又像是放手捨棄一切，不給自己任何希望。

那時的我怎樣也料不到，這個問題的答案會在幾分鐘後毫無預警地出現。

也使得我們三個人之間的關係就此分崩離析。

「離末良的學校還有多遠？」我問。

「就在前面，轉個彎就到了。」唐宇生指向前方的轉角。

「喔。」我隨意瞥了一眼，低頭繼續翻看成堆的CD。

忽然，車子急速倒退，我瞬間往前跌去，手上的CD也跟著散落一地，我驚魂未定地坐直身體，卻發現原本已經轉過彎的車又退回轉角前。

「唐宇生怎麼了？為什麼要停在這裡？」

他先是沉默，然後說：「在這裡等吧。」

「你在說什麼？末良的學校就在前面了不是嗎？為什麼不停在校門口？」

「在這裡等就行了。」他態度堅持。

「可是這樣末良怎麼會知道我們在這裡？」

見他無動於衷，我不耐道：「那你自己在這裡等，我下去找她。」

「喂！」

不顧唐宇生的阻止，我跳下車，朝末良的學校奔去。

適逢下課時間，一群又一群的學生接連從校門口步出，儘管如此，我還是很快就從人群中發現末良的身影。

我笑了下，正想上前，眼前看到的畫面卻令我頓時停下腳步。

站在校門口一隅的末良正與一個男生聊天。

那男生的手大剌剌地搭在末良肩上，兩人耳鬢廝磨，狀似親密，末良似乎不覺得此舉有任何不妥，始終笑容甜美。接著男生將唇貼近末良耳邊，近乎親吻，末良則吃吃笑個不停，雙手甚至環抱住他的腰。

我難以置信地看著這一幕，就在此時，我的手被人用力一扯。
唐宇生冷著聲音對我說：「快點回去車上。」
我腦中一片空白，愣愣地被他帶回車上。他撥了通電話，語氣自然地對另一頭說：「末良，我把車子停在轉角附近，妳直接過來吧。」
我完全搞不懂現在是什麼狀況。
唐宇生剛才一定也看到了，不然他不會匆匆倒車。
但爲什麼他明明看到了，卻是這種態度？好像一點都不覺得驚訝，更絲毫不顯憤怒。
這到底是怎麼回事？
還沒等我想清楚，末良就打開前座車門坐了進來。
「岑岑！」她扭頭對我燦笑，「你們等很久了嗎？」
我說不出任何話，只是怔怔地望著她。
「沒有，剛到而已。」唐宇生接過話，「我們走吧。」
「耶，九份！」末良開心歡呼。
一路上，末良與唐宇生有說有笑，偶爾她會回頭跟我說幾句話，而我也只有在那時候才會稍稍回神。
末良和那個男生的親暱舉動，一直在我腦海裡盤旋不去。
見唐宇生始終反應如常，我很想說服自己，也許是我太大驚小怪了，儘管他本來就是個情緒不輕易外露的人，但假若末良眞的出軌，他不可能還這麼冷靜。
我眞心希望是自己想太多了。
「對了，宇生你知道岑岑的新手機號碼嗎？」末良把玩著唐宇生的手機，忽然問。

「不知道。」他說。

「那我幫你輸進去，以後聯絡也比較方便。岑岑，可以嗎？」

「好啊。」

一個小時後，唐宇生將車停靠在路邊，「我去買點東西，妳們要不要喝什麼？」

「我要綠茶。」末良說。

「我不用了。」我搖頭。

「多少喝一點吧，今天路上有點塞，不會那麼快到九份，我幫妳買水。」

我心情複雜地目送唐宇生走進一旁的超商，突然間想呼吸點新鮮空氣，於是推開車門，站到路旁眺望遠處。

末良見狀也跟著下車，她走到我身側挽住我的手，「岑岑，妳去過九份嗎？」

我搖頭，目光不自覺落在她的手上，那雙剛剛勾著另一個男生的手。

「我上次去是在半年前，那裡很漂亮，能和岑岑一起去眞是太好了。」

我陷入了天人交戰。

無論如何，我還是想問問末良那是怎麼一回事，不是不相信她，我只是想把事情弄清楚。

「那個，末良……」我艱難地嚥了口口水，「妳剛才……」

口袋裡的手機突然一震，是有人傳訊息給我，我匆匆掏出手機瞥了眼螢幕，隨即一愣。

「怎麼了？」末良好奇地湊了過來。

「……沒什麼，是垃圾訊息。」我迅速把手機放回口袋。

「我最近也老是收到一堆亂七八糟的簡訊，超討厭的！」

沒過多久，唐宇生拎了一袋飲料回來，我們三人坐回車上。

末良依舊興高采烈地拉著唐宇生東聊西扯，我偷偷拿出手機，點開剛才收到的訊息。

「什麼都不要問末良。」

雖然發送者是一組陌生的號碼，但我一看就知道簡訊是唐宇生傳來的。

這下子我再也無法說服自己一切只是我想太多，不然唐宇生不會傳這樣一則訊息給我。

到了九份後，我無心玩樂，只遠遠跟在兩人身後，默默看著末良親密地依偎在唐宇生身畔。

我想弄清眞相，卻又覺得害怕。

每次與唐宇生四目相交，我都想從他眼裡看出他是怎麼想的，然而內心強烈的不安，讓我只能一次又一次怯懦地別開視線。

隔天下午，我又到唐宇生父親的病房。

我把吉他放在地上，坐在病床邊，久久凝視著唐宇生父親的臉，儘管他仍未清醒，但氣色明顯比之前好多了。

昨晚我幾乎徹夜未眠，好不容易入睡了，那個夢卻又再度降臨，夢裡我再次見到了那個人……我不怕在夢中見到他，只是害怕夢醒之後，發現自己依然會因爲想起對方而那樣難過。

「我的寶貝。」

有人輕輕碰了下我的肩膀，我回頭一看，唐宇生就站在我身後。

和他一起坐到病房外的椅子上，他又遞了一杯咖啡給我。

我沒有接過，只是定定地看著他，「昨天的事，你可以解釋一下嗎？」

他面色平靜，不發一語。

「那則簡訊是什麼意思？爲什麼不能問末良？」我仔細觀察他的表情，「你們之間發生什麼事了嗎？你昨天……應該也看到了吧？」

「妳希望末良幸福嗎？」

「什麼？」

「妳希望她快樂嗎？」

我愕然，「唐宇生，你在說什麼？」

「回答我，妳希望她快樂嗎？」他加重語氣。

「當然……我當然希望，但這兩件事有什麼關係？」

「如果妳眞的這麼希望，就忘記妳所看到的，像之前那樣和末良相處就行了。」

我久久不能反應，現在究竟是什麼情況？

「所以……這是眞的？」我聽見自己的聲音發顫，「末良眞的背叛你了？」

他低垂著頭，沒有否認。

「你就這樣裝作不知情？你不是她的男友嗎？爲什麼不去質問她？」

他忽然抬頭看我，「妳生氣了？」

「廢話，我當然生氣，你這個人怎麼……」

「妳是氣我被末良背叛，還是氣末良和其他男生在一起？」

唐宇生的問題如一道驚雷劈下，我滿心錯愕。

「如果是前者，那妳就別插手，這是我跟她之間的事，和妳沒關係；如果是後者，那就代表妳還愛著她。」他淡定地別過頭，「我無所謂，所以妳不用再多說什麼了。」

一把無名火倏地從我胸口燃起，「什麼叫無所謂？一般人發現自己的女友劈腿，會是你這種反應嗎？如果你愛她，怎麼可能不生氣？」

「沒關係。」他眼神平靜無波，「眞的沒關係。」

我木然地望著他，完全猜不透他心中在想些什麼。忽然，他整個人朝我貼近，幾乎就要靠上我的肩膀，我頓時渾身一僵。

「算我求妳了。」他話音破碎，幾不可聞，「什麼都不要問。」

然而我還是聽見了，也清楚聽見他聲音裡極力壓抑的顫抖。

「小海，妳怎麼臉色這麼凝重？在想什麼？」和小白並肩坐在學校餐廳吃飯時，他冷不防問我。

「想唐宇生。」大概是因爲太過心不在焉，我不小心就脫口而出。

「宇生？」他眼神流露出疑惑。

我連忙解釋：「不是啦，最近他和末良之間好像發生了一些事，讓我有點搞不懂他在想什麼。」

「我認識他這麼久都搞不懂了，更何況是妳？」小白莞爾，「那傢伙高二轉到你們學校時是什麼樣子？有沒有惹事？」

我搖頭，「他總是拒人於千里之外，也很孤僻，除了末良，對其他人都漠不關心。」

「是喔？這傢伙以前對女生完全不感興趣，轉學之後卻馬上交到女朋友，而且還交往了這麼久，想想還眞不可思議，或許是因爲末良是他的初戀吧。」他言歸正傳，回到剛剛的話題，「所以宇生發生什麼事了？」

我一時不曉得該怎麼說。我既想知道小白的看法，可是又不希望讓小白對末良生出壞印象。想著想著，我的頭痛了起來。

這時，小白忽然伸手輕輕將我的頭靠到他肩上，我嚇得立刻彈開，「你在幹麼？」

「Sorry，我看妳一副快昏倒的樣子，就忍不住這麼做了。」他無辜地眨眨眼，「向來沉著冷靜的小海居然會露出這種脆弱的表情，讓人看了很心疼耶。」

「別鬧了，這裡人這麼多，不怕被你的粉絲看到？少把你追女孩子的伎倆用在我身上。」

「我怎麼可能把妳和她們混爲一談？妳可是我最重要的工作伙伴。」他嬉皮笑臉。

「白痴。」我瞪了他一眼。

「好啦，究竟發生什麼事了？雖然我和宇生老是鬥嘴，但他是我很重要的朋友，如果事情很嚴重，我希望妳不要瞞著我。」

儘管他臉上還掛著笑，語氣卻很認眞，我再度陷入掙扎。

「我來猜猜看好了，是不是末良劈腿了？」小白托著腮，懶洋洋道。

我的心臟瞬間漏跳了一拍，震驚地瞠大眼。

他唇角泛起一抹苦笑，「如果是這件事，那我早就知道了，只是沒想到連妳也發現了。」

「是唐宇生告訴你的嗎？」

「不是，那傢伙從沒說過，是靈靈告訴我的。」

「靈靈？」我更驚訝了。

「靈靈和末良讀同一間學校，還同科系，她還沒來卡門駐唱之前，就早有耳聞末良與多個男生關係曖昧。來到卡門之後，她才得知宇生是末良的正牌男友，不過靈靈並沒有捅破這件事。與此同時，因爲宇生的緣故，末良和靈靈之間的關係一直都不太好。」

「爲什麼？」

「靈靈原本家境優渥，然而她十三歲時家裡破產，媽媽離家出走，爸爸開始酗酒，因此她必須出來賺錢養活自己和弟弟。靈靈來卡門駐唱的第一個星期，她爸爸就跑到店裡將她打得渾身是傷。當時我不在場，是宇生出面救她的，也是從那次開始，宇生就特別照顧靈靈，但這看在末良眼裡似乎很不是滋味，而且我猜想……末良或許有察覺到，靈靈知道她與其他男生關係複雜，才會下意識對靈靈抱有敵意。」

我難以置信，「……怎麼可能會這樣？我認識的末良不是這種人。」

「我說這些話沒有惡意，但妳和末良也三年多沒聯絡了，即使妳自認了解她，又怎麼會知道她在這段時間裡有沒有改變？況且人本來就有許多種面向，也許妳了解的只是一部分的末良，而非全部的她。」小白緩緩吁了口氣，「就像宇生，以前我也以爲自己很了解他，直到他出事後，我才發現那只是表面上的了解，對於他內心的黑暗，我其實一無所知。」

我無言以對。

「妳不必擔憂我會怎麼看待末良，除了我和靈靈，我想釘子多多少少也察覺到了，但我們都明白宇生不想讓我們知道，所以我們從來不在他面前提起。宇生不願說起，自然有他的理由，我們只能尊重，若硬要介入，可能會把事情弄得更糟。」

事情的發展完全超乎我的想像，居然連小白他們都知道末良的情況。

和小白一同前往卡門的途中，我想起之前末良來卡門找我時，對靈靈說的那些話，以及靈靈前陣子談起末良和宇生時的激動，如今看來，這些異狀似乎都找到理由了。

「也許妳了解的只是一部分的末良。」

眞的是如此嗎？

是末良變了，還是正如小白所說的，其實我根本不曾了解眞正的她，只是自以爲了解？

這怎麼可能呢？

我思緒紊亂，默默跟在小白身後。一走進吵吵鬧鬧的卡門休息室，我詫異地發現所有歌手都到齊了。

靈靈和Pinky姊衝過來拉著我歡呼：「本月的人氣王來了！」

「人氣王？什麼人氣王？」我一愣。

釘子說：「店裡每個月都有人氣選拔，最受歡迎的歌手會得到表揚，難道白兄沒告訴妳？」

小白笑容可掬地接話：「沒錯，本月卡門人氣最高的歌手就是妳，大家今天會聚在一起，也是爲了要替妳慶祝。我想給妳一個驚喜，所以才沒事先跟妳說。」

「小海，恭喜妳！」寶叔捧著一個蛋糕送到我面前，上面還插著一支蠟燭，「妳眞的很努力，這個月辛苦了。」

「恭喜妳，小海姊！」靈靈神情喜悅。

「恭喜小海，妳眞棒！」Pinky姊摸摸我的頭。

我的心刹那間就被滿滿的暖意包圍。

「謝謝大家。」我有些難爲情，更難掩感動，「好像在過生日一樣。」

「過生日的話會更盛大，會聯合所有卡門的工作同仁與客人一起爲妳慶祝。」寶叔微笑，「很高興妳能成爲我們的家人。」

家人……

「白兄，身爲老闆，你應該送點什麼特別的禮物吧？小海姊這個月幫你賺了這麼多錢！」釘子說。

小白雙手抱胸，露出認眞思考的表情。

我笑道：「不用了，有你們的祝賀我就很高興了。」

「眞的？可是我已經想到要送妳什麼了。」小白飛快摟住我的肩，俯身在我的臉頰親了一下，隨即得意洋洋地笑了，「這就是我身爲老闆所送的賀禮。」

我被他的舉動驚呆了，下意識地將小白的頭往蛋糕用力壓下。

眾人不約而同發出驚呼，見到滿臉奶油的小白抬起頭，頓時爆出笑聲。

「哈哈哈，你居然也會有這一天，哇哈哈哈哈！」釘子狂笑。

「天啊，怎麼辦？你等等就要上台了，要怎麼清理？」Pinky姊笑得眼淚都掉出來了。

「小白你也眞是的，怎麼可以隨便對小海出手？」寶叔轉身抽了幾張面紙，邊扭屁股邊唱，「可憐的小白被拒絕嘍！」

靈靈幫小白清理時，也不斷抿嘴忍笑。

「抱歉，我不是故意……」我囁嚅道。

小白哀怨地瞥向我，見他好看的臉被奶油弄得狼狽不堪，我再也控制不住唇角的弧度，和靈靈一起笑得直不起腰。

「你們可以再過分一點。」小白也沒眞的生氣，還舔了一口奶油，「嗯，味道不錯。」

「白老闆，你今晚要第一個上台耶，時間差不多了。」Pinky姊首先恢復冷靜，「快去把臉和頭髮弄乾淨，不然你的粉絲看到，可是會哭泣的。」

「喔。」小白應了聲就要出去，卻突然停住腳步，「有開門聲！」

「應該是宇生哥吧？」靈靈說。

「噓，你們別出聲。」小白迅速躲到門後，唐宇生一走進來，小白馬上從後面抱住他，還用沾著奶油的頭在唐宇生身上狂蹭，嚇得唐宇生立刻大力把他推開。

「白兄，你好賤。」釘子連連嘖聲。

「居然推得這麼用力，你也太狠了吧？」小白抗議。

「我看你是太久沒被修理了。」唐宇生從我手中拿走被壓爛的蛋糕，「釘子，幫我壓住他。」

「收到！」釘子二話不說把小白按到椅子上坐下。

「你想幹麼？」小白這才開始有些驚慌。

「讓你試試被奶油悶死是什麼滋味。」唐宇生氣定神閒地將蛋糕砸到他臉上。

當小白的慘叫聲響徹整間休息室，眾人的大笑聲也同時揚起。

無論發生什麼事，我都想好好珍惜這個地方，守護這些「家人」。

現在的我，只有跟他們在一起的時候，才可以暫時忘卻所有的煩惱和悲傷。

只要卡門沒有消失，就算未來發生再痛苦的事，我都有信心可以撐過去。

最近我失眠的情況愈來愈嚴重，明明很累很睏，腦袋卻拚命運轉，無法放鬆，好幾次都是聽見清晨的鳥叫聲後，才終於可以入睡。

某天下課後，我背著吉他搭上捷運，沒有預設目的地，單純想散散心。

我從包包裡找出手機想聽音樂，卻發現忘了帶耳機，只好靜靜地看向窗外發呆。車廂裡的乘客愈來愈少，最後只剩下我一個人。

當列車又再度停下，一個戴著鴨舌帽的高䠷男人低頭走進車廂，他兩耳塞著耳機，選了個背對我的位子坐下。

我盯著他的背影看了好一會兒，覺得似曾相似，愈看愈想印證心中的猜測，所以拿出手機撥了通電話。

悠揚的樂聲在車廂裡響起，那個男人摘下一邊的耳機，接起電話。

「喂？」是唐宇生的聲音。

「你下課了？」

「嗯，怎麼了嗎？」

「你要去哪裡？」

他停頓了一下，「打算找個地方晃到晚上。」

這班車的終點站是淡水，我於是猜測：「淡水嗎？」

「妳怎麼知道？」

「因爲我和你搭同一班車，我坐在你後面。」

聞言，他馬上回頭，看見眞的是我，便起身坐到我旁邊的空位。

「妳剛剛去醫院？」

「沒有，難得想偷懶一下，就遇到你了。晚一點我再過去。」

他沒有作聲，我以爲他生氣了，細看卻發現他眼中沒有半點怒意。

「妳的氣色不太好。」他凝視著我，「抱歉，拜託妳做這些，果然還是太勉強了吧？」

我沒想到他會出聲關心我，略略別過眼，「……跟這沒關係，我沒事，只是最近睡得不太好。」

「那妳現在睡一下吧。」

「我不喜歡在捷運上睡覺，覺得沒什麼安全感。本來還想聽音樂放鬆，但我忘了帶耳機出門。」

「那我的耳機借妳。」

「不用了啦。」這傢伙對別人隨口講的話都會當眞。

我繼續眺望窗外的風景，過沒幾分鐘，我的肩膀被輕點了兩下，側頭看去，唐宇生將其中一隻耳機遞給我，我頓了頓，不好再拒絕，只得默默接過戴上。

唐宇生正在聽張宇的歌，歌詞感傷，透過他滿是滄桑的獨特唱腔詮釋，更是格外令人動容。

我沒聽過這首歌，想問唐宇生歌名，卻發現他垂著頭睡著了。

從窗外灑進的陽光將他的側臉映照得溫暖明亮，他平常總是一臉漠然，頗有幾分距離感，此刻的他看起來就像個毫無防備的小孩。

末良的事，加上他父親的事，一定爲他帶來不少壓力，然而這樣的他，卻還時時在爲他人操心，哪怕是我，他也不忘寄予關懷。

眞是個笨蛋。

列車以固定的節奏前行，本來堅持不在捷運上睡覺的我，漸漸呵欠連連，眼皮沉重，恍惚之中，我閉上了眼睛。

我感覺得到自己的頭不時撞上窗戶，但我太累了，無心理會。

沒過多久，似乎有誰扶住我的頭，並輕輕推往另一處，讓我枕在一個溫暖的地方，接著一個聲音在我耳畔響起。

「沒關係，睡吧。」

不知為何，一聽到這句話，我緊繃的身體竟逐漸放鬆下來。

唐宇生喚醒我時，我們已經抵達淡水站了。

這是我第一次來淡水，唐宇生則來過很多次了，所以就由他領著我向前。

夕陽的餘暉將淡水河染成美麗的琥珀色，河畔的攤販正準備開始營業。

當我們經過一個射氣球的攤位時，唐宇生停了下來，付過錢後，便拿起氣槍專心致志地將牆上五顏六色的氣球逐一射破。

不知道他是不是常玩，技術著實不錯，成績好到足以領取店家設作首獎的玩具棒槌。

「妳覺得哪一個好？」他對著那一串圖案各樣的玩具棒槌問。

「嗯……派大星吧。」那個傻氣的笑容十分可愛，我想末良應該會喜歡。

「那就那個。」唐宇生請老闆取下印有派大星圖樣的玩具棒槌，遞到我面前，「送妳。」

「幹麼送我？」我睜大眼。

「妳不是喜歡這個？」

「我以爲你要送給末良。」

「她已經有個海綿寶寶的玩具棒槌了，妳就自己留著吧。」

「可是……這有點大耶，我還背著吉他，不好拿。」

「那我幫妳拿吉他。」他不由分說地接過吉他，硬把玩具棒槌塞進我懷裡。

隨著天色愈來愈暗，人潮也愈來愈多。

我走在唐宇生身後，看著他背著吉他前行的背影，忽然有種感覺，那把吉他好像本該就屬於他。

我回想起很久以前，他也曾這樣走在我前面，身影既孤獨又落寞。那時，他到我打工的唱片行找我，拉著我陪他去一個偏僻的小農村，可是最後他什麼也沒做就回去了。

「如果有一天，妳被迫放棄妳最重要的東西，若不放棄，就會傷害到其他人，妳會選擇放棄，還是繼續爭取？」

我微微一凜。

那時唐宇生話裡的「其他人」，指的就是他的父親？

唐宇生倏地停下腳步，扭頭朝路旁的一間店看去，老闆娘正在罵一個年約五歲的小男孩，男孩手上拿著飲料，哭得一把鼻涕一把眼淚，白色褲子上有一大片污漬，大概是因爲飲料弄髒褲子才挨罵吧。但老闆娘嘴上罵歸罵，卻還是拿出另一條乾淨的褲子，耐心地替小男孩換上，看他哭得實在悽慘，又溫聲哄了幾句。

見唐宇生看得入神，我忍不住問：「有那麼好看嗎？」

「我覺得很好玩。」他嘴角微勾。

「哪裡好玩？這種小事在一般家庭不是很常見？」

「我就沒經歷過，這樣的事在我家幾乎不會發生。就算曾經發生，我也沒印象，也許我哥會記得吧。」

「你哥？你不是獨生子？」我很驚訝。

「我有個大我八歲的哥哥，不過我們感情不怎麼好，平時也沒什麼交集。」

這傢伙到底還有多少祕密？

「如果可以，我寧可生長在一個普通家庭，就算生活不富裕也無所謂，至少家人都在。」他忽然有感而發。

「爲什麼？」我微微蹙眉。

「我家一點也不像個家，家人之間不僅關係疏離，連要見上一面都不太容易。」他嘆息，「所以有時候我會想，如果我能生長在一個普通的家庭，那該有多好，或許人生會比較有意義一點。」

說完，唐宇生邁步向前，我卻呆站在原地，過了好一會兒，才高高舉起手上的玩具棒槌，追上去朝他的腦袋狠敲一記，唐宇生錯愕地回頭看我。

「現在是怎樣？你是在跟我抱怨自己過得有多委屈可憐嗎？事實眞的是你說的那樣嗎？生長在普通的家庭，你就一定能過得幸福美滿嗎？」

他沒說話，仍是一臉愕然。

「這世上有很多人家境不好，甚至欠下債務，與家人的關係也很惡劣，他們必須比一般人更努力，才有機會脫困。而你只是家庭不美滿，比起他們，你幸運多了。想要人生有意義一點，你可以利用你現有的東西去創造啊。爲什麼老想著自己沒有的？」我忿忿地往下說，「如果你嫌錢太多，就把錢捐出來啊！你覺得日子過得沒意義，至少能讓別人過得有意義吧，他們還會感激你耶。全世界有多少人連下一餐在哪裡，明天能不能活下去都不知道，你卻在這裡說一堆讓人火大的話，我看你眞的是日子過得太好了，連煩惱都讓人覺得欠揍！」

我一口氣罵完這一大串，唐宇生整個人都呆住了，瞪著一雙眼傻愣愣地看著我，過了一會兒，他才低頭摀住嘴巴，雙肩抖動，卻漸漸抑制不住地大笑出聲，最後蹲在地上笑得上氣不接下氣。

「笑屁啊？你以爲我在跟你開玩笑嗎？」我再次用玩具棒槌敲了他的頭一記。

「沒有啦，妳說得很有道理。對不起，是我錯了。」他很努力想止住笑意，不過顯然效果不彰，他說完又垂下頭繼續悶笑。

我像看到怪胎一樣地看著他，雖然覺得很莫名其妙，但見他笑成這樣，又發自內心鬆了一口氣。

一個小時後，我們一起搭捷運到醫院。

經過那一番暢笑後，唐宇生的心情明顯變好，話稍微多了些，也變得有精神多了，不再是一副死氣沉沉的樣子。

我實在懶得再去試圖理解這人的心思，因爲那簡直比登上火星還難。

到了唐宇生父親的病房，我一邊拿出吉他，一邊問他：「你眞的不先回去？」

「嗯，沒關係。」

於是我沒再理會他，接連彈了幾首歌之後，發現他竟坐在椅子上打起盹來。我微微一嘆，又彈起一首西洋老歌，並低聲哼唱。

I see the questions in your eyes
我看到你眼裡的疑慮
I know what's weighing on your mind
我也明白你心裡的重擔
You can be sure I know my heart
你可以相信我很清楚自己

Cause I'll stand beside you through the years
因為我會站在你身邊　歲歲年年
You'll only cry those happy tears
你只會喜極而泣
And though I make mistakes
即使我犯了錯
I'll never break your heart
也不會傷你的心

And I swear by the moon and the stars in the sky

對著天空中的月亮、星星　我發誓
I'll be there
我會在你身旁
I swear like a shadow that's by your side
我會如影隨形般的陪在你身旁
I'll be there
我一定會在你身旁

For better or worse, till death do us part
不論未來是好是壞　直到死亡將我倆拆散
I'll love you with every beat of my heart
我會用每一次心跳來愛你
And I swear……
我發誓……

〈I Swear〉詞、曲：Frank J.Meyers/Gary Baker/Mogonactive Songs/Inc.

一曲即將唱畢，我不經意地往床上瞥去，卻發現唐宇生父親的手指似乎動了一下。

我登時屏息，定睛一看，竟見到一滴眼淚從他的眼角滑落。

「唐宇生，你快起來！」我馬上搖醒唐宇生。

「怎麼了？」他睡眼惺忪地問。

「你爸有反應了，你趕快過來！」

他立刻衝到病床旁，看到他父親的眼淚，先是一怔，隨即俯身在他父親的耳邊輕聲叫喚：「爸！」

唐宇生的父親沒睜開眼，嘴唇卻隱隱顫抖著，唐宇生叫來醫生和護理師，並將我帶離病房。

「抱歉，今天就到這裡，妳先走吧。」

「你一個人沒問題嗎？」

「嗯，接下來我可以自己處理，謝謝妳。」說完他就匆匆返回病房。

睡前，我傳了訊息給唐宇生，探問他父親的情況。幾分鐘後，他簡單回傳了一句：「已經沒事了，謝謝。」

我沒追問他所謂的「沒事」代表了什麼，但應該是好消息吧，也許唐宇生的委託差不多要結束了。

翌日下午，我還是去了趟醫院，護理師告訴我，唐宇生的父親已經轉至普通病房。

走入病房，病床邊已不再有一堆醫療儀器環繞，唐宇生的父親躺在病床上沉沉睡著。

猶豫了一會兒，我還是拿出吉他，一道低沉的嗓音驀地傳來：「就是妳嗎？」

我往病床上看去，唐宇生的父親睜開眼，正定定地注視我。

「聽護理師說，我昏迷的這段期間，妳常過來彈吉他。」他的神韻和聲音都與唐宇生極爲神似，卻比唐宇生更難接近，「妳是誰？」

我連忙放下吉他站起，「唐先生您好，我叫丁凱岑，是唐宇生的朋友，他請我來……」

「誰准妳在這裡彈吉他的？」他態度冷若冰霜，「出去。」

「什麼？」

「我叫妳出去，妳是聾子嗎？馬上帶著妳的吉他滾出去！」

儘管唐宇生最初就警告過我，但我仍沒料到他父親的反應會如此激烈。

唐宇生的父親咬牙切齒道：「是宇生叫妳來的？他是不是存心想氣死我？就這麼希望我早點死嗎？這個沒用的東西，妳去轉告他，叫他以後不必再來見我了！」

「唐先生，您怎麼可以這麼說？他也是爲了讓您能早日清醒才這麼做的。」我忍不住替唐宇生說話。

「眞爲我好，就該乖乖照我的話做。他難道不知道我不准他玩音樂？爲什麼不學著他哥哥一點，成天跟個廢物一樣不知長進，我沒有這種兒子！」

他的話令我勃然大怒，我脫口而出：「就算唐宇生沒他哥哥那麼優秀，但您昏迷不醒的這段期間，無論颳風下雨，再忙再累，唐宇生都堅持每天來醫院看您。反觀您的大兒子，我時常來這裡，卻從未遇見過他，身爲人子，父親生病都不來探望，這樣您也無所謂嗎？」

「妳是什麼東西？居然這樣跟我說話！」他盛怒大吼，面色鐵青，「妳父母是怎麼教妳的，竟敢和長輩頂嘴，他們也像妳這樣沒水準嗎？」

「你說什麼？」我全身一僵。

「看妳這個樣子，就知道妳父母也好不到哪去，妳父親八成沒什麼水準，才會教出像妳這麼差勁的小孩。」

我驚愕地看著他，然後攥緊拳頭，咬住下唇，強逼自己冷靜下來。

「唐先生，念在你是長輩，所以我不和你計較，如果冒犯到你，我願意道歉，但是請你不要羞辱我的父母，他們沒道理被你如此指責。還有，我並不覺得自己眞有你說的那麼差勁，至少我還懂得是非對錯，也明白做人的道理。」我深吸一口氣，「既然你的身體已無大礙，就請好好保重，抱歉打擾了。」

我拎起吉他走出病房，恰巧在走廊撞見唐宇生。

搶在他開口之前，我飛快道：「唐宇生，當初我們說好，我彈到你父親好轉或醒來那天爲止。現在他已經醒了，我也不必再來了吧？」

「嗯。」

「那就這樣，我走了。」我二話不說邁開步伐，頭也不回地離開。

步出醫院，我感覺到下唇傳來一股刺痛，伸手摸去，才發現緊咬的唇瓣滲出了一絲鮮血。

「老闆，你今天怎麼會來？不用約會嗎？」Pinky姊看到小白，打趣問。

「今晚是我們店裡三位美女的表演，我當然要來做護花使者啊！」他笑容可掬地在我旁邊坐下，「小海，妳這次期中考考得怎樣？」

「你一定要挑這時候問嗎？我聽到那三個字就胃痛。」我苦笑。

Pinky姊過來幫我編頭髮，「我們小海這麼認眞，一定會all pass啦！」

靈靈忽然朝休息室的門口大喊：「宇生哥！」

我愣了一下，但沒有回頭，沒多久，一杯飲料被擺在我面前的桌上。

「你就只有買三杯嗎？怎麼沒有我的？」小白很不滿。

「我怎麼知道你會來？而且你不是說最近要減肥？」唐宇生用慣常的淡定口吻說。

「幹麼還在這種時候替我著想啊？」

「小白，我的給你吧。」我把飲料遞過去。

小白眨眨眼，「妳不喝嗎？」

「我沒什麼胃口。」我從椅子上起身，「Pinky姊，謝謝妳幫我綁頭髮，我先去吧臺坐坐。」

之後無論是在台上還是台下，我始終沒理會唐宇生，連看都不看他一眼，將他視為空氣，而他也不主動向我搭話。

兩天後，末良突然聯絡我。

她約我在學校附近的速食店碰面，她一見到我就開心地拉住我的手，「岑岑，我們晚上去逛夜市好不好？我想買幾件衣服，也想去吃點好吃的東西。」

「好啊。」我很乾脆地答應了。

「那我們等一下出發，我跟宇生說好了，他也會一起來。」

我一愣，卻見末良倏地朝大門揮了揮手，唐宇生隨即走進店裡，在我對面坐下，我立刻移開視線。

「宇生，我剛跟岑岑說好了，她也會和我們一起逛夜市。」末良興致高昂。

「我不要。」我冷不防地說，他們同時朝我望來。

末良瞠目結舌，「岑岑，妳說什麼？」

「我只想和末良一起去，就我們兩個。」我終於迎向唐宇生的目光。

末良頓時有些不知所措，「咦？為什麼……」

「女生逛起街來多半會逛很久，唐宇生在旁邊也會覺得很無聊吧？」我笑著打趣，「而且我很久沒跟妳單獨去逛街了，每次只要唐宇生一出現，妳就會忘記我的存在，妳這樣有見色忘友的嫌疑喔。」

「我哪有見色忘友，岑岑妳怎麼可以這麼說？」末良連忙辯解，遲疑地看了眼唐宇生，「可是……」

「沒關係，妳們去吧，要回來時再打給我，我去接妳們。」唐宇生說。

「眞的可以嗎？」見唐宇生點頭，末良放心一笑，背起包包，「好吧，那我和岑岑現在出發嘍，晚點再打電話給你。」

直到離開速食店，我都沒再和唐宇生說半句話。

在捷運上，末良覷著我，「岑岑，妳今天怪怪的。」

「有嗎？」

「有啊。妳從以前就這樣，只要不高興，就會面無表情，也會特別安靜。妳眞的在生我的氣？」

「沒有啦。」我失笑，卻也不禁好奇地問：「我眞的有像妳說的那樣？」

「嗯，我們是這麼久的好朋友，我怎麼可能連這點都看不出來？」末良得意地笑了，「不過我剛剛還是被妳嚇了一跳，妳以前不會這麼說話的。」

我沉吟片刻，「如果妳還是想找唐宇生來，就打電話給他吧，不必顧慮我。」

「哎呀，沒關係啦，我和妳確實很久沒有單獨一起出去了。」她小鳥依人地靠在我身畔，「今天岑岑就是我的男朋友。」

她說得歡快，我卻聽得煎熬，一度不敢看向她。

到了夜市，末良始終牽著我的手不放。

「岑岑，妳覺得這件怎麼樣？」她拿起一件碎花洋裝，在自己身上比畫。

「很漂亮，非常適合妳。」我看著她，幾乎要移不開眼。

我很明白繼續這樣下去，自己將會再次受傷，但唯有現在，我不願去想那些，只想記住末良的身影，想像世界這一刻只剩我們兩人。

我無意間注意到她的左手腕上有兩條淡淡的紅色疤痕，「末良，妳手腕上的是什麼？」

「喔，這個呀？」她舉起手隨意地掃了眼，「之前我不小心被房間裡的掛鉤刮傷，傷口很深，還差點發炎，後來就留疤了。我平時會稍微用粉蓋一下，大概是今天太熱，流了點汗，所以粉都掉光了吧。」

我拉起她的左手仔細查看，難掩心疼道：「怎麼這麼不小心？」

「嘿嘿，我也不想這樣呀，我那時候看著這兩條醜疤天天哭，還問宇生將來會不會因此不娶我了。」

「要是他說不娶呢？」

「那我就嫁給岑岑，他不娶我，我就來找妳，然後跟妳求婚。」她俏皮一笑，「岑岑，妳願意娶我嗎？」

我努力控制臉上的表情，「我願意。」

「我就知道岑岑對我最好了！」末良開心地抱住我。

我情不自禁地回應她的擁抱，忽然很想哭。

明知在她心裡，我已不再是最重要的唯一，卻依然無時無刻不被她所牽引，她的喜怒哀樂依然足以撼動我的世界。

與她重逢至今，我始終不敢開口問她，她是否還在為我當年的背棄而憤怒？她是否還對我有恨？願不願意再次相信我？這麼多年過去，我的生活改變了很多，我的心卻一直沒有改變，這令我感到絕望，也令我後悔不已，我後悔對自己過度自信，以爲時間和距離可以讓我放下她。

凌晨一點，末良打電話給唐宇生。他找到我們的時候，我和末良正醉醺醺地趴在一間酒吧的桌上。

末良撲進唐宇生懷裡，咯咯地笑個不停，「宇生來了，宇生來了。」

「妳們喝酒了？」

「對呀，岑岑原本不打算喝，後來還是被我硬灌了十幾杯。」她得意洋洋。

「先上車吧。」唐宇生先將末良帶上車，再回來扶我，「妳可以走嗎？」

我有些意識不清，頭痛欲裂，無視唐宇生伸出的手，我逕自起身，用乾巴巴的聲音說：「你載末良離開吧，我坐捷運回去就行了。」

「現在這個時間點已經沒有捷運了。」他提醒。

我原本想對他說，那我就去搭計程車，只是才剛要開口，一陣暈眩猛地襲來，我幾乎要摔倒在地，幸好唐宇生及時扶住我。

「外面在下雨了，快上車吧，妳這樣一個人回去很危險。」

我全身再也施不出任何力氣，只能由著他攙扶上車，和末良一起坐在後座。

末良搖搖晃晃地倒臥在我大腿上，哼唱著破碎的曲調，嘴角始終噙著笑意。

我望著醉眼矇矓的她，所有的理性在這瞬間消失殆盡。我輕撫她的臉，不顧唐宇生就站在車窗外，情不自禁地在她頰上落下一吻。

我的唇在她頰上停留了一段時間。

我知道唐宇生在一旁看著，看著我的謊言與偽裝，徹底被我自己撕下。

車子在我住處門口停下，雨勢極大。

我下車走沒幾步，唐宇生立刻過來拉住我，「妳走得上去嗎？」

「放開，我可以。」我甩開他的手，卻腳步踉蹌，差點摔倒。

「我送妳上去。」他又跟了上來。

「你難道不懂嗎？我就是不想看到你啊！」我失控大吼，「我不想看到你那張和你爸一模一樣的臉，你眞的不知道嗎？」

他站在大雨中，沉默不語。

「光是看到你，我就覺得快要窒息了。」我憤怒地瞪視他，「我幹麼答應你……彈什麼鬼吉他給你爸聽，我當初一定是瘋了才會答應你！」

「妳父親八成沒什麼水準，才會教出像妳這麼差勁的小孩！」

我無力地蹲在地上，痛苦低喃：「早知道就不要答應你了，如果不答應就沒事了……」

塵封在心底多年的盒子，在此刻被開啓了。

「我的寶貝，再見。」

腦中再次響起那個人的聲音，我摀住耳朵，嘴裡發出淒厲的吶喊。

國小二年級的一堂國語課，老師在黑板上寫下作文題目，我的父親。

我握著鉛筆思索，沒多久就寫下一句：

我爸爸是個非常非常可愛的人。

爸爸很可愛。

他親切開朗，喜歡開熟人玩笑，卻又十分容易害羞。

我把寫好的作文拿給爸爸看，哪怕裡頭寫了不少他的糗事與缺點，他依舊興高采烈地把那幾張稿紙貼在家裡最醒目的牆上，遇到有朋友來訪，就得意洋洋地炫耀我有多麼漂亮乖巧，是他上輩子最可愛的情人，大言不慚到最後，連別人都替他覺得難爲情。

他喜歡叫我寶貝，即便在人前也是如此，害得我常被同學取笑，有一次我眞的受不了了，要他別老是這樣叫我，他才稍微收斂，只是還是時常忘記改口。

我爸爸雖然很孩子氣，又很迷糊，但他擁有一顆比誰都細膩的心，而且樂於助人。這樣的爸爸，讓我從小就引以爲傲。

「寶貝快來，爸爸這裡有好東西！」

某天下午，我在家裡寫作業，聽到爸爸在隔壁的小房間叫我，我立刻丟下筆，開心地跑過去。

爸爸關上門，從包包裡掏出一樣東西，神祕兮兮地笑：「妳看，這是爸爸剛剛買的卡帶。」

一看到卡帶封面，我興奮地喊：「是瑪麗亞凱莉的新專輯！」

「噓，小聲點，要是被妳媽聽見，爸爸又要被罵了。」他眼中含笑。

爸爸很喜歡音樂，尤其是西洋音樂，自我有記憶以來，他就經常在我面前哼哼唱唱。也許是耳濡目染吧，我也跟著愛上音樂。即使生活並不富裕，爸爸仍會盡量攢錢購買卡帶，日積月累下來，數量多到家裡得另闢一個小房間堆放。媽經常要他適可而止，可是他依然故我，因為怕媽生氣，便轉為偷偷購入。

雖然當時我年僅八歲，卻也已經會唱不少西洋歌曲，爸爸對此非常自豪，成天拉著我到處唱給鄰居聽，說我是他最驕傲的存在。

「阿得叔叔的小凱岑在哪裡呀？我來看妳嘍！」

聞聲，我飛奔到家門口，投入那個膚色黝黑的男人的懷抱。

他親暱地捏捏我的臉頰，「今天乖不乖？叔叔買了東西要送妳喔！」

「什麼東西？」我眨眨眼。

「糖果，喜不喜歡？」他舉起一袋色彩繽紛的糖果。

我歡天喜地想要接過，爸爸卻將我從阿得叔叔的懷裡抱開，「不行，凱岑不能吃，吃了會拉肚子。」

「我是來找我的小凱岑玩的，你閃邊去！」

「什麼你的？她是我女兒，你別想動她一根汗毛！」

「你說什麼？我是她乾爹耶！」

「什麼乾爹？她就只有一個爸爸，沒有乾爹啦！」

「夠了，丟人不丟人？吵成這樣都不害臊嗎？」媽好氣又好笑，「兩個大男人居然那麼幼稚，快點進來，別讓鄰居看笑話了。」

阿得叔叔是爸爸在工地的同事，也是他的好朋友，時常光顧家裡的小吃店。

他和爸爸志趣相同，都喜歡唱歌跳舞，兩人經常一搭一唱表演，逗得我和店裡的客人開懷大笑。

「阿得，味道怎樣？好吃嗎？」媽端出一盤新創料理給阿得叔叔試吃。

「好吃，棒極了，絕對會大賣！」他豎起大拇指欣羡地感歎，「我們大嫂不僅人長得漂亮，廚藝也一級棒，要是我也能娶到像大嫂這樣的女人就好了！」

「唉唷，阿得你嘴巴眞甜。」媽笑得喜孜孜的。

「你這個臭小子，現在是在泡我老婆嗎？不想活了你！」爸瞪他。

媽不客氣地敲了爸的頭一下，「什麼泡你老婆？眞難聽！」

雖然爸爸和阿得叔叔老是鬥嘴，但兩人感情很好，碰上對方有困難，也總是第一個伸出援手，阿得叔叔不時的造訪，也讓家裡有了更多的歡笑聲。

當時，我衷心相信，這樣快樂的日子會一直持續下去。

兩年後，爸爸因爲一場意外，不小心傷了腳，很長一段時間都無法出門工作。原本開朗樂觀的他，漸漸變得有些抑鬱。儘管他還是笑臉迎人，我卻總是能察覺到他的笑容背後藏著落寞，當時阿得叔叔天天來家裡爲爸爸打氣，逗爸爸笑，他幾乎成了家中的一份子。

多了一個親密的家人，這讓我感到很開心。

「爸爸。」

某天深夜，我站在小房間門口，睡眼惺忪地看著爸爸，他正低頭在一本簿子上寫字。

爸抬頭一見是我，馬上闔上簿子，關掉音樂，對我笑了下，「寶貝，什麼事？」

「你怎麼還不睡覺？」

「爸爸睡不著，起來聽歌呀。」

我走到他身邊坐下，「爸爸，你還在難過嗎？」

「為什麼這麼問？」

「因為……雖然你每天都有笑，可是我覺得你不快樂。我和媽媽不會因為你不能工作就討厭你，我們都不在意的。」

爸爸怔了好一會兒，把我擁進懷裡，「對不起啊，害妳們擔心了。」

他選了另一卷卡帶放進收音機，我們父女倆一起隨著音樂哼哼唱唱起來。

「從以前到現在，爸爸只要有這些音樂，就什麼煩惱都忘記了。」爸爸若有所思地說，表情似笑非笑，「音樂，是人類最美好的發明，每次碰上想要逃避的事，爸爸就會聽音樂。」

「爸爸現在有想要逃避的事嗎？」我似懂非懂。

他沉默許久，露出一抹苦笑，再度摟住我，「乖寶貝，別擔心，爸爸很快就會沒事的。我不是常說沒有什麼逆境是過不去的嗎？只要堅持下去，這世上就不會有克服不了的事，對不對？」

「嗯。」我摸摸爸爸的臉，「爸爸加油，你一定可以克服那件事的，我會一直在你身邊陪著你。」

「謝謝凱岑。」他深吸口氣，聲音像是在笑，卻又像是在哭，「妳永遠是爸爸最心愛的寶貝。」

即便當時我不能完全理解爸爸所言，但爸爸從沒對我說過謊，所以我打從心底相信，他很快就可以重新振作，變回那個無憂無慮的爸爸。

那年春假，我和媽媽一塊去外婆家，爸因爲腳傷未癒就留在家裡。我在外婆家待不到兩天就想回去了，尤其隔天又是爸的生日，因此我吵著要走，媽拗不過我，只好提前返家。

媽買了爸最愛吃的起司蛋糕，準備給爸一個驚喜，然而回到家後，我們發現客廳的燈關著，他似乎不在樓下。

「一定又躲在小房間裡聽音樂、唱歌了。」媽笑著悄聲說：「我們先點好蠟燭，再把蛋糕端上去嚇他。」

一切就緒後，我捧著插上蠟燭的蛋糕，小心翼翼爬上樓梯，躡手躡腳地靠近爸的小房間。小房間的門半掩著，微光伴隨音樂從門縫透出。

我和媽互望一眼，由媽負責推開門，我則大喊：「爸爸，生日快……」

祝福的話戛然而止，我呆若木雞地看著兩具赤裸的身體在床上緊緊交纏，喘息聲混雜在音樂裡。

爸和阿得叔叔嚇得馬上從彼此身上彈開，神情驚慌地看著我們。

我還沒搞清楚究竟發生了什麼事，就聽到媽顫抖著聲音問：「你們在做什麼？」

阿得叔叔垂下目光，一言不發，爸則欲言又止，表情痛苦。

「你們現在到底在做什麼？」媽突然大吼，衝上前用力對他們又捶又打，「你們怎麼可以做這種事？兩個男人……你們怎麼能這樣對我？」

阿得叔叔狼狽地穿上衣服，滿臉愧疚地跟媽說了句對不起後，便匆匆離開，還不小心撞到杵在門口的我。

爸見我一臉驚愕，想朝我走來，「凱岑，妳沒事吧？爸爸……」

「不要靠近她！」媽一把將我拉開，遮住我的眼睛不讓我看他，「別用你那噁心的手碰她！別碰她！」

「老婆，對不起，眞的對不起，求求妳聽我解釋……」

「解釋什麼？兩個男人在我們面前上床，你要凱岑親眼目睹這種事嗎？你和阿得怎麼可以這樣？怎麼能做出這麼噁心的事？」媽不斷哭喊，陷入了歇斯底里，完全看不出她平常溫柔的樣子。

也不知道是被誰撞翻，或是被我失手打翻，爸的生日蛋糕被摔爛在地上，蠟燭也熄滅了。面對崩潰的媽，爸悶不吭聲，只是紅著眼眶任憑她打罵。

直到那天，我才知道爸長久以來藏在心裡的祕密，一個不能說的祕密。

爸爸愛阿得叔叔，阿得叔叔也愛爸爸，但是這種事不是當時的我所能夠理解的。而且如果爸爸愛叔叔，那他對媽媽的愛又是什麼？

這個問題在我心裡始終得不出答案，我也不能去問別人，因爲我身邊的大人都認爲，這是件很「噁心」，也很「骯髒」的事。

不到一個星期，爸媽就協議離婚。

阿得叔叔自此沒再出現過，爸爸也搬了出去，沒人知道他去哪裡。

離開的那天，爸拿著行李，不斷回頭望向站在家門口的我。

他扯動嘴角，似乎很努力想要對我微笑，但最後我只看到兩行淚水流淌在他頰上。

這世上最疼愛我的人，就這麼離開了我的生命。

爸爸和阿得叔叔的事很快就傳遍鎮上每個角落，在這民風純樸又保守的小鎮裡，能接受這種事情的人少之又少，無論走到哪裡，都有人對我們家指指點點。街坊鄰居多半都很同情媽媽，他們口口聲聲說，怎樣都沒想到爸爸居然會愛上男人。

當時媽媽幾乎失去了笑容，她深受打擊，有好一陣子都無心開店。

媽跟我說，她會找個時間將爸小房間裡的東西全部丟掉，於是我提前取走爸的幾卷卡帶，以及他收在抽屜深處的一本簿子，我不知道那本簿子是什麼，只知道爸似乎在裡頭寫了些東西。

好幾個夜裡，憔悴不堪的媽喝得爛醉，抱著我傷心哭泣，「凱岑，媽媽有妳就夠了，只要有妳就夠了。別像妳爸爸一樣，千萬不能像妳爸爸一樣⋯⋯」

什麼叫別像爸爸一樣？

我一知半解，看著媽的淚水，把這句話吞了回去。

「媽媽不會再相信男人了，不會再被騙了。」媽哭了半晌，最後虛脫地趴在桌上，口中仍不斷喃喃自語：「妳不可以像他一樣，這麼傷媽媽的心⋯⋯」

媽哭累了，也睡著了，我先爲她披上毛毯，再將地上的空酒瓶與嘔吐物清理乾淨。確定媽睡熟了，我才敢放心去睡。

「丁凱岑，聽說妳爸爸是同性戀？」

一個男同學這麼問我時，班上所有人都朝我這裡看了過來，我不爲所動，繼續低頭看書。

「對吧？我媽說妳爸跟男生談戀愛。」他笑得不懷好意，「所以丁凱岑妳也是同性戀嗎？妳會和女生親嘴嗎？會脫光光和女生做色色的事嗎？」

惡意是很容易匯集的，幾個男同學像是覺得有趣，哈哈大笑之餘，也加入了一搭一唱的行列。

「丁凱岑，妳爸爸眞的跟男生做那種事喔？太噁心了吧，哈哈哈！」

「丁凱岑是同性戀！丁凱岑也會和女生親親抱抱！」

面對同學的惡意嘲諷，以及街坊鄰居的閒言閒語，我只能握緊拳頭咬牙忍耐，我不想讓媽媽再爲我傷心。

從我接收到的種種訊息看來，很顯然同性戀在世俗眼中是可恥的、會被取笑的，所以爸爸才會隱瞞了這麼多年。過去我一直以爲他是因爲腳傷無法工作而鬱鬱寡歡，其實更多的是因爲他無法再逃避自己眞正的心情，他喜歡阿得叔叔。

爲什麼爸爸一定要喜歡男生呢？我不只一次這麼想過，我想不明白，卻無法去問誰。

好幾次在放學時間，我發現爸爸的身影徘徊在校門口附近，然而他從不肯走近，可能是因爲有一次他親耳聽到同學對我的羞辱。

我很想他，雖然他讓媽媽每天哭泣，讓我被同學欺負嘲笑，可是我還是很想他。明明是那樣想念他，但他來看我的時候，我也沒有理會他，只是視而不見地從他面前走過。

直到某一次，我終於忍不住了，在爸來看我後，我偷偷尾隨他，想知道他現在住在哪裡。接著我意外發現爸和阿得叔叔會合，兩人一同走進一棟老舊的房屋。

我站在對街，心亂如麻。

爸和阿得叔叔在一起，幸福嗎？

爸和他愛的人在一起，應該會過得很快樂吧？我很想這麼說服自己。然而事實似乎並非如此，爸的形容一天比一天憔悴，原本壯碩的身材瘦了一大圈。

如果爸爸愛阿得叔叔，和他在一起不是該要幸福快樂嗎？

為什麼他看起來卻一點也不幸福快樂？為什麼他剛剛看著阿得叔叔，卻露出那樣淒然的神情？

為什麼呢？

幾個月後，我再也沒見過爸在校門口徘徊的身影了。

看不到他令我覺得不安。他是不是把我忘了，所以再也不來了？

我為此難過失落了許久。

某個深夜，我起床上廁所，家裡電話突然鈴聲大作，我連忙跑去接起，電話那頭卻是一片靜默，我只聽到一陣沉重的呼吸聲。

我的心跳得飛快，顫抖著聲音問：「爸爸？」

「寶貝……」爸的聲音從黑暗中傳來，「妳過得好嗎？」

「嗯。」我眼眶一熱，「爸爸你呢？」

「爸爸很好，妳放心。」說完，他立刻哭了，「爸爸對不起妳，害妳被同學笑。還有媽媽，我對不起她。爸爸傷妳們太深，眞的對不起……妳一定很恨爸爸吧？」

我沒有回答。

「凱岑，妳恨爸爸沒關係，但是妳一定要記得，爸爸這輩子最愛最愛的人就是妳了。」他不斷啜泣，「妳是爸爸的驕傲，永遠的驕傲……」

我擦掉奪眶而出的眼淚，哽咽道：「爸爸，你不要哭了。你要好好吃飯，保重身體，不要生病了。」

「好、好，爸爸會好好吃飯，不會生病的。對不起，吵到妳睡覺了。」他做了個深呼吸，

「爸爸好想聽妳唱歌，好懷念以前跟妳一起在小房間唱歌的日子。爸爸眞的好想再聽妳唱歌……」

「下次我去找爸爸，我們再一起唱，我也想聽爸爸唱歌！」

「眞的嗎？」

「嗯。」我用力點頭，儘管電話那頭的爸爸不可能看得見。

爸爸似乎笑了，「好，那我們說好嘍。妳去睡吧，晚安。」

「爸爸晚安。」

我依依不捨地握著話筒，而爸爸也沒有馬上切斷，過了半晌，他再次開口。

「謝謝。」爸爸的聲音聽起來溫柔無比，「我的寶貝，再見。」

那個夜晚，我帶著久久難以平息的心情入睡。

雖然對媽過意不去，可是我還是覺得好高興。

想到能再次和爸爸一起唱歌，我連夢裡都在笑。

翌日清晨，我被樓下嘈雜的說話聲吵醒。

我躲在樓梯口偷看，媽眼神空洞，坐在椅子上一動也不動，客廳裡幾個鄰居阿姨、叔叔的臉色也很難看，我隱約聽見他們的對話裡一直提到爸。

那一刻，我想起爸昨晚的那通電話，心中異常不安，便飛快奔出家門，跑到爸爸和阿得叔叔的住處。

那棟老舊的房屋門口拉起了封鎖線，地上有一灘觸目驚心的血跡，四周聚集了一群看熱鬧的居民。

「那是前幾個月搬來的男人吧？一隻腳不方便的那個。」一個大嬸發話。

「是啊，本來以為是喝醉了不小心墜樓，但是據說現場找到一封遺書，警方研判是自殺。」

「眞是可怕啊……」

那些居民沒有停留太久便陸續離開，剩下我一個人站在原地。

那天，媽媽帶我去醫院的太平間。

爸爸死了。

媽媽說，爸的遺體已經不完整，所以不能讓我看。

據說爸凌晨墜樓時，手裡還牢牢握著一張照片。

那是我和他一起唱歌時所拍下的照片，照片背後有一行字：

寶貝，爸爸愛妳。

爸一直很孤單，最後連阿得叔叔都離開了他，那是一段讓他一無所有的愛情。

他一直是孤單一人。

明明待在離爸的遺體很近的地方，我卻一點也哭不出來，因為我始終覺得躺在那裡的人並不是他，是別人。

根據警方的調查及鄰居的說詞，爸搬出去後，小鎮裡的居民對他百般嫌棄，他找工作也處處碰壁，他被那些飽含惡意的歧視逼得無路可走，沒人願意站在他這邊。

也許就是因為這樣，一向樂觀開朗的爸才會走上自殺這條路。

爸下葬的那一天，媽崩潰痛哭，而我依舊哭不出來，只能木然地看著墓碑上的照片。

我怎麼樣都哭不出來。

聽到雨落在屋簷上的聲響，我睜開眼睛。

我扶著頭，覺得身體異常沉重，過了好一會兒才依稀想起昨晚發生了什麼事。

我似乎對唐宇生說了什麼，又好像什麼都沒說。

起身坐到書桌前，我從最底層的抽屜找出一本老舊的簿子，輕輕翻開。

「我感覺到幸福降臨，卻也同時跌進地獄，在我看到他的第一眼。」

翻過一頁，字跡變得有些潦草，字裡行間可以感受到起伏的情緒。

「原來罪惡和幸福眞的可以同時存在。」

「明知道不行，卻還是朝他走去，爲什麼就是不能假裝聽不見心裡的聲音？」

我感覺眼睛很疼，愈來愈疼。

「如果愛一個人必須遵從別人認爲的理所當然，那我寧可下輩子不要當人。」

「只要那個世界沒有愛情，我隨時願意過去……」

我闔上簿子，深吸一口氣，眼睛又酸又痛。

這時，手機忽然響起，是小白打來的。

「小海，妳在幹麼？」在這種陰涼天氣中，他爽朗的聲音顯得格外溫暖。

「沒幹麼，剛起床。」我按揉眉間，「你在哪裡？」

「卡門。今天沒營業，我過來練吉他，然後就想起妳了，妳這陣子好像有點怪怪的。」

我聽著從手機另一頭傳來的吉他聲，「我可以去找你嗎？」

「現在？」

「嗯。」我將簿子收回抽屜，「忽然很想看到你。」

輕觸到的昔日一角，就足以讓我的世界再次崩盤。

此刻的我需要音樂，需要歌聲，如同那個人需要一個現實以外的地方。

原來我們連想要逃去的地方都一樣。

「難得放假，怎麼不在家休息？」小白坐在舞台上彈吉他，臉上掛著和煦的笑意。

「心裡悶啊，想出來走走。」我和他一起席地而坐，「幹麼特地跑到這裡練習？」

「這裡的回音比較好，而且很安靜。」

我聽小白彈了好一會兒，將頭靠在他的肩上。

小白手指一頓，「怎麼啦？」

「借我靠一下。」我閉上眼，「一下就好。」

「我們小海眞的怪怪的喔。」他摸摸我的頭，又繼續彈了起來。

吉他聲讓我的心漸漸平靜下來。

「小白，你上次哭是什麼時候？」

「上次？」他語調微揚，「我不記得了，我這個人不常哭，當然小時候哭的不算數。妳應該也很少哭吧？感覺除了音樂，很少有什麼能引發妳的激情。」

我沉吟半晌，輕聲說：「很久以前我聽別人說過，如果不想忘記某個人，就絕對不能因為失去對方而哭泣。只要哭了，就是忘記那個人的開始，即便再怎麼不願意，對方也一定會從你心中離開。所以如果不想讓那個人離開，就絕對不能哭。」

小白想了想，反問：「可是一直這樣壓抑自己，只為了把那個人鎖在心中，那要怎麼讓他去想去的地方？怎麼讓他眞正放心？」

我抬頭看向小白，他對我淺淺一笑。

「如果是我，既然捨不得那個人離開，那就一定更捨不得他繼續為我傷心難過，所以我會讓自己過得比以前更好，更快樂。就算多年後，那個人在妳心中的身影變淡了，只要妳還愛著他，就不可能眞的忘記他。」

一股酸楚湧上喉頭，哽得我說不出話來。

「不要用傷害自己的方式去愛人，不然對方也會很痛苦。如果那個人很愛妳，知道妳為了他一直在虐待自己，他一定無法放心離去。妳覺得這會是他所希望的嗎？如果妳是那個人，妳會怎麼想？」

我緊抿嘴唇，已經無法再看著小白。

「要報復傷害自己的人，就是要過得比對方更好；而要報答自己愛的人，也是要讓自己過得更好，所以妳不必覺得有罪惡感。如果是我，我會選擇讓自己過得好，讓對方可以安心離開，不再需要受苦。」小白深吸一口氣，「我國二那年，最疼愛我的爺爺奶奶車禍雙亡，隔了很多年，我才能有這樣的領悟。我很明白那種不想放手的心情。」

說到這裡，小白突然換上一副豁然開朗的神情，「我想起來了，我上一次哭，就是在我爺爺奶奶去世那天！」

我忍不住輕笑。

隔天晚上的駐唱，我是最後一個上台的。

我特別拜託小白將視野最好的桌位留給我，他二話不說就欣然同意，我很感謝他。

唐宇生也來了，但我們依舊沒有交談。

等前面兩位歌手都表演完了，我接著上台，並一如往常地與客人互動，看他們熱烈回應，爲我鼓掌。

一切都與平常沒什麼不同。

到了十一點五十五分，一個服務生將一塊插上蠟燭的起司蛋糕放在小白留給我的桌位。

我注視著黑暗中的那道燭光，對著麥克風開口：「大家好，我是小海。」

突如其來的自我介紹，使眾人的目光集中在我身上。

「來到卡門的這些日子，我一直是以小海的身分在這裡爲大家唱歌，謝謝你們一直這麼支持我。現在，我有一事相求……」我抿抿唇，「今天最後這五分鐘，請大家讓我暫時放下小海的身分，回到原本的我，走下舞台的那個我。」

說完，我鬆開平時在台上總是綁起來的頭髮，現場一片安靜。

「我之所以會愛上唱歌，是因爲某個人的關係。從小我就看著他蒐集各式音樂卡帶，我們每天一起聽歌、唱歌，也一起跟隨音樂舞動，他對音樂的熱情深深影響了我，讓我從此愛上音樂。

可惜後來因爲一些緣故，我們分開了，很久都沒能見面。有次他在電話裡哭著告訴我，他很想再聽我唱歌，而我也答應他，下次見面會唱給他聽。」我緩緩地深吸一口氣，「那是我最後一次跟他說話，隔天他就永遠離開了我，離開了這個世界。和他一起唱歌的夢想，再也沒有實現的可能了。」

說到這裡，我注意到台下離我最近的一個女生，眸裡已經有了淚光。

「今晚的最後一首歌，我想獻給他，獻給最疼愛我的爸爸。我要告訴他，這裡有這麼多人在聽我唱歌，並且喜歡我的歌。而他最珍惜的寶貝，現在就要爲他演唱，讓他知道我有多麼愛他，又有多麼想念他。」

我仰起頭，調整好呼吸，視線落向遠處，握著麥克風輕聲哼唱。

Spend all your time waiting for that second chance
用全部的時間等待第二次機會
For a break that would make it OK
因為逃避能使一切更好
There's always some reasons to feel not good enough
總是有理由說感覺不夠好
And it's hard at the end of the day
在一日將盡之時覺得難過
I need some distraction or a beautiful release
我需要散散心　或是一個美麗的解脫

Memories seep from my veins
回憶自我的血管滲出
Let me be empty and weightless
讓我體內空無一物　了無牽掛
And maybe I'll find some peace tonight
也許今晚我可以得到一些平靜

「寶貝，快看，我跳月球漫步給妳看。像不像？爸爸可是苦練了很久喔。」
「凱岑快來，爸爸買了新卡帶，快來一起聽！」

In the arms of the angel
在天使的懷裡
Fly away from here
飛離此地
From this dark, cold hotel room
遠離黑暗、陰冷的旅館房間
And the endlessness that you fear
和你懼怕的無窮無盡
You are pulled from the wreckage of your silent reverie
你在無聲的幻夢殘骸中被拉起

In the arms of the angel
在天使的懷裡
May you find some comfort here
願你能得到安慰

「只要我的女兒能夠過得開心，爸爸就別無所求了。」
「爸爸相信沒有什麼事是辦不到的，只要堅持下去，就一定可以辦到！」
「在這世上，爸爸最愛的就是妳了，妳是我永遠的心肝寶貝。」

In the arms of the angel
在天使的懷裡
May you find some comfort here
願你能得到安慰

〈Angel〉詞、曲：Sarah McLachlan

在燭火晃動的光影中，我彷彿真的看見爸坐在那個位子，臉上滿是驕傲與欣喜，溫柔的視線始終停留在我身上，不曾移開。

我喉嚨哽住，雙唇也顫抖了起來，強烈的酸楚幾乎讓我承受不住。

爸，你現在就在那裡嗎？你眞的在那裡嗎？

對不起，我不知道你一直都很痛苦。

對不起，我不知道你一直都很寂寞。

對不起，這十一年來一直把你鎖在這裡不讓你走。

對不起，讓你看到這樣自私懦弱的我。

對不起，眞的對不起……

一曲結束，台下掌聲如雷，我飛快鞠完躬後，連聲再見都沒說就奔回後台。

對著鏡中的自己，我的淚水撲簌簌地掉個不停，各種情緒在胸臆翻騰，一度令我喘不過氣。

就在這時，有人走進休息室，是唐宇生。

我看著他，他看著我，誰都沒說話。

事情會變成這樣，都是因爲這個人。

他對他病榻上的父親的盡心付出感動了我，所以我才會答應幫忙彈吉他給他父親聽。不料，和他父親這段期間的相處，讓我不時想起爸爸，那些封鎖在心底的傷痛也再次被喚醒。

明知不該責怪他，我仍控制不住地想：如果不是他，這一切就不會被回憶起，我更不會再次崩潰。

如果不是因爲這傢伙……

我緊握雙拳瞪著他，咬牙切齒道：「我眞的很討厭你！」

唐宇生沒有說話，只是專注地凝視我。

在那樣的目光下，我的憤怒未能持續太久，彷彿有一波又一波的大浪朝我襲來，打在我身上的力道愈來愈強烈，我爲自己築起的防禦逐漸潰堤，眼淚爭先恐後地奪眶而出。

我最不想在他面前哭成這樣，卻無力壓制洶湧的淚意，即便摀上眼睛，爸的笑臉仍清晰地浮現在我腦海裡。

唐宇生溫柔地伸手攬我入懷，我聽著他穩定的心跳，眼淚沾濕了他的衣服。

「對不起。」他擁緊我，聲音低沉而沙啞，「對不起。」

唐宇生的道歉讓我完全說不出話來。

我想我永遠不會忘記自己對他縱情痛哭的這一天。

「妳是爸爸的驕傲。」

爸爸坐在他最愛的起司蛋糕前，用最溫柔的聲音對我低喃。

「永遠的驕傲。」

那晚過後，我大病了一場。

喉嚨像被火燒過似地又痛又熱，本以爲只是感冒，吃點成藥就好，但沒想到病情愈來愈嚴重。

「凱岑，妳還好吧？」雯雯端了一碗熱粥到我房裡，「是不是還很不舒服？」

「還好。」我努力擠出一絲笑容，「不好意思，還麻煩妳幫我買吃的。」

「不會啦，妳看過醫生了嗎？」

「嗯，已經去過診所，醫生說多休息就沒事了。妳先回房吧，要是被我傳染就糟了。」
「好，那妳吃完後好好睡一覺，如果還有其他需要，隨時都可以打電話跟我說。」
望著桌上的粥，我知道自己應該要吃點東西，卻沒有力氣從床上坐起，也沒有胃口。
雯雯的房間傳來歌曲聲，隔著牆壁，歌詞含糊不清。
一滴汗從額上淌下，我閉上眼睛。
原來，這就是寂寞的聲音。

「妳沒事吧？聲音聽起來還是很沙啞，要不要緊？」小白在電話裡問。
「還OK。」我低咳了幾聲，「晚上怎麼辦？我這樣去唱，會砸了你店裡的招牌吧？」
「放心，我調整過班表了，今晚靈靈會替妳上台。妳放心養病，晚一點我再打電話給妳，妳先睡會兒，記得多休息。」
「知道了。」
這次生病的起因，也許不只是因爲身體受涼或過度疲勞，更是因爲已經負荷不了心理上的壓力。壓抑多年的情緒在這一次全部釋放，我好像變得不再是我自己，不再是以前的丁凱岑。
卡門的每一位歌手都傳了訊息問候我，惟獨唐宇生沒有。
我一直想起他那晚的道歉，他明知道我不想見到他，卻仍堅持陪在我身邊，靜靜擁抱著我，直到我哭累爲止。
他懷裡的溫度我還記得，可是我不願去回想。
不想憶起自己在他面前狼狽痛哭的模樣，一點都不想。

晚上十一點半，窗外傳來稀稀落落的雨聲。

我在自己的咳嗽聲中醒來，全身虛軟無力，量過體溫後，發現已經燒到四十一度。我自知情況嚴重，打算再去醫院一趟，只是才剛從床上起身，我頓覺頭暈目眩，下一秒就重重摔倒在地。

「凱岑，什麼聲音這麼大聲？妳還好嗎？」雯雯在我房門外憂心地問。

我躺在地上動彈不得，不停咳嗽著。

「凱岑，我要進去嘍。」雯雯推門而入，一見到我倒在地上，連忙將我扶起，讓我靠在她身上，「凱岑，妳沒事吧？」

我冷汗涔涔，連視線都變得模糊不清。

「怎麼辦？妳身上好燙，我送妳去掛急診！」雯雯說完，我的手機鈴聲忽然響起，雯雯迅速接起電話，神色慌張地說：「喂？我是凱岑的室友。凱岑她發高燒……對，在樓上，三〇五號房，三樓一上來的右邊第三間……」

我抓住她的手，勉強擠出聲音問：「妳在跟誰說話？」

「凱岑，我們趕快去醫院吧，我扶妳起來。」

雯雯扶著我坐到床上，走廊響起一陣急促的腳步聲，我不敢置信地望著唐宇生出現在我房門口的身影。

唐宇生衝到我身邊，「妳沒事吧？」

「她一直沒有退燒，我正想帶她去醫院。」雯雯說。

「我帶她去。」唐宇生打橫抱起我，並將我的手機放入他口袋。

唐宇生的車就停在樓下，他小心翼翼地把我抱進副駕駛座，幫我繫好安全帶，然後扭頭對雯雯說：「我送她去醫院就好，妳回去吧。」

「眞的沒問題嗎？」她滿臉憂心。

「不用擔心，我會照顧她的，謝謝妳。」

我昏昏沉沉的，直到聽見大雨打在車窗上的聲響，才清醒了幾分。

「妳還好嗎？很難過嗎？」唐宇生瞥了我一眼。

「你爲什麼會來這裡？」

他沒有回答這個問題，只說：「再撐一下，馬上就到了。」

一到醫院，唐宇生馬上帶我去急診室，不巧晚上掛急診的人不少，無法立刻看診。在櫃臺塡完資料，唐宇生想扶我坐到椅子上，被我拒絕了。

「這樣就可以了，你先回去吧。」

「不行。」他說，口氣異常堅決。

雖然我很意外，但也沒力氣與他爭論，只得任憑他扶著我坐下。他從口袋掏出我的手機還給我，接著在一旁坐下，中間隔了一個空位。

急診室裡的人來來去去，我和他木然地坐著，久久不發一語。沒過多久，我收到一則簡訊，還來不及讀，又覺一陣暈眩，指尖不自覺在螢幕上滑了幾下，然後手上一鬆，手機掉到唐宇生的腳邊。

他俯身撿起，明顯停頓了一下，才把手機交還給我。

「謝謝。」我把手機放回口袋，也沒了心思去看那則新簡訊。

過了一會兒，唐宇生忽然說：「抱歉，我看到了。」

我不明所以，「看到什麼？」

「妳剛剛不小心按到以前的簡訊了。」他據實以告，「二〇〇五年，賴正恆學長傳的那封。」

我一時想不起來他指的是什麼，拿出手機一看，不禁愣住了。

螢幕上只有短短六個字：我對妳很失望。

高二那年，我和林毅老師的事傳開不久，學長便傳了這封簡訊給我。即便過了這麼多年，我依然沒有刪除這則訊息。

「妳和學長還有聯絡嗎？」他問。

我搖頭。

「那爲什麼……要留下這封簡訊？」

唐宇生眼神專注，似乎眞的很想知道答案。

「這是我給自己的懲罰。」我低聲說。

「懲罰？」

「懲罰我曾經這樣深深傷害過一個人。」我緩緩道：「我要提醒自己，我曾經這樣狠狠踐踏過一個人的眞心，即使他可能已經忘了這件事，我也不可以忘記，我要記住當年我是怎樣背叛他，又是怎樣讓他痛苦。」

唐宇生陷入沉默。

「他跟我說過……身爲一個女人，我很不正常。他說我一直無視別人的付出，說我再這樣下去，不會有人敢愛我，因爲就算再怎麼喜歡我，到頭來也只能得到絕望。」不曉得是不是高燒不退的緣故，我的意識又昏沉了幾分，「身爲他的女朋友，我卻什麼都沒辦法給他，甚至連心裡話都沒辦法對他說，我把自己封閉起來了。」

在學長的愛情觀裡，情人之間是不能有祕密的。而這一點，偏偏我無法做到。

他希望我能和他坦誠相對，甚至包括爸爸的事。他知道爸爸自殺離世，但是不知道他是因爲外遇，而且還是愛上一個男人，才會走上絕路。

十七歲的我，將這段回憶深鎖在內心深處，不允許任何人碰觸或接近，連末良都不行，所以我也從未對她提起，那是我最大的禁忌。只要有誰試圖闖進我和爸的世界，我必然會不惜一切抵抗，結果不但傷了別人，也傷了自己。

幾年過去，我的想法不再那麼偏激，只是仍不願輕易向別人提起，我不想聽見旁人對爸爸有任何批評。

「你們是因爲這樣才分手？」唐宇生問。

「……我傷他太深了。」我看著地板，「我之所以和他交往，是因爲當初我太想逃避末良，才利用他轉移注意力。不過會與他分手，其實還有另一個原因，學長長久以來的付出讓我壓力很大，所有人都希望我和他在一起，我的意願好像變得不是最重要的了。他那麼喜歡我，又對我那麼好，所以我就應該接受他，不應該辜負他。我眞的很累，不曉得該怎麼做，才會在一時衝動下，決定接受他的感情。」

我抿了抿唇，忍住從胸口湧上的痛楚，「我知道他很後悔，我也很後悔。愛一個人不是單靠努力就可以，也從來不是跟別人交往，就可以忘掉心中的那個人。」

失去爸之後，我不曾喜歡上誰，直到遇見末良。當她一步步走入我的心，而我發現自己深愛著她的時候，我覺得很痛苦、很難過，卻也很高興。

痛苦的是，我無法滿足媽媽的期盼，像個普通女孩一樣喜歡上男孩，我將讓她再次墜入深淵；高興的是，我似乎比以前更貼近了爸爸一些。愛上不能愛的人的心情，以及和那樣的人在一起時的種種苦澀與甜美，如今我都能感同身受。

這份愛同時也是懲罰，透過這份懲罰，我了解爸爸當時有多麼痛苦。我想成爲眞正的男人，那樣就可以毫無顧忌去愛末良，永遠在她身邊。我想成爲眞正的女人，那樣就不必傷媽的心，在她的傷口上灑鹽。可是這兩條路我都走不成，血淋淋的現實與無可避免的內心衝突，一再擊垮我所有的期待和幻想，我知道那些美夢永遠不可能成眞。

「我不想再傷害別人，所以不會再接受任何人的感情。」我的頭愈來愈暈了，甚至開始看不清眼前的世界，「我沒辦法對不愛的人溫柔，我不想再因爲我的自私傷害別人了，眞的不想了……」

大概是高燒讓我神智不清，我才會這麼輕易就對唐宇生說出心裡話。我的身體搖晃了一下，唐宇生立即坐到我旁邊的空位，將我攬進懷裡。我想要掙脫他，「唐宇生，你幹麼？放開！」

「先這樣靠著我吧。」他加重摟著我的力道，「這種時候就別再硬撐了。」我的額頭貼在他的頸間，意外感到一陣清涼，也不知道是因爲我的體溫太高，還是他體溫太低，但這陣清涼確實令我感覺舒服了些。

「前天……我爸出院了。」唐宇生低聲說，「雖然他的身體還是很虛弱，不過已經能回家靜養了。醫生原本說，他的情況不太樂觀……是妳的吉他讓他醒過來的，我眞的很感激妳，也一直很想當面向妳道謝。」

他誠懇的語氣，令我不由得語塞。

「我其實很驚訝小白居然把妳帶到卡門，看到妳站在末良身旁，我覺得很不眞實，也想起了許多往事。卡門開幕三週年那晚送妳回家，我就很想問妳一件事，卻始終沒能問出口。」

「你想問我還喜不喜歡末良？」

「不是。」他立刻否認，「我想問妳，自從高二那次妳向我坦白自己對末良的心意後，是否還曾像那樣對別人吐露眞心話？或是依然只肯將心事藏在心裡？」

我完全沒想過，他要問我的問題竟然是這個。

「經過這幾個月的相處，其實不用妳回答，我也知道答案會是什麼。」他停頓了下，「雖然已經是四年前的事了，但我想反駁學長，妳並不是他所說的那種人。」

我感覺到唐宇生稍稍垂下頭，跟我之間的距離更貼近了。

「妳値得被愛。」他的聲音裡有種難以言喻的溫柔，「總有一天，妳會找到一個了解妳，也能懂妳的人。雖然由我說出這些話，妳可能會覺得很諷刺，我也知道妳很討厭我，但我眞的希望妳能快樂，有一個讓妳能幸福笑著的人陪在妳身邊。在那之前，我可以聽妳說，也可以任由妳罵，就像高中那次妳對我發火一樣，只要妳別再將所有痛苦悶在心裡。這是我認爲可以眞正感謝妳、回報妳的方式。」

我傻住了，分辨不清心中複雜的情緒代表著什麼。

「在那樣的人出現之前，我願意代替對方，傾聽妳所有的心事。只要妳想說，我都願意聽。」他的手指輕輕撥過我的頭髮，「想逃避的話，就逃避吧，沒關係的。」

唐宇生說的每一句話都深深地銘記在我的心裡。

眼睛忽然濛上一層淚霧，我不曉得自己是不是因爲生病，情緒才會如此容易產生波動，或者我之所以想哭，其實另有原因。

「丁凱岑，丁凱岑小姐。」

護理師叫號了，唐宇生扶著我站起來，但走沒幾步，我就眼前一黑，一下子失去了意識。

所有的感覺，包括快樂、悲傷、憤怒、後悔，全部離我愈來愈遠，愈來愈遠……

「岑岑。」

我一睜開眼，就見到末良憂心忡忡的臉，在那一刹那，我以爲自己看到了天使。

「妳沒事吧？」她摸摸我的額頭，「宇生告訴我妳發高燒，還昏過去了，我聽到都快嚇死了！妳一定是太累才會這樣。」

我注意到窗外天色大亮，忍不住問：「現在幾點？」

「八點半，我七點就來了。」

「妳怎麼這麼早過來？」

「當然是因爲擔心妳呀，早上我一收到宇生的通知，就要他接我過來了。」

「抱歉，讓妳操心了。」我微微一笑。

「岑岑向來很少生病，這次居然會病得這麼嚴重，可見妳平時有多麼不照顧自己，以後不可以再這樣了！」她不高興地嘟嘴。

「是。」我又笑了。

她默默盯著我好一會兒，忽地掀開被子跳到病床上。

「怎麼了？」我嚇一跳。

「嘻嘻，好久沒這樣和妳躺在一起了。以前我常到妳家過夜，記得嗎？只要有岑岑在我身邊，我就能睡得很好，啊，感覺好懷念喔！」

末良拉著我絮絮叨叨地說起過往，說著說著，她忍不住連打了幾個呵欠，漸漸安靜下來，雙眼不知不覺闔上了。

過了一會兒，唐宇生走進病房，看到末良睡在我身旁，臉上沒什麼特別的表情。

「好點了嗎？」他問我。

「嗯。」

「那就好，末良昨晚好像很晚睡，今天又很早就過來了，她很擔心妳。」

「在那樣的人出現之前，我願意代替對方，傾聽妳所有的心事。只要妳想說，我都願意聽。」

想起他昨晚對我說的那些話，我突然一陣鼻酸。

扭頭看向末良，她倚著我的睡顏令我心痛，我卻不想移開目光。

「唐宇生。」我輕喚。

「嗯？」

「對不起。」

他沒有作聲，只是看著我，一直看著我。

「我還是……」我喉嚨一哽，閉上了眼睛，怕淚水一不小心就會滾落。

我還是沒有辦法不愛她。

是小白接我出院的，末良和唐宇生已經在稍早先離開了。

我後來想起唐宇生身上的衣服和昨晚一樣，才意識到他可能徹夜在醫院守著我，天亮後又去接末良過來，根本沒有回去休息，而且今天不是假日，他應該還得去學校上課。

我很過意不去，之後得向他道謝才行。

「身體好點了沒？」小白坐在駕駛座上，瞥了我一眼，目光又移回前方。

「好多了，今晚應該可以去卡門，謝謝你來接我。」

「妳也眞是的，病得這麼重都不跟我說一聲。」他口氣帶了點指責，我明白那是關心，「幸好宇生有去找妳，昨晚我和寶叔他們正好聊到妳生病了，結果那傢伙竟一反常態，提前在十一點多就離開店裡，直到他今天早上打電話給我，我才知道昨晚他是去妳家了。」

我微微側過頭，裝作在看窗外的景色。

小白又開口：「他眞的很擔心妳。」

「還好吧，要是卡門其他人生病，他也會這麼做吧。」我不知道小白是不是在暗示我什麼。

「是這樣嗎？你們從高中認識到現在，多少還是會有些有別於他人的感情吧。」

我沒問小白話裡的「感情」指的是什麼。

只要我還沒忘記唐宇生昨夜對我說的那些話，我就沒辦法問出口。

晚上一到卡門，靈靈立刻上前關心我。

「妳身體好點了嗎？」

「嗯，抱歉讓妳擔心了，謝謝妳幫我代班。」我感激道，「就妳一個人到啊？」

「宇生哥也來了，他人應該在吧臺那裡吧。」

那晚登上舞台，我一眼就在人群中找到他。

經過昨晚，我似乎開始有了些改變。

唐宇生的存在不再讓我有芒刺在背之感，我也不再刻意迴避他的視線，但多少還是有些尷尬，畢竟他看到了我狼狽無助的樣子。

只是儘管他昨晚所言確實對我產生了影響，而小白之前也曾對我說過類似的話，我卻還是不敢讓他們知道我所有的心事。

因爲太過重視他們，我反而害怕起坦承。

從店裡的後門走出去時，見到唐宇生就站在不遠處。

「你怎麼會在這裡？」我納悶地問。

他走過來就著路燈仔細打量我，像是在觀察我的氣色，「妳身體還好吧？」

「沒事了。你在等我嗎？」

「我開車送妳回去，走吧。」

「不用了，我眞的沒事，我可以自己回去。」

「妳臉色還是有點蒼白，別太勉強了。妳今天離開醫院後，應該都沒怎麼休息吧？」

你不也是嗎？

我差點就脫口而出。

不知道該怎麼拒絕唐宇生，我站在原地，而他逕自轉身走到車旁，站在那裡等我。我拿他沒輒，只得上車。

車子以穩定的速度行駛，他望著前方說：「妳明天不用過來駐唱吧？」

「嗯。」

「那妳週末就在家好好休息吧。」

「嗯。」

其實我很想對他說，如果他是因爲愧疚，爲了彌補我從他父親那裡受到的傷害，才這麼關心我，那大可不必。我不想再讓他承受更多的負擔，反而希望他能稍微自私一點，爲自己多著想一點，別老是想著一肩擔起所有事，尤其當我得知末良做出背叛他的事之後。

十七歲的我們，會想得到現在的我們竟變成如今這樣嗎？

我陷入了沉思，直到手機響起，我注意到是從家裡打來的，馬上接起，「喂？」

另一頭無人應聲，只聽到一連串摔東西的聲響與男人的怒喝聲。

我愈聽愈覺得不對勁，「喂？媽，是妳嗎？」

「凱……凱岑。」媽顫抖的聲音終於傳來。

我全身寒毛直豎，連忙問：「媽，妳怎麼啦？」

「凱岑，快救我，快來救媽媽……啊……啊！」

她淒厲的尖叫聲倏地消失，手機那頭一片死寂，電話掛斷了。

「媽？媽！」我焦急地回撥，卻一直無人接聽。

「出了什麼事嗎？」唐宇生問。

「唐宇生，麻煩載我去車站。」我慌道：「我得回家裡一趟，拜託，快載我去車站！」

「現在這個時間高鐵已經停駛了，妳要坐客運嗎？」

我心裡一陣恐慌，心想這個時候搭客運，不知道要多久才能回到家。

剛才我似乎在電話裡聽到男人的咆哮聲，那個畜生八成是回去了，如果他傷害媽怎麼辦？如果媽出事了怎麼辦？

唐宇生突然在下個街口轉彎，迅速將車子調頭，「我送妳回去，天亮前應該可以到。」

我傻了，「等等，可是唐宇生，你這樣……」

「家裡不是有急事嗎？我載妳回去比較快。」他神情冷靜，車速開始提高。

很快地，車子開上高速公路，奔馳在安靜的夜色之中。

見我頹喪地再次放下手機，唐宇生問：「鄰居還是沒接電話嗎？」

「嗯。」我緊咬下唇，心跳紊亂，雙手始終無法停止顫抖。

該死的混蛋，要是他敢動媽一根汗毛，我一定會殺了他！

一隻溫暖的大手忽然覆在我的手上。

「別擔心，妳也已經報警了，有什麼狀況，警方會通知妳的。」唐宇生淡淡地道：「不會有事的。」

說完，他迅速收回手，繼續專心開車。

他篤定的口吻，不可思議地讓我混亂的心逐漸平和下來。

過了半個小時，我終於接到警察的電話。

原來那個男人跑回去找媽要錢，跟媽起了嚴重的口角，不僅打傷了媽，還企圖縱火，幸好警方即時趕到才沒釀成大禍。媽沒什麼大礙，只是有些驚嚇過度和皮肉傷，但爲了保險起見，還是被送進醫院觀察治療。

聽完警方的說明，我憤怒之餘，卻也總算鬆了一口氣，全身的力氣似乎一下子被抽光，頓覺疲憊不堪。

「睡一下吧。」唐宇生勸我。

「不要緊，我撐得住。」我揉了揉眼睛，想強打起精神。

「妳應該趁現在休息一下，等等才有體力去醫院看妳媽，而且妳也還是個病人，別太勉強自己了。」

不知道是不是因爲我太累了，唐宇生此刻的聲音聽起來低沉且溫柔。

「快到的時候我會叫妳，快睡吧。」

他伸手摸了摸我的頭，我冷不防微微一顫。

沒多久，我的眼皮愈來愈重，意識也愈來愈模糊，在音樂聲中安穩地進入夢鄉。

等我一覺醒來，遠方的天空已經濛濛亮了。

窗外的景色很是熟悉，再一段路就到家了。半個小時後，我們到了醫院，被告知離開放探病的時間還有一個小時，於是唐宇生便先載我回家。

家中一片凌亂，家具覆上一層煙灰，客廳牆上處處留有被大火燒過的焦痕。

我默默環顧這一切，而唐宇生什麼也沒說，只是陪著我。

到了六點多，唐宇生載我重返醫院，我站在病床邊凝視著雙目緊閉的媽。

她面色蒼白，臉頰削瘦，幾道鮮明的傷口讓我幾度不敢直視。

我才伸手輕觸她的臉頰，她便醒了，看到我時一臉不敢置信。

「凱岑……妳怎麼會在這兒？妳不是在台北嗎？」

「我回來了。」我淡淡地說，「妳不是有打電話給我嗎？」

媽神情茫然，好像完全不記得有這回事，「是嗎？媽媽打給妳了啊？對不起，媽媽害妳擔心了……」

見我沒再出聲，媽似乎也不敢再多說些什麼。

媽在中午出院，鄰居看到她回來，紛紛湧上前關切。

「哎呀，原來凱岑也回來啦？眞是太好了。幸好、幸好……」

我沒有理會那些鄰居，逕自帶媽進屋休息，把媽安頓好後，我對唐宇生說：「我想買點東西，你陪我走一趟好嗎？」

「嗯。」

我們先到隔壁的商店，想買點麵包給媽吃，老闆一見到我便起身招呼：「凱岑，妳回來啦。妳媽媽好點了沒？」

「她沒事了，謝謝關心。」我端著一盤麵包過去結帳，老闆娘這時也出現了，等我走出店裡，卻聽見他們不斷小聲爭執，我忍不住回頭問：「請問怎麼了嗎？」

兩人先是面露難色，然後老闆娘滿臉窘迫地走來，「凱岑，我們知道妳家裡的情況，也實在不想爲難妳。可是，昨晚那個瘋子在妳家縱火，也波及到我們店裡，有很多東西都被燒壞了，損失慘重啊！」

老闆娘說，他們店裡的倉庫因爲緊鄰起火點，裡頭存放的物資全都付之一炬。

「妳幹麼現在說這個呢？都是老鄰居了！」忠厚的老闆眉頭緊蹙。

「不然怎麼辦？東西都燒光了是要怎麼做生意？那個瘋子害我們損失這麼嚴重，要是下次連房子都燒掉該怎麼辦？」老闆娘紅著眼眶說。

「很抱歉，眞的非常對不起。」我艱澀地開口，簡直無地自容，「請妳告訴我損失有多少，我賠給妳。」

「麵粉、奶油、各式器材，再加上重建費，至少也要三十萬。阿姨也不願意這樣麻煩妳，可是景氣不好，我們眞的沒辦法……」

「沒關係，我明白的。」我歉然道，「我沒辦法馬上賠償所有的款項，只能分期償還。不過我有工作，之後我會請我媽拿過來給你們。」

「唉，算了算了，沒用的！」她突然不耐地擺手，「每次那個瘋子回來，妳媽總是會拿錢給他，也不管自己是不是都快沒飯吃了，還放任他在外面亂來，那瘋子三番兩次在半夜鬧事，我們都快受不了了！」

「什麼？」我一怔。

「凱岑，妳也該勸勸妳媽媽，不要讓她繼續被那男人吃得死死的，不然哪天眞的連命都沒了。眞是的，她怎麼會這麼傻呀？」

我呆了半晌，立刻轉身衝回家，面色鐵青地看著媽。

「凱岑，妳怎麼啦？」媽表情疑惑。

「錢呢？」我厲聲問：「我每個月匯給妳的那些錢呢？」

媽渾身一僵，心虛地低下頭。

「妳眞的全給那個男人了？」

見她仍不吭聲，我氣得把桌上的水杯朝地上砸去，媽驚恐地抬起頭。

「妳到底什麼時候才肯清醒？」我大聲咆哮，「爲了那個王八蛋，妳竟然不惜這樣作賤自己？全天下的男人是都死光了嗎？妳就一定非他不可嗎？不能靠自己的力量站起來嗎？沒有男人妳就一定會死嗎？會死嗎？」

媽再次低下頭，眼淚撲簌簌地掉了下來。

「以前妳跟我說過什麼？妳說妳不會再相信男人，結果妳現在又在做什麼？妳已經變成了我最瞧不起的那種女人。都已經幾年了，妳還是這樣執迷不悟，連女兒差點被那個男人強暴侵犯，妳都選擇隱忍。我去台北是爲了什麼？拚命賺錢又是爲了什麼？我到底爲什麼要做這麼多？妳爲什麼一定要讓我的努力全部白費？」

「凱岑。」唐宇生的手搭上我的肩，「妳冷靜點。」

我努力做了個深呼吸，冷冷地對媽說：「妳現在馬上收拾行李跟我去台北。之前我就說了，要是那畜生敢再動妳，我就會帶妳離開。妳如果還不肯，我就和妳斷絕母女關係。」

聞言，媽慌張地朝我看來，「凱岑，媽媽……」

我沒理會她，掉頭走到屋外，唐宇生隨後跟上。

「沒事吧？」

我吸了吸鼻子，努力將哽咽壓下，「沒事。」

我的咆哮似乎引來了鄰居的注意，幾個阿姨團團圍住媽，像是在安慰她。

唐宇生看了一眼，對我說：「給妳媽一點時間吧，晚點再來接她，這時候還是先讓彼此冷靜一下會比較好。」

我點點頭。

等到我和唐宇生從市區回來，已經過了一個小時了，家裡只剩媽一個人坐在客廳。

媽叫住我，說有事情要和我談。唐宇生一聽，自發地往門口走去。

「凱岑，對不起。」她怯怯地低下頭，不安地搓著手，「媽媽想通了，妳說的對，是我一直執迷不悟，才會把自己和妳害成這樣，對不起。」

「所以妳願意跟我走了？」我面無表情地問。

媽搖頭，見我臉色一變，又趕緊說下去：「媽打算搬回嘉義，和妳舅舅一起住。」

「什麼？」我很意外。

「我之前不敢讓妳舅舅知道這些事，要是他知道的話，肯定比妳還生氣……」她苦笑了一聲，「不過剛剛媽想了很久，還是決定對他據實以告，就打了通電話過去，果然，妳舅舅把我狠狠罵了一頓，說明天一早會開車過來幫我搬家。」

「眞的嗎？」我心下懷疑。

「妳舅舅那麼凶，妳覺得媽敢騙妳嗎？」她輕拍我的手，眼眶一紅，「媽會聽妳的話，靠自己的力量站起來。我不會再和那個人聯絡了，妳就放心回台北吧。」

「看到舅舅我再走。」

「凱岑，再相信媽媽一次吧。妳也有舅舅的電話不是嗎？往後妳隨時可以打他電話查勤，以他的個性是不可能騙妳的。雖然媽媽只有一隻手，但應該還是可以幫忙妳舅舅田裡的一些工作。」她眼裡散發出一絲堅定的光采，「對不起，害妳這麼擔心，媽向妳發誓，這絕對是最後一次了。」

我心中的擔憂這才總算得以稍微驅散。

原本我打算留下來幫媽搬家，她卻執意要我先回去。

臨走前，我又到隔壁一趟，將剛去市區領出來的幾萬塊交給老闆娘。

「不好意思，我目前只有這些，剩下的錢我一定會盡快還給你們，這件事請不要讓我媽知道，我……」

還不等我把話說完，老闆娘就滿臉堆笑地把錢推回來，「哎呀，不用了，妳男朋友已經幫妳還錢了，妳不知道嗎？」

「啊？」我傻眼。

「就是那個和妳一起來的男生呀，他剛才拿了三十萬現金過來。妳男朋友對妳眞好！」她笑得眼睛都瞇起來了。

我沒有接話，立刻奔出店外，抓住站在路邊抽菸的唐宇生，「喂，你在搞什麼鬼？」

「什麼？」他一臉不明所以。

「你幹麼替我還錢？你哪來那麼多現金啊？」我氣急敗壞地問他。

「剛才去市區的時候順便領的。」他回得雲淡風輕。

「誰准你這麼做了？快去把錢拿回來！」

「都已經給出去了，怎麼拿回來？」

「反正不行這樣啦！」我轉身，打算回店裡把錢要回來。

唐宇生拉住我，臉上似笑非笑，「不然就當作是我借給妳的吧，妳之後再還我就行了。」

「爲什麼不先跟我商量？」我瞪他。

「因爲我知道妳一定會拒絕。」他望了眼站在門口笑吟吟看著我們的老闆娘，「這位大嬸也太不可靠了，我明明說過要保密的。」

「唐宇生！」

「好啦，妳別生氣了。」他聳聳肩，「作爲報答，回台北前陪我去個地方吧。」

「去哪裡？」我問。

他低頭將菸踩熄，「海邊。我們以前的學校。」

離開家時，媽出來送我們。

「剩下的妳鄰居阿姨會幫我，凱岑妳就放心回去吧。」說完，她轉頭對我身旁的唐宇生說：「同學，謝謝你特地陪她回來，眞的很不好意思。」

「不會，不用客氣。」

「我們凱岑個性比較拗，不喜歡依賴別人，我一直很擔心她一個人在台北的生活。麻煩請你替我多關心她，好好照顧她。」

「我知道，阿姨妳別擔心。」他輕輕一笑。

看到媽眼中浮現既欣喜又曖昧的笑意，我無奈澄清：「他不是我男朋友。」

「咦？不是嗎？」她有點訝異。

「對，所以妳不要再用那種眼神看人家了。」我改向唐宇生說：「走吧。」

和媽道別後，我們便開車前往學校，恰逢週末，學校裡沒什麼人。

「怎麼會突然想過來？」我問他。

「因爲懷念。」他答得言簡意賅。

校園和我記憶中的沒多大的不同，高中畢業後就沒再來過這裡，也沒想過有一天還會回來。

我們先去了高三那時的教室，空氣裡的海水氣味立刻讓過往的記憶齊齊湧上，在這裡我與末良、唐宇生一起讀書，一起互相鼓勵，一起想像未來的一切。

以及與末良分離的那一天。

後來我們也去了社團教室，掛在牆上的舊吉他還在，我注意到唐宇生的目光在上面停留了片刻。

我們誰也沒主動談起過去，彷彿一出聲，就會破壞這寶貴的一刻。

太陽完全下山後，唐宇生把車子停在面對大海的路邊。

他打開車頂天窗，閉目養神，沒有多久就睡著了。

見他睡得深沉，我這才想起他爲了載我回來，已經一夜沒睡了，還一直陪我到現在。

明明不想再麻煩他的。

我心下懊惱，仰望天空，幾顆星星若隱若現。

離家久了，我才發現無論身處台北或高雄，都無法看見這樣美麗的星空。

海風不時溫柔地吹拂過來，規律的海浪聲宛若搖籃曲，我也逐漸闔上了雙眼。

醒過來的時候，海浪聲依舊在我耳邊迴盪著。

太陽已從海平面升起，一片金光熠熠。

我揉揉眼睛，見身旁的唐宇生還沒醒，便輕手輕腳地下了車，放下綁了一整夜的馬尾，任海風恣意吹拂，並且脫下鞋襪，捲起褲管，漫步在無人的海灘上，讓浪花一次次親吻我的腳背。

過了一會兒，我心滿意足地回到車上，唐宇生已經醒來，安靜地注視著我。

我一愣，「你醒來很久了嗎？」

「妳下車後我就醒了。」

所以他一直看著我在海灘上漫步？

「你睡飽了嗎？」

「嗯。」他將椅子調回原來的角度，「去吃早餐吧。」

唐宇生本來話就不多，今天早上的他似乎又更加寡言了。

吃完早餐後，我想起了一件事，忍不住輕輕啊了一聲。

「怎麼了？」唐宇生問。

「抱歉，唐宇生，我想再去一個地方。不會花太多時間，我只要去見個人就好。」

唐宇生很乾脆地答應，前往目的地的途中，我撥了一通電話，「喂？娜亞修女嗎？好久不見，我是凱岑。請問亮禹他們有在那邊嗎？對，我回來了，我現在想去看他們，叫他們等我！」

掛掉電話後，唐宇生好奇地問：「妳要去哪裡？」

「一座教堂。」我笑了笑，「之前在高雄念書時，曾經和吉他社一塊去那座教堂參與慈善演出，認識了一群可愛的小孩，後來每隔一段時間，我就會抽空過去看看。」

他也笑了，「很像是妳會做的事。」

三十分鐘後，車子在一座偏僻的小教堂前停下，門口已經有十幾個孩子在等著我。他們一看到我，立刻撲到我身上。

「凱岑姊姊！凱岑姊姊！」

「大姊姊我好想妳！」

他們的熱情讓我止不住笑意，「好久不見，你們好不好？有沒有乖乖聽娜亞修女的話？」

「亮禹哥哥會欺負娜亞修女，還把東西弄壞。」小女孩抱著我的大腿，仰頭氣呼呼地向我告狀。

「芽芽妳才是，一直尿褲子，丟臉死了！」理著小平頭的男孩亮禹反駁。

「我哪有一直尿褲子？」芽芽臉一紅，隨即放聲大哭。

「好了好了，姊姊難得回來，你們怎麼還吵架？這不是讓大哥哥看笑話嗎？」娜亞修女勸架。

那群孩子紛紛注意起站在我身旁的唐宇生，他們一開始有些害羞，但過沒多久，便都圍了上去，七嘴八舌地跟他搭起話來。

只有芽芽跑過來拉住我的手，「凱岑姊姊，娜亞修女上次教了我們一首歌，妳要不要聽？」

我含笑點頭。

於是，娜亞修女指揮所有的小孩站在台階上，自己則坐到鋼琴前，「好了，大家要好好表現喔，讓凱岑姊姊看看我們練習的成果吧。」

琴聲響起，孩子們放聲齊唱，小小的身體隨著音樂左右搖擺。

這可愛的一幕令我和唐宇生都忍俊不住，尤其是看到亮禹唱歌時的誇張嘴型，唐宇生更笑出了聲音。

最後我也從車上拿出吉他，跟著加入伴奏，一同連唱了好幾首歌。

原本只打算在這裡待一下就走，卻被他們纏著留到了將近晚餐時間。孩子們都要回去了，芽芽又來牽我的手，「凱岑姊姊，妳要不要來我們家玩？」

「對呀，大哥哥也來，我媽媽煮的菜很好吃，來我們家嘛！」亮禹也抓住唐宇生的手。

我和唐宇生面面相覷，最後實在不忍讓他們失望，只得答應。

亮禹騎著腳踏車載芽芽，我們則開車緩緩跟在後面，芽芽還不時回頭朝我們揮手。

「他們眞的很可愛吧？」我忍不住笑。

「嗯。」唐宇生點頭。

「你和亮禹還挺投緣的，這是我第一次看他跟別人玩得這麼開心。」

「是喔？」

「如果他們能一直這麼快樂就好了。」我輕聲嘆息，「剛才聽娜亞修女說，有個孩子的媽媽去年生病過世了，這麼小就失去媽媽，看了眞的很令人心疼。」

「那個孩子沒事吧？」

「嗯，他變得特別黏娜亞修女，天天都去找她。我見過他媽媽，是個很溫柔親切的人。」

「妳媽媽也很溫柔親切啊，給人的感覺很溫暖。」唐宇生的視線始終望向前方。

我凝視著他的側臉，「那……你母親呢？好像沒聽你提過你的母親。」

他聳聳肩，「老實說，我幾乎沒有任何與我媽有關的記憶。」

「什麼？」

「她和我爸離婚時，我才三歲，什麼都不記得，只能從照片知道她的樣子。」

「難道從來沒人跟你說過你媽的事？」

「我爸沒說，也不准別人提，但有聽我叔叔講過一些。」

我頓了頓，「所以你都沒再見過你媽？」

「有見過一次。」他口氣淡然，「我去找她時，發現她已經另組家庭，也有了孩子，過得很幸福。」

我沒有再繼續問下去。

車子駛入一條小巷，注意到唐宇生神情有異，我有些納悶，「怎麼了？」

「這個地方有點眼熟，我好像曾經來過。」他微微蹙眉。

芽芽跳下腳踏車，跑過來敲了敲車窗，「大哥哥、凱岑姊姊，我家到了！」

唐宇生先去停車，我則被芽芽拉著走進巷子裡的一間屋子。

「媽媽，我和哥哥回來了，凱岑姊姊也來了！」

一名婦人親切地招呼我：「歡迎，娜亞修女剛剛打過電話通知了，快請進，在我們這邊用完晚餐再走吧。」

不久，亮禹領著唐宇生走進來，婦人一看到他，立即滿臉驚愕，而唐宇生也同樣面露訝色。

「媽媽，妳怎麼了？」芽芽察覺氣氛有異。

「喔，沒事。媽媽去端菜，妳和哥哥快去洗手，準備吃飯了。」婦人似是努力展露笑顏，「快請坐吧，我有多煮一些菜，不知道合不合你們的胃口。」

芽芽的父親因爲工作會晚點回來，所以餐桌上只有我們五個人。

亮禹拿起雞腿大快朵頤，忽然好奇地問唐宇生：「對了，大哥哥，你叫什麼名字啊？」

「對啊，你叫什麼名字？」芽芽跟著喊，婦人抬眸望向他。

「我叫……」唐宇生頓了一會兒，然後說：「我叫白修棋。」

我困惑地看著他，儘管不懂他爲何要冒用小白的名字，卻也沒有戳破。

吃完飯後，唐宇生被亮禹拉去客廳玩遊戲，我則在廚房幫忙洗碗。

婦人邊切水果邊問：「凱岑，妳今年幾歲了？」

「二十一。」

「二十一……」婦人眼神一黯，「時間過得眞快。」

「怎麼了嗎？」

「沒有，只是有些感慨。」她聲音一低，「那孩子現在應該也跟你們差不多年紀吧……」

「誰？」

她沉默了片刻，答道：「我和前夫的兒子。」

「咦？」

「我在上一段婚姻有兩個孩子，但離婚後就沒再見過他們了。」將切好的水果放到盤子裡，她笑了下，「老實說，妳那位同學和我前夫年輕時長得很像，所以剛才我有些驚訝。不過他姓白，應該跟那個人沒什麼關係。」

聽到這裡，我隱約嗅出了不尋常。

「這個地方有點眼熟，我好像曾經來過。」

我想了想，決定開口：「可以請問妳那兩個孩子叫什麼名字嗎？」

「喔，可以呀。」她點點頭，「大兒子叫唐建宣，小兒子叫唐宇生。」

我驚駭得差點拿不穩手上的盤子，所幸婦人沒有察覺到我的異狀，繼續慢條斯理地切水果。

莫非，唐宇生認出了婦人就是他的母親，才會冒用小白的名字？

我逐漸理出了頭緒。唐宇生之所以會對這個地方有印象，是因爲他來過，而且還是我陪他一起來的。高二那時，唐宇生硬逼我跟他來這裡，似乎是想找人，可是最終他誰也沒找到，在路上見到一對母子後就決定回去了。

難道當時的那對母子，就是亮禹和……

「我去找她時，發現她已經另組家庭，也有了孩子，過得很幸福。」

我不禁再次望向身旁的婦人，什麼話都說不出來。

婦人端著切好的水果到客廳時，唐宇生正在陪兩個小孩玩遊戲。

「媽媽、大姊姊，妳們也一起來，國王遊戲要人多一點才好玩。」芽芽遞給我和婦人一張紙卡，上面分別寫著四和五。

亮禹拿出籤筒，一臉神氣地說：「好，輪到我當國王了，我抽出的兩個號碼要依照我的指令行事。」

「眞受不了這個孩子。」婦人失笑。

「我抽到……三號和五號。我命令你們抱在一起十秒鐘，否則就要接受處罰！」亮禹說完呵呵地笑了起來。

「三號和五號？是大哥哥和媽媽！」芽芽興奮地大喊。

「耶！大哥哥，快去抱媽媽十秒鐘！」亮禹不斷起鬨。

這時婦人卻慌道：「不行啦，媽媽身上有油煙味，很不好聞。」

「不行，這是命令！」亮禹雙手扠腰，非常堅持，「大哥哥，快去抱媽媽！」

相較於婦人的猶豫不決，唐宇生倒是很爽快地走過去，笑著抱住她。

兩個孩子開始齊聲倒數：「十、九、八、七……」

我的目光始終落在唐宇生和婦人身上。

婦人難爲情地笑著，有些遲疑地回抱唐宇生，而唐宇生緩緩收緊雙臂，將瘦弱的婦人大力擁入懷中。

唐宇生背對著我，我無法看見他的表情，然而我還是忍不住鼻頭微酸。

一個多小時後，我和唐宇生起身告辭，婦人帶著亮禹和芽芽一路將我們送到巷口。

一直到開上高速公路，唐宇生都沒有說話。

「唐宇生。」

「嗯？」

「你以後還會想來嗎？」

「不會。不會再來了。」他直視著前方，語氣平淡，「不過我很高興可以和妳一起過來。」

「咦？」

「多虧有妳，今天我很開心。」他嘴角揚起，「謝謝妳。」

我怔怔望著他的笑容。

原以為他突然見到生母，心情會大受影響，沒想到他反而露出釋然的神情。我只能猜想，也許對於母親當年的離開，以及後來的另組家庭，唐宇生已經沒有那麼介懷了。

離開台北的這兩天，小白找我和唐宇生找得很心急。

我和唐宇生的手機都沒電了，又沒帶充電器充電，所以他一直聯絡不上，差點以為我們人間蒸發了。

「兩個人同時不見，是幹麼去了？快從實招來！」小白湊到唐宇生旁邊逼問。

唐宇生不耐煩地用力把他推開，「吵死了。」

「想擄走小海，得先經過我的同意，聽到沒？」小白半眞半假地說。

「白痴。」唐宇生走出休息室，小白也跟了上去，兩人一路的拌嘴聲完全沒停過。

對唐宇生來說，小白也是支撐他的重要力量吧？

如果沒有小白，唐宇生應該很難度過一些艱困的時刻。從他們的互動中，我可以感覺出他們兩人其實彼此需要。

即便個性截然不同，兩人仍有相似之處，像是別人很難看穿他們的心思，而我也以爲不會有人可以眞正走入他們的內心世界。

直到後來發生了一件事，才意外讓我同時看到這兩個人失控的模樣。

二〇〇九年，台灣時間六月二十六日，發生了一件震驚全球音樂界及娛樂界的大事。早上起床，我打開筆電，新聞首頁上的斗大標題令我傻了半晌。

CNN證實，流行天王麥可傑克森過世。

手機鈴聲響起，才一接通，我就聽見釘子著急的聲音：「小海姊，妳現在在家嗎？」

「對啊，怎麼了？」

「我找不到白兄，靈靈剛才打給宇哥，也聯絡不到人，怎麼辦啊？」

「等一下，你冷靜一點，到底發生什麼事了？」

聽釘子說完原委，我不禁再看了一遍螢幕上的新聞，也加入了打電話給小白和唐宇生的行列，但電話始終無人接聽。

我只好留言：「小白，我是小海，請你現在立刻到卡門，如果你不來，我就號召釘子他們這個星期罷唱。」

另外留言給唐宇生後，我動身前往卡門。靈靈和釘子都已經到了，小白則頹然地趴在桌上一動也不動。

第一次見小白這樣，沒人知道該怎麼辦才好，就連平時最愛跟他開玩笑的釘子這次也不敢亂來，只能求助於我：「小海姊，現在要怎麼辦？」

「唐宇生沒來嗎？」見釘子點頭，我指向小白，「他來多久了？」

「差不多一分鐘前，他一進來就是這副德行，怎麼叫他都沒反應。」釘子搔搔臉，「麥可的死對他打擊很大。」

「他和宇生哥一直都是麥可傑克森的狂熱粉絲，所以今早看到新聞，我們就很擔心，沒想到眞的……」靈靈面容憂愁。

我走過去拍拍小白的肩膀，「小白，你還好吧？」

他緩緩抬頭，神情憔悴，眼神寫滿失落，令我霎時語塞。

「我連票都買了。」他低喃。

「啊？」

「我期盼了好幾年，終於盼到他要開演唱會，甚至連門票都買好了，就等著七月殺到倫敦……」他失神地說：「小海，這是夢吧？妳打醒我好不好？」

還來不及想好安慰他的說詞，小白就猛地衝到吧臺，把架上的酒都搬下來，「他媽的這什麼世界？我要把這些酒都喝光，這樣就什麼都不記得了！」

「白兄，你冷靜點啦，這些酒很貴的耶！」釘子連忙阻止。

「貴個屁！我是老闆，區區這點酒，難道還怕我喝不起嗎？」小白已經陷入癲狂，根本聽不進釘子的話，舉起酒瓶就往嘴裡灌。

這時，唐宇生推開門，搖搖晃晃地走了進來，但沒走幾步，他就倒在地上不省人事，嚇得靈靈趕緊上前察看。

我無言極了，現在究竟是什麼情況？

經過一陣混亂，這兩位總算稍微清醒了一點。

雖然小白仍是一副魂不守舍的模樣，唐宇生也不遑多讓，酒醉讓他氣色極差，臉上的鬍子也沒刮乾淨。

「還好白兄今晚不用上台，不然鐵定會在台上暴走。」釘子心有餘悸地說，靈靈也點頭表示認同。

「你們辛苦了，先回去吧。」我說。

「那小海姊呢？」靈靈問。

「我今天只有一堂通識，就先蹺掉吧，總不能放著他們不管。別擔心，我會看著他們的。」

釘子和靈靈面面相覷，但之後還是一起離開了。我試圖挽救這死氣沉沉的氣氛，然而面對那兩張看似已對這世界生無可戀的臉，我實在不敢輕易開口。

到了中午，我終於按捺不住，「十二點了，去吃飯吧。你們應該連早餐都還沒吃吧？」見他們仍無動於衷，我決定不再讓著他們，硬生生將他們拖出卡門。

附近幾乎每一家餐廳裡的電視，都在播放麥可傑克森猝逝的新聞，爲了避免他們再受刺激，只好去速食店用餐。我替他們點好餐，端到他們面前，而他們眼神空洞，機械且默默地吃著薯條。

這時隔壁桌來了四名國中生，三男一女，他們一邊用餐一邊翻閱報紙閒聊，女孩突然冒出一句：「欸，你們看，麥可傑克森死了耶。」

「誰？把皮膚漂白的那個？」

「我知道，我早上有看到新聞，我爸說他是因爲想當白人，所以才把自己的皮膚漂白。」

「我媽還說他會性侵小孩子耶，超變態的！」

「太噁心了吧？不過你看他這張照片，眞的很像變態，哈哈哈！」

我背脊一陣發涼，還不敢抬頭看小白和唐宇生臉上的表情，他們就同時站了起來，走向那群國中生，那群國中生頓時睜大了眼，停止笑鬧。

「小弟弟，大哥哥來跟你解釋一下。」小白伸臂搭在其中一個男生的肩上，笑容燦爛，語氣卻十足冰冷，「麥可傑克森皮膚變白，是因爲他罹患了白斑症，皮膚裡的黑色素細胞退化死亡，才會變成這樣，你可以多讀點書嗎？眞相絕不是那些弱智媒體所報導的那樣，是因爲白斑症，聽懂了嗎？來，現在跟大哥哥念一次，白——斑——症——」

「他沒性侵過小孩子，全是那群混帳小鬼的王八蛋父母，爲了勒索他才故意扯出來的謊。聽清楚，是爲了錢。」唐宇生就沒那麼客氣了，他拍了拍另一名男生的臉頰，冷冷地道：「回去告訴你媽媽，別不經思考就傻傻相信那些記者講的鬼話，不然只會突顯自己的腦殘和無知，明白嗎？」

兩人一臉殺氣騰騰，嚇得四個國中生不敢妄動。

我也被這兩個笨蛋嚇呆了，回過神後立刻把他們拉到店外。

「你們幹麼啊？別那麼幼稚好不好？」我忍不住罵。

「我已經很克制了。我本來打算把他們抓進廁所好好教育一下的。」小白說。

「跟小孩子計較什麼？他們天天接觸這些新聞，當然會受到影響！」

「所以我才要告訴他們眞相啊。」

一旁的唐宇生沉著臉開口：「我要走了。」

「回家嗎？」小白問。

「嗯。」他頭也不回地離開。

我不放心地望著唐宇生的背影，「他沒問題吧？」

「先讓他自己靜一靜比較好，他心情應該非常差。」回到速食店裡，那群國中生看到小白就完全不敢吭聲，沒有多久便匆忙離開。

小白托著腮吃漢堡，一臉鬱色，「做人眞悲哀。」

「這話很不像你。」

「我只是納悶，爲什麼有些人明明爲這世界貢獻了這麼多，得到的回報卻完全不是這麼一回事，而且非要等到對方永遠離開後才會受到重視，雖然這就是現實，但我還是沒辦法接受。」他嘆了口氣，「光聽一些片面之詞，就自以爲很懂地跟著評論，殊不知最無知的就是自己，更可恥的是還不肯承認自己很無知。批評一件不了解的事，比讚美它更可惡！」

我抬眸望著他。

他察覺到我的目光，「怎麼了？」

「沒什麼，只是覺得你說得很好，我喜歡你最後那句話。」我微微一笑。

「那是達文西說的。」他也笑了，「一直以來，我都把這句話奉爲圭臬，不管這些年外界如何批評麥可，我和宇生都全然相信他，並支持他，因爲我們很清楚他是怎樣的……」

他突然話聲一停，別開視線，「不說了，吃飽了。我們走吧。」

我沒有多問，跟著他走出速食店。

站在門口，小白又忽地一聲輕嘆：「小海，陪我去個地方吧。」

「去哪裡？」

「晚點告訴妳，等我一下，我把車開過來。」

看到向來樂觀開朗的小白，露出這種快哭出來似的表情，我才明白他心裡的悲傷有多強烈。

坐在車上，小白告訴我，他從五歲起就是麥可傑克森的粉絲。

身爲大家庭裡的長孫，小白從小就背負著很多期望，也必須面對親戚鬥爭的壓力。他無時無刻不被要求表現完美，他的內心其實充滿痛苦，是麥可的音樂讓他得到救贖，也讓他得到堅持夢想的勇氣，一步步開創自己的音樂路。

對家庭背景相似的小白和唐宇生來說，麥可傑克森不僅僅是單純的偶像，更是心靈支柱，是他們生命裡不可或缺的一部分。

小白最後將車子停在一所學校的停車場。

他帶我走進校園，此時正是午休時間，四周很安靜。

「這是我和宇生以前念的國中。」小白熟門熟路地領著我到一間空無一人的教室，「好幾年沒回來了。」

教室門口貼了一張吉他社的海報，讓我不禁回想起過去在吉他社的種種回憶，頓時備感親切。

「喂，你們兩個是誰？」一名白白胖胖的中年男子出現在門口。

小白二話不說就衝過去抱住他，「老大！」

「喂？幹什麼？你是誰？」他嚇得揮動手中的長尺。

「我是小白，白修棋啦。你的第一號大弟子，不會不記得我了吧？」

他仔細打量小白，臉上隨即泛出笑意，「喔，對對對，我認出來了，好久不見，你現在應該念大三吧？」

「對啊，老大，你還是天天拿著尺到處走來走去啊。」小白開心地把手搭在他的肩上，轉頭對我說：「小海，他是我以前的老師，當年可是靠他的幫忙才能成立吉他社的！」

「怎麼會過來？來看我喔？」

「突然很想念這裡就來了。老大，吉他社還在吧？」

「當然還在啊，不過後面這幾屆都沒有你們那屆認眞，老是在偷懶，你有空就過來教教他們吧。」

「既然是老大的要求，那當然沒問題。」

「是嗎？那乾脆就現在吧，既然你都來了。」他立刻說。

「可是現在不是午休嗎？」

「有什麼關係？就算中午睡過一覺，他們下午上課也不會比較認眞，那乾脆別睡了。你等我一下。」說完，這位「老大」老師就甩著他的尺帥氣地走開。

小白對我露出燦爛的笑，「他很有趣吧？雖然偶爾嚴厲，但是對學生非常好，也很靠得住，又沒什麼老師的架子，我們都很喜歡他。」

我點頭，也跟著笑了。

幾分鐘後，那老師果眞帶了十幾個學生過來。睡到一半被叫醒，他們明顯很不開心，臉上寫滿了不情願。不過等小白一彈起吉他，他們頓時眼睛一亮，團團簇擁著小白，熱烈地請教了起來。

我在後面看著，老師拿了一本相冊走過來，「這是小白他們那一屆的相簿，要不要看？」

我馬上點頭。

翻開相冊，我很快就找到小白的身影。國中時期的他就已經是個在人群中相當亮眼的男孩，除此之外，我還意外發現了雷公社長。

當然也有唐宇生。

「當年他們爲了創社，每天都來吵我，希望我能幫幫他們。」老師指著照片上的小白和唐宇生，「他們辛苦了很久，最後總算順利創社，因爲是我負責協助申請的，所以就算我根本不會彈吉他，也還是得擔任指導老師。」

「您是他們的恩師啊。」我笑了笑。

「沒那麼了不起，我什麼都沒做，是他們自己的努力。」他看著正與學弟妹熱烈討論的小白，欣慰地笑了，「他從以前就很聰明，也很精明能幹，沒想到現在還自己開了間店。」

「對啊，他眞的很厲害。」

「那宇生呢？他應該也還是跟以前一樣，成天抱著吉他不放吧？」

我不知道該怎麼回答，如果讓老師知道唐宇生已經放棄吉他，他會很失落吧？

我的視線再次落向照片上的唐宇生。要不是看到照片，我眞的很難想像他曾經有過這樣的笑容，充滿了活力和快樂。

「這兩張照片就給他們留作紀念吧。」老師遞了兩張照片過來，一張是社員的大合照，另一張則是小白和唐宇生的合照，兩人抱著吉他，笑容燦爛，「失意的時候，就叫他們看看這兩張照片，提醒他們不管發生什麼事，都不要忘記當年爭取夢想的熱情。」

我默默接過。

之後我將照片交給小白，他不知怎地沒有收下，反而要我替他保管。

「別告訴宇生這件事。」他說。

七月八日凌晨一點半，電視將實況轉播麥可傑克森的追思會。

保守估計，全球將有超過十億人同時收看這場世紀追思會，送這位超級巨星最後一程，而在那一天，卡門會先爲他舉辦一場追思會，所有歌手齊聚一堂，演唱的曲目自然全是麥可的歌。

消息一公布在卡門官網，立刻獲得極大迴響，座位迅速銷售一空，由於反應熱烈，最後甚至開放站票出售。不過有意進場的人數實在太多，一直到營業前十分鐘，還是有很多客人排在外面，就算跟他們說已經沒有票了，仍不肯離去。

「欸，外面那些人進不來，好像開罵了耶。」釘子望了眼店門口。

「眞的好多人，至少有平常的三倍吧？」Pinky姊說。

小白忽然把我叫到後門，神情嚴肅。

「怎麼了嗎？」我有些困惑。

「小海，我想拜託妳一件事，希望妳聽了，不會覺得我是在以老闆的身分命令妳。請妳原諒我這一次的霸道與任性。」

我很意外，沒料到他會說出這樣的話，「你說說看。」

「今天晚上，妳不要唱了，請妳替我陪著宇生。」

我不解，「爲什麼？唐宇生他今晚……」

「他不會來的，我猜他連追思會都不會看，他現在一定躲在某個地方喝悶酒。」他嘆口氣，沉聲說：「妳可以覺得我大驚小怪，或是覺得我自私。但我眞的希望，今晚能有一個明白他心情的人陪在他身邊。」

「可是……」

「我知道妳想說什麼，妳想說末良可以陪他吧？」他苦笑，「如果眞是如此，我也不會特地拜託妳了。末良並不了解眞正的宇生，在末良面前，那笨蛋只會表現出完美的樣子，不會容許自己脆弱。」

我輕輕咬住下唇，不知道該不該答應。

「小海，我只信任妳，我也相信宇生絕對不會拒絕妳。」他的語氣滿是篤定，像是完全不曾懷疑過這件事，「請妳陪在他身邊好嗎？」

最後，我背著吉他步出卡門。

將小白的話想了又想，我終於還是撥了唐宇生的電話。

「唐宇生，你在哪裡？」

結束通話，我加快了腳步。

經過幾間店家，店裡不約而同都在播放麥可傑克森的歌。

在他溫柔又飽含激情的高昂歌聲中，我似乎聽見了某個人的內心正在哭泣。

唐宇生坐在一間超商門口的階梯上。

果眞如小白所預料的，他在喝酒，而且好像已經喝醉了。腳邊的一堆啤酒罐，說明了他只想一個人默默捱過這個夜晚。

就在他又打開一罐啤酒時，我上前奪走，「別喝了。」

他抬眸，定定地看了我很久很久，眼中流露出疑惑。

「小白叫我來找你。」我低嘆了一聲，「你沒事吧？」

他點點頭。

我在他身旁坐下，又忍不住嘆氣：「眞是個怪胎。」

他微微一凜。

「你明明就是個幸福的人，卻老愛把自己往孤單推去。關心你的人這麼多，你偏偏選擇把事情都悶在心裡。」我抱著膝蓋，望著眼前行人來來往往，「我知道你很難過，可是爲了那些操心你的人，你該早點打起精神。記得你在急診室對我說過的話吧？試著對他人說眞心話，不是很好嗎？」

他依舊沉默，稍稍垂下了頭。

「我爸也很喜歡麥可的歌。」我拿出吉他，「他特別鍾愛其中一首，第一次聽的時候，他就深受感動，說能夠作出這麼美的歌的人，心也一定很美。」

聽到我彈出那首歌的前奏，唐宇生臉色一變，聲音低啞地說：「不要唱。」

「如果你不想聽，可以離開。」我沒有因此停下，輕聲哼唱了起來。

There's a place in your heart
在你心中有個地方
And I know that it is love
我知道那裡有愛
And this place could be much brighter than tomorrow
這個地方可以比明天更燦爛
And if you really try
如果你真的努力過
You'll find there's no need to cry
你會發覺不需哭泣
In this place
在這個地方
You'll feel there's no hurt or sorrow……

你感覺不到傷痛或煩憂……

〈Heal the World〉詞、曲：Michael Jackson

唱到最後一段，我的肩膀忽然一沉，唐宇生將頭靠在我肩上，低聲跟著我一起唱。我很訝異，猜測他可能是醉了，音準跑掉不少，但還是可以聽出他在唱什麼。

我慢慢降低自己唱歌的音量，到了最後，就只剩下吉他伴奏與唐宇生的歌聲。

「Heal the world, make it a better place, for you and for me and the entire human race……」

他的歌聲斷斷續續，呼吸沉重，我感覺到肩膀傳來一股溫熱。

「There are people dying, if you care enough for the living, make a better place for you and for me……」

唐宇生就這麼一邊哭，一邊唱。

我聽進了他的每一聲哽咽，眼淚忍不住跟著一起滑落。

* * *

某天晚上，卡門來了一位陌生的女人，她短髮俏麗，妝容精緻，身材曼妙得宛若伸展台上的女模。

靈靈與Pinky姊一見到她，立刻興奮大叫。

「諾芬姊，妳怎麼會在這裡？」靈靈搶先問。

「嘿嘿，突襲成功，妳還是一樣這麼可愛。」她一手擁著靈靈，另一手擁著Pinky姊，「Pinky姊，好久不見，我想死妳了。」

她們三個人摟在一起又叫又跳了一陣，那個女人才看向我，「妳一定就是小海了。」

「諾芬姊是怎麼知道的？」靈靈好奇地問。

「小白很早就跟我提過了。」

說曹操，曹操到，小白此時正好走了進來。

見到那女人笑盈盈地對他擺手，小白先是一呆，隨即難掩激動地上前抱住她，「姊！」

我更訝異了，小白居然有個姊姊，之前完全沒聽說過。

靈靈大概是看出了我的驚訝，主動爲我解釋：「諾芬姊是小白哥從國中到高中的學姊，不是親姊姊。我剛加入卡門時，她常常會來這裡，現在她已經嫁到日本了。」

小白滿心歡喜，「妳什麼時候回來的？怎麼沒通知我？」

「爲了給你們一個驚喜呀。我老公來台灣出差三天，我就跟著一塊過來，因爲我太想見到你們了。話說回來，我另一個弟弟呢？他沒來嗎？」

另一個弟弟？誰？這個疑問在我心中只存在了一分鐘不到，隨著唐宇生的出現，謎底迅速揭曉。

他的反應和小白一樣，在這位諾芬姊面前，唐宇生就像變了一個人，一掃這陣子的失意。

那晚在台上演出時，我注意到唐宇生和她在舞台下不時有說有笑。

回到休息室，我忍不住問了唐宇生一句：「好多了嗎？」

「什麼？」

「我是問你的心情平復點了沒？」

「本來就沒什麼事啊。」他故作從容，好像不想承認之前在我面前哭過。

「喔。」我抿住了唇。

他以爲我在偷笑，冷不防動手推我的頭，「不准笑！」

「我哪有笑啊？」我瞪大眼。

「妳看起來就是在偷笑。不准告訴別人，不然欠我的錢就得還三倍。」

「你很無聊耶！」聽到一向穩重的他居然說出這種話，想必是眞心覺得自己很糗，我意外之餘，也眞的開始想笑了。

兩天後，學校只有一堂通識課，下課之後，我正打算回家，卻接到諾芬姊的電話，她約我吃中飯。我雖然有些訝異，但還是答應了，本來以爲她也有約小白或靈靈，抵達餐廳後，卻發現她只約了我一個人。

「我明天就要回日本了，所以無論如何都想跟妳見個面，謝謝妳沒有拒絕。」她口氣親切，「在卡門還習慣嗎？小白有沒有欺負妳？」

「沒有，他對我很好，沒什麼老闆的架子。」

「我知道妳是他從高雄特意挖角過來的，但沒想到妳和宇生居然曾是高中同學，又是末良最要好的朋友，聽小白說起這一切的時候，我眞的覺得好奇妙。」她微微一笑，注視著我的眼睛，「或許這就是緣分吧。因爲這種緣分，我很想和妳聊一聊。」

「和我聊一聊？」

「妳應該已經知道我認識小白和宇生很久了，我一直把他們當作自己的弟弟，而他們也幾乎什麼事都會告訴我。」她開門見山地說：「妳已經知道末良和宇生之間的事了吧？」

我霎時全身一僵。

「妳放心，我沒有想要責怪末良的意思。宇生第一次介紹末良給我認識時，我就很喜歡她，她很可愛，又是宇生第一個喜歡上的女孩子，所以當我得知末良傷害了宇生之後，我很驚訝，也很難過。」

不知怎地，我爲此深感歉然，「可是，末良她以前並不是這樣的，她……」

「我知道，我和末良聊過幾次天，發現也許是她身邊的朋友，讓她的價値觀起了變化。我們覺得她做了背叛宇生的事，然而在她的想法裡，可能並不會這麼覺得。」

我回想了一下，末良在唐宇生面前的言行舉止，確實沒有表露出絲毫的心虛或罪惡感。

「過去宇生什麼事都會告訴我，但他漸漸很少再跟我說這些了，我又遠在日本，沒辦法時時照看他，很擔心他會變得愈來愈消沉，也愈來愈壓抑。」她撥了撥頭髮，笑容裡多了幾分若有似無的苦澀，「小海，我不是想讓妳爲難，只是希望妳可以聽聽宇生的故事。這幾天相處下來，除了末良，我發現宇生對妳似乎也有一種特別的親近感，想必他一定很信任妳，所以我才會萌生這樣的念頭。妳願意聽嗎？」

我看著她，輕輕點頭。

「妳知道宇生高二那年，爲什麼會大老遠從台北轉到妳的學校嗎？」

我回想了一下，「他有稍微跟我提過，好像是他之前在學校發生過什麼事。」

諾芬姊微微一笑，低頭啜了口茶，接著又問：「那妳覺得，他和末良之間的事，他爲什麼選擇保持沉默，連對小白也不願坦承？」

這次我停頓了一會兒才答：「他應該是想保護末良吧，也或許他本來就是這樣的人，不管發生什麼事，他都不會輕易向別人訴苦或求助。」

「妳說對了。」她放下茶杯，「我曾經聽待在宇生身邊多年的管家爺爺說過，他從小就是個乖巧體貼，心思細膩的孩子，加上他父親的管教十分嚴格，讓他完全沒有一般富家少爺的高傲，很早熟懂事。他父親算是白手起家，經過多年奮鬥才得到如今在商界的地位，而宇生的母親在他父親成功之後，就選擇離開他們，至於原因，宇生從來不敢去問，這個話題在他們家也一直是個禁忌。」

我專注地聽著。

「對宇生而言，他爸爸是英雄一樣的存在，而他爸爸對孩子雖然嚴厲，卻也很關愛，所以宇生從小就視他為榜樣。宇生很愛他父親，也希望自己能成為父親的驕傲，因此儘管他不如他哥哥天資聰穎，但勤能補拙，他自幼就表現得相當出色，是個品學兼優的好學生。」

她輕輕眨了眨眼，繼續說下去：「到了國中，宇生認識了小白。因為小白，他知道麥可傑克森，也因為小白，他開始接觸音樂。宇生告訴我，當他第一次拿起吉他，就有一種觸電的感覺，隨即他深陷音樂的世界。那段期間，他父親由於生意需要，不常回國，他就天天躲在房裡練習，他還跟小白約定，將來要一起開一家可以盡情玩音樂的店。」

「玩音樂的店……」我不自覺低喃。

「是呀，那時我們學校還沒有吉他社，於是宇生和小白決定創社，但師長不願理會他們的提案，所以他們就跑來向我求助。當時我想不通為什麼要找上我，畢竟我又不會彈吉他。」她噗嗤一笑，「後來我才知道這是小白出的主意，他說因為我是模範生，學校裡的師長都很喜歡我，只要我開口，校方答應的機率必然會提高不少，他許諾只要我可以說服校方，今後他願意任我差遣。」

我也跟著微微一笑，這真的很像小白會做的事。

「現在回想起來，我還是覺得他好可愛。雖然創社不是件容易的事，不過看他們這麼有誠意，我還是答應幫忙。之後小白又動了歪腦筋，硬拗了一位和我一樣完全不會吉他的老師當顧問。」諾芬姊邊說邊笑。

「是一位身材微胖，總是拿著一把尺的老師嗎？」我問。

「對，就是他，小海妳怎麼知道？」她眼睛一亮。

「小白帶我去過一次你們國中，那時恰巧碰見他。」我莞爾。

「原來如此。」她點點頭，隨即又說：「總之，經過兩個月的努力，吉他社總算順利成立，小白和宇生欣喜若狂，認了我做乾姊，我們三個人的感情也變得很好，他們什麼事都會告訴我，包括家裡的事。」

我聽得入神，桌上的飲料一口都沒動過。

「宇生對我說，待在吉他社的那段日子，是他最快樂的時光。只要拿起吉他，他就可以暫時擺脫乖孩子的形象，不用在乎別人怎麼想、怎麼看，好像終於可以為自己而活。宇生沒有讓他父親知道他愛上了吉他，打算等適當時機再提，他一直以為向來疼愛他的父親，絕對會支持他。」她眼裡的光芒稍稍黯淡了些，「升上高中後，宇生富裕的家境引來學長的覬覦，那人動不動就向他勒索金錢，還威脅他如果不從，就要使出各種手段讓吉他社被廢社。」

我微微一愣，明白這樣的威脅對於喜愛吉他的人有多嚴重。

「宇生一向不喜歡給別人添麻煩，所以他沒有把這件事告訴小白，也沒有報告老師，更不敢讓家裡知道，他害怕事情一旦鬧大，可能眞的會害大家失去吉他社，因此他選擇隱忍。對宇生而言，假如犧牲一些東西就能保護大家和吉他社，那麼他願意承擔。」

「他是這麼說的嗎？」我不敢置信。

「是呀，他告訴我這件事時，他已經持續給對方錢長達一年多了。那個時候我在外地念大學，沒辦法幫他，所以我眞的很擔心。」她喝了口茶，嘆了一口長氣，「沒過多久，宇生的父親從國外回來了，再過一個星期就是他父親的生日。宇生那陣子花了很多時間苦練吉他，打算在父親生日那天，自彈自唱〈I Swear〉這首歌給父親一個驚喜。之所以會選這首歌，是因爲他曾在父親書房的抽屜深處見過這張卡帶，他猜測父親一定是因爲很喜歡那首歌，才會如此珍藏那張卡帶。」

我不禁爲唐宇生的敏銳與體貼感到有些感動。

「宇生原以爲他父親會很高興，卻沒想到他父親在他一曲奏畢後，一把搶過他的吉他砸壞，並要他以後不准再碰吉他。宇生很震驚，也很困惑，就去問父親爲什麼，結果不僅什麼都沒能問出來，他父親在盛怒之下，竟舉起花瓶往他頭上砸去，害得他去醫院縫了好幾針。」

我聽傻了，很快想起唐宇生曾簡單幾句帶過這段過去。

「但對宇生而言，這還不是讓他最受打擊的。自從那天以後，素來疼愛他的父親就像變了個人似的，對他十分冷淡。宇生萬萬沒想到，他不僅失去了夢想，也同時失去父親的愛，這讓他幾乎無法承受。」諾芬姊的語氣愈發沉重，「宇生變得愈來愈陰沉，臉上也不再出現笑容。我因爲擔心他，特地找時間去了他家一趟。宇生告訴我，其他人也注意到他父親的轉變，最後，他從他二叔口中，得知他父親之所以變成這樣的原因。」

聞言，我不由得握緊杯子，指尖微微泛白。

「宇生的父母是高中同學，兩人都喜歡彈吉他，也因爲吉他而在一起。他父親向妻子求婚時，就是彈〈I Swear〉，那是兩人的定情曲。只是他父親爲了讓妻兒能過上好日子，開始沒日沒夜地工作與應酬，很少回家。爲了要往上爬，他變得爲達目的而不擇手段，甚至爲了在殘酷的商界闖出一片天，他出賣了良知。」

我心下駭然。

「他父親得到了想要的金錢與地位，卻失去了本心。據說宇生的母親爲此天天以淚洗面，兩人的關係也日漸惡劣，於是決定離婚。妻子的離去，讓宇生的父親深受打擊，他從此封閉內心，拒絕任何人碰觸，更不准有誰提起。」諾芬姊重重嘆息，「宇生說，他看見父親喝得酩酊大醉，一個人在房裡拿著他與妻子當年的結婚照哭泣，桌上還擺著〈I Swear〉那張卡帶。宇生頓時明白，是他掀開了父親的痛苦回憶，讓父親再一次受到傷害。他因此非常悔恨與痛苦，並且憎恨起自己。」

我艱澀地開口：「所以唐宇生決定再也不碰吉他？」

「沒錯，宇生把吉他砸了，不再踏進吉他社半步，小白和他還大吵一架，陷入冷戰。」諾芬姊停了一下，繼續往下說：「但即便宇生離開了吉他社，學長的勒索依然沒有停止，可能是壓力與情緒都到達頂點了吧，他不願再隱忍，與學長大打出手，結果被老師叫去訓話。面對老師不分青紅皀白的斥責，宇生忍不住回嘴，惹怒了另一位老師出手教訓他，他氣不過，就還手了。」

我愣住。

「宇生的父親知情後，狠狠打了宇生一頓，宇生全無反抗，他父親要他離開家，滾到他看不見的地方，宇生也答應了。」她用茶匙輕輕攪拌已經變涼的紅茶，「後來學校的懲處下來，宇生被退學了，他主動轉學到一所偏遠的高中，小白聽到消息後簡直快氣瘋了，只是儘管宇生心裡對他很是愧疚，卻仍不打算改變決定。」

「他的決定是……」我遲疑地開口。

「離開這裡，去找他母親。」諾芬姊語氣平淡，「宇生的二叔告訴他，聽說他母親住在雲林那一帶。宇生打算找到他的母親，把她帶回來，讓他的父親重拾快樂，這件事他只肯告訴我，連小白也不知道。當時我看著他認眞的眼神，什麼話都說不出口，只能支持他的決定，但我眞的覺得很心疼。」

我嚥了口口水，「他就這麼走了？」

「嗯，在宇生告訴我這個決定後，他沒通知任何人，隔天就離開了台北。」

餐廳的喧鬧聲依舊，咖啡香也不斷飄散過來，有股不知名的情緒縈繞在我的胸口，像是疼痛，又像是傷感，讓我一時無言以對。

「宇生離開後，小白很難受，也很失落。後來我去找過宇生一次，想看看他過得怎麼樣，那時他依然在尋找他的母親，沒有放棄。」她喝了一口早已涼透的紅茶，微微蹙眉，「到最後……宇生確實帶了一個人回來，只是那個人是末良，並不是他母親。宇生對我說，他母親有了新家庭，也有了孩子，他不想讓那個孩子經歷和他一樣的傷痛，所以他選擇放棄帶回母親，同時也放棄了自己的夢。」

諾芬姊這番話讓我又憶起了幾段往事，當初應該就是諾芬姊去找唐宇生時被班上同學撞見，才導致末良察覺自己對唐宇生的心意。

種種的巧合和意外，讓我覺得命運像是在捉弄人。

「宇生的個性有時候挺令人頭痛的。」諾芬姊定定地看著我，「妳不覺得他太體貼了，甚至體貼到有點過頭了嗎？」

我頓了一下，忍不住用力點頭，原來不只我這麼覺得。

「我就是擔心他這點，只要別人好，不管自己怎麼樣都無所謂。一有問題，他永遠先檢討自己，甚至別人出事，他也會覺得自己要負起責任。」諾芬姊淺淺一笑，笑容裡帶著苦澀，「這種敏感多慮的性格，使得他有很多事情都選擇不告訴小白，因為不想讓小白擔心難過，便決定一個人擔下一切。」

那股無法言喻的情緒持續在心頭縈繞，我有點想哭，卻分不清自己究竟是在爲了誰而難過。

吃完飯，諾芬姊要去見她的丈夫，她給了我一個溫暖的擁抱，就像給唐宇生和小白的那樣。

「希望可以盡快再見到你們。」她微笑，「謝謝妳，小海。」

「爲什麼要謝我？」

「謝謝妳替我陪著宇生和小白。我這兩個弟弟雖然都很聰明獨立，但只要兩人在一塊，就會幼稚得不得了，經常做出一些蠢事。」

「這我認同。」我也笑了。

「他們就拜託妳了。」她握緊我的手，眼神誠懇，「尤其是宇生，請替我多關心他。」

我微愣，沒有點頭，也沒有搖頭。

到了晚上，雖然今天不用駐唱，我還是去了趟卡門。

我和靈靈、釘子一起坐在吧臺聊天，三個人邊喝雞尾酒邊聽寶叔在台上的演唱。

「小海姊，妳知不知道這個星期天是什麼日子？」靈靈突然問。

「不知道耶。」

「是宇生哥的生日，我和釘子在討論要送他什麼禮物。」

「宇哥應該沒有缺什麼，乾脆送他按摩券好了。」釘子胡亂提議。

「這禮物小白哥應該比較喜歡吧。」靈靈打槍他，視線不經意晃過大門，接著舉手喚了聲：「宇生哥！」

「喔？說曹操，曹操就到了耶。」釘子也用力朝唐宇生揮手。

他們的舉動令我莞爾，我也看向唐宇生，對他一笑。

唐宇生的目光停在我臉上片刻，「今天怎麼會過來？」

「沒什麼事，乾脆過來當一天的觀眾。」我說。

「妳也有『沒什麼事』的時候？」他微微挑眉。

「你有意見嗎？」我給他一個白眼。

「沒有啊，只是眞的覺得很難得。」他坐在我旁邊，點了杯酒。

「每次都是你霸占吧臺這個位子，偶爾換我坐坐不行啊？」我沒好氣地說。

唐宇生忽然笑了，我不懂這哪裡好笑，不禁疑惑地看著他，靈靈和釘子則是一臉若有所思。

這一天很熱鬧，小白和Pinky姊也來探班了。下班後，大家又聊起唐宇生生日那天該如何慶祝，當事人卻是一副置身事外的模樣。

「要不要一起去放煙火？」寶叔提了個有趣的提議。

「先問問宇生的意願吧，搞不好他只想和末良兩人甜蜜度過呢？」Pinky姊曖昧一笑。

「喔，沒關係，末良那天不在。」唐宇生不假思索地開口：「她這週末要跟同學去墾丁，下星期一才會回來。」

聞言，大家都面露意外之色。

釘子睜大眼，「末良姊要在你生日那天去墾丁？她不陪你一起過？」

「之前她就跟我說過了，只是剛好撞上我的生日。她已經和同學約好了，沒辦法取消。無所謂啦，我本來就不在乎過生日這種事。」他似是毫不介懷。

「可是你去年生日她也沒陪你，不是嗎？」

唐宇生看著釘子，揉了揉他的頭，低聲笑道：「有嗎？我怎麼不記得？」

釘子沒說話，看起來很不高興，靈靈的臉色也不好看。

小白搭著唐宇生的肩膀，「好吧，那我們幫你慶生，行程我來規畫，所有開銷也都算我的！」

「白兄，你說的喔。不准反悔！」釘子眼睛一亮。

「安啦，我一定會辦得轟轟烈烈，讓大家畢生難忘，就交給我吧！」小白拍胸脯保證。

之後，小白和唐宇生兩人坐到另一邊，討論起明天爲諾芬姊送機的事。

見靈靈仍是一副無精打采的樣子，我忍不住問：「怎麼啦？」

她猶豫了一陣，像是在顧忌什麼，半晌才面露難色地說：「我只是覺得宇生哥好可憐。」

釘子也像是再也按捺不住，氣呼呼地說：「去年末良姊也沒有陪宇哥過生日，後來靈靈發現，她那天居然跑去跟別校的學生聯誼。但宇哥完全不生氣，還去接末良姊回家。眞的太誇張了，她怎麼可以這樣對宇哥呼之即來，揮之即去？」

「小海姊，對不起，我們知道妳和末良學姊感情很好，所以從不敢在妳面前說什麼。可是這次……我們眞的很難過，也不相信宇生哥眞的覺得無所謂。」靈靈垂下頭，不敢正眼看我，「小海姊，妳能不能拜託學姊，請她不要再這樣傷害宇生哥了？」

面對靈靈的請求，我腦中一片空白，什麼話都答不出來。

我只能呆呆地看向唐宇生正和小白交談的側臉。

「白兄……」

「幹麼？」

「你說的轟轟烈烈，讓大家畢生難忘的生日會，就是這個嗎？」
「對啊，有什麼問題嗎？」
「當然有問題！」釘子指著大樓上的KTV招牌，氣急敗壞地說：「我還以為你要帶我們去哪裡吃大餐，結果居然是帶我們來唱歌！」
「唱歌很好啊，而且還有自助吧可以吃。」小白一臉得意。
「你瘋了嗎？這個星期我們唱了好幾個小時的歌，看到麥克風就想吐，現在又叫我們唱，是想讓我們唱到死嗎？」釘子似乎恨不得剖開小白的腦袋，看看他到底在想什麼。
寶叔和Pinky姊會晚點到，於是我們五個人便先進去包廂。
靈靈問：「釘子，你不唱歌嗎？」
「我要去拿吃的，原以為今天可以吃大餐，我還特地空腹了一整天，我現在要去吃個十幾盤洩恨。」釘子惡狠狠地說。
「走吧走吧，一起去拿菜，我想吃關東煮！」小白搭著他的肩膀，笑嘻嘻地走出包廂。
「那宇生哥和小海姊想吃什麼呢？」靈靈問我。
「我不餓，喝點東西就好了。」我搖頭。
「我也是。」宇生附和。
「那我去幫你們拿。」靈靈也離開包廂，轉眼間包廂裡只剩下我和唐宇生坐在沙發上。
過了一會兒，我問他：「你不唱嗎？」
他隨手翻了翻桌上的點歌簿，「幫我點一下歌。」
我拿起遙控器，輸入他說的號碼，螢幕上跳出歌名，是萬芳的〈猜心〉。
唐宇生把麥克風遞給我，我納悶地問：「不是你要唱嗎？」

「我想聽妳唱。」他說。

我愣了愣，接過麥克風。唐宇生沒有看我，只是望向螢幕。

前奏很快結束，我定了定神，緩緩唱道：

四方屋裡　什麼都沒有
只有被你關進來的落寞
你在牆角獨坐　心情的起落
我無法猜透

握你的手　卻被你推落
驚見你眼中翻飛的寂寞
問你心想什麼　微揚的嘴角
有強顏的笑

這樣的夜　熱鬧的街
問你想到了誰緊緊鎖眉
我的喜悲　隨你而飛
擦了又濕的淚與誰相對

〈猜心〉詞：十一郎　曲：張宇

唐宇生始終面無表情地盯著螢幕，我一時分辨不出他是在專注聽歌，還是在想事情。

我無法開口詢問，只能藉著歌曲去理解他，心裡卻湧起一絲苦澀，這種感覺與之前跟諾芬姊聊完後的心情是一樣的。

「小海姊，妳能不能拜託學姊，請她不要再這樣傷害宇生哥了？」

靈靈那番話，直到現在仍讓我的心隱隱作痛，但我不知道該怎麼做。

所有的一切都和從前不同了，也早就非我所能控制的了。

現在我唯一能做的，就只有在他身邊唱歌給他聽。

一曲結束，寶叔和Pinky姊端著蛋糕進到包廂，小白他們也跟著進來，嘴裡唱著生日快樂歌。

「今天大家可是有任務在身！」小白神祕兮兮地說。

「什麼任務呀？」靈靈好奇追問。

「把壽星灌醉。今天壽星沒醉，大家就不能回去。聽到沒？」小白高聲宣布。

「白痴喔？」唐宇生罵了一句，卻笑了。

大家開始盡情唱歌、吃蛋糕，氣氛好不熱鬧。

小白拿起麥克風向釘子宣戰：「阿信的〈死了都要愛〉，敢不敢跟我PK？」

「幼稚。」釘子吃著炒麵，不接他的戰帖。

「就知道你卒仔，不敢跟我比，怪不得最近你的聽眾愈來愈少。」

「你說什麼?比就比，看我怎麼幹掉你!」釘子氣得丟掉筷子，一把搶過麥克風，那兩人瘋狂吶喊嘶吼，把好好的一首歌唱得亂七八糟，最後是唐宇生果斷切歌，才拯救了大家的耳朵。

幾個小時很快就過去了，凌晨兩點，寶叔和Pinky姊首先舉白旗投降，「不行，我們老了，沒辦法像你們這些年輕人一樣唱到天亮，得回家睡覺了。」

「那你們先回去休息吧，路上要小心喔。」靈靈說。

「各位晚安。」Pinky姊揮揮手，並親了一下唐宇生的臉，「宇生寶貝，生日快樂!」

他們離開後，我們又唱了好一會兒，釘子忽然大叫：「欸，我們好像忘了叫宇哥許願!」

「對耶，剛剛宇生哥只有吹熄蠟燭，根本沒許願。」靈靈也說。

「但你們看他現在這樣許得了願嗎?」小白推推醉倒在沙發上的唐宇生，「喂，起床許願嘍。」

「誰叫你一直灌他酒啊?」釘子沒好氣地說。

原以為已經醉得不省人事的唐宇生忽然睜開眼，慢吞吞地坐了起來，「我要吃東西。」

「啊?」我和小白他們同時出聲。

「我餓了，我要吃東西。」他雙眼半闔，說話含糊不清，「我要吃壽司、炒飯、麵包、湯、冰淇淋還有綠茶……」

「喂喂喂，太多了吧?」釘子傻眼。

「沒關係啦，我們就去幫宇生哥拿吧。」靈靈笑著拉釘子一起去拿食物。

小白納悶地看了我一眼，「這算願望嗎?」

「算吧。」我失笑。

「那你第二個願望是什麼?」小白再推他。

唐宇生沉默半晌，伸手指向我和小白，「你們……兩個……」

「啊？」小白湊近他。

「你們兩個……」唐宇生打了個酒嗝，「不管發生什麼事，你們都不能放棄吉他，絕對不能放棄吉他……」

我心頭一凜，小白也是一臉訝異。

「要……堅持下去，不能放棄……」唐宇生閉上眼睛，喃喃低語：「絕對不能放棄吉他，絕對不能……」

我跟小白雙雙陷入沉默。

唐宇生再次不省人事時，小白臉上已沒有半點笑容，他將外套朝唐宇生的臉上一扔，罵了句：「臭小子！」

我安靜地看著唐宇生，濃厚的酸楚自心底油然而生。

慶生會結束後，釘子騎車載靈靈回家，我和唐宇生則坐上小白的車。

小白使勁將唐宇生扶到後座安置好，累得氣喘吁吁，「小海，這傢伙就先交給妳了，我去買解酒液。」

「都是你啦，硬要灌醉他。」我不無埋怨地說。

「反正他今天也很開心啊，醉就醉吧！」他毫不在意地笑了笑，隨即走向附近的一間超商。

沒過多久，緊閉雙目坐在我身旁的唐宇生突然出聲。

「第三個……」

「什麼？」

「第三個……願望。」他眼睛依然緊閉，「我還沒說。」

「你還記著這件事啊？」我失笑，「第三個願望你自己留著就好，不必說出來。」

「可是我想說。」

「那你就說吧。」我有些啼笑皆非。

他默然片刻，最後別過頭，「算了。」

「幹麼？因爲跟我講沒用嗎？」我看著他那張因酒醉而脹紅的臉，「雖然我很窮，而且還欠你錢，但至少這點心意還是有的，就說說看你想要什麼吧。」

他又思忖了一下，「不要，還是算了。」

「爲什麼？」

「說了妳會跟我絕交，不說了。」

「大男人講話扭扭捏捏的，很煩欸！」我好氣又好笑，「只是個願望而已，哪有這麼嚴重，想說什麼就說啦！」

他依然默不作聲。

「不講就算嘍。」

唐宇生緩緩睜眼，視線飄了過來，「那我……」

他忽然朝我逼近，將我壓到門邊，嚇得我趕緊要推開他，「唐宇生，你搞什麼？幹麼突然湊過來——」

他在我耳畔低喃了一句。

下一秒，他整個人滑到我腿上動也不動，像是睡著了。

我沒有推開他，也沒有任何反應，只是傻愣愣地看著他。

良久，我不禁輕觸自己的左耳，方才他那句話令我的思緒霎時一停。

「可不可以……愛妳？」唐宇生這麼說。

第三章

「宇哥，你怎麼了？」釘子好奇地問。

「昨天喝多了，頭有點痛。」唐宇生邊按揉太陽穴邊回答。

「是宿醉嗎？」釘子睜大眼。

「跟宿醉又不太一樣，我的頭痛得像是被誰揍了好幾拳。」唐宇生一臉鬱悶。

語落，一旁的小白問我：「小海，昨晚妳照顧他的時候有出什麼狀況嗎？」

「我不清楚。」我語調平靜。

「反正這陣子宇生你就少碰菸酒，否則身體遲早垮掉。」小白說。

「明明是你把宇哥灌醉的。」釘子翻了個白眼。

我闔上化妝包，從鏡子朝唐宇生望去。

看來他不記得昨晚發生的事了。

聽到他那句與告白無異的話，我愣了很久才回過神，然後愈想愈生氣，氣惱他學小白開我玩笑，忍不住揍了昏昏沉沉的他幾下。

今晚的駐唱結束後，唐宇生走進休息室，喊我一聲：「欸。」

我停下手邊的動作，「幹麼？」

「我昨晚……沒有對妳怎樣吧？」他神色凝重，「我對Pinky姊和寶叔離開之後的事就沒什麼印象了，我沒有做出任何冒犯妳的舉動吧？」

「沒有啊。」

「也沒說什麼奇怪的話？」

「嗯。」

唐宇生得到我肯定的答覆後，神情一鬆，我不禁脫口而出：「你擔心對我說了不該說的話嗎？」

「沒有，沒事就好。昨晚給妳添麻煩了，抱歉。」他回避我的詰問，轉身離開。

我站在原地好一會兒。

不能說。

不知爲何，我直覺地知道不能告訴他眞相。

彷彿一旦說了，就會造成難以挽回的後果。

某天下午，末良打電話邀我吃飯，順便一起參觀她的學校。

因爲答應過唐宇生，不會主動和末良見面，所以這段時間我很少見到她，對她的思念也愈來愈深。

答應她的那聲「好」，幾乎是不假思索說出來的，我隨即迅速想起對唐宇生的承諾，但這次我想放任自己去見末良一面。

等待末良下課的期間，我在她學校裡閒晃，卻聽到有人喊：「小海姊！」

背著包包的靈靈向我跑來，興奮道：「妳怎麼會在這裡？」

「我都忘了妳也讀這所學校。」我失笑，「我來找人的。妳有沒有認眞上課？」

「算有吧。」她吐吐舌，牽起我的手，「我待會要跟釘子和小白哥見面，小白哥要請吃冰，妳要不要一起來？」

「喔，我不——」話還沒說完，末良就打斷了我。

她站在不遠處，神情怪異。

靈靈面露訝異，下一秒立刻向我道別：「抱歉，我不知道妳和末良學姊有約，那我先走了，再見！」

她匆匆離去，末良快跑到我身邊，勾住我的手，笑容甜蜜，讓我幾乎以爲方才她臉上冷峻的表情是我看錯了。

「妳們剛剛在說什麼？」她詢問。

「沒什麼，靈靈說小白約她去吃冰，問我要不要一起去而已。」

「眞的？」

「眞的啊，怎麼了嗎？」

末良莞爾一笑，「沒事，那我們走吧！」

不知道是不是我多心了，總覺得我愈來愈看不懂末良。

「岑岑，我問妳一件事。」她牽著我走在人行道上時，冷不防開口。

「什麼事？」

「妳喜歡我嗎？」

我的心臟猛地一跳。

末良一眼不眨地盯著我，「妳喜歡我嗎？在妳的朋友裡，妳是不是最喜歡我？」

我尷尬地發現是自己會錯意，心跳卻無法馬上平復，「怎麼突然問起這個？」

「是不是？我是不是妳朋友中最喜歡的那一個？」

「是。」我小聲坦承。

「那我和靈靈，妳最喜歡誰？」

「什麼跟什麼啊？」

「快說嘛，我和靈靈妳最喜歡哪一個？」她逼問。

我啼笑皆非，但她很執著地非要我給出一個明確的答案。無奈之下，我只好道：「我最喜歡妳，可以了嗎？」

「妳在敷衍我。」她嘟嘴。

「哪有。」

「岑岑最好的朋友永遠都是我，對吧？」她露出一個大大的笑容。

「對啦！」我安撫地摸摸她的頭髮，「妳乖，在這裡等我一下，我去買飲料。」

「嗯。」

走進超商不久，手機鈴聲響起，我相當意外地發現是諾芬姊打來的。

「諾芬姊，妳怎麼會打電話給我？」

「想跟妳說說話呀。」她笑了笑，「前幾天宇生的慶生會，我沒辦法參加，現在想想還是覺得好失望。」

「沒關係啦，唐宇生不會怪妳的。」我從冰箱拿出飲料。

「我聽小白說，宇生那天喝掛了。早知道會這樣，我就拜託他錄下宇生喝醉的樣子了。」

「爲什麼要錄下來？」我走向收銀臺，好奇地問。

「因爲宇生只有在喝醉的時候，才會說出心裡話。如果想知道他究竟在想什麼，最好的辦法就是把他灌醉，反正酒醒後的他，幾乎不會有醉倒那時的記憶，只要大家保密，那他就絕對不會知道自己說了什麼。」

諾芬姊的話讓我登時一懵，連發票都忘了索要。

「不過他後來似乎也發現了這點，因此現在很少會在別人面前喝醉，難得他這次醉得不輕，我才會打電話過來問妳。」

「為什麼要問我？」

「因為我猜宇生說不定會對妳說些什麼。」

我霎時啞口無言。

「抱歉，我是不是嚇到妳了？」她歉然道，「但小海妳這樣是默認嗎？真的被我猜中了？」

我握緊手機，不發一語。

諾芬姊語重心長地說：「小海，不管他對妳說了什麼，我希望妳別生他的氣，他只是需要一個發洩的管道，要是他說了讓妳不舒服的話，妳就當作沒聽到，也別去問他，好嗎？」

我喉嚨乾澀，「諾芬姊，為什麼妳……」

她輕笑一聲，聽在我耳裡卻像是在苦笑，「其實我上次回來的時候，就發現宇生不太一樣了，他變活潑了，除了小白，他也會和妳開開玩笑。我不知道這樣的轉變從何而來，直到我和他在卡門聽妳唱歌，我才終於明白。」

「咦？」

「宇生一直在看著妳。」她柔聲說：「哪怕是在跟我說話，他的視線也常會飄向舞台上的妳。妳唱歌時，他就特別安靜，像是在聽妳的歌聲；妳和台下互動的時候，他也會不自覺地笑起來。」

我神色怔然。

「我從來沒見過他這種表情，像是被人奪去心神似的。」她語帶嘆息，「小海，我知道我的話可能會打亂妳的心情，但我希望這件事就到此爲止，妳別去問宇生，就像平常一樣面對他就好。如果硬要得到答案，可能會讓所有人都受到傷害，妳明白嗎？」

諾芬姊的話，我聽得一知半解，隱約覺得似乎還有什麼沒有釐清，卻提不起勇氣追問。步出超商，末良走到我身邊，而我竟有那麼一瞬間無法直視她嘴角的笑意。

我不敢弄清楚這整件事是怎麼回事，只敢想著此刻在我身側的末良。

翌日下課，小白約我去逛唱片行，把唐宇生也一塊叫上了。

諾芬姊的話言猶在耳，我努力在唐宇生面前表現如常，只是當他的目光冷不防對上我的時候，我還是會不自覺別開視線。

「你要買什麼？」唐宇生問小白。

「我堂妹叫我幫她買Super Junior的最新專輯，我也順便來補補貨。」小白打量牆上的排行榜，「你咧？你哪張專輯壞了要再買？」

「傑克強森的《On and On》，不曉得還有沒有庫存？」他們有一句沒一句地聊著天，我正打算去看其他CD，小白卻突然拉住我，獻寶似地遞給我一張專輯，「小海，妳看，這歌手長得像不像妳？」

那是位新人女歌手出的首張專輯，唐宇生一看清楚封面上的照片就忍不住翻了個白眼，「你瞎了？哪裡像？」

「明明就像，都有種很清新的感覺。」小白說。

「她的髮型是馬桶蓋欸。」

「忽略這點不計，的確很像啊，尤其是眼睛的部分。」

「拜託。」唐宇生一臉不以爲然。

之後他們開始爭論起那歌手的長相是否與我相似，爭論的主軸逐漸偏離不說，音量還有增大的趨勢。

「你的眼光眞的愈來愈差了，他的歌哪裡好聽？超油的！」

「你唱歌也愈來愈油啦。」唐宇生回敬。

「屁啦，最好是！」小白忿忿道，把我拉到他身邊，「小海，妳來評評理，我唱歌眞的有愈來愈油嗎？」

「少威脅員工。這是事實，你就認了吧。」

「我只相信小海的話。小海，妳老實說，我有這樣嗎？」

「凱岑別客氣，儘管告訴他。」

「你說什麼？」

我被他們鬧得頭疼，忍無可忍地抽出一旁紙箱裡的筒裝海報，朝兩人的腦門用力敲下去，「夠了，再吵就統統給我滾出去！」

在場所有客人，包括店員，登時都目瞪口呆地看著我們。

我這一吼讓小白和唐宇生瞬間噤聲，我指著另一頭，「唐宇生，你去西洋區找傑克強森。小白，你的日韓區在這裡，給我過來。」

然後，我扯著小白的衣服要離開前，還不忘向店員道歉：「不好意思，吵到大家了。」

小白和唐宇生不自在地摸了摸頭，露出窘迫的神情，才乖巧地各自去找想要的CD。

眞受不了這兩個笨蛋！

撇下那兩人，我獨自走在一列列的貨架之間，架上琳瑯滿目的CD看得我目不暇給。沒過多久，我瞥見唐宇生在試聽區聽音樂。

他戴著耳機坐在地上的畫面令我覺得格外熟悉，以前我在唱片行打工時，他就經常這麼做。當時的他身上背負著許多祕密，沒人走得進他的世界，即使是末良也不行，彷彿這世界沒有人能讓他眞正敞開心胸。

但是現在呢？

他注意到我，抬頭與我四目相交，接著揚起燦爛炫目的笑容，「好熟悉的畫面。」

我的心瞬間顫了一下，突然有些呼吸不過來。

「我從來沒見過他這種表情，像是被人奪去心神似的。」

「但我希望這件事就到此爲止，妳別去問宇生，就像平常一樣面對他就好。如果硬要得到答案，可能會讓所有人都受到傷害，妳明白嗎？」

「可不可以……愛妳？」

那些被我刻意忽略的心情，再度躁動了起來，不容我裝傻逃避。

我終究無法繼續欺騙自己。

駐唱結束，我準備回家，小白忽然走進休息室，「小海，有小客人想見妳。」

兩名穿著國中制服的女孩怯生生地跟在他身後，其中一名短髮女孩身上還背著吉他。

「她們是妳的粉絲，無論如何都想見妳一面。」小白莞爾。

她們滿臉通紅，看起來既興奮又害羞，長髮女孩鼓起勇氣，率先開口：「小海姊姊，妳好，我叫嘉嘉，她是小若，我們都很喜歡聽妳唱歌，然、然後……」她用力握住短髮女孩的手，「小若也會彈吉他，她非常崇拜妳，有小海姊駐唱的日子，我們幾乎都會來聽！」

聞言，我和小白相視一笑，我問：「謝謝妳們，妳們現在幾年級？」

「我們國三，小若是從國一開始學吉他的。」

「眞的？我也是國一開始學的。」我看著小若，「我有這個榮幸聽妳彈奏嗎？」

她神色緊張，「可、可是，我彈得不算好，跟小海姊姊完全不能比。」

經過我和她朋友的一再鼓勵，小若終於拿出吉他，彈奏時手卻微微抖著。

我靜靜聽完一首歌，輕握她的手，笑著說：「妳彈得很好，只是太緊張了，要一直彈下去喔，加油。」

最後，兩名女孩開心地向我們道別，直到她們走出卡門，都還聽得見她們激動狂喜的尖叫聲。

見我若有所思，小白問：「在想什麼？」

「我在想……只是做自己喜歡的事，也可以成爲別人崇拜的對象，感覺很奇妙。」

「崇拜強者是人之常情，有才華的、有自我風格的、有故事的人，都很吸引人，而這三種特質妳剛好都有。」他拍拍我的肩，「今後妳的粉絲會愈來愈多，要有心理準備。」

小白離開後，我望著鏡中的自己發呆了好一會兒，接著從皮夾取出一張照片，那是小時候和爸的合照，他自殺時手裡就握著這張照片。

我會連你的分一起唱下去，請你看著我。

我會用音樂維繫和你的回憶。以前如此，今後也不會改變。

請你看著我。

我在心中默默與爸立下約定。

幾天之後，我才明白小白所言非虛。

卡門聲名鵲起，不僅客人變多，連我們這些駐唱歌手走在路上，也開始會被路人認出來。一開始，我們不免感到納悶，直到有天釘子突然拿了一本暢銷雜誌衝進休息室。

「小海姊，妳們快來看這個！」

釘子翻開的那一頁上，赫然出現小白的照片，我和靈靈、Pinky姊不由得面面相覷。

「白兄居然都沒透露他上個月接受雜誌採訪！」釘子氣喘吁吁道。

我邊看邊念出其中一段文字：「年僅二十二歲的大四學生白修棋，在三年前開了一家名叫卡門的音樂酒吧……」

雜誌上除了有小白的專訪，也介紹了店裡的駐唱歌手，並附上照片，其中一張是我在台上自彈自唱。

「竟然挑我最醜的一張放上去，很賤耶！」釘子氣到不行，等小白一出現，他馬上衝上前劈頭就罵：「你這傢伙，接受採訪也不說！」

「你們已經看到啦？我本來是想給你們一個驚喜的。」小白神采飛揚，完全無視釘子的憤怒，「是對方主動要求過來採訪的，迴響比我想像中的好，算是達到宣傳效果了。」

「身兼老闆及駐唱歌手的白修棋，除了音樂才華讓人爲之驚歎，帥氣的長相也是一大賣點，自開店以來就吸引無數女性顧客……」Pinky姊念到這裡，噗嗤一笑，「你是拿多少錢賄賂記者，逼他們這樣寫呀？」

「這本來就是事實，我可沒逼他們。」小白自戀地撥撥頭髮。

因爲媒體的報導，知道卡門的人愈來愈多，歌手們也成爲注目的焦點。

向來低調的我，起初有些難以適應這種情況，過了好一陣子才總算習慣。隨著人氣提高，生活步調變得更加忙碌，我天天都是住處、學校、卡門三頭跑，幾乎沒有閒暇時間。

某天晚上，末良和唐宇生一起來到卡門，我在舞台上看見末良含笑朝我揮手。

那晚卡門全場爆滿，台下觀眾邊高喊我的名字邊熱烈鼓掌，其中不乏看了採訪，特地前來一探究竟的人。觀眾熱情的反應令我受寵若驚，數度感動到鼻酸。

一曲唱畢，被請上台與我合唱的女生用力抱了我一下後，開心地步下舞台。

當我的視線再度落回末良身上，卻發現本來神態雀躍的她，變得面無表情，只是安安靜靜地注視我。

回到休息室不久，唐宇生帶著搖搖晃晃的末良走了進來。

我衝上前扶她，「末良，妳喝醉了？」

「我沒醉。」她雙頰紅潤，大聲嚷嚷：「岑岑好棒，給妳拍拍手！」

我和唐宇生將她扶到椅子上坐好，正想去替她倒杯水，她卻緊抓著我不放，我只好說：「唐宇生，你幫我去櫃臺那邊拿杯水來吧。」

唐宇生一走，我立刻輕撫末良的臉，嘆道：「妳也眞是的，怎麼喝成這樣？」

末良眼神迷濛，「岑岑好優秀。」

「啊？」

「高中的時候……大家都說，岑岑那麼有才華，說不定將來可以進演藝圈當歌手。」她目光飄忽，「我也這麼認爲唷，妳在卡門有很多粉絲，有那麼多人喜歡妳……」

「妳到底怎麼啦？」我失笑。

「我覺得妳離我好遠。」她眼眶泛紅，淚光在眼裡閃動，「剛剛在台下聽妳唱歌，我覺得妳好像離我愈來愈遠了。」

說完，末良牢牢抱住我的腰，難過地哭了起來，「我不要這樣，我不想要這樣，我不要岑岑離開我！」

「末良，妳冷靜點，我沒有要離開妳。我一直都沒變啊。」我趕緊說。

「我要那個只在我身邊唱歌的妳，我要岑岑只唱給我聽。」她搖搖頭，哭得更厲害了，「我要那個只屬於我的岑岑。我不要什麼小海，我討厭小海！」

我不由得一愣，一時竟忘了要安慰她。等到唐宇生回來，她才稍微冷靜些，趴在桌上像是睡著了。看著末良的側臉，我心裡五味雜陳，沒料到她會說出這樣的話。

「妳別把末良的話放在心上。」唐宇生開口。

「你都聽到了？」我無比錯愕。

他不發一語，只是小心背起睡著的末良。

我跟著起身，「我陪你送她回去。」

「不用了，妳早點休息吧。」他拒絕，「不要在意末良的話，做妳該做的事就好。」

我望了末良一眼，「她……剛才說的是眞心話嗎？」

「如果那是她的眞心話，妳就要離開卡門嗎？」

「我又不是這個意思。」

「所以不用在意，她只是覺得寂寞。沒必要爲了她放棄屬於妳的東西，就算她對妳而言很重要。」

我啞口無言。

那天之後，我發現末良找我的次數變多了，深夜也偶爾會打電話找我聊天。

我明顯感覺到她心境上的變化，這樣的她令我非常心疼。

某天下午，我和靈靈、釘子一起去吃冰，他們也察覺到最近末良過來卡門的頻率比以往提高許多。

「我大概能理解學姊的感受。」靈靈說：「妳們感情這麼好，之前又總是膩在一起，看到小海姊現在變得這麼受歡迎，學姊難免會失落吃醋。」

「拜託，地球又不是繞著她轉的。說眞的，小海姊和宇哥都太寵末良姊了，就因爲你們什麼事都順著她，她才會變成這樣！」釘子毫不客氣地說。

「你別這麼說，說不定學姊只是因爲喝醉才說出那些話的。」靈靈出言緩頰。

「欸，她那麼不喜歡妳，妳幹麼還幫她說話。不是有句話叫酒後吐眞言嗎？這就表示她平時就是這麼想的。再怎麼不安，也不能說出要小海姊離開卡門這種話啊！」釘子忿忿不平。

或許眞如釘子所說，我和唐宇生都太順著末良，才導致事態愈來愈嚴重，可是當下的我們都選擇逃避，不敢說開，生怕三個人的關係走向不可挽回的局面。

我們沒有勇氣去改變。

原以爲末良那天酒醒後就沒事了，然而後來發生的一件事，讓我覺得末良眞的變得愈來愈陌生。

翌日，和小白正要從學校離開，我接到她的電話。

「岑岑，妳昨天去了公館對吧？」她的聲音異常冷漠。

「對啊。」

「妳是不是和靈靈一起去的？」

我沒有多想，順口回答：「嗯，還有釘子，我們三個人一起去吃冰，怎麼了？」

她沉默了一陣，說了句「沒事」，下一秒就將通話切斷。

小白隨口問：「誰打來的？末良嗎？」

「嗯，她剛剛掛我電話，而且口氣聽起來很不高興。」我擔心地說：「我得去找她。」

我撥電話給末良，約她碰面。

但見面後，她的反應卻與往常不同，既沒有撲過來親密地牽住我的手，臉上神情也很淡漠。

「妳怎麼啦？怎麼突然掛斷電話？」我關心地問。

她盯著我看了好半晌，「岑岑，我覺得妳在騙我。」

「我騙妳什麼？」

「妳為什麼和靈靈這麼親密？」她一臉不服氣，「妳不是說我才是妳最重要的朋友嗎？可是我昨天看到妳和靈靈牽手走在一塊，妳還一直對她笑，好像比和我在一起還開心。」

我傻了幾秒，失笑道：「妳是因為這個生氣？」

「我不喜歡靈靈。」她別過頭，「我很討厭她！」

「為什麼？」我很意外。

「因為我覺得她在裝可憐，企圖利用自己的遭遇，博取別人的同情。不只是妳，連宇生都被她騙得團團轉。」她咬住下唇，「她到底哪裡值得同情了？身世可憐又怎麼樣？為什麼大家都喜歡她？」

如果不是親耳聽見，我實在不敢相信記憶中溫柔善良的末良會說出這樣的話。

「末良，妳是不是誤會了？靈靈並不是妳說的那種女生，她一直很努力、很用心地在經營工作和生活啊！」我想要解開她對靈靈的誤會。

她轉頭瞪我，「所以連妳都向著她，幫她說話，根本不相信我！」

「我不是不相信妳，我只是——」

末良打斷我，「她老是黏著宇生和妳，一看就知道她想把你們從我身邊奪走，為什麼妳和宇生都不信，反而還怪我？」

「沒有人怪妳，末良妳太敏感了，靈靈她……」

「算了啦！」她激動地大喊，「不信就算了。岑岑妳根本就不在乎我，沒想到連妳也被她騙了，我真的對妳很失望，我不要再理妳了！」

她憤然離去，留下我茫然無措地站在原地。

「要喝咖啡嗎？」

小白端了兩杯咖啡走過來，我接過其中一杯，心不在焉地望著路過的學生。

「妳是不是又在煩惱宇生或末良的事？」他拉開椅子坐下。

他的一針見血令我頓時語塞，卻也暗自奇怪，他為什麼會覺得我可能在為唐宇生煩惱？

「是末良吧？」小白又說。

我點點頭，「我覺得末良變得愈來愈奇怪了。」

「怎麼說？」

我隱瞞他末良之前說過的醉話，只提到她對靈靈的偏見。

小白啜了口咖啡，淡淡地說：「她本來就很不喜歡靈靈，再看見妳們那麼要好，心裡難免不是滋味。她應該是太想霸占妳和宇生了，才會變得這麼偏激。」

我輕咬下唇，「其實我一直很想弄清楚一件事。」

「什麼事？」

「末良她到底還愛不愛唐宇生？」我艱澀地開口，「如果愛，她怎麼會背叛他？如果不愛了，又爲什麼還對他那麼執著？」

小白看著我好一會兒，低低笑了，「小海，妳把人的感情想得太單純了。」

「啊？」

「感情的事沒有這麼簡單，有人可以同時愛著兩個人，而有人只是爲了排解空虛寂寞，想得到更多的關注，才會做出悖離常軌的事，並非一定跟所謂的愛有關。」

「你覺得末良屬於後者？」我愣愣地問。

「我只是舉例，畢竟我也不是完全清楚她和宇生之間的事，但就我看來，末良如今的狀態很像那樣。就算哪天她眞的不愛宇生了，她也絕不會讓一直對她呵護備至的宇生離開，末良需要別人在乎她、關愛她，所以我想無論發生什麼事，她都不會和宇生分手。」

「那如果，我是說如果……」我用力嚥了口口水，聲音不知怎地竟有些顫抖，「如果是唐宇生不愛末良了呢？那他會選擇離開末良嗎？」

小白搖搖頭，「我也不知道。」

我的手心滲出冷汗。

儘管那天和末良不歡而散，隔天她仍態度歡快地打電話約我出去玩，彷彿什麼事都沒發生。

惱。

我們沒有再提起靈靈，可是滿腹的心事讓我心神不寧，分不清自己現在究竟是在爲誰而煩

「岑岑，妳陪我去逛一家店好不好？有件衣服我一直很想買。」末良笑容燦爛，用撒嬌的語氣對我說。

如此美麗又脆弱的女孩，有誰忍心傷害她呢？

「末良。」

「嗯？」

「我想問妳一件事。」

「岑岑的表情好認眞喔。」她噗嗤一笑，「什麼事呀？」

「假如……我是說假如。」我深呼吸，忐忑不安地問：「假如有一天，妳和唐宇生分手了，妳會怎麼樣？」

末良臉上的笑意迅速褪去，神情變得嚴肅冷峻，她沉默了將近十秒。

「會死的。」她平靜而肯定地回答：「和宇生分手的話，我會死的。」

我被她的眼神震懾住，她眼裡的寒意令我感到格外毛骨悚然。

「妳爲什麼要問我這個問題？」她看著我的目光帶著探究。

「沒、沒有啦。我只是在想……唐宇生那傢伙既呆板又無趣，妳和他在一起這麼久，會不會覺得膩了，想把他甩掉？」

「唉唷，不會啦，岑岑妳眞是的！」她的表情恢復開朗，開懷大笑道：「宇生是這世上對我最好的人，我不會和他分手的。而且我早就說過，我只要有宇生和妳就好，其他人對我來說一點都不重要，所以我絕不會讓任何人破壞我們三個人的感情。」

說完，她緊緊抱住我，我卻渾身一僵。

「岑岑，我最喜歡妳了。」她在我耳邊呢喃：「妳不可以捨棄我，也不可以背叛我喔。要是岑岑哪天又不要我了……我一定會變得很可怕。」

我心中一片茫然，什麼話都說不出來。

「小海姊，妳今天眞早！」在卡門的休息室，靈靈笑著和我打了聲招呼。

「妳也是啊。」我放下吉他，坐到她身邊，靜默半晌後忍不住說：「對不起，靈靈。」

她睜大眼睛，「爲什麼要向我道歉？」

「因爲末良……妳承受了不少壓力吧？」

靈靈愣了愣，隨即莞爾，「小海姊，宇生哥也說過一模一樣的話。」

「咦？」

「這怎麼能怪你們呢？其實我也有不對的地方，明知道學姊不喜歡我和你們太親近，我卻還是想待在你們身邊。我想和學姊好好相處，又不想和你們保持距離，這種舉棋不定的態度，也難怪學姊會生氣。」

這怎麼會是靈靈的錯呢？

「末良不只和一個男生走得很近吧？」我單刀直入地問，「妳是她系上的學妹，應該知道些什麼吧？請妳老實跟我說，她到底同時和幾個男生交往？」

靈靈滿臉不安，在我幾次逼問下，才支支吾吾地回答：「我……是有撞見過學姊和幾個系上的男生牽手擁抱，但我不確定她有沒有和那些男生交往，還是純粹只是感情好……」

「現在依然如此嗎？」

靈靈不吭一聲，我知道那等同於默認。

那晚，唐宇生準時現身卡門，他的言行舉止一如往常，毫無異樣。

但他這種平靜的態度，此刻看在我眼裡令我特別難受，哪怕他只是輕輕笑了一下，都讓我坐立難安，痛苦焦躁。

獨自返家的途中，深夜的涼風吹拂在我的臉上，卻無法平息我腦中紛亂的思緒。

「但我希望這件事就到此為止，妳別去問宇生。」

「和宇生分手的話，我會死的。」

「岑岑，我最喜歡妳了。」

「妳不可以捨棄我，也不可以背叛我喔。要是岑岑哪天又不要我了……我一定會變得很可怕。」

我停下腳步。

如果諾芬姊說的是眞的，如果唐宇生眞的對我抱有其他感情，該怎麼辦？

如果這是眞的，他會和末良分手嗎？

「我會死的。」

在強烈的不安中，我撥出一通電話。

我和唐宇生約在超商門口碰面。

我到的時候，他正背對我蹲著餵食流浪狗，我一眼就認出那道孤寂的身影。

聽到腳步聲，他回頭看我一眼又轉了回去，笑道：「這幾隻很會吃，不知道餓幾天了。」

「唐宇生，我想問你一件事。」

「什麼？」

我深吸一口氣，「你現在還愛末良嗎？」

唐宇生瞬間僵住，幾隻流浪狗等不到餵食，逕自從他手中叼走食物。

過了好一會兒，他回：「幹麼這麼問？」

「其實……你生日那天，你喝醉後問了我一個問題。」我握緊拳頭，艱難地說：「你問我，你可不可以愛我？」

我終究無法繼續裝聾作啞。

我太想知道答案，以致於罔顧諾芬姊的忠告，只爲了明白他的眞實想法。

「唐宇生。」我渾身顫抖，「你喜歡我嗎？」

他不發一語。

「說話啊，你到底是怎麼想的？」我按捺不住激動的情緒，「面對末良的背叛你視若無睹，是因爲太愛她了，所以選擇隱忍？還是你早就不愛她了，所以覺得無所謂？你到底打算怎麼做？你想跟末良分手嗎？」

面對我的質問，他回以我深深的沉默。

「回答我，你到底還愛不愛末良？」

終於，唐宇生放下手中的狗糧，站起來轉身看我。

他面無表情，「妳眞的想知道？」

我的心不由自主地顫了下。

「現在，在我眼前的這個人……」他深邃的目光牢牢鎖定在我臉上，「不知道從什麼時候開始，我腦海裡總是會出現她的身影。輪到她駐唱的日子，我就什麼都不想做，只一心等待晚上的演出。我想聽她唱歌，想看見她快樂的模樣，只要她對我微笑，我就會覺得無比幸福；看到她受傷掉淚，我會想把她擁進懷裡，不讓任何人傷害她。」

「唐宇生，你……」我像是忽然喪失說話的能力。

「看到她笑，我會開心；看到她哭，我也會難受。當我想她的次數愈多，我就變得愈貪婪。我想要待在她的身邊，想碰觸她、擁抱她、親吻她，只要是關於她的一切，我統統都想知道，也統統都想得到。」他口氣平淡，「如果妳認爲這是愛情，那就是了吧。」

我的思緒一滯，心跳徹底失控。

與此同時，末良的臉浮現在我的腦中。

「是不是覺得對不起末良？」

我渾身一僵。

「所以妳爲什麼要問？」他眼神淒然，唇角微微勾起，「得到答案後，妳有比較開心嗎？」

「如果硬要得到答案，可能會讓所有人都受到傷害，妳明白嗎？」

直至現在，我才眞正明白諾芬姊的意思。

我從唐宇生口中得到了答案，卻也將三人的關係推向無可挽回的境地。

潮濕的空氣，讓我想起高中時天天瀰漫在教室裡的海水味。

我躺在床上徹夜未眠，唐宇生說的那些話一次次在我耳邊迴盪，他眼裡的悲傷也清楚映在我腦海中。

他看出了我在害怕，害怕他會和末良分手，害怕自己成爲末良憎恨的對象。

我只想保護自己，並爲此不惜傷害唐宇生，是我親手毀掉看似平靜的一切。

可是唐宇生到底爲什麼……

「如果妳認爲這是愛情，那就是了吧。」

我沒有辦法面對他。

明明不希望變成這樣，但除了逃避，我別無選擇。

他是末良的男朋友，我則是末良最好的朋友，他卻愛上了我，這沉重的罪惡感壓得我喘不過氣，然而我竟無法生唐宇生的氣。

我不敢對任何人訴說我的苦惱，更不敢想像若是末良知情，她會有什麼反應。

「明天是星期天，要不要一起出去兜兜風？」離開卡門後，小白對我、靈靈和唐宇生提議。

「好呀。」靈靈轉頭，小心翼翼地徵詢我和唐宇生的意見，「宇生哥和小海姊也一起去吧？」

卡門的每個人都察覺到我和唐宇生之間氣氛有異，已經好幾天沒說過話了。

我正打算回絕，唐宇生突然開口：「我們不去了。」

「『我們』？那你們要幹麼？」小白好奇地問。

「休息室的鑰匙借我，明天還你。」他冷不防從小白手中搶走鑰匙，另一隻手抓住我，「我和她有話要談。」

我和靈靈一臉錯愕，小白卻從容笑道：「知道了，別聊太晚。」

我還來不及反應，唐宇生就把我拉回休息室，還鎖上了門。

我不由得心生警戒，「你要幹麼？」

「不是說了，我有話要和妳談，妳以爲我想做什麼？」他將一根菸含進嘴裡，熟練地掏出打火機點燃，「妳就那麼怕被末良知道？」

他若無其事的態度刺激到我，「你到底想怎樣？」

「我沒想怎樣，只是想告訴妳，我不會和末良分手。」他徐徐吐出一口煙，「所以妳也不必再躲著我了。」

我不禁瞠目。

「雖然我喜歡妳，但只要我們都不說，就不會有任何改變，也不用擔心末良會知道。」他對我淡淡一笑，「可以放心了吧？」

他的笑容裡沒有絲毫嘲諷的意味，像是發自眞心，我不自覺別開視線。

「我是說眞的，即便我喜歡上妳，我也從沒想過要和末良分手，一次也沒有。」他緩緩地說：「我只想維持現狀。」

維持現狀……

我瞬間癱坐在椅子上，他走到我身邊，「這幾天應該很不好受吧？」

我沉默不語。

「在妳眼裡，我是個很不負責任的人吧？不但默許末良劈腿，還喜歡上她的好朋友，妳會生氣也是理所當然的。事實上我也不知道該怎麼面對妳，雖然想和妳道歉，可是又不曉得如何開口。」

「道什麼歉？」

他取下菸，聲音低啞，「我想跟妳懺悔，我沒有好好照顧她，還讓她變成現在這個樣子。我明白妳那時的痛苦，所以也從來沒怪過妳當年的離開。我知道妳比誰都重視她，但這樣的妳卻願意把她交給我。妳一定不希望她過現在的這種生活，因此我對妳抱有很深的愧疚。」

唐宇生的話令我大感意外。

我很清楚這一切並不能全怪罪於唐宇生，他卻毫不猶豫地把過錯都攬到自己身上，甚至不留給自己反駁的餘地。

如今我才想通，像他這種只爲他人考慮的人，是不可能和末良提分手的，除非是末良自己先開口。而或許他也知道末良不會想和他分手，所以才一直留在她身邊。

「我不會和她分手。」他語氣低沉，「所以我希望妳能答應我一件事。」

「……什麼事？」

「別再躲著我了。」他的視線停在我身上，「我不會對妳做任何事，也不會給妳任何壓力，我會努力維持現狀不變，但我眞的沒辦法控制對妳的感情，這點希望妳能見諒。一切都不會有任何改變的，我向妳保證。」

我不答，他又點起另一根菸。

「妳可以答應我嗎？」

我陷入了前所未有的矛盾。

一方面不想讓末良受傷，另一方面我又不想讓唐宇生受委屈，然而不管我站在哪一邊，都必然會有一個人受傷。見唐宇生拚命安慰我，企圖令我安心，我的羞愧與罪惡感更是不減反增。

「就算有一天……我們爲了末良或其他事而必須離開對方，也不要後悔自己的決定，因爲那都是我們自己選擇的。」唐宇生忽然說出一段令人費解的話。

「什麼意思？」

他嘴角微勾，「不管發生什麼事，我們都不要後悔自己的決定。既然我和妳選擇隱瞞這個祕密，那就表示我們一定能做到，對吧？」

我愣愣地看著他，一陣鼻酸頓時湧上。

這個約定無疑是條不平等條約，無論簽或不簽，傷得最重的都是唐宇生。

我覺得他很傻，很想罵他，卻怎樣都罵不出口。他明明可以理直氣壯地和末良分手，卻沒有那麼做，背後的原因除了擔心末良外，是否也是因爲我？

他看我的眼神始終蘊含笑意。我很熟悉那種眼神，因爲我也一直是那樣看著末良的。不同的是，唐宇生不讓自己的戀情有探頭的機會，就先行斬斷。

「我陪妳走一段路吧。」唐宇生說。

想起他的車就停在卡門門口，我連忙婉拒：「不用了，你自己先回去吧。」

「很晚了，我不放心，而且我想妳應該也不敢再搭我的車了。」他又笑。

我凝視他片刻，「不然還是你載我吧，我也懶得走了。」

我並不希望和唐宇生形同陌路。

愈是了解他的為人，我就愈無法討厭他，同時這也令我更加自我厭惡，我竟可以自私到這種地步。

「欸。」車開了一會兒後，他忽然問我：「妳知道末良生父的事嗎？」

「她的生父？」

「妳知不知道他是怎麼過世的？」

「……據說是生病，她父親的身體狀況好像一直都不太好，末良很少跟我談起他，怎麼了嗎？」

「我只是在猜，末良之所以那麼缺乏安全感，會不會與她的父親有關？」他輕描淡寫地說完後，便沒再多提，陷入了沉默。

我也沒有繼續追問，直到等紅綠燈時，他突然「啊」了一聲。

「怎麼了？」我連忙問。

「前面有臨檢。」

「然後呢？」

「妳沒繫安全帶。」

「咦？」我低頭一看，「眞的，我都沒發現！」

見我手忙腳亂地找安全帶，他靠過來伸手一勾，「在這裡。」

唐宇生毫無預警的貼近使我身體一僵。他似乎也意識到我的不自在，幫我扣好安全帶後，就迅速坐回駕駛座。

或許是因爲知道唐宇生的心意，我才會他稍微靠近一點就緊張兮兮，心跳也莫名加速。

我告訴自己，過了今晚就沒事了，一切都會恢復正常。

只要我和他都遵守今天的約定。

翌日下午，我和靈靈約好在捷運站碰面，一起去買東西。

但我等了很久，遲遲等不到她，期間也沒有任何電話或簡訊傳來，我只好主動打給靈靈，接通之後，聽到的卻是一名年輕男孩的聲音。

我看向手機螢幕，確認自己沒打錯，才遲疑地開口：「你好，我想找靈靈，請問你是？」

「靈靈……妳是說我姊嗎？找她有什麼事？」

「喔，我今天和她有約，可是一直沒等到她。」

「不好意思，我姊沒辦法過去了，她受傷了，現在人在醫院。」

我嚇了一大跳，連忙詢問是哪間醫院與病房號碼，在打了通電話給小白後，就直奔醫院。

推門而入，一名身著高中制服的男孩坐在靈靈的病床邊，她已經睡著了，臉上有幾道挫傷，右腳也被打上石膏。

我心中驚慌，連忙問男孩：「你姊姊還好嗎？」

「嗯。」他的目光回到病床上。

「發生了什麼事？」

「我也不清楚，上午忽然接到通知，說我姊在學校摔傷被送進醫院，我就馬上趕過來了。」

男孩的態度冷靜穩重，有別於一般的高中生。

我上前輕撫靈靈的額頭，對男孩說：「辛苦你了，我來照顧她就好，你先回學校上課吧。」

「可以嗎？」他神情猶豫。

「你放心，我和你姊姊是同事，等等她老闆也會來，我們會照顧她，直到你下課過來。」男孩思索了一陣，才鄭重向我道謝，隨即背上書包離去。

我在靈靈身旁坐下，沒過多久，唐宇生卻出現了。

「你怎麼會來？」我很驚訝。

「小白剛打電話給我，他應該快到了。」他微微喘氣，看樣子也是趕過來的，「靈靈怎麼會傷成這樣？」

「我也不太清楚，她弟弟說她在學校摔傷。」我嘆了口氣。

唐宇生面色凝重，沒有出聲。

大約過了十多分鐘，靈靈睜開眼睛，她驚訝地看著我們，我忙問：「靈靈，妳還好嗎？有沒有哪裡不舒服？很痛嗎？」

她搖搖頭，輕聲說：「我沒事。小海姊對不起，我今天沒能赴約。」

「傻瓜，現在說這些幹麼呢？我聽妳弟弟說妳是在學校摔傷的，怎麼會摔得如此嚴重？」

「我……我不小心從樓梯上摔下來了。」她乾笑，像是在閃避著什麼，一直不敢正視唐宇生，「我現在好多了，我不痛了，真的！」

唐宇生始終默不作聲，我很快就察覺到不太對勁，心底不由得生起一絲不安。

莫非其中有什麼我不知道的隱情？

那天半夜十二點，我正要上床睡覺，卻接到靈靈的電話。

「靈靈，怎麼了？」我問。

「小海姊，妳可不可以來醫院一趟？」她聲音微顫。

「現在？爲什麼？」

「宇生哥他……他現在還在醫院，妳可不可以過來帶他回去？」

「唐宇生？」我有些詫異，「他還在那裡？探病時間不是早就過了嗎？」

「嗯，可是他還沒走，就坐在醫院的花園裡。」靈靈語帶哽咽，「外面下雨了……我怕他就那樣一直坐在那裡。小海姊，對不起，拜託妳快點過來好嗎？」

結束通話後，我馬上抓起鑰匙奔出房間。

外頭下著毛毛細雨，空氣中帶著些許寒意。

一抵達醫院，我遠遠就看見一個坐在花園長椅上的身影。

我跑到他面前，「唐宇生！」

他抬頭看我，「妳怎麼會在這裡？」

「我才想問你這句話。」他的頭髮和衣服已經濕了大半，「現在都幾點了？你爲什麼還待在這裡？沒看到下雨了嗎？」

他仰頭望向天空，再低頭看了手錶一眼，恍然道：「這麼晚了啊？」

「你到底在幹麼？」我皺眉，心生擔憂。

「沒什麼，只是坐在這裡發呆，沒注意到時間。」他接著反問：「那妳怎麼又跑來了？」

我沒有回答，只是把包包裡的另一把傘扔給他，而他起身去開車。

隔天，我應了末良的邀約，陪她逛街。

末良的心情不錯，一直笑咪咪的。我不曉得她是否知道靈靈住院，也不敢在她面前提到靈靈，更無法開口說想去醫院探病。

「岑岑，我進去裡面看看。」她指著一間服飾店。

我點頭，這時小白剛好打電話過來，才一接通，他劈頭就問：「小海，妳今天會去醫院嗎？」

「晚一點會過去，怎麼了嗎？」

「關於靈靈受傷的事，我有話想跟妳說。事情有點奇怪。」

「哪裡奇怪？」

「我聽別人說，靈靈在發生意外前，是跟末良在一起的。」

「末良？」我一愣。

「嗯，有目擊者說看到她們兩個在吵架，過沒多久，靈靈就被人發現倒在樓梯下了。」

我不禁寒毛直豎，瞄了眼在店內挑選衣服的末良，「你的意思是，是末良她……」

「還不能輕易斷言，畢竟沒人親眼看見末良動手，況且靈靈也堅持是她自己不小心摔下來的。」小白嘆道，「我覺得這件事有點嚴重才想告訴妳，詳細情形等見面之後再說。」

我呆站在原地許久，直到末良提著紙袋走出來，勾住我的手，才堪堪回過神。

「岑岑，久等了，我們去吃東西吧，我突然好想吃地下街的咖啡麵包喔。」

看著末良燦爛的笑顏，我實在無法相信靈靈摔下樓會與她有關。

不可能的，末良怎麼可能會做出這種事？

「岑岑，怎麼啦？走呀！」末良走了幾步，發現我沒跟上，側頭叫了我一聲，隨即又邁開步伐。

「末良！」我叫住她。

「怎麼了？」她回過頭。

「妳知道靈靈住院了嗎？」

她眨了眨眼，一副完全不知情的模樣，「眞的嗎？」

我沉重地點頭，「妳昨天在學校有沒有和她碰面？」

「沒有唷，我昨天都和我同學在一塊，根本沒見到她。」她笑容甜美，「岑岑妳幹麼這樣問？難道妳懷疑她受傷和我有關？」

「沒有，我只是聽說妳昨天有和她見過面，所以想問妳知不知道發生什麼事……」

聞言，末良的臉色瞬間一變，「是靈靈說的嗎？她說我和她見面？說她受傷是我害的？」

「不是，她什麼都沒有說——」

「她活該啦！」末良突然打斷我的話，失控大喊：「是她先莫名其妙跑來罵我，我才輕輕推了她一下的，誰知道她會跌下去。八成是她故意沒站穩，想要陷害我吧？憑什麼說是我害的？」

我不敢相信自己的耳朵，「妳不是說妳沒和她見面嗎？」

她緊抿著唇。

「張末良，妳騙我！」我聽見自己的聲音發顫，「妳爲什麼要做這種事？」

「本來就不是我的錯，是岑岑妳先懷疑我的！」她的聲音變得高亢尖銳，「妳只相信靈靈，她說什麼妳都信，我講再多也沒用不是嗎？」

「妳別這樣好不好？事情不是妳想的那樣。」

「我不想聽！」她激動得滿臉通紅，「妳如果相信我，就不會懷疑我，更不會這樣問我，我就知道妳一點也不在乎我，在妳心裡我根本什麼都不是！」

「末良，拜託妳別這麼說，我沒有不在乎妳，我眞的——」

「妳就是不在乎我！」她大吼，「要是妳眞的在乎我，三年前就不會狠心地說走就走，丟下我自己去了高雄。在妳眼裡我只是個累贅，妳需要自己的空間，於是妳就想把我甩得遠遠的。妳堅強又勇敢，即使一個人也可以活下去，但我沒辦法。既然覺得我煩，當初又何必假惺惺地說要跟我在一起，妳好虛偽！」

末良的控訴令我整個人如墜深淵。

過沒多久，她的情緒稍微平復，她急忙跑過來拉住我的手，「岑岑，我不是故意要說那些話的，我眞的不是故意的！」

我木然地看著她，全無反應。

她更焦急了，泫然欲泣地緊抱住我，「岑岑對不起，拜託妳不要露出這種表情。我只是太生氣了才會這樣。妳不要生氣，不要不說話嘛。」

我仍無法動彈，只覺得末良的聲音聽起來好遙遠，好遙遠……

當晚去到靈靈的病房，她的弟弟和釘子都在。

正覺得氣氛有異，靈靈的弟弟就走到我面前，「請問張末良是妳的朋友嗎？」

「浩文，你幹麼？」靈靈神色緊張。

男孩冷聲道：「請妳轉告她，不准再傷害我姊，要是她敢再出現在我姊面前，我絕對不會放過她！」

「浩文！」靈靈的雙頰因憤怒而脹紅，「不許這樣跟小海姊講話，你和釘子都出去，讓我和小海姊單獨談談。」

男孩惱怒地瞪了我一眼，才跟著釘子離開。

靈靈急忙向我道歉：「小海姊，對不起，我弟沒有惡意。」

「沒關係。」我搖搖頭，「但我想知道剛才他那句話是什麼意思，末良這樣傷害妳已經不是第一次了嗎？」

靈靈沒有作聲。

「唐宇生知道嗎？」

她點頭，眼眶一紅，「我沒有告訴宇生哥，是怕他會擔心。可是這次……我是真的受不了了，才會和學姊吵架。這陣子宇生哥不僅天天喝酒，菸也抽得比以前更凶，我猜原因一定和學姊有關。昨天我又看見學姊和一個學長摟摟抱抱，而且就在學校裡，我一時情緒上來，忍不住上前理論……」

我安靜地聽她往下說。

「我真的很生氣。」靈靈的眼淚沿著雙頰滾落，「每次看到宇生哥和小海姊為她傷心的模樣，我心裡都非常難過。她根本不知道自己有多幸福，可以有像小海姊和宇生哥這樣的人愛她，然而她卻從不珍惜，也從不顧慮你們的感受，她根本沒有資格得到你們的愛。尤其是宇生哥，雖然昨天他什麼都沒說，但我知道他很痛苦，也很愧疚，我不懂為什麼明明錯的是學姊，卻是宇生哥替她承擔一切。」

想起唐宇生昨夜一個人淋著雨的身影，我心裡一陣難受。

「我一直有個很自私的想法，希望小海姊聽了不要生氣。」靈靈握住我的手。

「妳說，沒關係。」

「我希望妳能留在宇生哥的身邊。」她話聲哽咽，「我喜歡宇生哥和小海姊在一起時的樣子，喜歡他和妳在一起時所露出的笑容。如果妳能待在他身邊，宇生哥一定可以過得很快樂。」

我沒有應聲，也沒有掙脫她的手。

她低下頭，不敢正視我，「對不起，我知道不應該和妳說這些，可是我真的忍不下去了，也眞的很希望宇生哥能幸福，小海姊也是。」

之後我們兩個同時陷入沉默，直到我離開病房前都再無交談。

當晚，站在卡門的舞台上，我的心情複雜難言，只好藉著歌唱，將一切無法言說的心情化爲旋律。

有時候太堅強　笑容卻填不滿眼眶
愈是想要隱藏　歌聲就唱得更響亮
直到入到心底最深處
你不要追問我　還缺了些什麼

「我會努力維持現狀不變，但我眞的沒辦法控制對妳的感情，這點希望妳能見諒。」

每個人都有夢　幸福總站在最遠方
心中愈是渴望　愈是不敢伸手擁抱
誰的心是我最後一站
我常問我自己　現在還沒有個答案

「妳堅強又勇敢，即使一個人也可以活下去，但我沒辦法。」

我不是你想像那麼勇敢
多想讓你保護能流淚一場
讓我放下武裝　像個孩子一樣
單純的把愛輕放在你心上

我不是你想像總是扮演堅強
多想讓你知道我也要個伴
放下討厭武裝　像個孩子一樣
單純的把愛輕放在你心上

「我就知道妳一點也不在乎我，在妳心裡我根本什麼都不是！」

我不是你想像的那麼勇敢

〈我不是你想像那麼勇敢〉詞：姚謙　曲：Dean

回到休息室，小白遞了一杯溫開水給我，「妳沒事吧？」

我坐下，用手撐著額頭，既沒點頭也沒搖頭。

「早點回去休息吧。」他拍拍我的肩，正要離開時，我叫住他。

「我不知道該怎麼辦。」我深呼吸，將臉埋入手心，「小白，拜託你告訴我，該怎麼做好不好？」

他坐到我身邊，從我口中得知末良這段日子的失控言行後，他沉默了許久，才說：「也許情況比我們之前想的更糟糕。」

我抬頭看向他。

「老實說，聽到末良的這些舉動……我覺得她可能病了。」

「病了？」我愣住。

「她對某些事情的執著，已經超乎常人的理解範圍了。她現在的情緒反應很不正常，妳自己應該也有感覺吧？而且我更擔心宇生那傢伙了，末良的轉變他應該比誰都清楚，可是他自始至終都沒提起，像在刻意隱瞞著什麼。」

不知爲何，我心跳加速，一陣深沉的不安湧上心頭。

我突然想起唐宇生對我說過的，那些讓人摸不著頭緒的話……

「我希望妳別再接近末良了。」

「算我求妳了，什麼都不要問。」

「妳知道末良生父的事嗎？妳知不知道他是怎麼過世的？」

「我只是在猜，末良之所以那麼缺乏安全感，會不會與她的父親有關？」

一股冷意竄上胸口，我怔了半晌，等不及與小白道別，就拎起吉他衝了出去。

撥手機給唐宇生，他說他人在醫院。

當我喘著氣站在他面前的時候，他又坐在醫院的花園發呆，腳邊積了許多菸蒂。

「唐宇生。」我目不轉睛地注視他，「請你老實回答我接下來的所有問題，不要騙我，也不要逃避。」

他面色平靜，似乎一點也不意外。

「末良她是不是經歷過什麼事？」我調整呼吸，「她會變成這樣一定有原因吧？你是不是知道什麼？」

見他丟掉指間的菸，準備拿起酒罐，我立刻搶過扔到一旁，「唐宇生，末良她到底怎麼了？」

「她已經不是妳記憶裡的那個末良了。」他開口，眼中浮現倦色。

我一愣，「什麼意思？」

「妳有沒有看過她左腕上的那兩條疤？」

「左腕？」我想了下，「啊，有，她說那是被掛鉤劃傷的，有什麼問題嗎？」

「那不是劃傷，是她自殘留下的疤痕。」

我倒抽一口氣，「你說……末良自殘？爲什麼？到底怎麼回事？」

他撿起地上的酒罐，淡淡地說：「自從她交了一群奇怪的朋友，她就變了。一開始我沒有察覺到事情的嚴重性，直到有天，我收到一封夾帶了張照片的簡訊，照片裡的男生正在親吻末良的臉頰，兩人還赤裸著上身相擁。」

我不敢相信末良竟會做出這種事。

「後來末良發現我知道了，就說她是被陷害的。事實上，我也在她的手機裡看過她和其他男生的曖昧簡訊，只是從沒問過她。末良害怕我會和她分手，就不斷哭泣哀求，甚至拿刀割傷自己，我被她嚇到了，直到我答應不會跟她分手，她才恢復正常。」

他啜了一口酒，繼續說：「但之後的一個月，她經常半夜驚醒，一醒來就哭著找我。那段時間她很怕我消失，怕我最終還是會離開她。不僅天天黏著我，精神狀態也十分不穩定，隨時有自殘的可能。我發現事態嚴重，就私下問了幾個和她比較要好的同學，也有去諮詢過醫生。」

「醫生怎麼說？」我顫抖著聲音問。

「醫生說，末良會這樣可能跟她家裡有關。我後來查過，她爸爸曾因嚴重的精神疾病而住進醫院，沒多久卻意外心臟病發去世。」他停頓了下，「除了遺傳，也有可能是家庭因素，才造成她心思敏感、缺少安全感。她害怕有人離開她，害怕別人對她的負面評價，害怕被討厭，所以才那麼容易不安。」

我震驚得說不出話，認識末良這麼多年，我卻從來不知道她的這些事。

「上了大學，末良得到很多人的關愛，她很享受這種被人重視的感覺，也逐漸習以爲常。也許這就是末良眞正想要的，她需要藉此證明與肯定自己。光憑我一個人的愛，早就無法滿足她了。」他頓了頓，下了個結論：「末良並非同時愛著許多人，而是愛著被許多人愛的那種感覺。」

「這就是你沒和末良分手的原因？儘管你全都知道了。」我難以置信。

「正因爲知道，才不能分。」他口氣淡然，「我是她最後的依靠，要是連我都離開她，妳覺得她會變成什麼樣子？恐怕就不只是自殘了。」

「我會死的。」

我癱坐在他身旁，思緒混亂，這時唐宇生說：「所以我才不想告訴妳。」

我一愣。

「雖然妳不是故意的，但妳當年的離開，傷末良很深。依賴的人突然離開，是她最害怕的事。妳的再度出現或許可以撫平她的傷，然而她的不安並不會就此消失，我擔心可能換妳受到傷害，因此曾經希望妳們別再見面。」他望著地面，讓我看不清他的眼神，「如果妳至今仍愛著她的話。」

花了好大的力氣，我終於開口：「你剛才說，末良她會這樣，有可能是因爲遺傳？」

「嗯。」

「那她之後會變成怎樣？」我顫巍巍地問：「她爸發病了……那末良呢？」

他不發一語，連看都不看我一眼。

我心痛欲絕，咬牙道：「爲什麼現在才說？」

唐宇生仍然不吭一聲。

我用力推他，大吼：「所以你之前才會跟我說對不起，說你害末良變成這樣？爲什麼不早點告訴我？你以爲這是你一個人能解決的事嗎？光你一個人痛苦，就能解決問題嗎？」

「因爲我不想看到妳現在這個樣子！」他猛地嘶吼出聲，像隻負傷的野獸，「愈多人知道就愈多人痛苦，我不想讓妳也跟著承擔這一切！」

我往他臉上狠甩一個耳光，他閉上眼睛，任我施爲。

「你以爲你是誰？你有什麼權利決定哪些事我該知道，哪些事不該？你就這麼想看我愧疚一輩子嗎？」我怒不可遏，「唐宇生你會不會太自以爲是了？」

他睜開眼，眼裡有著灼亮的痛楚。

「你眞以爲這麼做是在體貼我？我不要你這種體貼！」我渾身顫抖，眼前一片模糊，「我沒辦法原諒你，也沒辦法原諒我自己。」

我拎起吉他，掉頭就走。

我失魂落魄地行走在大街上，末良的聲音不斷在耳邊迴盪。

「可是，心愛的人不在了一定很痛苦吧？若那個人曾經是妳的一切，忽然就這樣離開了，妳一定會覺得生活不再有意義，只想跟隨對方離去吧？」

「那要是岑岑最重要最心愛的人突然死了，妳還有自信這麼說嗎？」

我微微仰頭，發現不知何時毛毛雨又飄了下來。

「但人也是很脆弱的呀。我沒辦法像岑岑那樣堅強，若我最愛的人離開我，我一定撐不下去，絕對會瘋掉。」

「岑岑，妳不要不理我。如果我做錯什麼事，妳可以告訴我，我一定會改。求求妳別疏遠我，我不要失去妳。」

「岑岑，我是不是個很沒用的女生？」

「我什麼都不會，又沒什麼可取之處，老是依賴妳和宇生。說真的，妳都不會覺得我很麻煩、很討厭嗎？」

我停下腳步。

末良是那樣的脆弱與自卑，深怕身邊的人討厭她，所以才會問這些問題吧？

只是，那時的我太過年輕，不懂世事，不明白她的不安竟深沉如斯，深到足以毀滅一個人的心。

強烈的暈眩使我無法繼續站立，我疲乏地蹲在地上，無力理會旁人的異樣目光。

「岑岑！」

末良擁抱我的那一刻，屬於她的淡香撲鼻而來，那味道讓我瞬間紅了眼眶。

「等妳等好久喔，我們去看午夜場電影吧？宇生也會來喔。」她甜甜地笑著，拉著我就要往前走。

「末良！」我叫住她，「我有話想跟妳說。」

「什麼？」她眨眨眼。

「妳可不可以答應我……別再傷害靈靈了？」見她沉默不答，我立刻補充：「我什麼都答應妳，只要妳別再傷害自己和別人，要我做什麼都可以！」

「真的什麼都可以？」

「嗯。」

「那我要妳離開卡門。」

我傻住了，末良用清澈的雙眼看著我，沒有半點開玩笑的樣子。

「我要岑岑妳離開卡門，妳能答應我嗎？」

我艱難地開口：「末良，除了這個，不能有別的要求嗎？」

「我就是不想看到妳和靈靈在一起。」她眼神認眞，「不管是妳還是宇生，我都不會讓給別人。我們三個人以前在一起，以後也會在一起，我不准其他人介入，更不准你們被搶走！」

「末良妳別這樣，我……」

「我就知道妳不肯！」她尖叫：「妳果然在騙我，就只會說表面話，根本不會爲我放棄任何事！」

「我沒有！」

「妳就是有，妳說我是妳最好的朋友，可是我從來沒感覺到這點，妳對我才不是眞心的！」

「妳怎麼可以說這種話？」她的話刺傷了我，「妳爲什麼要這樣誤會我？」

「我沒有誤會，是妳本來就不把我當一回事！」她愈說愈激動，引來路人的側目，「岑岑妳就是個騙子，所以當初才會丟下我，妳根本就不喜歡我，每天都在我面前演戲！」

「我沒有！」我脫口而出，「我很喜歡妳，比任何人都喜歡妳，從以前到現在我對妳——」

「我不要聽，我不要聽啦！」她摀著耳朵大叫，「我不會再相信妳了，我討厭妳，討厭死了！」

「末——」我伸手想要拉她，她拿著包包的手卻朝我一甩，我的右手肘和臉被包包的掛飾刮傷，嘴角很快就嚐到血液腥鹹的味道，雨絲也從天空輕飄飄地落下。

末良愣了下，賭氣地轉身跑走，留下我茫然地站在雨中。

不知道過了多久，我聽見有人在叫我的名字，隨即被唐宇生拉進車內。

他到藥局買藥，仔細地爲我的傷口上藥，直到看見我的眼淚滑落，才停下手上的動作。

「她果然恨我。」我低聲呢喃，「她一直恨著我，從來沒有原諒過我。」

唐宇生沒有作聲，捏緊手上的棉籤。

「離開她的這三年，我沒有一天忘記過她。我每天都想她想到快發狂，我咬牙苦撐，就是希望有朝一日再次相遇，我可以好好地面對她……」我哭得上氣不接下氣，「我知道我傷了她的心，可是就算她再恨我，也不能說我對她的好都是在演戲。我爲她忍受了多少寂寞，多少痛苦，她怎麼可以這樣全盤否定我對她的感情……」

唐宇生溫聲安慰：「妳不要把她的氣話當眞，先躺下來休息一下吧，妳的臉色很難看。」

過了很長一段時間，我才漸漸止住哭泣。

雨激烈地擊打車窗，我失神地躺在唐宇生腿上，他則望向窗外不發一語。

我看著他的臉，視線移到他唇上。

「和末良接吻是什麼感覺？」

唐宇生低頭看我。

「一定很柔軟吧？」我低聲說：「我從以前就很想吻她，卻完全不敢這麼做，只能暗自想像。跟她接吻的感覺，很棒吧？」

「……我不知道該怎麼回答妳。」他的語氣沒有半點起伏。

「你不用回答我，我只是無聊提一提罷了。」

「那妳以前跟學長接吻，有什麼感覺？」

我回憶了片刻，「沒有什麼感覺，就覺得很不舒服。」

「因爲妳討厭男生？」

「是，也不是。」

「現在呢？」

「不知道。」我隨口提議，「不然來試試看好了。」

「什麼？」

「你吻我一下。」

他神情困惑，「妳是認眞的？」

「認眞的。」我淡淡地說：「反正我們都很擅長隱瞞祕密，不是嗎？」

他沉默不語。

「算了，當我沒說。」我閉上眼睛。

沒過多久，我感覺到唐宇生的手輕輕撫過我的臉頰，睜開眼時，他的臉已經離我很近很近，在短暫對視後，他在我的唇上落下一吻。

他緩緩退開，「會覺得討厭嗎？」

我沒答腔，因爲太過驚訝，一時之間什麼也沒感覺到。

見狀，他再度俯身吻上我的唇，他的吻像雨點般輕盈，有些冰冷。

「岑岑，我最喜歡妳了。」

「妳不可以捨棄我，也不可以背叛我喔。」

不可以……

當淚水不知不覺再次滑下，唐宇生也離開我的唇。

我雙眼緊閉，終究忍不住嗚咽出聲。

他溫柔拭去我臉上的淚，手指的溫度在我心裡引起一陣悸動，隨之而來的卻是濃厚的酸楚。此刻的我，只一心想把末良從腦海中抹去，我害怕再次被痛苦吞噬。

我伸手攬住唐宇生的脖子，他也緊緊擁住我。不再去思考，我們只是不斷地深吻。

車窗外的雨聲，以及車內播放的西洋老歌〈Here I Am〉，隨著唐宇生的吻，讓我逐漸迷失其中。

卡門的大門一開，客人紛紛湧入，卻始終不見唐宇生的蹤影，平時只要是我駐唱的日子，他一定都會現身。

然後一天、兩天，連續一個星期都沒有他的消息，也沒人聯絡得上他。

「宇哥怎麼突然消失這麼久？」釘子一臉憂心。

「小白還是聯絡不到他嗎？」Pinky姊問。

「嗯，他也沒跟白兄聯絡。」

休息室裡，眾人議論紛紛之際，我收到一封簡訊，讀完後我馬上從後門跑出去，只見小白一個人倚在牆上，面色凝重地看著手機。

「抱歉，忽然把妳叫出來。」

「沒關係，怎麼了？」

「妳這幾天有沒有和宇生聯絡上？」

我搖搖頭。

「這傢伙不曉得跑哪裡去了，手機一直關機，打到他家，管家跟我說他最近很少回去。」

「怎麼會這樣？」我愣住。

「不知道。我打過末良的電話，但都只響了一聲就被掛斷。」小白看著我，「小海，妳可不可以打手機給她？我覺得她可能是故意不接我的電話。」

我依言打了通電話過去，響沒幾聲就被接起。

「嗨，岑岑。」

末良輕快的口氣使我微微一愣，「末良，我有件事想問妳，妳這幾天有碰到唐宇生嗎？」

「當然有，他就在我這裡呀！」

「他在妳那裡？那麻煩叫他來聽一下，我們——」

「不要，他已經跟卡門沒有任何關係，也不會再過去了。」她打斷我的話。

「妳在說什麼？快點叫他聽電話，很多人都很擔心他！」我語氣強硬了起來。

「宇生已經答應我了，他不會再去卡門。宇生很愛我，他不會騙我，也會遵守我們的約定。他和岑岑妳不一樣，妳從頭到尾就只會騙我。」她理直氣壯道，「我不會再讓宇生和小白、靈靈他們在一起了，更不會讓你們和他聯絡，所以宇生的手機我也丟掉了。」

「末良，妳到底在做什麼？」我有些氣急敗壞，「妳不要開玩笑了好不好？妳是想軟禁唐宇生嗎？拜託妳別做這種事，我們談談好嗎？」

「不要，我不會再被妳騙了。」她冷哼，「除非妳離開卡門，回到我身邊，那我就讓妳和宇生說話。」

「末良！」

「我是說眞的，如果妳不離開卡門，我就不跟妳見面，也不會讓你們再見到宇生！」

通話啪地被切斷，我拿著手機，不知所措地看向小白。

「果然是在末良那裡吧？」他拍拍我的肩，「知道他沒事就好，我們再想辦法和末良談，先別太刺激她。」

我的思緒亂成一團。

末良對我下最後通牒了，她是鐵了心要我離開卡門。

我到底該怎麼辦才好？

「末良怎麼說？」

「她……」我嘴唇發顫，「她要我離開卡門。」

「什麼？」小白一怔。

「她一直不希望我留在這裡。她要我離開，否則她不會放唐宇生自由。我很怕要是態度強硬，她會衝動做出什麼事……」

釘子霍地推開後門走出來，臉色鐵青，「所以宇哥這幾天之所以行蹤不明，就是因爲末良姊嗎？」

「幹麼突然衝出來？嚇死我了。」小白睜大眼。

「白兄，你怎麼還這麼悠閒？宇哥現在等於是被囚禁耶！她憑什麼限制宇哥的行動？又憑什麼要小海姊離開卡門？我眞搞不懂你們幹麼老是順著她，你們到底在怕什麼？」

我啞口無言，直到釘子被小白拉回屋內，我仍呆立在原地。

那晚的駐唱結束後，我拖著疲憊的身軀走出卡門，卻沒有馬上回家，而是四處閒晃到凌晨兩點多。

我掏出手機點開通訊錄，看著唐宇生的電話號碼，猶豫了許久，最後還是將手機收起，轉而走向附近的公共電話亭。

之前撥過去的電話都是迅速轉進語音信箱，這次鈴聲卻響了很久，電話接通的那一刻，我感覺自己的心臟猛地跳了一下。

「喂？」

另一頭傳來的低沉嗓音，令我稍稍鬆了口氣，「你還好嗎？」

聽出我的聲音，唐宇生沉默了一會兒，低聲應道：「嗯。」

「原來你的手機還在？末良說她已經丟了。」

「只是先收起來而已。」

「她人呢？你們在一起嗎？」

「嗯，她已經睡了。」

「那你怎麼還不睡？」

他沒有回答我，反問：「妳打過來的電話怎麼沒有來電顯示？」

「我是用公共電話打的，我怕用我的手機打過去，末良看見了……又會激動。」

「喔。」他突然咳了幾聲，聲音也有些粗啞。

我連忙問：「你怎麼了？」

「沒事，小感冒，我剛喝了點酒暖過身體了。」

「都什麼時候了你還喝酒？」

他輕笑，卻還是咳個不停，於是我又說：「好了，你趕快去睡，還有哪裡不舒服嗎？」

「沒有。」

「眞的？」

「嗯，聽到妳的聲音就好多了。」他緩緩道：「謝謝妳打給我。」

聞言，我耳朵一熱。

「不要離開卡門。」

「咦？」

「不管末良說了什麼，都不要離開卡門。」他說：「繼續做妳的小海。」

我輕咬下唇，思緒翻騰，「可是我覺得好難。」

「爲什麼？」

「不管是小海，或是一直陪伴著她的岑岑，在末良心中都已經不值得信賴了。」我苦澀一笑，「爲什麼會變成這樣呢？」

唐宇生沒有回答這個問題，我彷彿可以聽見他的呼吸聲近在耳邊。

「十七歲……」

「什麼？」

「十七歲那年，我轉學到妳們學校，當時的妳就是個外表堅強，內心脆弱的女生。妳習慣用倔強武裝自己，不肯讓任何人走進妳的內心。」

我語塞。

「妳眞的和我太像了。」他輕聲說：「每次看到妳，我就覺得好像看到我自己，因此我一開始無法和妳好好相處，也不想接近妳，偏偏妳又是末良的好朋友，我不能忽視妳。每次看到妳受傷，看到妳做傻事，我都沒辦法責備妳，因爲那就像在罵我自己，我根本沒資格對妳說教。」

我聽見他深深嘆了一口氣。

「但我還是希望妳能快樂。從十七歲到現在……五年過去了，妳是小海，也是岑岑，妳依舊是那個脆弱的丁凱岑。不論是十七歲的妳，或是現在站上卡門舞台的妳，在我眼裡始終都沒有變過。」他的語氣飽含情感，「我喜歡的就是這樣的妳。」

我的心跳不由得紊亂了起來。

「我喜歡妳，不管是在傷心的時候，還是在快樂的時候……我喜歡聽妳在台上唱歌，只要可以看到妳的臉，聽到妳的聲音，即使妳生我的氣，不想看到我……也沒關係……」

他的聲音開始有些含糊，我不自覺屏息，想要聽得更清楚，他的音量卻逐漸低不可聞，只是話裡猶帶幾分笑意，「就算沒有妳在身邊，我應該也可以走下去，畢竟我早就習慣這樣了。也許妳不會想記得，但是那一晚吻妳、抱著妳的記憶，就夠我撐一輩子了……」

下一秒，我聽到「咚」的一聲，唐宇生似乎醉倒在地，而電話也因爲沒有餘額被切斷了。

他酒醉時說的話，是平時的他絕對不會說出口的。

我曾以爲不可能再聽到這些他藏在心裡的話。

之前聽到時，我不曉得該怎麼辦，只有滿心的慌亂與無措。

可是現在，我卻有想在他面前大哭一場的衝動。

「不論是十七歲的妳，或是現在站上卡門舞台的妳，在我眼裡始終都沒有變過。」

「我喜歡的就是這樣的妳。」

那一晚的擁抱和親吻，還有那片大海，所有的一切依然歷歷在目。

他的吻溫熱而柔軟，他手臂擁著我的力道溫柔而堅定。

爲什麼我沒有推開他？

「妳是小海，也是岑岑，妳依舊是那個脆弱的丁凱岑。」

我掛上話筒，緩緩蹲下，倚著牆壁環抱自己。

好想見他一面。

因爲末良，唐宇生從我們身邊消失了。

他沒接任何人的電話，只傳了簡訊給小白說他沒事。

但末良卻開始天天打電話給我，除了問我何時離開卡門，也會和我聊起過去。

只是，她常常說到一半就逕自哭了起來，並不斷問我爲什麼不能回到從前幸福的時光。

她的情緒愈來愈不穩定，總是聊沒多久就突然生氣大叫或崩潰大哭，我無法習慣這樣的她，這根本不是我所認識的末良。嚴重的時候，她甚至會用自殘來威脅我。

她會在深夜打電話過來，說她正在傷害自己，把我嚇得整晚都不敢睡，生怕她出事。

末良的失常令我心神不寧，疲憊不堪，更別說始終陪在她身邊的唐宇生。

我很明白，唐宇生的陪伴已經無法撫平末良的不安，對她而言，這些根本不夠，所以我不只一次萌生離開卡門的念頭。

但我沒告訴任何人，遲遲下不了決心。直到某天半夜三點，末良又打電話給我。她用很輕很輕的聲音說：「欸，岑岑，妳猜我現在在幹麼？」

「什麼？」我睡得迷迷糊糊，勉強撐起眼皮。

她呵呵一笑，「我現在正躺在地上喔。」

「躺在地上？爲什麼不回床上睡覺？」

「我起不來呀，我手腕上的血流個不停，我頭好暈，沒有力氣爬起來。」

聞言，我倏地驚醒，「末良，妳到底在做什麼？」

「因爲我好難過，岑岑一直不肯回到我身邊，想著想著，就又忍不住用刀片割手腕了。」

「末良，拜託妳別開玩笑！」我被她的話嚇壞了，「唐宇生呢？他人呢？」

「他去超商買東西。」她淡淡地說：「岑岑，我已經不想再等了。」

「妳說什麼？」

「我不要再等了，我等得好累，妳果然不在乎我。」她的聲音飄忽不定，虛幻得彷彿她下一秒就會消失，「下次妳再看到我的時候，我應該已經變成屍體了吧。拜拜，岑岑。」

另一頭一沒了聲音，我馬上打給唐宇生，電話卻轉進語音信箱。

我激動地留言給他：「唐宇生，你趕快回末良那裡，她自殺了，你快點回去！」

我迅速套上外套，衝出住所，卻猛然想起自己根本不知道末良住在哪裡，正慌張的時候，唐宇生來電了。

我立刻接起電話，「唐宇生，末良呢？末良她怎麼樣了？」

「她沒事，妳別擔心。」他聲音微喘，像是剛跑了一段路，「她騙妳的，她沒有自殺，我回去時，她已經睡著了。」

我腦子一片空白，「眞的？她沒事？」

「嗯。」

我鬆了口氣，強烈的酸楚猛地襲上心頭，眼淚當場掉了下來。

我極力摀住嘴，但還是壓不住哽咽，忍不住蹲在路邊啜泣。

「唐宇生。」

「嗯？」

「我要離開卡門。」我渾身發抖，淚水止不住地滑落，「不能再這樣下去了，我眞的很怕她會出事，也很怕她會再傷害別人，我想結束這一切。」

唐宇生靜靜地聽著，半晌後才說：「妳現在好好休息，什麼都不要想。末良的事，我已經知道該怎麼處理了。」

他掛斷電話後，我蹲在地上愣了許久。

直到一股冷冽刺骨的夜風激得我渾身一顫，我才擦乾眼淚，疲憊地起身，再沒有力氣去深思唐宇生最後那句話是什麼意思。

離開學校時，天空烏雲密布。

我困乏地揉揉眼睛，正思忖著要如何向小白提出辭呈，目光就被校門口的一個身影吸引。

那是好幾天不見的唐宇生。

他抽著菸，對我淺淺一笑，神情憔悴，人也瘦了一大圈。

「好久不見。」他說。

「你怎麼會在這裡？」我四處張望，「末良呢？」

「她今天有課，下課後要去找朋友，我晚點再去接她。」他凝視著我，「妳還好吧？」

我沒有回答，反問：「你是來找我的嗎？還是小白？」

「那不重要。」他語調轉低，「見誰都好。」

後來我們在校園裡散步。我原本有一堆話想對他說，見到面後，反而一句話都說不出口。

唐宇生率先打破沉默，「妳爲什麼會喜歡末良？」

「我不知道，就是覺得她的一切，都很吸引我。」我思索片刻，「那你喜歡她的理由是什麼？」

「可能是因爲……」他的視線落向前方，「她跟我是完全不一樣的人。」

「怎麼說？」

「我第一次見到她，就覺得她是個很天眞單純的女孩，像是張未被染色的白紙。她永遠那麼積極正直，對任何事都懷抱著美好的想像。」他輕吁一口氣，「她擁有我所沒有的特點，於是我不知不覺被她吸引，甚至自慚形穢，所以我在她面前總是表現得很好、很溫柔，讓她可以安心地待在我身邊，可是久了以後，我在她心中的形象就固定了，我不敢在她面前流露出最眞實的一面，怕她會因此對我失望，然後離開我。」

說到這裡，他笑了一下，「所以一開始我眞的不太喜歡妳，總覺得面對妳很有壓力。除了因爲妳也喜歡末良外，當時無論怎麼看妳，都像在看另一個自己。愈是了解妳，我就愈是痛苦，尤其看到妳明明受了傷，卻倔強不肯說的樣子，我就知道我們是一樣的，都藏著許多祕密，也背負著很多傷痛。」

他深深看著我，唇角弧度不減，「可是與我相比，妳堅強多了。」

我沒有作聲。

「自從末良變成現在這樣，而妳再次出現在我們面前。坦白說，有好幾次我都想把末良的事全告訴妳，我不想再獨自承受這些壓力。或許在我心裡，我把妳當作浮木，每每為了末良而筋疲力盡時，我就想逃到妳這邊，可是漸漸地我不忍心這麼做了，尤其在我發現自己喜歡上妳之後，就更不想把這些痛苦加諸在妳身上。」

雷聲隆隆，幾滴雨水驟然落下，我愣愣地看著唐宇生。

「其實我很自私，不是一直那麼溫柔體貼。」他目光深沉，「我想讓妳知道所有的事，不管好壞，都想一字不漏地說給妳聽。因為我真的很累，不想在妳面前都還要演戲。只有在妳面前，我才有辦法做回真正的自己。」

雨勢漸大，他張開雙臂緊緊擁住我，頭抵在我的肩上。

「暫時就這樣別動。」他的聲音細若蚊鳴，「一下就好了。」

校園裡的學生因為大雨而紛紛躲進建築物裡，只有我們停留在原地。

他抵在我肩上的重量是如此沉重，我感覺得到，他背負的一切已經沉重得讓他無法再前行。此刻的他沒有絲毫掩飾，清清楚楚地將他的痛苦、惶然與無助傳達給我知道。

「我們是一樣的。」

我驀地一陣鼻酸。

他的雙臂明明是那樣強健有力，身體卻冰冷如斯。

我情不自禁地伸手輕觸他的背脊、他的頭髮。

他長久踽踽獨行於黑暗中，如今終於肯向我坦承他的脆弱。

「丁凱岑！」

一道怒吼從不遠處傳來，末良臉色鐵青地站在前方，我和唐宇生迅速分開。

「你們在幹麼？你們現在在幹麼？」末良激動的吼聲在大雨中顯得極其刺耳。

我趕緊跑上前拉她的手，「末良，妳別誤會，我們不是——」

「不是個鬼！我都看到了，你們兩個緊緊抱在一起！」她用力甩開我，歇斯底里地嘶吼：「我眞不敢相信，岑岑妳居然……妳怎麼可以這樣對我？我最好的朋友，居然搶我男朋友！」

「末良，拜託妳聽我解釋，我——」

她毫不留情地狠甩我一巴掌，氣得渾身發顫，「我不要聽，誰要聽妳解釋？妳這不要臉的女人，竟然敢搶我男朋友。妳這個大爛貨，賤貨！」

我捂著熱燙的臉頰，驚愕地看著她。

唐宇生連忙將她從我身邊拉開，「末良，妳冷靜一點，事情不是妳想的那樣。」

「不是那樣？那是怎麼樣？我都看見了！要不是我臨時起意來找岑岑，你們還想瞞我瞞到什麼時候？我最重視的兩個人……你們怎麼可以這樣對我？」她完全失去理智，用仇恨的眼神瞪著我，「沒想到岑岑妳是這種女人，我居然沒早點看清妳的眞面目，還把妳當作最好的朋友。妳這個狐狸精，不要臉，妳早就在打宇生的主意了吧？」

「妳在說什麼？」我木然道，彷彿看到一齣荒腔走板的鬧劇在我面前上演。

她冷笑一聲，「高中時，大家不都在傳是妳勾引林毅老師？原來妳就是喜歡私底下跟男人亂搞，我當時居然還傻呼呼地站出來袒護妳，爲妳這種人辯解。我看妳那個時候就在打宇生的主意了吧？妳怎麼可以背叛我？妳怎麼可以這麼犯賤？」

「夠了！」我忍無可忍地大吼，「妳怎麼可以對我說這種話？爲什麼妳從不肯聽我解釋？難道從以前到現在，我對妳的好全是假的嗎？妳爲什麼要這樣汙衊我？」

「哈！笑死人了，做錯事還敢這麼理直氣壯。」她眼裡盡是不屑，「好呀，妳想解釋是不是？我現在就聽妳說，妳說給我聽啊！」

看著滿臉恨意的末良，我的心瞬間跌落谷底。

我快步朝她走近，末良下意識退了一步，隨即挑釁道：「幹麼？妳想要打我嗎？我才不怕——」

她話還沒說完，我已經捧住她的臉，吻了下去。

末良渾身僵硬，四周頓時安靜得只能聽見大雨打在地面的聲音。

當我緩緩離開她的唇，她不再憤怒，而是因爲驚嚇而陷入呆滯。

我伸手想觸摸她的臉，「末……」

她退後一步，又再退一步。

然後她驚恐地望向我，像是看到什麼可怕的東西，她匆忙撿起掉在地上的包包，就踉蹌地跑開了。

末良落荒而逃的身影，令我腦中一片空白。

唐宇生走過來，輕觸我的肩膀，「妳沒事吧？」

我撥開他的手，頭也不回地離開。

街頭的行人撐著傘，我一個人淋著雨走在路上，聽不見說話聲、車聲、雨聲，或其他聲音。

只有末良的嗓音不斷在耳邊迴盪。

「妳這個大爛貨，賤貨！」

「妳怎麼可以背叛我？妳怎麼可以這麼犯賤？」

丁凱岑啊丁凱岑……妳看到了嗎？這就是妳愛了這麼多年的人給妳的回應。

妳可曾料到末良會用這些字眼來羞辱妳？

面對妳的愛，她是如此害怕，害怕到當場逃走。

丁凱岑，妳看到了嗎？

我忍不住笑了出來，邊笑邊摀住眼睛，全身顫抖。

我肆無忌憚地放聲大笑。

就像最後面對爸爸那次一樣，我好痛，可是我怎樣都哭不出來啊。

從那天之後，我沒有再見過末良。

不知道為什麼，唐宇生的行動不再受到限制，他重新出現在卡門，但都遲至駐唱結束前一個小時才到場，也沒有去休息室。我和他誰也沒主動找對方說話。

我沒有每天哭泣，更沒有茶飯不思，把自己弄得悲慘不堪。

我依然白天去學校上課，晚上上台唱歌，彷彿什麼事都沒發生過。

末良沒有和我聯絡，我知道她不會再和我聯絡，但也不想問唐宇生她現在情況如何。

我感覺不到任何喜怒哀樂，也沒有任何事可以影響我的心情。

我讓自己徹底陷入忙碌。

「小海，妳明天有沒有空？」小白問。

「有啊，幹麼？」

「陪我去唱片行補貨吧，我也找了宇生一起。」他看了看我，「還是不方便找他？」

「沒有不方便。」我果斷搖頭，「就三個人一起去吧。」

小白離開後，我靜靜凝視鏡中的面孔。

我告訴自己這樣很好。

既然沒有想像中那麼難過，那就沒什麼好怕的了。

沒什麼好怕的。

翌日，離小白約定的時間只剩一個多鐘頭，他卻打電話來說臨時有事，不能去了。

「不好意思啦，看是要改期，還是妳和宇生兩個人去都可以。」他話音急促，聽起來不像是故意爲之。

我沒怎麼猶豫便說：「沒關係，那我和唐宇生去就好。」

剛結束通話，對門的雯雯就過來敲門。

「凱岑，我爸又送橘子來嘍，分妳一點！」

「謝謝。」我笑了下，看著她好一會兒才問：「雯雯，妳現在有空嗎？我想拜託妳一件事。」

一個小時後，我抵達約定的捷運站。

唐宇生見到我時，神情有些驚訝。

「小白有跟你說，他今天沒辦法來吧？」我問。

他點頭，目光逗留在我身上，我拉拉裙襬，「很奇怪嗎？高中畢業後，我就沒再穿過裙子了，衣櫥裡也沒有半件女人味的衣服，所以我特地和室友借了洋裝和高跟鞋，再請她用電棒捲幫我湯髮尾。」

他沒有作聲，仍定定地看著我。

我偏頭一笑，「很奇怪嗎？不好看？」

「……只是一時不習慣。」

「那多看幾眼就會習慣了，我們走吧。」要搭手扶梯下樓時，我主動勾住他的手臂，換來他莫名的眼神，我笑笑地解釋，自己還不習慣穿高跟鞋。

之後在捷運和大街上，我始終挽著唐宇生的手輕聲哼歌，他沒有再表現出困惑的樣子，只是比往常更安靜。

「你是不是不喜歡我這樣挽著你？怕被熟人看到？」

「沒有。」

「眞的？」

「眞的。」

「任誰來看，我們這樣都像是對情侶吧？」我看著他，口氣淡然，「我今天就是抱持著這種心情跟你見面的。我們今天來約會吧，做些情侶平常會做的事，你可以把我當成是你的女朋友，想做什麼都行。」

唐宇生停下腳步，神色難辨。

我們對望著彼此好一會兒，最後我摸了摸肚子，「肚子好餓。」

「去吃飯吧。」

「我想吃牛排。」我馬上說：「好久沒吃牛排了，以前都拚命省錢，不敢吃。」
「那就去吃吧。」
「你請客嗎？我要吃很貴的那種喔。」
他臉上雖然沒有笑容，語氣卻很溫柔，「妳開心就好。」
我歡呼一聲。
然後我們一塊去吃牛排大餐，還去逛了唱片行和看電影。
深夜在夜店喝酒時，喝得有些多的我用力拍打他，「唐宇生，你說話不算話！」
「什麼？」他拿著沒喝過幾口的酒杯，神智依舊清明。
「你之前說你家有一堆CD，我也說了要跟你借，但你根本沒借我啊！」
「我以為妳是隨便說說。」
「哪有？我很認眞。」我大聲說：「我要借一百張，今天就要，現在就要！」
「好啊，那就去我家拿吧，都在我房間。」他放下酒杯，「妳想借幾張都可以。」
「嘿嘿。」我打了個嗝，覺得臉頰好熱，頭也有點暈，緩緩倒入唐宇生的懷中。
他擁著我低語：「走吧。」
「嗯。」我閉眼微笑。
外面大雨傾盆，我和唐宇生都沒帶傘，雙雙被淋成落湯雞。
坐計程車到唐宇生家時，我已經醉得迷迷糊糊，沒能仔細打量他家，只隱約看得出似乎很大、很漂亮。
唐宇生剛把我帶進他房間，就聽到一位老先生敲門說：「小少爺，請您先換件衣服，還有那位小姐的衣服也濕了，不趕緊換下來是會感冒的。」

我和唐宇生置若罔聞，鎖上房門的那一刻，我們就情不自禁地相擁接吻。

「少爺……」我低笑，「他叫你少爺，好好笑……」

唐宇生用唇舌堵住我的話音。房內一片昏暗，我看不清楚他的臉，只聽得見彼此愈發急促的呼吸。

他扯掉我的外套，將手放到我腿上，我則脫去他的上衣，他領著我倒在柔軟的大床上。他的吻激烈而瘋狂，不像之前那般溫柔。我不住地顫抖喘息，唐宇生的吻和觸碰讓我的身體愈來愈熱，神智迷亂，幾乎無法思考。

就在他準備脫去我最後一件衣物時，我不甘再由他掌握主導權，用力將他推倒，轉而坐到他身上，眼睛一抬，他脖子上一條晶亮的物品引起我的注意。

那是一條銀色項鍊，樣式很眼熟。

我盯著它，喃喃地說：「這條項鍊……」

「高中時末良送我的，交往一週年的禮物。」唐宇生深深凝視著我，「也是妳送的。」

我整個人頓時呆住。

「雖然妳不想讓我知道，但末良還是告訴我了。」他語氣溫和，「是妳陪她挑的，也是妳們一起合買的，對嗎？」

我沒有作聲，只是伸手輕觸那條項鍊。

「妳可別告訴唐宇生我出一半錢。」

「爲什麼？」

「這沒什麼好講的，免得他跟妳一樣想太多，搞不好還會嫌我多管閒事。」

「怎麼可能？他不會的。」
「反正別跟他說就對了。」
我摩挲著那條項鍊，同時憶起末良的笑容和她的一切。
「有妳和宇生陪在我身邊，是我這一生最幸福的事。」
「我可以什麼都不要，只要有你們兩個就夠了。」
騙人……
「岑岑，我最愛妳了！」
我慢慢抓緊項鍊，幾乎要勒住唐宇生的脖子。
眼淚掉下來的剎那，他將我攬入懷中，像安慰孩子般輕拍我的背。
「妳很勇敢。」他撫摸我的髮，「妳告訴了她這些年妳對她的愛，無論結果如何，我都覺得這樣的妳很棒。」
他疼惜地親吻我的額，「妳很勇敢，眞的。」
我痛哭失聲。
那些我以爲已經消失的感覺，在這一刻全都回來了。
我不知道該怎麼面對接下來的日子，更不敢去回想末良滿臉驚慌地拒絕我的那一天，我只想當作什麼都沒發生過，這樣就不會崩潰，也不必承受痛苦。

如果那一天不存在，多好。

如果我愛的人不是她，多好。

如果可以選擇想愛的人，多好……

大雨在一個小時後完全停歇。

深夜的街上沒幾個路人，卻還是有不少車輛從馬路上呼嘯而過。

離開唐宇生家的時候，他沒有開車，而是打算背著我走回去。

我醉得意識不清，又因爲哭泣而精疲力竭，穿了一整天高跟鞋的雙腳也疼痛不堪，於是我只能軟綿綿地趴在他背上。

「凱岑。」唐宇生開口，「妳睡著了嗎？」

我微微睜眼，沒有出聲。

「對不起。」他又說。

我依然沒有回應，他可能以爲我睡著了，便繼續說：「妳知道嗎？我突然發現，自己好像一直在做傷害妳的事。」

我靜靜聽著。

「先是喜歡上末良，令妳痛苦萬分，最後只能選擇離她而去。再次重逢，我又要妳爲我臥病在床的爸爸彈吉他，害妳被羞辱，更讓妳想起關於妳爸的痛苦回憶。」他深吸一口氣，「但我沒想到……我傷妳最深的，竟然是愛上妳。」

唐宇生的聲音聽起來好遙遠，我的眼眶頓時濕潤了起來。

「對不起。」

本以爲心早就麻痺了，可是在這一刻還是痛到徹骨。

「唐宇生。」我悄聲說：「你……別再愛我了。」

他似乎怔了一下，卻沒有停下腳步。

眼角的溫熱再次溢出，我的聲音也哽咽了。

「拜託你……」我淚流滿面，淚水沾濕了他肩上的衣服，「不要再愛我了……」

唐宇生遲遲沒有回話。

經過漫長的沉默，我才聽見他啞聲應道：「好。」

我哭得不能自已，一句話都說不出口，淚水怎麼也止不住。

無論接下來的路會通往何方，路上會發生什麼事，我都不想再讓他陪我一起痛苦了。

因爲我希望這個人可以得到幸福，比世界上任何一個人都要幸福。

「小海，妳來啦？」

當我從卡門的後門進入休息室，就見到寶叔獨自坐在椅子上，他身穿白色西裝，頭戴白色帽子，看上去十分紳士。

「只有你一個人嗎？」我問。

他指向休息室外，「Pinky和宇生也在，我們出去坐坐吧。」

Pinky姊和唐宇生坐在其中一張桌子聊天，我和寶叔則坐在吧臺聽小白在台上唱歌。

「你們最近還好嗎？」寶叔面露關心，「聽說妳和宇生、末良發生了一些事。」

我微微扯動嘴角，「抱歉，讓你們擔心了。」

「沒什麼，雖然我不是很清楚你們之間怎麼了，但我希望你們無論發生任何事，都不要因爲一時衝動而傷害到自己，也不要硬撐，要懂得適時向別人求助，知道嗎？」

「嗯。」

寶叔望向舞台，若有所思，「再過不久，我應該會離開卡門。」

「什麼？」我嚇了一跳。

「妳也明白吧，其實客人是很喜新厭舊的，要是沒有新花樣，很難留住他們。在這裡的每位歌手都要承受這種壓力，等將來有新人進來，我這個老人大概就跟不上了，身體狀況也不允許。」

「怎麼會？可是小白他……」我吶吶地說。

「小白他沒給過我壓力，這也不是他的意思，是我自己的決定。」他莞爾一笑，「妳別擔心我，我現在正努力準備國家考試，有了目標，每天都過得很充實。雖然能在這裡唱歌的日子不多了，但我永遠不會忘記和你們相處的時光。」他輕輕捏了一下我的鼻子，「哎，別擺出這副苦瓜臉，寶叔又不是一輩子都不來了，還是會帶飲料來看你們啊！」

我過了好一會兒才擠出一絲笑容。

我從沒想過有誰會離開卡門，甚至以爲大家會永遠在一起，但此刻我才幡然醒悟，這是不可能的。

寶叔有別的人生目標，其他人也是如此。

而我也遲早會有和大家道別的一天。

「辛苦了，要回去了嗎？」準備下班回家時，唐宇生忽然出現在休息室門口。

「嗯。」

「那路上小心。」他淺淺一笑，隨後轉身離去。

直到現在，我仍記得唐宇生那晚說的話，他的那聲「好」始終在我耳邊縈繞。

我們還是會交談，但僅止於簡單的問候，不讓彼此有越界的機會。既然無法回應唐宇生的心意，我不願他繼續留在我身邊，等待一段沒有結果的戀情。

我不想把自己的傷痛加諸在他身上。

「親愛的小海，我們一起去吃東西吧！」

下午的課一結束，小白就過來找我，興高采烈地就要摟著我離開學校。

「這麼有閒情逸致？」我不客氣地拍開他的手。

「很久沒有出去逛逛啦，上次放妳鴿子，就當作是賠罪嘍。」

我們一起去吃下午茶，他一口氣點了三塊蛋糕，大快朵頤的滿足模樣看得我忍俊不住。

「幹麼一直對我笑？愛上我了嗎？」他吃得滿嘴奶油。

我把衛生紙捏成一團，扔到他頭上，「少自戀了。」

「就坦白說出妳對我的愛吧，沒關係的。」

「白痴，專心吃你的蛋糕啦！」我又丟了團衛生紙過去。

「唔，嚇我一跳，妳剛那句『白痴』，乍聽還以爲是宇生在罵我。」他眨眨眼，「你們怎麼連罵人的口氣都那麼像？」

「大概是天天聽他罵你，自然而然就學起來了。」

「最好是。」他用紙巾擦嘴，「不過妳和那小子，現在到底怎樣了？」
「什麼怎樣？」
「他不是喜歡妳嗎？」
我大吃一驚。
「妳拒絕他了？」
我沉默了半晌，點點頭。
「爲什麼？」
「什麼爲什麼？當然要拒絕，我怎麼可能……」
「因爲他是末良的男朋友？」
我頓時語塞，側頭避開他的目光。
「妳對宇生就沒有半點感覺？」他語氣尋常。
我不動聲色地看著他，「你明知道我喜歡末良。」
「嗯。」
「既然知道，幹麼還問？」
「只是在想妳和宇生有沒有可能在一起。」
「你希望我們在一起？」
「是靈靈和釘子這麼希望，他們把妳視爲解救宇生的唯一希望。但很顯然，妳並不想扮演這種角色。」他啜了口紅茶，「大概是看不慣宇生受委屈，又感覺到他可能喜歡妳，兩人才會生出這種想法。」
一股澀意湧上喉嚨，我將視線移向窗外。

「妳有沒有發現，宇生這兩天沒再來卡門了？」

我馬上意識到不對勁，「難道你懷疑末良她又……」

「不是這個原因。」

「什麼意思？難道還有其他原因嗎？」

「難道妳不知道？」他訝異地反問。

正當我一頭霧水之際，唐宇生突然推門走進店內，一見到我，隨即面露錯愕。

小白神色自若地朝他揮手，「你到啦？過來吧。」

「找我幹麼？」唐宇生緩步走到桌邊。

「找你吃下午茶啊，不過末良的事你居然還沒告訴小海，這麼重要的消息怎麼能不讓她知道？你打算瞞到什麼時候？」小白笑著站起身，接著對我說：「小海，你們慢慢談，我先走了。」

直到小白離去，唐宇生才面色凝重地坐下。

我立刻發問：「發生了什麼事？末良她怎麼了嗎？」

他嘆了一口氣，「她休學了。」

「什麼時候？」我很驚訝。

「三天前。」

「爲什麼休學？」

「她對同校的一位女同學動手，害對方住院，對方家長提告，她就辦休學了。」唐宇生的語氣沒有一絲波瀾，「一直以來，末良的行爲都有些異常，不僅會三更半夜打電話騷擾和她有過節的人，也常與室友吵架，校方沒辦法讓她繼續住在宿舍。最近她的精神狀況變得更不穩定了，常有失控傷害別人的舉動，爲了顧及其他學生的安全，校方決定讓她先暫時休學，現在就由我陪著她。」

「你……打算怎麼做？」我嘴唇顫抖，「事情怎麼會變成這樣？」

還沒等唐宇生回答，他的手機鈴聲響起。他接起沒多久就臉色一變，拔腿衝出店外。

我直覺可能是末良出事，於是也追著他跑到捷運站附近。

末良在那裡和一名衣著時髦的女生拉拉扯扯，表情猙獰。

我嚇傻了，唐宇生見狀立刻衝上前將她們分開。

末良一看到唐宇生，神情漸漸恍惚了起來，臉上的血色也一點點褪盡。

時髦女子手持末良的手機，看來剛才就是她打電話給唐宇生的。

她惡狠狠地瞪著唐宇生，「你就是張末良的男朋友？」

「出了什麼事？」他問。

「你還好意思問？你知不知道她想搶我的男人？你這男朋友到底是怎麼當的？爲什麼不好好看著她？」女子勾住身旁男子的手臂，對末良痛罵：「不要臉的女人，不准妳再接近我男友，要不然我絕不會放過妳，聽清楚了嗎？」

「妳說誰不要臉？妳再說一次！」末良尖叫，衝上前扯她的頭髮。

唐宇生與那名男子連忙再次將兩人拉開，男子驚魂未定地對唐宇生說：「欸，你女朋友的精神是不是有問題？像個瘋子一樣，她該不會腦子不正常吧？」

「你說誰瘋子？誰是瘋子？」末良的歇斯底里嚇得那對男女退了幾步。

唐宇生抓住她的手，厲聲喝道：「好了，末良！」

「宇生，你別聽他們胡說，是他們兩個想陷害我。」末良泫然欲泣，語氣焦急，「你要相信我，你一定要相信我。」

「相信妳？誰不知道妳四處招惹男人？既然敢做出這種事，就不要怕被妳男友知道。」女人嘴裡愈來愈不客氣。

唐宇生沉著聲音開口：「夠了，你們兩個都給我滾！」

那對男女悻悻然地離開，聚在周圍看熱鬧的人群也逐漸散去。

末良緊緊抱著唐宇生，頭髮凌亂，面色慘白，纖瘦的身軀不停發抖著，像是因爲祕密被揭開而倉皇驚恐，再不復見昔日的甜美模樣。

「末良，放開我。」唐宇生說。

聞言，末良反將他抱得更緊。唐宇生用力將她拉開，她立刻發出淒厲的哭喊：「宇生，你聽我說，眞的是他們陷害我。我什麼都沒做，我眞的沒有，眞的！」

「末良，」唐宇生捧起她的臉，定定地注視她，「我相信妳，妳說什麼我都相信，好嗎？」

她破涕爲笑。

唐宇生說：「我帶妳回家。」

「回家？」她先是一陣恍惚，隨即開心地點頭，「好呀，回家，一起回我們的家。」

「不是。」唐宇生聲音低啞，「是有妳家人在的家。」

「我沒有家人。」她一時之間似乎反應不過來，語氣輕飄飄的。

「妳有，妳媽和妳繼父。他們來接妳了，我跟妳一起回去。」

「不要，我不要回去！」末良大叫，情緒再次失控，「我沒有家人，沒有家人！我死都不要回去那種地方，我不要，我不要，我不要！」

親眼目睹末良的失常與癲狂，我的眼淚不知不覺布滿了臉。

「末良……」我不禁上前想牽她的手，卻被她大力甩開。

「宇生，我求求你，不要帶我回去。」末良死命抱著他，激動哭叫：「我愛你，我愛你，你不要帶我回去，我要永遠和你在一起。宇生，我愛你，拜託你不要帶我回去……」

唐宇生不為所動，只是閉上眼睛，緊蹙雙眉。

我從沒見過他那種快哭出來似的表情，但下一秒他就睜開眼，神情轉為堅定，將末良扛在肩上，抬手招了輛計程車。

末良不斷哀求著，尖厲的哭喊震耳欲聾，直到唐宇生帶她坐上計程車，我才回神追了上去，卻終究趕不及車子駛離的速度。

「末良！」我朝車子離去的方向大喊，忍不住放聲大哭。

我耳邊彷彿還能聽見末良的哭聲，而我的心隨著她的離開再度死去。

那天之後，我有好一段時間沒再見到唐宇生和末良。

後來我才知道，唐宇生聯絡了末良的父母，他們也在那日匆忙趕到台北，所以末良大概是被父母帶回家了。

與末良失聯的第九天，小白在午夜打電話給我，語氣嚴肅且沉重，「小海，我有末良的消息了，妳冷靜點聽我說。」

我將手機貼緊耳朵，生怕漏掉他說的任何一個字。沒過多久，我手上一鬆，手機摔在地上，我整個人也癱坐在地。

「末良……已經被送進精神病院了。」

這天，卡門的休息室特別安靜。

釘子和靈靈不時在一旁擔心地看著我，在聽聞末良的事之後，儘管兩人今天不用駐唱，他們還是過來了，並小心翼翼地守在我身邊。

我戴著耳機安靜地彈吉他，當耳機裡的音樂停止，我發現周遭已空無一人，而外頭的音樂還在繼續，是小白在彈鋼琴。

我凝視著鏡中蒼白瘦弱，活像個幽靈的自己，我不知道自己還能做些什麼，就連明天我都覺得好遙遠。

唱完歌，走下舞台，然後呢？

然後呢？

「小海。」Pinky姊端了一杯飲料走進休息室，「要換妳了，喝一點潤潤喉。」

「謝謝。」我接過杯子，卻也只是端著。

「小海。」她從背後擁住我，與鏡中的我四目相交，「別太苛責自己好嗎？有些事情的發生並不是因爲誰的錯。即便沒有妳，事情該發生的就是會發生，沒有人能夠阻止。而所謂的壞結果也不一定是眞的壞，也有可能是重新開始的契機。」

我愣愣地聽著Pinky姊溫柔的嗓音在我耳邊低喃。

「等妳想通這一點，就會明白下一步該怎麼走了。哭過以後生活仍然要繼續，但要是連哭的機會都不給自己，妳就會一直帶著這個傷懲罰自己，這對妳和所有愛妳的人而言，不是件非常悲哀的事嗎？」她語帶嘆息。

眼裡的濕意讓我不禁閉上眼睛。

輪到我了，我拿起吉他走上台，觀眾熱情地鼓掌歡呼。

我告訴自己應該要笑，要唱歌了。

於是我開始表演，過了片刻，我卻發現坐在吧臺的靈靈和釘子面色微慌，連小白都看了過來。

台下一片躁動，每個人都用不解的眼神看著我。

怎麼回事？發生什麼事了？

這時燈光突然一變，一道強光刺進我眼裡，我這才驚覺原來自己根本沒開口唱歌，甚至連吉他都沒彈。

我只是木然地站在舞台中央，動也不動。

小白問我要不要暫時休息一陣子，不要駐唱了。

我拒絕，並再三保證自己絕對不會再那樣，求他讓我繼續唱下去。

那時，沒人知道我心裡有多害怕，我害怕小白不讓我再站上舞台，害怕自己會失去這個唯一可以依靠的地方。

所以我不斷地唱，唱到聲音都啞了也不停歇。

我要為那些來聽我唱歌，口中說愛我的人而唱，我只要為他們而活。

丁凱岑已經不存在了，如今我的世界只剩下小海，那個被大家崇拜，讓大家開心的小海。

某天晚上，我看到台下坐著兩名身穿國中制服的女生。

我認出她們是曾經找過我的小若和嘉嘉，對她們揮手微笑。兩人似乎沒想到我還記得她們，立刻興奮又害羞地緊握住彼此的手。

與此同時，我意外發現另一個熟悉的身影坐在吧臺。是唐宇生。

將近一個月沒有他的消息了，台下燈光昏暗，我看不清楚他的臉，只隱約看出他好像變瘦了。

「安可！安可！」

久久未息的安可聲讓我回過神，我搖搖頭，想要專注於演出上。

「謝謝各位，還有誰想點歌嗎？」

離我最近的一桌客人傳了張紙條給我，並示意是後一桌的客人寫的。我目光移了過去，小若和嘉嘉羞怯地對我一笑。

我也忍不住笑了，「好可愛的聽眾，用傳紙條的方式向我點歌。」

台下跟著響起笑聲，小若和嘉嘉也因大家的注目而羞紅了臉。

「好，那就來看看兩位小客人點了什麼歌……」我邊說邊打開紙條，只一眼，笑意瞬間凝在嘴角。

紙條上的歌名令我一時僵住了，過了片刻才轉身向樂團囑咐幾句。前奏一出，不少觀眾馬上認出是哪一首歌，掌聲愈發熱烈。

我握著麥克風，腦袋不知怎地忽然空白了一瞬，我深吸一口氣，開始唱：

How do I get through one night without you
我該如何度過沒有你的夜
If I had to live without you
如果我必須沒有你而活下去
What kind of life would that be
那會是什麼樣的人生
Oh and I, I need you in my arms
我需要你在我懷裡
Need you to hold
需要你來擁抱
You're my world, my heart, my soul
你是我的世界、我的心、我的靈魂
If you ever leave
如果你離去
Baby you would take away everything good in my life
寶貝　你將帶走我生命中美好的一切

「岑岑……」

And tell me now

告訴我
How do I live without you
失去你　我怎麼活下去
I want to know
我想知道

「岑岑！」

我心中一驚，下意識捂住右耳，同時竟聽見海浪聲。

「前陣子看了《空中監獄》，覺得這首歌超好聽的，妳不覺得嗎？？」
「岑岑，妳彈一次〈How Do I Live〉好不好？」

How do I breathe without you
失去你　我怎麼呼吸
If you ever go
如果你真的要走
How do I ever, ever survive
我怎麼活得下去
How do I, how do I, oh how do I live

我怎能……怎能活下去

〈How Do I Live〉詞、曲：Diane Warren

「岑岑，妳別走。」

「爲什麼要騙我？我們不是說好要一起去台北嗎？妳說過會一直陪著我的！」

「丁凱岑，妳這個大騙子！妳怎麼可以這樣對我？我恨妳！我恨妳！」

我聽見自己的聲音發抖，心臟狂跳。

我忍不住四下張望，末良明明不可能在這裡，我卻一直聽到她的聲音，連海浪聲也愈來愈大。

末良，妳在哪裡？

「妳這個大爛貨，賤貨！」

「妳怎麼可以背叛我？妳怎麼可以這麼犯賤？」

「我沒有家人，沒有家人！我死都不要回去那種地方，我不要，我不要，我不要！」

眼前驟然一片漆黑，我感覺到身體一輕，彷彿就要飄起。

在眾人的驚叫聲和麥克風摔在地上的尖銳聲響中，我倒在台上。

閉上眼的前一刻，我模模糊糊地看見一個身影迅速朝我跑來，隨即失去意識，只剩下海浪聲仍不斷在耳邊迴盪。

等我清醒的時候，海浪聲不見了，末良的聲音也不見了。刺鼻的藥水味讓我意識到自己正躺在醫院，而唐宇生趴在病床邊，緊緊握著我的手，像是睡著了。

我凝視他片刻，低聲喚醒他。他抬起頭，臉色蒼白憔悴，看起來萬分疲憊。

「妳沒事吧？」

我點頭，他緩緩鬆口氣，另一隻手也握了上來。

「我以爲……」他的聲音幾不可聞，「以爲連妳都出事了……」

我靜靜地看著他，沒有接話。

「妳記不記得我們曾經說好，如果有天我們因爲某些緣故，不得不離開對方，也不要後悔自己的決定？」

「記得。」我說。

他淒然一笑，「可是我後悔了。」

我微微愣住。

「看到妳昏倒在台上，我的心臟差點就停了。」他低下頭，「就在那一刻，我後悔了。」

我胸口隱隱作痛，眼眶泛熱，「唐宇生，你不要這樣好不好？」

他很用力地深吸一口氣，無法繼續保持冷靜。

「是我親手把末良送進那裡的……」他溫熱的淚水滾落至我的手心，「她一直苦苦哀求，直到最後一刻都還在求我，可是我還是把她留在那裡，留在那個地方……」

唐宇生痛哭失聲，令我的眼淚也跟著潰堤。

我們緊緊相擁，因為對所有事都已經無能為力，所以只能哭泣。

最後，我們都背叛了自己。

背叛從前那個又傻又天真，卻最是堅定的自己。

乾淨的空氣，澄澈的天空，所在之處不見擁擠的高樓大廈，只有滿山頭的綠意。

我在一間漆成白色的療養院的門口被人叫住，「凱岑！」

一位婦人走近，是末良的媽媽，「果然是妳，好久不見了。」

「好久不見，阿姨。」我的心情有些激動，自高中畢業後，我就沒見過她了。

「妳是來看末良的？」見我點頭，她領著我走進療養院。

不知道是心理作用，還是我太過敏感，室內冷清的氛圍使我微微打了個冷顫，不敢隨意張望。

我們在一間病房門口停下，阿姨輕輕打開房門，一個纖瘦的身影映入眼簾，她背對門口，絲毫沒注意到有人來訪。

「末良，有人來看妳了。」阿姨柔聲說：「是岑岑來了。」

聞言，她緩緩回頭，臉上沒有化妝，看起來不若之前那般光彩亮麗，卻相當清純可人。

和十七歲的她一模一樣。

我止不住內心翻騰，視線瞬間模糊。

但末良卻像見到陌生人似的，安靜地看了我好一會兒，便轉過頭繼續做她的事。

「妳們聊聊吧，我去幫妳倒杯水。」阿姨說。

門關上的那一刻，我的眼淚撲簌簌地落下，再也壓抑不住哽咽。

末良聽到啜泣聲，忍不住回頭打量我，眼裡多了份疑惑。

我發現她手裡拿著兩隻兔子娃娃，一隻是黑色的，另一隻身上帶有格子圖案。

她抱著娃娃走到我面前，困惑地問：「妳幹麼哭？」

「末良，我是凱岑……岑岑，妳不記得我了嗎？」我努力保持冷靜。

「妳才不是岑岑！」她皺起眉頭。

我一愣。

「岑岑她從來不哭的。」她滿臉不高興，「不管發生什麼事，岑岑都沒在我面前掉過半滴眼淚，是我看過最堅強的女生，她才不會像妳這樣哭哭啼啼！」

「岑岑在這裡喔。」她舉起格子圖案的兔子娃娃，開始對娃娃自言自語：「岑岑她跟我說，她哪裡都不會去，會永遠在我身邊保護我，不管發生什麼事，她都不會讓我傷心難過，對不對岑岑？」

我還來不及說話，她又舉起另一隻黑色兔子，「宇生也是，我們三個人說好了，要一起考上台北的大學，永遠在一起，絕對不分開。我一直很努力用功，可是宇生老是愛偷懶睡覺，岑岑也總是忙著打工，我真的很擔心他們。」

語落，她抬眼看我，「妳說，我該怎麼勸他們才好呢？」

我的心像被撕裂般疼痛，眼淚也掉得愈發凶猛。

末良一下子慌了手腳，她似乎想阻止我哭泣，跑到窗邊拿起一隻白兔娃娃塞到我手中，「給妳，給妳，妳不要哭了啦……」

我握住她的手，語帶哽咽，「對不起。」

她面露困惑，任由我握著她。

「末良，我愛妳。」我淚流滿面，用盡全身力氣大喊：「我愛妳，我愛妳，我愛妳，在這世上，我最愛的人就是妳！」

她睜大眼睛，好一會兒都沒有說話。

可能是我的錯覺吧，離開病房時，我似乎看見她微微一笑，像是很開心、很幸福的樣子。

「她現在的狀況時好時壞，剛進來的時候，幾乎天天大吵大鬧。」阿姨和我站在病房門口交談，她的視線不時落向正和布偶有說有笑的末良，眼眶泛紅，「看到她那個樣子，我的心都碎了。」

我抿著唇，覺得一陣鼻酸。

「自從末良去台北念書，她就不曾回來過，我知道她恨我。」阿姨抹去眼角的淚，「末良的男朋友，那個叫宇生的孩子，在末良住院後，我叫他不要再來了。一開始我很不能諒解，末良身上發生了這種事，他卻拖了那麼久才通知我們，但後來想想，那孩子也不是故意要隱瞞我們，所以也不想再怪他了，只希望他可以離開末良，別再刺激她，讓她好好接受治療。也許這是老天給我的懲罰吧，我虧欠末良太多了，那孩子最需要的安全感，我從來沒給過她，一切都是我的錯……」

阿姨的眼淚不停滑落，我輕輕抱住她，想給她一點安慰。

「我想要去散步！」末良突然大喊。

阿姨立刻把眼淚擦乾，走進房內，「好，去散步吧，媽媽陪妳。」

末良沒有拒絕，嘴裡哼著歌，看起來心情很好。

「宇生、岑岑，我們走，一塊去散步。」

她一手牽著黑兔布偶的手，另一手牽著格子兔布偶的手，那一瞬間，我彷彿看到從前我們三人在一塊的身影。

那是我們最快樂的時候。

看著末良和阿姨走遠的身影，我抱著末良送給我的白兔布偶，蹲在地上痛哭失聲。

爲那段最美麗，卻再也回不來的日子。

冷冽的寒冬，台北的某個角落卻格外熱鬧溫暖。

時間過得很快，我來這座城市已經一年了，小白也針對卡門開幕屆滿四週年，特別舉辦優惠活動。

我再度忙碌了起來，也努力讓自己的生活回歸正軌。

「白兄又在偷懶了啦，宇哥，你快點把他抓回來，彩排快來不及了！」釘子氣急敗壞地跑進休息室將唐宇生拉走，與剛好走進去的我擦肩而過。

不知從何時開始，我和唐宇生的交集愈來愈少。

並非故意疏遠，只是在看見對方的那一刻，我們就會不約而同陷入沉默，下意識別開視線。

只要看見對方，我們就會想起末良，我知道。

「辛苦各位啦，卡門四歲嘍，感謝你們把它養得肥肥的。」

慶功宴上小白向大家舉杯道謝，只是話才說完，就立刻被釘子吐槽：「白兄你也太不會講話了！」

「唉，我眞的有很多話想對大家說，接下來請給我三個小時，讓我好好表達內心無限的感激……」小白剛講完這段開場白，釘子連忙衝上前摀住他的嘴，深怕他眞要發表長篇大論，我不禁莞爾。

小白很快就掙脫釘子的手，哇哇大叫：「好啦，你們也太不給我面子了，我不講，那給宇生講。宇生有話想跟大家說。」

聞言，所有人都朝唐宇生望去，突然被點名的他則愣了一下。

「宇哥要說話？」釘子一臉訝異。

「眞稀奇，宇生想跟我們說什麼？」Pinky姊好奇地問。

「不會要和小白哥說一樣的話吧？那樣就不像宇生哥了。」靈靈笑著打趣。

面對大家的目光，唐宇生看了小白一眼，稍稍坐正身體。

「謝謝。」

我們被他突如其來的道謝弄得一怔。

「很高興可以認識大家，謝謝你們給了我一段這麼快樂的日子。」他語氣鄭重，「這輩子我都不會忘記卡門，也不會忘記大家。」

「欸，宇哥，你也太嚴肅了，講得好像快要離開一樣。」釘子先是一呆，隨即失笑，其他人也跟著笑了起來。

但是見唐宇生表情嚴肅，笑聲漸漸停了。

「你說得沒錯。」唐宇生環顧現場每一個人，「我要離開這裡了。」

靈靈慌張地追問：「什麼意思？你要去哪裡？」

「對啊，爲什麼要離開？」釘子眉頭緊蹙。
「我要和我爸一起去美國。」唐宇生回答得很簡短。
「什麼時候？」靈靈又問。
「兩個星期後。」
這個消息讓大家措手不及，Pinky姊著急地問：「怎麼會這麼突然？」
「其實我已經考慮一段時間了，我打算先去我爸美國的分公司學習，將來爲家裡的事業盡一份心。抱歉，現在才跟你們說。」
「那你會回來嗎？」釘子問。
唐宇生靜默片刻，坦言：「我也不知道。」
眾人陷入沉默，注意到靈靈眼眶泛紅，唐宇生走過去輕拍她的頭，靈靈抱住他，忍不住哭出聲來。
唐宇生笑著和每個人說話，唯獨沒有看向我。一眼都沒有。

聽到海浪拍擊岸邊的聲音，我不禁回頭張望。
有人站在海灘上，我一時分不清究竟是三人還是兩人，等終於看清楚了，才發現居然只有一個人。

「只是想出來走走。」

一道低沉的嗓音飄進耳裡。

那人背對著我，我正想走過去確認是不是他在說話，那個聲音又再度響起。

「妳下車後我就醒了。」

我渾身劇烈一顫，猛地睜開雙眼。

夢中的那個人，明明只看見對方的背影，我卻知道那人是誰。

自從唐宇生宣布要離開台灣，我就變得很不對勁，整天恍恍惚惚的。

只剩一個星期他就要去美國了，但在我駐唱的這幾天，卻沒再見到他出現在卡門。

是不是該說些什麼？或者該做些什麼？我想了很久，始終得不出答案。

我不知道這時候自己到底還能做什麼。

星期六晚上，我沒有駐唱，把自己關在家裡聽音樂。注意到手機響了，我摘下耳機，手機螢幕上顯示的名字讓我怔了半晌。

我忐忑地接起電話，「喂？」

「凱岑。」他停頓了一下，「是我。」

「我知道啊。」聽見他的聲音，我不禁屏息。

「妳現在忙嗎？」

「還好……幹麼？」

「要不要去淡水？」

我意外地反問：「淡水？」

「嗯，我朋友之前向我借車，結果把車停在那裡，我想去那邊走走，順便把車開回來。」他幾不可察地話聲一頓，「妳要不要一起去？」

我不假思索便應下。

結束通話後，我很納悶自己爲何會答應得這麼乾脆，然後，又想起了那個有他的夢。

寒流來襲，街上的路人瑟縮著身體快步行走。

我站在捷運月台發呆，喧鬧聲不斷傳入耳中，所在之處明明是那樣熱鬧，我卻像是置身事外，完全無法融入。

一對年輕男女走到我面前，小心翼翼地問：「不好意思，請問妳是小海嗎？」

我先是一愣，而後輕輕點頭。

那女孩滿臉興奮地說：「我和我男友經常去卡門聽歌，我們都是妳的歌迷，沒想到眞的是妳，可以和妳合照嗎？」

我有些無措，正想要拒絕，那女生就主動勾起我的手臂，興沖沖地要男生趕快幫她拍照。

此時，一股力量猛地將我和她分開，唐宇生握住我的手，擋在我面前。

他目光冰冷，嚇得那對情侶匆匆離開，恰巧捷運列車進站，他拉著我步入車廂。

車廂裡的乘客很多，我們只能侷促地站在門邊，一有人要上下車，就會被進出的人潮推推搡搡。幾次過後，唐宇生索性用身體將我護在懷中。

「假日坐捷運，還眞是自討苦吃。」他苦笑，「抱歉，這時候找妳出來。」

我沒有回答他，覺得鼻子酸酸的。

經過半個小時的車程，我們抵達淡水，路上人潮洶湧。

唐宇生牽起我的手，我沒有拒絕。

我眞的變得怪怪的，無論他做什麼、說什麼，我都不想反抗，任憑他施爲。

我不知道自己怎麼會變成這樣，他的一顰一笑輕而易舉就控制了我。

「今天的手氣特別不順。」唐宇生嘆道，望著牆上沒有被射中的氣球，又玩了一次遊戲。

我看著他的側臉，完全沒有他將要離開的眞實感。

離開射氣球的攤位，他突然在一個賣銀飾的攤位前停下，揀起一副水藍色的耳環。

「這很適合妳。」他拿到我耳邊比對，「要不要買一副戴戴看？」

「我沒有耳洞。」這是來到淡水後，我說的第一句話。

他端詳耳環片刻，最後還是掏錢買下。

「就當作是慶祝妳來卡門一年的禮物吧，而且這顏色跟我們高中旁邊的大海很像。」他淡淡一笑，「是妳的顏色。」

我凝視著躺在手心的耳環，心微微抽痛。

淡水河畔的另一頭，有人在施放煙火，絢麗的煙花一朵朵開在漆黑的夜空中，吸引了不少人的目光，我們也駐足欣賞。

沒過多久，唐宇生忽然說：「我爸原本一直都不理我。」

「咦？」我微微一愣。

「我曾經做出讓他非常傷心的事，所以有好幾年他都沒理過我，我也以爲我們這輩子不可能和好了。」他目光凝滯在遠處的空中，「但就在幾個星期前，他突然問我大學畢業後要做什麼，我沒有回答，他便要我跟他一起去美國，學學怎麼經營家族企業。」

我不發一語。

「我眞的很驚訝，甚至以爲自己在作夢，一時間也不曉得究竟該高興還是難過。從小我的世界就以他爲中心，爲他而轉，他是我的憧憬，也是我的夢想，他的肯定是我最想得到的東西。我本來以爲自己再也沒機會獲得他的肯定，可是現在他讓我看見希望，我反而陷入了猶豫，如果是以前，我一定二話不說馬上答應他。」

「爲什麼猶豫？」

唐宇生靜默半晌，「可能是因爲我已經找到更想得到的東西。」

但你還是決定離開。

我沒有說出這句話，一陣強風猛地吹來，我不禁闔上眼。

唐宇生伸手替我撥開亂髮，他的觸碰令我全身一顫，我感覺得到他微涼的手指溫柔地撫過我的臉，他的吻落在我的額頭、鼻尖，最後落在我的唇上。

在冰冷的風裡，他的吻卻很溫暖。

回程的途中，坐在車上的我們沉默不語。

我凝視著車窗上一顆顆晶瑩的雨珠，側耳傾聽迴盪在車內的歌聲，那是張宇唱的歌。

你只是靜靜陪了我一個午後
在我的心裡彷彿你停了好久

一點點探索　一點點感動
你竟然有我渴求已久的溫柔

你問我是否還有感情路要走
那是我自己都怕提起的傷痛
不想說太多　不要人問候
不想在這個時候對你細說

只想有一段路是你陪著我走
不談論關於我的過去和以後
揮霍寂寞　直到我們的心又軟弱

只想有一段路是我陪著你走
就算為一個一定會消失的夢
傾我所有　一輩子都要留在心中

〈揮霍寂寞〉詞：十一郎　曲：張宇

歌詞令我久久無法回神，無數畫面閃過腦海，幾乎要擊潰我的心。
濃烈的酸楚讓我有些失態，當車子一停在租屋處門口，我迅速開門下車。

唐宇生也跟著下車，他急匆匆地喊：「丁凱岑！」

我停下腳步。

「就算只有一點點也好……」大雨很快將我們淋濕，也幾乎蓋過他的聲音，「是幻覺、錯覺都可以，一秒也行，即便只有一瞬間也沒關係，只要這念頭曾在妳腦海中出現過……」

我摒住呼吸，等待他的下一句話。

他緩緩開口：「妳有沒有愛過我？」

我杵在原地動彈不得，明明感覺不到半點冷意，雙唇和雙手卻不斷顫抖。

最後我沒有回頭，也沒有回答，逕自奔回屋內，全身虛脫地蹲在地上，環抱住自己。

盈眶的淚水讓我眼前一片模糊，耳邊的歌聲卻愈來愈清晰，哪怕摀住耳朵都還是聽得見。

一輩子，都要留在心中。

「小海姊，今晚我們要爲宇生哥辦歡送會，妳會來吧？」

我躺在床上一遍遍看著靈靈的訊息，過了好半晌才回訊婉拒，說自己沒有時間前往。

她不死心，又傳了訊息過來：「我知道小海姊的心裡不好受，可是他明晚就要走了，我們都希望妳可以來，而且我相信宇生哥也一定很想見妳。」

這次我沒有再回訊息。

我終究還是缺席了，在房裡戴著耳機聽了一整晚的音樂，想要隔絕外界所有的聲音。

我很怕再見到他，而這樣的害怕令我陌生，也令我恐懼。

我眞的很害怕。

「妳有沒有愛過我？」

明明什麼都不想聽，卻什麼都聽見了。

我緊抿唇，覺得呼吸困難。

隔天，我不需要去卡門駐唱，小白卻還是把我叫了過去。

他百般威脅利誘，甚至告訴我，就算雙腳斷了，用爬的也得爬過去，我早有心理準備會被他罵到臭頭。

算算時間，唐宇生應該已經離開台灣了。

我沒有去送他，連聲再見都沒說，大家對於這樣的我應該會很生氣吧？

但是唐宇生眞的走了嗎？爲什麼我仍然一點眞實感都沒有？總覺得他明天依舊會出現在卡門，坐在台下聽我唱歌。

我走進店裡，裡頭一如往常坐滿客人，而小白正在台上演唱。

他幹麼在他駐唱的時間把我叫來？

心裡正納悶，一位女服務生走來對我輕聲說：「小海，我帶妳去妳的位子。」

「咦？」我還來不及反應，她就把我帶到一張靠近角落的桌子，那裡已經坐著一個人。

「妳來了？」一道再熟悉不過的嗓音傳入耳中。

我的心猛地一跳，說話的人是唐宇生。

他戴著帽子，起身拉開旁邊的空位，昏暗的燈光讓我看不清他的臉。

見我遲遲沒有動作，他伸手將我帶到座位上。我沒有問他怎麼還在這裡，想著自己也許是在作夢。

他摘下帽子戴在我頭上，低聲說：「這樣別人比較認不出是妳。」

我沒有勇氣正視他，直到他握住我的手，我才猛地抬頭。

「謝謝妳來，謝謝妳。」他對我微笑，伸臂摟住我，在我耳邊低喃：「如果能早一點遇見妳就好了。」

我怔住。

「如果能再早一點，在遇見末良之前……在還沒轉到妳們學校之前，如果能在那個時候就認識妳，那就好了。」

他放開我，牽起我的手，眼神滿是溫柔，「我們是一樣的。」

我看著他的雙眼，一個字都說不出來。

「不管以後在哪裡，在誰的身邊，再次愛上哪個人，我都不會忘記那段有我們、有大海的時光。」他深深凝視我，「我永遠不會忘記妳，這是我最想對妳說的一句話。」

他笑意加深，「能夠遇見妳，我很幸福。」

他輕吻我的臉頰，同時對我道了聲再見。

然後他鬆開我的手，起身頭也不回地走出卡門，而我就像失去了靈魂，直到聽見掌聲才又回過神來。

不知何時，又一首歌結束了。

「接下來的這首歌，是我一個好朋友要點給他喜歡的女生。他想要告訴她，很抱歉他沒有遵守承諾，希望她能原諒他。」坐在鋼琴前的小白開口，歌曲的前奏從他指間流洩而出，「〈答應不愛你〉，這是宇生送給凱岑的歌，希望她能夠聽見，也以這首歌作爲今晚的結尾。」

心臟劇烈一跳，我錯愕地望向小白。

大部分的顧客都不曉得我的本名，因此大家反應不大，只是再度送上熱烈的掌聲。

小白微微一笑，閉上眼睛，隨著在琴鍵上飛舞的手指低聲哼唱：

明明愛很清晰　卻又接受分離
我只剩思念的權利
難過還來不及　愛早已融入呼吸
不存在的存在心底

「唐宇生。」

「你……別再愛我了。」

雖然很努力　練習著忘記
我的心卻還沒答應可以放棄了你
真的對不起　答應了你不再愛你
我卻還沒答應我自己

「拜託你。」
「不要再愛我了……」

明明愛很清晰　卻要接受分離
我只剩思念的權利
難過還來不及　就讓愛融入空氣
不存在的存在心底

「好。」

說好要忘記　偏偏又想起
原來我的心還沒有答應放棄了你
真的對不起　雖然曾經答應了你
我卻還沒答應我自己

「謝謝妳。」

卻又如何真的不愛你

〈答應不愛你〉詞：孫藝　曲：金大洲

當客人逐漸散去，我仍坐在原處。

小白在我身旁坐下，「妳還好嗎？」

眼眶的灼熱讓我無法直視他，只能稍微別過頭。

「爲什麼不去追？」

我沒有吭聲。

「這樣就眞的結束嘍。」

「……不能追。」我說。

「爲什麼？」

「他曾經對我說過……我們是一樣的。」我低聲說：「剛才他又說了一次，你知道那代表什麼意思嗎？」

小白沉默不語。

「我們兩個太像了。無論想的、做的，永遠都那麼相似。我們同樣都愛上末良，她在我們心裡占有極重的分量，無法輕易被割捨。」我的聲音沙啞，「我們無法面對彼此，因爲只要看到對方，就會想起末良，想起自己把她傷得多深。唐宇生很清楚我們都沒辦法輕易放下末良，我們背叛了她。所以只要見到對方，我們就會覺得痛苦，那份罪惡感也會一直如影隨形。」

我嘴唇顫抖，「如果我們不一樣，或許就不會……」

「不會決定分開。」小白接過話，「可偏偏你們都是非常溫柔的人。」

他輕笑，「兩個溫柔的笨蛋。」

我咬住下唇。

「妳剛剛說妳傷害了末良，而且因爲你們都背叛了她，所以才決定分開。」他定定地注視我，「妳背叛她什麼了？」

我呆了半晌，別過頭。

「其實妳早就發現了吧？」小白問，「妳愛他，對嗎？」

我無法出聲，眼淚不受控制地滑落。

小白把我拉入懷中，低聲問：「妳是眞的愛上宇生了，對吧？」

我沒有說話，只是放聲痛哭，並用力抓著小白，任憑淚水流淌。

這個問題的答案我承受不住。

那天晚上，爲什麼我沒有回答唐宇生？

因爲在那一刻，我發現自己沒辦法說謊。這才終於正視自己的內心，那個我一直不敢承認的眞相。

我愛末良，卻也對唐宇生動了心。

所以我說不出口。

小白深深嘆息，加重擁抱我的力道，「你們兩個眞的是大傻瓜。」

我伏在他溫暖的懷抱裡哭得不能自已，腦海浮現唐宇生最後的笑臉。

「能夠遇見妳，我很幸福。」

這天，儘管太陽高掛空中，氣溫依舊冷冽。

把房間清掃過一遍後，我坐在地上翻看剛才整理出來的舊物。除了一本厚厚的相簿，還有爸從前收藏的卡帶，以及末良送我的生日紀念冊，這些我一直很寶貝地收在盒子裡。

我心血來潮替照片重新分類，裡面的照片從國中到大學時期都有，還有在卡門時拍下的，最後我選出四張照片放在相簿的最後一頁。

第一張是小白和唐宇生的國中老師給的，照片裡的他們神采飛揚地抱著吉他。

第二張是我和末良高一時在學校拍的合照，背景是一片藍色大海。

第三張是在高中的畢業典禮上拍的，我、末良和唐宇生捧著鮮花，三人微笑看著鏡頭。

最後一張則是我和卡門所有歌手的大合照。

這四張照片記錄了在不同時期、不同地方的我們，也許，將來我們又會以另一種形式相遇。如果唐宇生沒有轉學，如果小白沒有跑來高雄找我，我們每個人的故事就會變得截然不同吧？

正當我沉浸在自己的思緒時，雯雯忽然敲門，「凱岑，妳現在有空嗎？」

我上前開門，「怎麼了？」

「我男友來了，之前有說過要介紹給妳認識。」她把身旁的男生推到我面前，「他叫阿喬，我跟他說妳很會彈吉他，所以他也很期待見妳一面。」

「你好。」我對那個男生微笑。

他盯著我看了好一會兒，猛地睜大眼，「小海……妳是卡門的小海嗎？」

我沒料到會被認出來，卻也沒想否認，「嗯，我是。」

「什麼卡門的小海？」雯雯一頭霧水。

阿喬沒回答她，一臉又驚又喜，「哇，眞不敢相信，雯雯的室友居然是妳！」

「到底是什麼啦？你怎麼會認識凱岑？」雯雯急了，拉了他一把。

「她就是我之前跟妳說的那家Pub的歌手，叫妳一起去看，妳偏不要！」

「可是那間店的消費很高，我根本付不起啊。」她嘟囔幾句，轉頭看向我，「凱岑，妳眞的在那裡駐唱啊？」

「之前雜誌有採訪過他們，想在那家Pub駐唱，一定都要有兩把刷子。」然後，他像是突然想起了什麼，「對了，我有個朋友說認識妳，也不知道是眞是假，我現在就打電話給他！」

我和雯雯面面相覷，沒多久就見他激動地對手機那頭說：「喂，阿恆，你猜我碰到誰了？是卡門的小海，你不是說你認識她嗎？我現在就把電話給她！」

我才接過手機，對方就劈頭問出一串問題，語氣急促而興奮，「妳是凱岑嗎？妳聽得出我是誰嗎？還記得我嗎？」

我呆了片刻，不敢置信地說：「學長……你是賴正恆學長嗎？」

「對啊。高中畢業就跟妳斷了聯絡，後來意外發現妳在卡門，我去聽過妳唱歌，可惜沒機會和妳說話。」他爽朗地笑了幾聲，似乎眞的很開心，「沒想到妳居然也在台北，還成爲卡門的歌手，我眞的很替妳驕傲。下次找個時間聚聚吧，我很想看看當年的吉他社之星現在過得怎麼樣。」

「好啊，我也想見你，你還有在彈吉他嗎？」我笑著應下，內心很是感動。

「當然有，我現在白天上班，晚上玩樂團，阿喬是團員之一。我有一票朋友都是妳的歌迷，下次去聽妳唱歌的時候，妳一定要幫我洗刷冤屈，他們一直覺得我在吹牛，不相信我曾和妳一起玩過吉他。」

「還交往過呢。」我打趣他。

「爲了妳學長的生命安全，這個妳可得保密，不然我鐵定會被他們追殺。」他哈哈大笑。

緣分眞的很奇妙。

你永遠不知道會在什麼時候遇到什麼人，也不會知道何時會再度重逢。

原以爲早已斷開的聯繫，竟又在某個時刻悄悄連了起來。

一定會再相見的，和那個人。

卡門打烊後，我和小白坐在舞台上，店內空無一人。

「宇生好像開始跟在他爸身邊學習了。」小白說：「他有和妳聯絡嗎？」

「他不會和我聯絡。」

「爲什麼？」

「因爲現在還不是時候。」我望著前方，「要等到我們都有了再次面對彼此的勇氣的那時才行，而這也許要花上幾個月，甚至幾年。我們不能留在原地打轉，必須換個方向走下去。」

「是嗎？」

「嗯，以前的我沒有自信，總覺得自己很沒用，個性又彆扭，和我相處一定很有壓力，所以我才習慣封閉自己。」我輕聲說：「我原以爲這輩子不會有人能進入我的世界，卻沒想到他在完全看透我後，還會喜歡我，對我這個讓人喘不過氣的女人動心。」

「妳很訝異嗎？」

「與其說是訝異，不如說我覺得那個人的腦子不太正常。」我呵呵一笑，「其實我很感動，也很開心。只有習慣偽裝的人，才會明白偽裝時的心情有多難受。如果我沒來到這裡，或許到現在都沒辦法醒悟吧。」

「妳後悔來台北嗎？」

我看著小白的眼睛，搖搖頭，「有些話我一直很想告訴你。」

「什麼話？」

「我想和你說聲謝謝，謝謝你找到我，帶我來卡門，我在這裡擁有的快樂都是你給我的，我眞的很感謝你。」

「我都快哭出來了，我很高興聽到妳這麼說。」他莞爾，「我眞的很喜歡小海妳喔。」

見我愣住，他笑意更深，「別懷疑，我是說眞的。」

「你現在是在向我告白嗎？」

「是啊。」

「你開玩笑的吧？」

「當然不是，而且我也一直很想謝謝妳。」

「謝我什麼？」

「謝謝妳讓我發現另一個自己，我曾經跟妳一樣，愛上最要好的朋友。」

「跟我一樣？」我反芻他的話，驚訝地瞪大雙眼，「等等，難道你……」

「沒錯。」他神情自若地點頭，「我喜歡宇生。」

我瞠目結舌了好一會兒才驚道：「怎麼可能？我在你身邊這麼久，一點也看不出來，唐宇生他知道嗎？」

「國中時就知道了，不過他立刻拒絕我了。」他哈哈大笑，「雖然打擊不大，但還是有點難過。幸好他沒有被我嚇跑，還願意做我的朋友。」

「你就這樣……一直到現在嗎？」我愣愣地問。

「我和妳的情況不同，我很早就釋懷了，那份感情也昇華成更強而有力的羈絆，即使不在身邊，心依然同在，這點是永遠不會改變的。」

小白的笑容，不知怎地讓我眼角濕潤。

他讓我的頭靠在他肩上，「我想守護妳和宇生，你們是我最重要的朋友。我喜歡宇生，也喜歡小海，我想和你們一起走下去。」

我偷偷擦去頰邊的眼淚。

在這個予我以美夢的地方，幸福地笑了。

時序進入春天。

我背著吉他跑進卡門的休息室，「各位，我來了！」

「小海姊！」靈靈驚訝地看著我，其他人也面露意外，「妳剪頭髮啦？」

「對呀，我還染成了亞麻色。」我摸摸長度只到頸間的頭髮，「好看嗎？會不會很奇怪？」

「當然不會，非常適合妳，走中性風的小海最有魅力了。」Pinky姊語帶笑意，「不過以後就沒辦法幫妳綁頭髮了，真可惜。」

「小海姊，妳還去穿耳洞啊？之前都沒看妳戴過耳環。」釘子訝異地說。

寶叔則指向我的耳環，「很漂亮耶，果然是小海的顏色。」

「謝謝。」我笑道，張望四周，「小白還沒來嗎？」

「他又遲到了，這個老闆愈來愈靠不住，眞想罷免他。」釘子一臉嫌棄。

「你這小子，最近愈來愈愛說我壞話了。」小白忽然出現，從背後推了釘子的頭一記，「路上塞車，大家就原諒我吧。」

「幹麼早早把大家叫來這裡？演出的時間又還沒到。」我問。

「找你們聚聚啊，順便告訴大家，我們又要有新成員了，明天就會過來。」

眾人頓時驚呼成一片。

「小白你怎麼老愛搞這招？」

「之前都沒聽你說過，眞受不了你！」

「無聊的老闆！」

每個人都走在人生這條路上，沒人知道什麼時候會轉彎，或是會遇到什麼，但我會繼續走下去。

我凝視鏡中的自己，伸手輕摸那副藍色耳環。

「小海姊，到妳上台嘍！」釘子大喊。

「好。」我背起吉他，踏出休息室。

我的世界再次響起掌聲。

一陣微風從廣闊的田野吹來，伴隨淡淡的青草香，讓人心曠神怡。

我伸伸懶腰，兩名男子推著推車走近，「凱岑！」

「早安。」我看著推車上的空心菜，隨手揀起一把，「還是舅舅種的空心菜最漂亮了，顏色好美。」

「那還用說！」舅舅一臉理所當然。

他身旁的阿伯笑問：「來看妳媽媽啊？什麼時候來的？」

「昨天來的，明天就要回去了。」

「這麼趕？台北的工作很忙嗎？」

「是啊。」

「妳之前說妳那工作叫什麼來著？什麼製作……」舅舅蹙眉。

「音樂製作人。」我莞爾。

「對，我每次都忘記。」他哈哈大笑。

阿伯表情疑惑，「什麼？那是做什麼的？」

「作歌給你們聽的啦，阿伯。」我解釋。

這時媽走到門口叫我：「凱岑，進來吃早餐吧。」

我坐到餐桌前，媽準備了一堆食物，幾乎占滿半張桌子。

「媽，妳是要餵豬嗎？太多了吧！」我驚呼。

「就是要妳多吃點，吃飯時間不正常，又吃得這麼少，看妳瘦得跟竹竿一樣！」她叨念，「我知道妳工作忙，但還是要好好吃飯，如果把身體弄壞了怎麼辦？」

「好啦。」

「妳就只會說好，做不做又是另一回事。」媽給我一個白眼。

「眞的啦！」我失笑，「不過，就這樣？」

「什麼？」

「妳就只叨念這些嗎？」

「難道妳還做了什麼需要我叨念的事？」媽睜大眼。

「妳好像都不催我趕快找個男朋友，或找個好男人嫁了，反倒是以前三不五時就念我這個。」我打趣她，「妳女兒都要三十歲了，妳眞的不擔心？」

「這種事又不能強求。」她嘆道，「以前媽念妳，是因爲擔心害怕的事實在太多了，才會硬逼妳做些妳不願意做的事。現在媽看開了，不管妳有沒有對象，也不管對方是什麼人，只要妳開心就好。」

我有些動容，望著她微微一笑，「謝謝媽。」

「謝什麼？快吃呀，等等一起去看叔叔的田吧。」媽也笑了。

自從媽搬過來與舅舅同住，就開始每天下田，還認識了舅舅的一位好友，他們慢慢相知相惜，最後兩人結婚，住在這間離舅舅家不遠的房子，生活簡單而安定，媽過得很幸福，天天笑容滿面。

至於我，在卡門待滿三年後，幾經考慮，決定離開，因爲我接下來想從事音樂製作方面的工作。在卡門駐唱的經驗，以及小白在音樂領域的人脈，都爲我帶來很多助益。儘管已經很習慣在眾人面前唱歌，我仍一心嚮往幕後工作。

但小白不一樣，他幾乎和我同時間離開卡門，卻選擇出道當歌手，當然他還是卡門的老闆，只不過經營管理的職責就交給他學成歸國的弟弟。

時至今日，卡門依舊不時有新歌手加入，而我們這批第一期的歌手都已先後離開，各自發展出自己的一片天。

雖然熱愛音樂，我以前卻從沒想過未來真的會走上這條路。

人生果真難以預料。

回到台北，我再度投身繁忙的工作中。

我耐心聽著一卷卷DEMO帶，突然聽到有人喊：「我們的大製作人在忙些什麼啊？」

「你又隨便跑進來了。」我關掉音樂，「明明看到我在忙，你欠揍啊？」

「聽說妳已經待在這裡快三個小時了，我才特地過來看看，妳別太拚啦。」小白笑嘻嘻的，那張娃娃臉讓他看上去像是個二十出頭的年輕男孩，我深覺那些迷妹有絕大部分是被他那張臉給騙住的。

「怎麼有空來？你今天不是有通告？」我隨口問。

「那是上午，下午就有空了，要不要一起去吃下午茶？」

「別鬧了，我兩點還要和許大哥討論編曲的事，哪有時間吃下午茶？」我拿起一旁的報紙丟到他面前，「你該忙的是這個吧，恭喜你又上今日的娛樂版頭條了！」

照片裡的他和一名剛出道的女星站得很近，像是在親密地竊竊私語。

他接過一看，見怪不怪地聳聳肩，「我就知道是這種內容，當時有三個狗仔在拍呢。」

「你也稍微替你的經紀人想一想，每天都要替你處理這些花邊新聞很可憐欸。」

「拜託，我只要隨便和一個女生站在一塊，狗仔就可以自己看圖說故事了！」他一臉無辜。

「少來，眞的對她沒興趣？」我挑眉。

「是長得不錯，不過說話沒什麼內容，也不怎麼禮貌。」他翻開報紙，瀏覽其他新聞，「昨天她剛好在我旁邊跟我說幾句話，就被亂寫了。」

「撇得眞乾淨。」我繼續手邊的工作，「但這次好像沒那麼簡單，那女孩說你有買東西送她。」

「只是請她喝超商的咖啡，這也算喔？」他翻了個白眼，「隨便啦，反正那些記者本來就愛斷章取義。」

「是沒錯，不過既然那女孩都這麼說了，這次的緋聞可能會鬧得久一點。」

「是嗎？我倒是想到一個能立刻中止謠言的辦法。」他放下報紙湊近我，「就說妳是我的女朋友。」

我踹他一腳。

「不然未婚妻也OK。」

我再踹，「這個玩笑你想講幾遍？還不換新版本啊？」

「我是說眞的，只要妳點頭，我明天就可以開記者會公布婚訊。」

「懶得聽你廢話了，出去。」我指著門，「不然我就把這些DEMO帶塞進你嘴巴裡！」

「遵命。」他失笑，站起來舒展身體，「對了，小海。」

「幹麼？」

「妳最近有沒有收到一張東西？」

我轉過頭看他，「什麼東西？沒有啊。」

小白嘆了口氣，從包包裡找出一個信封遞給我，我打開一看，立即愣住了。

「看來妳眞的沒收到。」

我沒有作聲。

「可能他不想讓妳知道吧。」他淡淡地說，「我先走了，如果妳還想知道其他消息，就再來問我。」

小白離開後，我依然呆坐在位子上，一下子墜入那段塵封在最深處的記憶……

車水馬龍的街上，強烈的陽光讓我幾度睜不開眼。

我在一間大公司的門口站了很久才走向大廳櫃臺，櫃臺小姐對我露出親切的微笑，「您好，請問有什麼能為您服務的嗎？」

「我想……找你們的總經理。」

「請問有預約嗎？」

我沉默片刻，搖搖頭，「沒有，請妳告訴他，有位叫白修棋的人要找他，他就會知道了。」

櫃臺小姐立刻撥打電話，沒多久便笑著對我說：「總經理請您上去。」

「謝謝。」我搭乘電梯上樓。

過了一會兒，我站在總經理辦公室的門外，敲了敲門，聽到裡頭的回應才推門而入。

偌大的辦公室裡只有一個人。

他一身灰色西裝，專心看著手中的文件，頭也不抬地問：「怎麼這時候來找我？」

我沒出聲，緩步走近。

他抬起頭，看到我時神色一僵。

「好久不見。」我笑了笑，「冒用小白的名義來找你，你不會生氣吧？」

他靜靜地望著我。

「聽說你是這個月回來的？」

見他仍不發一語，我從提包抽出小白給我的那張紅色喜帖，遞到他面前。

「爲什麼不發給我呢？」

他面無表情地盯著那張喜帖。

「日期是明天吧？雖然沒收到帖子，但我還是想當面跟你說聲恭喜。」我又笑了，「恭喜你要結婚了，唐宇生。」

他的視線從喜帖上移開，卻也沒有看向我。

我深吸一口氣，「那我就不打擾你了，明天就要結婚的人，可別在前一天工作得太累。再見，祝你幸福。」

我轉身要走，握上門把的時候他叫住我。

「今天妳有時間嗎？」他目光灼灼。

我點點頭。

他離開座位走到我面前，我可以清楚看見他瞳孔的顏色。

「出去走走吧。」他說。

我幾乎沒有考慮，再次點頭。

接著，他替我開門，帶我離開公司，最後讓我坐上他的車。

一切都是那麼自然而然，我的心境卻從他坐到我身旁的那一刻起，產生了變化。

聽著車內播放的音樂，我不自覺閉上眼睛，心跳開始失去規律。

幾個小時的車程，就把我們帶回熟悉的地方。

雖然沒料到唐宇生會帶我來這裡，卻也不怎麼意外，畢竟我們最初就是在這裡相遇。高中的校園和十多年前相比似乎沒什麼變，因爲正值暑假，幾乎不見學生的蹤影。我們在校園裡靜靜走著，濕潤的海風不時吹拂在臉上。

回到這裡，彷彿也踏入了回憶之海，讓人一時沉浸在回憶中，不願出聲。

「好奇怪的感覺。」站在海灘眺望大海時，唐宇生終於開口。

「怎麼說？」

「沒想到還有機會和妳一起站在這裡。」他的目光落向遠方，「像在作夢一樣。」

「我也這麼覺得。」我低語。

「妳過得好嗎？」

「很好啊。想不到你已經接下總經理的職務了，看來你在國外的這幾年眞的很努力。」

「妳也是啊，我常聽妳的作品。」

「謝謝。」我將被風吹亂的頭髮撥到耳後，「你這次回來應該不會待太久吧？」

「嗯，婚禮辦完就回去。」

「你未婚妻是怎樣的人？」

「我爸朋友的女兒，之前在紐約留學，個性很活潑，也很獨立。」

「你愛她嗎？」

他看著我，淺淺一笑。

我被他的笑容吸引，好久以前他也常對我這麼笑，只是時間眞的過去太久了，久到記憶幾乎模糊，然而每次憶起，還是能讓我的心爲之顫動。

接著我們去吉他社的社辦，意外發現那把舊吉他還掛在原處。

唐宇生走上前端詳了好一會兒，才伸手觸摸它。

此刻的他，與我記憶裡的那個身影重疊了。

十七歲的他，帶著許多祕密來到這裡。

二十一歲的他，和我一樣有著難以跨越的難關，彼此的心也因此愈來愈貼近。

如今，我們即將各自邁入人生的另一個階段，卻攜手舊地重遊，昔日種種隨著海浪聲在記憶中變得愈發鮮明。

「唐宇生，你知道末良去日本嗎？」

「嗯，三年前就知道了。」

「那你有和她聯絡嗎？」

他搖搖頭，「知道她過得好，我就很高興了，不想打擾她的新生活。」

我沒再說話，走到架子前拿起吉他，納悶道：「居然有人把吉他放在這裡，不怕被偷嗎？」

「總是會有這種人，國中那時，我也有不少朋友喜歡把吉他放在社辦。」

「這把是給左撇子彈的耶。」我仔細打量手上的吉他，「你還是不彈吉他嗎？」

「……也不是，只是這麼多年沒碰，我早就習慣沒有吉他的日子了。」

他說得平淡，我卻聽得格外心酸。

走進高三時的教室，他走到以前慣坐的位子上坐下。

我不禁失笑，「看到一個穿西裝打領帶的男人坐在教室裡，感覺眞怪。」

他微笑，目光落向窗外的大海。

我看了他半晌，然後跑回社辦將剛才那把吉他拿過來給他，「彈彈看吧。」

他面露詫異。

「你現在還有什麼不能彈吉他的理由嗎？」

他望著吉他許久，經我幾次催促才伸手接過，卻仍有些無措，「我眞的很久沒彈了。」

「我知道，所以才要你彈，就當作是給我這個老朋友的禮物嘍。」

他抱著吉他渾身僵硬，過了好久才擺好彈奏的動作。

清脆的吉他聲傳來時，世界彷彿安靜了下來。

我走到教室後方，倚著牆壁，靜靜凝視他的背影。

多年沒彈，他的指法生澀，音準也抓得不太好，但畢竟曾經熟悉，彈著彈著也漸漸流暢了。

小白看到這一幕，應該會很開心吧。

「妳知道我爲什麼不和妳聯絡嗎？」他忽然問。

「還敢說，你這冷血的傢伙。」我低聲嘟囔，「說吧，我想聽理由。」

「因爲我沒有自信。」

我陷入沉默。

「這麼多年過去，我以爲我已經可以平靜面對一切，就算與故人相遇，也可以自然地說聲好久不見。」他嗓音低沉，有一下沒一下地撥弄琴弦，「可是一回到台灣，我又開始遲疑了，尤其是和小白相處的時候，就覺得我好像變回當年的那個我。所以，即使只有那麼一點點的可能性，我還是害怕再見到妳時，我又會變回從前的我，把不想說的和不該說的話統統說出口，或是對妳要起任性。」

土而出。

「結果呢？」

「結果……」他頓了頓，「最糟的情況果然發生了。」

我看著這個一直存在於我心裡的身影，回憶如潮水一波波湧上，那份深埋的感情好似也將破土而出。

「妳快樂嗎？」他問。

我點頭，但他沒有看到。

「雖然很想說『妳快樂，我就快樂』……」他輕笑，「但我現在已經沒有說謊的力氣了。」

我眼角濕潤，他的背影也逐漸模糊了起來。

不知是哪來的衝動，我做了一件多年前就想做，卻一直沒有勇氣去做的事。我緩緩走到他身後，俯身擁住他，終於有了這男人就在眼前的眞實感。

唐宇生渾身一僵，撥弄吉他的指尖頓時停住。

我抱緊他，並在他回頭的那一刻，輕輕吻上他的唇。

他起先木然不動，過了好一會兒才把吉他放下，擁住了我。

我們的親吻從初始的輕柔和緩轉爲急切，他一邊解開我的衣服，一邊脫去身上的西裝外套。

不理會過去，也不去想未來，這一刻我們只想擁抱彼此。

我撫摸他的臉，一點一點描摹他的眉眼，而他側頭溫柔吻著我的手。

當我在他的眼中看見自己，不知爲何眼淚掉了下來，明明不覺得難過，但就是止不住淚水。

我們一次次擁抱對方，忘了時間，也忘了現實。

唯一感知到的，只有兩人緊貼的體溫。

清晨的曙光緩緩破開天空。

穿好衣服，我悄悄離開教室，回到那片海灘時，太陽已然升起。

聽著海浪拍打岸邊的聲音，我望向遼闊無際的海平面，欣賞波光粼粼的美景。

沒多久，一股暖意輕柔地將我包圍住。

唐宇生從身後擁住我，把臉埋入我的頸間。

我握著他的手，「這麼早就醒了？」

「嗯。」

「難得的景色，你不看一下嗎？很美耶。」

他沒作聲。

「不管到了哪裡，我還是覺得這個地方最美。」我指向遠方的天空，「你看天空的顏色和海的顏色幾乎一模一樣，還有……」

「凱岑。」

「嗯？」

「我愛妳。」他在我耳邊低喃，又重複了一次，「我愛妳，我從以前就一直很想對妳說這句話。」

我忍不住微笑，視線變得模糊。

「謝謝。」

我沒有告訴他，昨晚我作了一個夢。

在一列不知駛向何方的列車上，只有一對男女並肩而坐。

男孩頭戴白色鴨舌帽，女孩腳下放著一把吉他，兩人戴著同一副耳機，靠著彼此靜靜睡著了，窗外夕陽的餘暉照亮了兩人的臉。

那幕畫面讓我覺得好熟悉，熟悉得想哭，唯一不同的是，夢裡那兩人的手始終是緊緊牽著的。

我和唐宇生望向大海，嘴角噙著笑意。

我們在這個最懷念的地方互相依偎，暫時遺忘醒來之後彼此該要各自行走的道路。

就讓夢裡的那兩人靜靜沉睡吧，只要讓他們在那一刻能擁有彼此，擁有那段只屬於他們的回憶就好。

直到夕陽沉入那一片，藍色深海。

全文完

註：本文所收錄之英文歌詞中譯來源自【安德森之夢——音樂倉庫】(http://www.tacocity.com.tw/abs1984/lyrics.htm)

番外　日落下的祕密

那是個十分眞實的夢境。

唐宇生睜開眼，覺得似乎還有一抹藍殘留在餘光裡。

三年前離開那裡後，他就沒有再回去過了，也不曾對誰或是聽誰提及，甚至很少回憶。

這是他第一次夢見那個地方，夢裡不僅有他，還有另一個人的身影。

那人站在他身旁，專注地眺望遠方，眼眸映著深邃的藍，彷彿有一片海藏在那雙眼裡。

但醒來後，唐宇生只記得那人模糊的側臉，那雙眼眸和那片藍在清醒的瞬間就從腦海中消逝，只留下一股強烈的熟悉感。

唐宇生轉過頭，看著身邊睡得香甜的末良，隨手拿起手機。

他收到了幾封簡訊，讀過之後，他不禁又望了末良一眼。他刪掉簡訊，走進浴室，轉開冷水淋浴。

站在花灑下，他輕咳一聲，嘴裡竟嚐到淡淡的鹹澀味。

像是海水的味道。

「宇生，我要走嘍！」末良拎起包包，準備出門。

「要不要我送妳過去？」他問。

「不用，瑄瑄已經到樓下了，我搭他們的車就好。」

「路上小心，有什麼事再打給我。」

「好，那我走嘍。」她在他臉上迅速落下一吻，「拜拜，宇生。」

末良離開後，唐宇生停下按著電視遙控器的手。

他起身走到窗前，打量停在樓下的敞篷車，末良正與車上的朋友打招呼，發現唐宇生在看她，再次揮手向他道別。

唐宇生淡淡一笑。

坐在末良旁邊的是一名短髮女子，在引擎發動的那一刻，她突然抬頭對他嫣然一笑。車子很快開走，消失在街頭。

女子的笑容讓唐宇生唇角的笑意逐漸褪去，過沒多久，他的手機響起簡訊提示音。

他沒有立刻點開查看，只是面無表情地站在窗前，靜靜抽著菸。

「什麼時候來的？」

見父親的主治醫師走進病房，唐宇生才稍微回過神，「剛剛。」

「照顧病人固然重要，但也要注意自己的身體，你氣色很不好喔。」醫生拍拍他的肩，「每天都過來看你爸爸，很辛苦吧？」

「不會。」唐宇生的視線落向床上的父親。

爲唐父做完例行檢查，醫生再次叮嚀：「好了，早點回去休息，別把自己弄得太累，你父親會好起來的。」

「謝謝。」

醫生正要走出病房，卻忽然停下腳步，回過頭問：「對了，那個女孩是什麼人？」

「什麼？」他微微一愣。

「就是最近過來彈吉他的那個女孩。今天下午她也有來，大家都說她彈得很棒，簡直是專業等級的。」醫生笑了笑，「是你特地從哪個樂團請來的嗎？」

唐宇生停頓片刻，揚起嘴角，淡淡地說：「是我朋友。」

「不錯喔，有這麼優秀的朋友，還願意每天過來這裡彈吉他，如果你父親知道了，一定會很感動。」

房門輕輕闔上，唐宇生的目光又回到原處。

醫生的話令他再次陷入沉思。

「你就這樣裝作不知情？你不是她的男友嗎？為什麼不去質問她？」

他閉上眼睛。

那股鹹澀的味道彷彿又在嘴裡蔓延，讓他連吸口氣都需要耗費極大的力氣。

生怕一不小心，就會再次被嗆傷。

「嘿！」

一踏出校門，一名短髮女子朝唐宇生走來，是那天與末良一起坐在敞篷車上，對他微笑的女子。

唐宇生沒想到她會直接約他見面。

女子摘掉墨鏡，露出妝容精緻的一雙眼，「你有看到我傳給你的簡訊嗎？」

「嗯。」

「那你有發現嗎？我和末良出去玩的那天早上，我傳給你的三張照片，再加上昨天傳給你的那張，裡面的男生都不一樣唷。」

「他們是什麼人？」唐宇生不動聲色。

「是別系的學長，他們都很疼末良呢，常常帶她到處玩，昨晚她似乎就睡在其中一位學長的家。」女子取出手機，點了螢幕幾下，再將手機遞給他，「你自己看吧。」

他凝視螢幕裡的照片。

照片顯然是攝於深夜，光線不太充足，但還是可以看得出照片中的女孩就是末良，她和一名摟著她的男子走進一幢屋子，臉上帶著笑意。

見唐宇生臉上依舊不起波瀾，她問：「你眞的都不生氣嗎？」

他對上女子滿是好奇的眼眸。

「你之前拜託我幫忙注意末良在學校的情況，但我發現你這項請託似乎不是爲了報復她，只是單純想知道她過得好不好，有沒有發生什麼事。」她頭一偏，「你眞的這麼愛末良呀？」

唐宇生默默把手機還給她，靠在一旁的牆上，點起菸抽了起來。

女子走近他，比方才更加靠近。

「我看你就別再這麼做了。」她深深看著他，「你知道嗎？每次看到你被末良這樣對待，我都替你覺得難過，也很心疼你，眞的喔。」

女子的手直接貼在他的手臂上，挑逗似地撫摸著。

「就算你再怎麼包容她，被這樣傷害，心裡一定很痛苦吧？你要忍耐到什麼時候呢？」她眼神嫵媚，「讓我安慰你，好不好？」

唐宇生拿著菸，動也不動，「妳不是末良的好朋友嗎？」

女子先是一怔，隨即噗嗤一笑，像是聽見什麼了不得的笑話。

「我說你呀。」她笑彎了腰，「你這個人真的很有趣耶！」

見她樂不可支的樣子，唐宇生將菸丟到地上踩熄，轉身離去。

他去醫院探望父親，父親依舊沉睡未醒，病情沒有變糟，但也沒有好轉。

唐宇生看看時間，心想她應該已經來過了。

待了半個小時，他離開醫院，戴著耳機站在捷運月台，試圖用音樂隔絕這個世界的嘈雜。

他看著被夕陽染紅的天際，明明晚霞是如此炫麗，他卻莫名覺得刺眼，甚至感到暈眩。

「你要忍耐到什麼時候呢？」

捷運列車進站，他踏進車廂，裡面只有幾名乘客，於是他隨便找了個位子坐下，將耳機音量調小，打算在下車前小寐片刻。

此時手機卻響了起來。

看見來電號碼，他迅速接起電話，「喂？」

「你下課了？」對方問。

「嗯，怎麼了嗎？」

「你要去哪裡？」

唐宇生看了眼車外的晚霞，腦海浮現淡水老街的畫面，「打算找個地方晃到晚上。」

「淡水嗎？」

「妳怎麼知道？」他有點意外。

「因爲我和你搭同一班車，我坐在你後面。」

唐宇生馬上轉頭，發現她說的是眞的，二話不說起身坐到她身邊。

「妳剛剛去醫院？」

「沒有，難得想偷懶一下，就遇到你了。晚一點我再過去。」丁凱岑輕輕一嘆。

他發現她的氣色不是很好，問了幾句才知道她最近沒有睡好。

兩人安靜地坐了好一會兒，唐宇生摘下其中一邊的耳機遞給她。

丁凱岑沒有拒絕，接過耳機戴上，將視線移向窗外。

看著她被夕陽染紅的側臉，不知爲何，他的心情竟平靜許多。他逐漸放鬆，倦意一下子湧上，沒多久就睡著了。

只是耳邊的海浪聲依舊清晰得讓他分不清是夢境還是現實。

等到他睜開眼，捷運還在行駛，身邊的丁凱岑則不知何時睡著了。

她的身體隨著車身微微晃動，頭不時撞上窗戶。他見狀立刻伸手擋住，小心地扶著她的頭，讓她靠在自己肩上。

她眉頭微蹙，彷彿連在睡夢中都還在爲了什麼事而煩憂。

唐宇生低頭在她耳邊悄聲說：「沒關係，睡吧。」

她似乎聽見了，僵硬的身體漸漸放鬆，眉頭也舒展開來。

唐宇生靜靜凝視她的睡顏。

「妳生氣了？」

「廢話，我當然生氣，你這個人怎麼……」

「妳是氣我被末良背叛，還是氣末良和其他男生在一起？」

想起丁凱岑當時既震驚又難堪的受傷神情，他心裡的罪惡感再度加深。

這份愧疚一直在他心裡無法散去，但他寧可隱忍，也不願讓她知曉那些更爲殘酷的事實。

每次面對丁凱岑直率的眼神，他就沒有自信可以永遠瞞過她，唯一能做的，就是要求她什麼都不要問。

經過這件事，丁凱岑一定更討厭他了吧？

他什麼都不告訴她，也不向她解釋，只爲了不想讓她發現更多難以面對的眞相，但他明明知道這種方式會對她造成傷害。

她對他的厭惡應該已經達到頂點了吧？

「唐宇生……」

一聲低喚將唐宇生從沉思中拉回現實。

他關掉音樂，看著身旁雙眼緊閉的丁凱岑，她依然沉睡未醒。

他以爲是自己聽錯了，然而她又繼續以含糊微弱的聲音低喃：「你是……笨蛋嗎？」

唐宇生登時一愣，不自覺屏息。

「你這個……大傻瓜。」她微微擰眉，咕噥道：「超級大傻瓜……」

他徹底呆住了。

他以爲丁凱岑一定對他很不諒解，認爲是他沒照顧好末良，才會讓事情演變至此。

但方才她口中的囈語，表面上是斥責，實際卻隱含關心。

唐宇生側頭凝視了丁凱岑許久，難以言喻的複雜情緒在那一刻全湧上心頭。

他的眼神變得柔和，小心挪動身體，讓她整個人靠在他懷裡。

爲了更仔細地看她，他甚至輕輕托起她的臉。

此時此刻的她，與他如此貼近。

他覺得好像回到夢裡的那片大海，讓他只想停留在那片海灘，捨不得離去。

他用拇指撫摸著她的臉頰，情不自禁低下頭，吻上她的唇。

等到他抬起頭，他注意到一名剛跟著母親上車的小男孩正目不轉睛地盯著他。

他看著男孩，笑著將食指貼在唇上。

男孩見狀，立刻笑嘻嘻地用雙手摀住嘴，像是答應會替他保密。

唐宇生將手輕輕覆在丁凱岑的手上，卻不敢握住，擔心會驚醒她。

一份從未有過的幸福感在他心中悄然萌芽，讓他在望向窗外的斜陽時，嘴角不可抑制地上揚了。

這個祕密，只有這天與他同車的小男孩知道。

也許下了捷運後，男孩就會忘記，但唐宇生知道這一刻會永遠留在他的心中，化爲永恆。

這是屬於他的，某個日落下的，一個小小祕密。

後記

五年後的那片海

自二〇一一年以《深海》參加比賽，榮獲生平第一個文學獎，並獲得在商周出版的機會，到現在與商周結束合作，由城邦原創重新出版《深海》，幾年時間一晃眼就過去了。

只有在回顧的時候，我才會明白某段時期的作品在當時所代表的意義。若《來自天堂的雨》和《紙星星》的意義是讓我的大部分讀者認識我，那麼《深海》這部作品則讓我開始認識到許多事。

《深海》是我的出道作，也替我打開了另一扇大門。

在過去這五年裡，我有了「作家」的頭銜，被冠上「暖淚系青春愛情天后」的稱號，甚至有人會稱呼我「老師」，雖然我從不認爲自己有足夠的資格得到這些稱號。

然而，對於五年前還屢次被各家出版社拒於門外的我來說，這段期間所帶來的改變，不可謂不大。

出書之前，我理所當然地認爲得到出版社的青睞，擁有出版的機會是最艱鉅的挑戰，如今的我卻深深體悟到，出書之後的日子才是最困難的。

我感謝這五年，儘管在這段時間裡，我面臨了許多寫作上的快樂和痛苦。五年對於一個出書作家來說，不算漫長，但也不算太短，它幫助我釐清了許多事，像是想做什麼，以及不想做什麼，也確定了寫作對我的意義和價値，讓我確信無論未來如何，我會一輩子寫下去。

前一版的《深海》剛出版不久，一位我不怎麼熟悉的中年大叔笑呵呵地對我說，如果以前他也從事創作，絕對會寫得比我好。

先不論他爲何會在我上班時突然跟我說這些，我對他的這句話印象相當深刻，日後寫作的時候，也偶爾會想起他的話，以及當時他臉上不明所以的笑容。

我曾經很疑惑，爲何我明明不生氣，也絲毫不覺得有被那樣直白的話語冒犯，卻始終將這件事掛記在心。

也差不多在那段時間，一位曾教導過我的老師到我上班的地方，在邀請我回母校教課之後，忽然起心動念，與我分享他創作的詩句，而且還是現場親筆手寫。

大叔的笑臉和老師低頭寫詩的身影，是我那段時期最鮮明的記憶之一，儘管我一直不明白自己爲何會對這兩件事莫名在意。

直到五年後的今日，在我爲新版的《深海》寫後記時，我才終於找到答案。

也許那位大叔會對我說那樣的話，以及老師會熱切分享自己的創作給我看，是因爲我參加比賽並且出書這件事，觸動了他們內心的一角。

也許當時我在做的事，是他們現在（或曾經）也想做的事；也許他們同樣喜歡文字，喜歡寫作，希望能有一本屬於自己的作品。雖然這只是我一廂情願的臆測，但我確實有感受到他們那時的言談和眼神中，像是帶著對某件事的渴望與遺憾。

原來讓我難以忘懷的，是他們在不知不覺間透露出的心情。

當我想通了箇中原因，再去回想大叔說的那句話，那一刻我是眞的相信，如果他過去有從事創作，肯定會寫得比我還好。

這是關於《深海》的其中一段回憶，不過寫到這裡，我其實也不確定自己究竟想表達什麼，只是一股腦地打出這些往事，所以就到這裡爲止吧。（笑）

再來聊聊這個故事。

從寫完這故事到現在，《深海》得到許多人的喜愛與懷念，關於這點我由衷感到喜悅和欣慰。

我很感謝讀者們一路陪著書中角色一同心動，一同心痛。這次重新修訂的過程中，我也數次因爲主角們的遭遇而扎心不已。

唐宇生是第一個讓我同時感受到如此強烈心疼和心痛的男主角。他的壓抑，他的身不由己，讓他習慣放棄。而他與凱岑之間的相知相惜，以及渴望去愛卻不敢真的放手去愛的心情，至今仍令我爲之動容。

我喜歡他停留在凱岑身上的每一個眼神和每一次觸碰。他的愛很安靜，也藏得很深，可是只要他的目光一投向凱岑，我就能感覺到他眼中與日俱增的情感。我享受這樣的曖昧，也享受這樣的心痛。

雖然這麼說有點殘忍，但無論你是重新回味，或是第一次翻開這本書，如果這個故事能在你心裡留下一道傷，讓你多年後還有印象，甚至回想起來時，心仍會隱隱作痛，對我而言，那就是最好的感想了。

最後，我要謝謝很多人。

謝謝五年前將英文歌詞的中譯授權給我的安德森先生。

謝謝願意給《深海》機會，讓它順利付梓的商周出版社和POPO原創。謝謝馥蔓，謝謝明珍。

謝謝從第一版支持到現在的小平凡，這個故事是獻給你們的。

晨羽

城邦原創 長期徵稿

題材

(1) 愛情：校園愛情、都會愛情、古代言情等，非羅曼史，八萬字以上，需完結。
(2) 奇幻/玄幻：八萬字以上，單本或系列作皆可；若是系列作，請至少完稿一集以上，並附上分集大綱。

如何投稿

電子檔格式投稿（請盡量選擇此形式投稿）

(1) 請寄至客服信箱service@popo.tw，信件標題寫明：【投稿城邦原創實體書出版／作品名稱／真實姓名】（例：投稿城邦原創實體書出版／愛情這件事／徐大仁）
(2) 稿件存成word檔，其他格式（網址連結、PDF檔、txt檔、直接貼文於信件中等）恕不受理；並請使用正確全形標點符號。
(3) 請附上真實姓名、性別、聯絡電話、email、POPO原創網會員帳號、作者簡介與出版經歷。
(4) 請加入POPO原創市集（www.popo.tw/index）申請成為作家會員，並將投稿作品公開放上該網站至少4萬字，若想全文公開也可以。

紙本投稿

(1) 投稿地址：10483台北市民生東路二段141號6樓
城邦原創實體出版部收
(2) 請以A4紙列印稿件，不收手寫稿件。
(3) 請附上真實姓名、性別、聯絡電話、email、POPO原創網會員帳號、作者簡介與出版經歷。
(4) 請自行留存底稿，恕不退稿。
(5) 請加入POPO原創市集（www.popo.tw/index）申請成為作家會員，並將投稿作品公開放上該網站至少4萬字，若想全文公開也可以。

審稿與回覆

(1) 收到稿件後，約需2-3個月審稿時間，請耐心等候通知。若通過審稿，編輯部將以email回覆並洽談合作事宜，如未過稿，恕不另行通知。
(2) 由於來稿眾多，若投稿未過，請恕無法一一說明原因或給予寫作建議。
(3) 若欲詢問審稿進度，請來信至投稿信箱，請勿透過電話、客服信箱、部落格、粉絲團詢問。

其他注意事項

(1) 請勿抄襲他人作品。
(2) 請確認投稿作品的實體與電子版權都在您的手上。
(3) 如果您的作品在敝公司的徵稿類型之外，仍然可以投稿，只是過稿機率相對較低。

國家圖書館出版品預行編目資料

深海／晨羽著. -- 初版. -- 臺北市；城邦原創出版
：家庭傳媒城邦分公司發行, 2018.01
面；公分. --（戀小說：86）

ISBN 978-986-95299-7-6（平裝）

857.7 106022974

深海

作　　者／晨羽
企畫選書／楊馥蔓
責任編輯／楊馥蔓、許明珍

行銷業務／林政杰
總 編 輯／楊馥蔓
總 經 理／伍文翠
發 行 人／何飛鵬
法律顧問／元禾法律事務所　王子文律師
出　　版／城邦原創股份有限公司
台北市中山區民生東路二段 141 號 6 樓
電話：(02) 2509-5506　傳真：(02) 2500-1933
E-mail：service@popo.tw
發　　行／英屬蓋曼群島商家庭傳媒股份有限公司城邦分公司
聯絡地址：台北市中山區民生東路二段 141 號 11 樓
書虫客服服務專線：(02) 25007718．(02) 25007719
24小時傳眞服務：(02) 25001990．(02) 25001991
服務時間：週一至週五09:30-12:00．13:30-17:00
郵撥帳號：19863813　戶名：書虫股份有限公司
讀者服務信箱 email：service@readingclub.com.tw
城邦讀書花園網址：www.cite.com.tw
香港發行所／城邦（香港）出版集團有限公司
地址：香港九龍九龍城土瓜灣道 86 號順聯工業大廈 6 樓 A 室
email：hkcite@biznetvigator.com
電話：(852)25086231　傳眞：(852) 25789337
馬新發行所／城邦（馬新）出版集團 Cité(M)Sdn. Bhd.
41, Jalan Radin Anum, Bandar Baru Sri Petaling,
57000 Kuala Lumpur, Malaysia.
電話：(603) 90563833　傳眞：(603) 90576622
Email：services@cite.my

封面設計／黃聖文
電腦排版／游淑萍
印　　刷／漾格科技股份有限公司
經 銷 商／聯合發行股份有限公司
電話：(02)2917-8022　傳眞：(02)2911-0053

■ 2018 年 9 月初版
■ 2024 年 2 月初版 15.5 刷　Printed in Taiwan

定價／320元

ISBN　978-986-95299-7-6